Kristina Licht

PHOENICIA CHRONIKEN

Magie des Feuers

(Band 1)

Besuchen Sie uns im Internet:

www.talawah-verlag.de
www.facebook.com/talawahverlag

TALAWAH
VERLAG

erschienen im Talawah Verlag

1. Auflage 2017

Umschlaggestaltung: Rica Aitzetmüller,
Cover & Books - Buchcoverdesign
Bildmaterial:© Shutterstock
Satz: Marlena Anders
Printed in Poland 2017
ISBN: 978-3-981858-6-5

»Wir mögen die Welt kennenlernen,
wie wir wollen, sie wird immer eine Tag-
und eine Nachtseite behalten.«

Goethe

Sonnenuntergang

Prolog

Die Sonne geht unter, gemeinsam mit meiner Hoffnung, Hand in Hand mit dem letzten Funken Glück.

Und das soll das Ende sein?

Was hast du mir angetan, als du mich fragtest?

Mich fragtest, ob ich dich liebe.

Und was habe ich mir angetan, als ich dir antwortete, meine Lippen das ›Nein‹ formten.

Hast du etwas anderes erwarten können?

Hast du geglaubt, ich könnte dir nach alldem noch die Wahrheit sagen?

Könnte dir am Ende verraten, wie sehnsüchtig mein Herz für dich schlägt?

Es hätte nichts leichter gemacht.

Es hätte den Abschied nur schwieriger werden lassen.

Nie habe ich es dir sagen wollen, weil ich weiß, dass es dir egal ist, dass du es nicht verstehen kannst … und erst recht nicht erwidern.

Und jetzt, da das letzte Licht der Dunkelheit weicht, wirst du es auch niemals erfahren.

Denn wiedersehen werde ich dich nie mehr.

1

Süsse siebzehn

Was hältst du davon, wenn wir Mary einfach umbringen?«, fragte er mich.

Ich sah Max stirnrunzelnd von der Seite aus an. »Aber wieso?«

»Das würde für das Publikum unerwartet kommen. Und ich hasse Happy Ends.« Er lachte.

»Ich glaube, wir sollten die Planung des Stückes nicht dir überlassen.«

In diesem Moment unterbrach uns die nervtötende Melodie von Max' Handy. Wir blieben stehen, und ich beobachtete, wie er es aus seiner Jeanstasche zog und auf das Display sah. Seine braunen Locken fielen ihm ins Gesicht, und so blieb mir sein Ausdruck verborgen. Vielleicht hätte dieser mir verraten können, wieso mich Max eine Sekunde später eigenartig ansah und sich dann mit den Worten »Einen Moment, Nici. Ist streng geheim« entfernte. Mir blieb nichts anderes übrig, als meinen Kopf über diesen Jungen zu schütteln und ihm nachzublicken. Er nahm den Anruf auch erst entgegen, als er außer Hörweite war. Idiot.

Da ich annahm, sein Telefonat würde noch etwas dauern, sah ich mich um. Mein Blick fiel auf eine Parkbank ein paar Meter weiter vorn. Langsam schlenderte ich darauf zu und atmete in tiefen Zügen die warme Luft ein, das Gefühl des anbrechenden

Sommers im Herzen Kaliforniens einsaugend. Ich liebte Tage wie diesen, an denen die Sonne erbarmungslos auf die Erde knallte und man seine kurzen Sommerkleidchen gern gegen knappe Bikinis eintauschte. Zu dumm, wenn man die Hälfte des Tages in der Schule verbringen musste. Was für mich – Gott sei Dank – nicht mehr lange zutraf: Nur noch morgen, dann stand uns Montag bereits unsere Graduation bevor.

Mit einem Lächeln auf den Lippen ließ ich mich auf die Bank sinken und legte den Kopf in den Nacken, schloss die Augen und genoss die Wärme auf meinem Gesicht.

Ich versuchte, lieber nicht darüber nachzudenken, mit wem Max gerade telefonierte, sondern feilte weiter an der Idee für das Ende unseres Theaterstückes, das wir eigentlich schon gestern hätten abgeben müssen. Wir hatten das Stück im Drama Club als Andenken an unsere Zeit auf der Silver Creek schreiben wollen, um es anschließend den Neuntklässlern zu vermachen. Sie würden es dann aufführen dürfen. Es erschien mir jedoch ziemlich makaber, den Tod der unschuldigen Hauptperson nur herbeizuführen, um das Publikum zu schockieren.

Ich hob meinen Kopf wieder und öffnete die Augen. Eine leise Vorahnung, eine Art Intuition, brachte mich dazu, mich umzusehen. Mein Magen schlug einen kleinen Purzelbaum, als befände ich mich im Looping einer Achterbahn. Ein Gefühl, als würde die Welt von einer Sekunde auf die andere plötzlich kopfstehen.

Doch die Welt hatte sich nicht verändert. Die Straße, die ich jeden Tag einmal hoch zur Schule und wieder herunter schlenderte, war immer noch dieselbe. Dieselben kleinen Läden, dieselben parkenden Autos, ja sogar dieselben Menschen, so schien es mir, liefen herum. Und obwohl ich mein Leben hier mit jeder Faser meines Seins liebte, hörten meine Gedanken plötzlich nicht auf, darum zu kreisen, dass die Welt in irgendeiner Weise doch nicht mehr dieselbe war. Auch als das eigenartige Gefühl schon längst wieder verschwunden und nur noch eine unwichtige Erinnerung war.

In diesem Moment blieb mein Blick wie zufällig an der Buchhandlung auf der gegenüberliegenden Straßenseite hängen. Ich sah einen Mann aus dem Geschäft treten, und von dieser ersten Sekunde an war ich wie gebannt.

Er war groß, auffällig dunkel gekleidet und … er starrte mich direkt an. Schnell senkte ich den Blick auf meine Gucci-Handtasche, die auf meinem Schoß lag. Ich hatte den Mann noch nie zuvor gesehen, und trotzdem war es eine Art Faszination, die mich dazu brachte, einen weiteren Blick riskieren zu wollen. Vielleicht war es die Tatsache, dass er bei diesen Temperaturen einen langen, schwarzen Mantel trug, oder einfach nur, dass er einen Stapel von mehreren Büchern auf seinen Armen balancierte.

Ich sah wieder hoch und beobachtete den Mann, wie er die Bücher in vier Plastiktüten verstaute. Wieso hatte man das nicht bereits an der Kasse für ihn getan?

Der Fremde, ich schätzte ihn auf Ende zwanzig, hatte braunes kurzes Haar und war recht blass. Irgendwie schien er vollkommen fehl am Platz zu sein.

Und dann, als würde er jeden meiner Blicke spüren können, schaute er mich wieder an. Seine dunklen Augen durchbohrten mich selbst auf diese Entfernung wie zwei messerscharfe Klingen, und ich zuckte erschrocken zusammen. Als er sich aufrichtete, je zwei Tüten in seinen Händen, verzog er seine Lippen zu einem Grinsen. Allein diese Grimasse reichte aus, um es mir kalt den Rücken herunterlaufen zu lassen, doch dann passierte zu allem Überfluss noch etwas ganz anderes: Er löste sich direkt vor meinen Augen in Luft auf. Einfach so.

Ein Keuchen kam über meine Lippen, und ich musste mehrmals blinzeln, um das Vertrauen in meine Augen wiederzugewinnen. Doch der Platz vor der kleinen Buchhandlung blieb leer.

»Sag mal, ist es der Buchladen, den du gerade so anstarrst?«, fragte mich Max ungläubig. Ich hatte gar nicht gemerkt, dass er sich wieder an meiner Seite befand.

»Äh …« Ich strich mir hastig durch meine langen, roten Haare. Das tat ich immer, wenn ich mit einer Situation oder Frage überfordert war.

»Mann, du bist so weiß wie ein Bettlaken. Das ist wirklich nicht der beste Teint für ein Geburtstagskind«, kritisierte er und sah mich auffordernd an, wartete darauf, dass ich mich von der Bank erhob und wir weiterlaufen konnten. Doch ich war mir sicher, dass meine Beine unter mir einknicken würden, sobald ich aufstand. Ich konnte nicht anders, als noch einmal zu dem Buchladen hinüberzusehen. Ich hatte mir den Mann doch unmöglich eingebildet!

»Nici, willst du, dass ich dich eigenhändig von dieser Bank zerre?« Seine tiefe Stimme wurde von einem Lachen untermalt; seine Augen, blau und dunkel, funkelten mich verspielt an. Seine Nähe brachte das eisige Gefühl in meiner Magengegend endlich zum Schmelzen, und ich stand auf, strich mein Kleid zurecht und war froh, dass mich meine Beine doch noch trugen. Wenigstens etwas.

»Wer hat dich angerufen?«, fragte ich, um mich auf andere Gedanken zu bringen. Doch ich konnte nicht verhindern, dass meine Stimme etwas zu hoch und schrill klang. Ich räusperte mich, doch Max schien sich an meiner Stimme nicht zu stören.

»Es ist geheim!«, rief er und lief einige Schritte voraus, sodass er nun rückwärts vor mir hergehen konnte.

»War es Leo?«, fragte ich weiter und riskierte unauffällig einen Blick über meine Schulter. Zwei kleine Mädchen kamen gerade aus dem Eiscafé neben der Buchhandlung, und ihr unschuldiges Lachen klingelte in der Luft.

Mein bester Freund und gleichzeitig Großer-Bruder-Ersatz stöhnte auf. »Ja.«

»Pass auf, dass du nicht gegen eine Laterne läufst«, mahnte ich ihn lachend, sobald ich mich ihm wieder zugewandt hatte. Dann riet ich weiter. »Ging es um meinen Geburtstag?«

Er rollte mit den Augen. »Sie hat vergessen, wo sie das Geschenk versteckt hat.«

Das war typisch für meine beste Freundin. »Haben ihre Eltern sie denn wenigstens für heute Nachmittag von ihrem Hausarrest befreit?«, fragte ich hoffnungsvoll. Nur ungern wollte ich meine kleine spontane Geburtstagsfeier ohne sie verbringen. Leo hatte vor ein paar Tagen fast ihr Zimmer abgefackelt, als sie versehentlich eine Kerze umgestoßen hatte. Und obwohl der Brand ein Unfall war, hatte Leo für diese Unachtsamkeit reichlich Ärger von ihren Eltern bekommen.

»Ja, sie darf kommen«, berichtete Max zum Glück. Er entschloss sich, wieder vorwärtszulaufen, als wir nach links abbogen und das Haus meiner Familie in Sicht kam. Vor über zehn Jahren waren meine Eltern und ich von Arizona hierhergezogen, als meine Großeltern verstorben waren und uns dieses geräumige Haus überlassen hatten.

Nun liefen Max und ich über den Kiesweg zwischen Palmen hindurch auf die weiße, zweistöckige Villa zu.

Max trat hinter mir ins Haus und schloss die Eingangstür. »Sind deine Eltern zu Hause?«, fragte er.

»Ja, bestimmt irgendwo in ihren Arbeitszimmern.« Ich schritt bereits die Marmortreppe hinauf und wartete am oberen Treppenabsatz, bis mich Max eingeholt hatte.

»Wann kommen die anderen noch gleich?«, fragte er.

»Um halb sechs. Wir haben also noch reichlich Zeit.« Ich grinste ihn an und strich mir eine Haarsträhne hinters Ohr. Bei dieser Bewegung stand mir jedoch das Bild des fremden Mannes erneut vor Augen, und ich bekam eine Gänsehaut. *Nein, vergiss ihn, Nici. Das hast du dir eingebildet,* mahnte ich mich. Heute war ein schöner Tag. Kein Platz für geheimnisvolle Geschehnisse.

In meinem Zimmer angekommen, legte ich meine Tasche auf den Schreibtisch und schob ein paar Notenblätter beiseite, um

Max Platz zu machen. Er jedoch warf seinen Rucksack auf den Boden und ging hinüber zum Fenster.

»Sag mal, ist dir nicht heiß? Funktioniert eure Klimaanlage nicht mehr?«, fragte er und öffnete das Fenster. Ich wollte gerade verneinen, als mein Blick automatisch zum Thermometer wanderte. Ich erschrak. Es waren wirklich fast dreißig Grad in meinem Zimmer, was bei den hohen Temperaturen und dem geschlossenen Fenster kaum ein Wunder war.

»Also mir ist eigentlich nicht warm, es ist nur ein wenig stickig«, gab ich wahrheitsgemäß zu und legte mir versuchsweise meinen Handrücken an die Stirn. Hatte ich Fieber? Vielleicht daher die Halluzinationen.

Er schüttelte mit gespieltem Entsetzen den Kopf. »Das ist hier ja schlimmer als in einer Sauna!« In der nächsten Sekunde hatte er bereits sein T-Shirt über den Kopf gezogen.

Ich hob eine Augenbraue, und mein Blick schweifte kurz über seinen durchtrainierten Oberkörper. Im nächsten Moment sah ich das T-Shirt bereits auf mich zufliegen und es wurde stockdunkel vor meinen Augen. Sofort riss ich mir den schweißnassen Stoff vom Kopf und ließ ihn angewidert fallen.

»Iiih … Hast du sie nicht mehr alle?«

Er lachte. »Ach komm, du sahst so aus, als würdest du gleich anfangen zu sabbern.«

»Äh – nein«, sagte ich bestimmt und spürte, wie mir das Blut in den Kopf schoss. »Es braucht schon mehr als deinen Körper, um mich zum Sabbern zu bringen.« Ich lachte und ging hinüber zu meiner Handtasche, die ich gern auch als Schultasche missbrauchte, und kramte meinen Collegeblock heraus. Schließlich wurde es langsam Zeit, die letzten Zeilen unseres Theaterstückes zu verschriftlichen.

»Na, ich weiß ja nicht …«, erwiderte Max genüsslich und ließ sich auf dem zweiten Schreibtischstuhl nieder.

»Halt die Klappe, ansonsten weißt du ja, wo die Tür ist«, warnte ich ihn und zückte meinen Kugelschreiber.

Er presste die Lippen aufeinander und tat so, als würde er sie mit einem Schlüssel verschließen und diesen daraufhin wegwerfen.

Ich seufzte und beschloss, mich einfach nicht weiter von diesem Kindskopf ablenken zu lassen.

Nach einer guten Stunde stand das Ende, war auf den Laptop übertragen und lag ausgedruckt in unseren Schultaschen – die letzte schulische Aufgabe in unserem Leben.

Wir liefen gerade die Treppe hinunter, angezogen vom köstlichen Duft einer Pizza, als wir im Flur meinem Vater begegneten, der gerade etwas von ›Dumme Handwerker‹ murmelte.

»Hey Dad. Was ist los?«

Er sah uns erstaunt an, dann lächelte er. »Ach, die Klimaanlage ist heute früh kaputtgegangen. Und die Handwerker können erst morgen kommen.«

Max stupste mich mit seinem Ellbogen in die Seite, doch ich ignorierte dieses Zeichen, mit dem er nichts weiter sagen wollte als ›Hab ich dir doch gesagt‹.

»Du hast doch nichts dagegen, dass Max noch etwas hierbleibt und um halb sechs noch die anderen kommen?«, fragte ich stattdessen meinen Vater.

»Kein Problem, Geburtstagskind«, sagte er und wuschelte mir mit einer Hand über den Kopf. In der anderen hielt er ein angebissenes Pizzastück und war anscheinend schon wieder auf dem Weg nach oben. Doch zuerst musterte er Max mit einer hochgezogenen Augenbraue von oben bis unten; Max lief immer noch oben ohne herum.

Ich verdrehte die Augen. »Max ist etwas heiß gewesen. Da hat er wohl vergessen, sich wieder anzuziehen.« Ich warf ihm einen giftigen Blick zu. »Wir haben Pizza?«, fragte ich meinen Vater, um das Thema zu wechseln.

Er nickte und biss herzhaft ab. »Deine Mutter und ich haben gerade zwei bestellt. Eine ist noch für dich … und deinen Freund da.«

»Cool, danke«, rief ich und zog Max hinter mir her in die Küche. Sobald er die Pizza auf dem Küchentisch erblickt hatte, stürzte er vorwärts.

»Hey, Finger weg! Die gehört nicht dir«, warnte ich und trat näher an den Tisch heran. Es war eine Thunfischpizza – meine Lieblingssorte.

»Oh mein Gott, die ist so köstlich! Wenn du mich noch eine Sekunde lang zurückhältst, sterbe ich auf der Stelle!«

»Du benimmst dich, als hättest du noch nie eine Pizza gesehen.« Ich kicherte und begann, sie in vier Stücke zu teilen.

»Habe ich ja auch nicht«, sagte er vollkommen ernst. Ich fragte mich, wie er so etwas immer sagen konnte, ohne dabei auch nur zu grinsen. Ich musste mir ja schon beim Zuhören ein Lachen verkneifen.

»Hier, du kriegst ein Stückchen und ich drei«, sagte ich und gab ihm das eine Viertel. Doch bevor ich es verhindern konnte, krallte er sich auch noch ein zweites Stück und biss beide an. Dann grinste er triumphierend mit vollem Mund.

Ich schüttelte über ihn nur den Kopf, holte mir einen Teller und Besteck und begann, meine Hälfte der Pizza *ordentlich* zu essen.

»Starr mich nicht so an, das stört«, brummte ich nach einiger Zeit, als Max schon längst aufgegessen hatte und dazu übergegangen war, mich zu beobachten.

»Das ist aber faszinierend, so als würde man Affen beim Spielen zusehen.«

»Wir sind hier aber nicht im Zoo«, giftete ich zurück und schluckte auch den letzten Bissen hinunter. »So, fertig.«

Ich stand auf und räumte das Geschirr weg. Dann blickte ich auf meine Armbanduhr. Eine Stunde hatten wir noch.

»Und was machen wir jetzt?«, wollte Max wissen.

»Schlag was vor.«

Ich trat den Weg zurück in mein Zimmer an, und Max folgte mir, während er mit lächerlichen Ideen nur so um sich warf. »Wir könnten Sing Star spielen, das magst du doch so gern, oder wir könnten … Hey, hast du deine Barbies noch? Oh warte, ich weiß etwas Besseres. Was hältst du von Verstecken? In eurem großen Haus ist das bestimmt cool.«

»Max, wir sind siebzehn und nicht mehr fünf«, informierte ich ihn und ließ mich auf mein rosarotes Himmelbett fallen.

»Ich bin achtzehn«, verbesserte er und warf sich auf mich, wobei er sich mit den Ellbogen abstütze, damit sein Gewicht mich nicht belastete. Dann blies er seine Wangen auf und schaute mich traurig an. Ich lachte. »Aber ich wäre gern fünf«, sagte er.

»Geh runter von mir«, befahl ich ihm und versuchte, mich unter ihm hervorzuwinden. Daraufhin fasste er meine Handgelenke und schaute mir tief in die Augen. Sein kindliches Getue wich ernsten Gesichtszügen. Was sollte das?

Seine Nähe war mir plötzlich unangenehm, und ich wandte mein Gesicht von ihm ab. »Max«, sagte ich, da mir kein anderes Wort einfiel.

Die Sekunden verstrichen. Als er mich irgendwann losließ und aufstand, atmete ich erleichtert aus. Ich setzte mich auf und beobachtete, wie er sein T-Shirt wieder anzog. Ich wusste nicht, was ich sagen sollte. Er jedoch drehte sich mit einem Grinsen wieder zu mir um, als sei nichts geschehen. Anscheinend war es das für ihn auch nicht …

»Lass uns Verstecken spielen!«, rief er erneut.

Ich sah ihn verdutzt an. »Max … äh … ich habe gerade gesagt, dass …«

»Nein«, unterbrach er mich. »Du suchst nicht mich, sondern mein Geschenk.«

Verwirrt runzelte ich die Stirn. »Welches Geschenk?«

»Deins natürlich! Du hast doch heute Geburtstag, vergessen?«

»Du hast ein Geschenk für mich? Du wusstest doch gar nicht, dass ich feiere.«

»Du musst doch nicht feiern, um ein Geschenk zu bekommen. Los, schließ deine Augen und zähl bis hundert. Dann darfst du es suchen«, schlug er begeistert vor.

»Ist doch nicht dein Ernst, oder?«

Er verdrehte seine blauen Augen. »Sicher ist das mein Ernst. Und wehe, du schummelst!«

Da ich tatsächlich gespannt auf sein Geschenk war, schloss ich brav die Augen und begann zu zählen. Ich hörte, wie er seine Tasche öffnete und etwas herausholte.

»… drei, vier, fünf …«

Seine Schritte entfernten sich, und die Tür fiel ins Schloss, sodass ich nicht lauschen konnte. Trotzdem hörte ich, wie er den Flur entlanglief, und ich versuchte zu orten, in welche Richtung er ging.

»Zwanzig … einundzwanzig …«

Lange Zeit drang kein einziger Laut mehr an meine Ohren. Ich strengte mein Gehör noch mehr an, versuchte, alles andere auszublenden …

Plötzlich hörte ich ihn fluchen. »Mist, da wird sie es bestimmt finden.« Ich hörte, wie Schränke geöffnet und wieder geschlossen wurden, dann erneut seine Schritte. Das nächste Geräusch interpretierte ich als das Öffnen unseres Backofens. Aber der stand doch in der Küche! Es war unmöglich, dass ich ihn von hier aus hören konnte. Normalerweise fiel es mir schon schwer, in diesem riesigen Haus das Öffnen und Schließen der Haustür wahrzunehmen.

Vor lauter Konzentration hatte ich vollkommen vergessen weiterzuzählen, und so schrie ich einfach: »Hundert! Ich kommeeee!«

Rasch sprang ich vom Bett auf, stürmte die Treppe hinunter und rannte geradewegs in die Küche, vorbei an Max, der im Flur stand. Er folgte mir, und wenn ich mich nicht irrte, sah er etwas enttäuscht aus.

Versuchsweise öffnete ich direkt den Backofen, und zu meinem Erstaunen lag dort tatsächlich etwas.

»Mann, du hast geschummelt!«, rief Max empört. Ich ignorierte ihn, da ich mir selbst nicht erklären konnte, wie ich das hatte hören können. Stattdessen nahm ich das kleine pinke Kästchen heraus und löste mit größter Sorgfalt die weiße Schleife.

Meine Finger zitterten leicht, als ich den Deckel anhob, dann gab ich ein überraschtes »Oh« von mir. In dem Kästchen lag eine Kette, eingehüllt in schwarzen Samt. Vorsichtig nahm ich das Schmuckstück heraus und betrachtete entzückt den kleinen kreisförmigen Anhänger. Auf der goldenen Scheibe waren unsere Initialen eingraviert: *N & M*.

Ich lächelte gerührt und wollte mir die Kette sofort anlegen. Aufmerksam, wie er war, kam Max mir zur Hilfe. Ich spürte seine Hand an meinem Nacken, seinen warmen Atem auf meiner Haut.

»Danke«, hauchte ich.

Auf einmal drehte er mich zu sich herum, sodass sein Gesicht nur Zentimeter von meinem entfernt war. Er hob seine Hand, dann strich er zögernd über den Anhänger, der über meinem Dekolleté ruhte.

»Damit ich immer bei dir bin«, raunte er mir zu und lächelte so, wie nur er lächeln konnte.

2

Das Spiel mit dem Feuer

Das Herz schlug mir bis zum Hals, das Blut rauschte mir in den Ohren, und um mich herum nahm ich nichts weiter wahr als seine blauen Augen.

Doch urplötzlich schreckte uns ein schrilles Geräusch auf und brachte mich wieder in die Realität zurück. Benommen und ein wenig orientierungslos sah ich mich um, Max trat einen Schritt zurück. Er sah unzufrieden aus, doch ich war im Endeffekt erleichtert. Max war mir noch nie so nahe gekommen ... Meine Gedanken fingen an, sich zu überschlagen, und die altbekannte Atemnot ergriff von mir Besitz.

Doch in diesem Moment ertönte wieder dieses merkwürdige Geräusch.

Max musste meinen verwirrten Blick bemerkt haben, denn ein verschmitztes Grinsen breitete sich auf seinem Gesicht aus. »Süße, dieses Geräusch ist eure Türklingel. Das heißt, es steht jemand vor der Tür und möchte hereingelassen werden.« Schadenfreude, nur weil mein Gehirn etwas langsamer arbeitete als seines.

Ich holte tief Luft, verkniff mir eine geistreiche Antwort und marschierte stattdessen zur Eingangshalle. Ich merkte, wie meine Beine zitterten, und ich ballte meine Hände zu Fäusten in der Hoffnung, meinen Körper wieder unter Kontrolle zu bekommen.

Durch den Glasstreifen sah ich bereits, wer vor der Tür stand – und zwar eine halbe Stunde zu früh!

Schwungvoll öffnete ich Leo und versuchte, fröhlich dreinzublicken. Als ich die riesige Torte unter einer Kuchenhaube in den Händen meiner besten Freundin erblickte, fiel mir das auch nicht weiter schwer.

»Hey! Du bist aber früh dran heute«, rief ich und kaschierte meine heiser klingende Stimme mit einem breiten Grinsen.

»Ich hoffe, das stört dich nicht. Ich habe die Gunst meiner Eltern genutzt und kann dir nun voll und ganz beim Dekorieren helfen«, sagte sie und lief geradewegs in die Küche, um ihr Backkunstwerk abzustellen. »Außerdem muss ich die Torte so schnell wie möglich in den Kühlschrank –«

Ich schloss die Tür und wollte ihr gerade folgen, als ich ein lautes »Buh!« und dann einen schrillen Schrei hörte. Sofort lief ich los, um zu sehen, was geschehen war.

Gott sei Dank waren alle wohlauf: Max krümmte sich vor Lachen auf dem Fußboden, und Leo schmiss mit Schimpfwörtern um sich. »Mann, du Arsch! Ich hätte die Torte auch fallen lassen können!«, schrie sie und stellte diese vorsichtig mit zitternden Händen auf dem Tisch ab. Von Max konnte man in diesem Moment keine Antwort erwarten, ich hoffte einfach nur, dass er nicht an Luftmangel starb. Auch ich musste mir ein Lachen verkneifen, erstens, weil Max sehr ansteckend lachte, und zweitens, weil es immer wieder amüsant war, wie leicht sich Leo erschrecken ließ.

»Dekorieren?«, fragte ich, um Leo wieder auf andere Gedanken zu bringen – und mich. Denn Max' Anblick brachte meinen Herzschlag durcheinander. Hatte er mich vorhin vielleicht küssen wollen?

Leos Gesichtsausdruck hellte sich sofort auf, und ihre braunen Augen weiteten sich vor Begeisterung. »Ja! Ich habe alles Nötige mitgebracht. Luftballons, Luftschlangen, Girlanden, Kerzen,

Spruchbänder, Konfetti …« Sie überlegte einen Moment. »Ja, das war's.«

Ich verdrehte die Augen. Noch eine, die dachte, wir wären fünf Jahre alt und würden einen Kindergeburtstag feiern.

»Max, steh auf. Leo hat viel Arbeit mitgebracht, du darfst helfen.« Ich seufzte und nahm ihr die braune Papiertüte ab, die sie dabeihatte. Sie hatte nicht übertrieben, dort war tatsächlich alles Mögliche an buntem Schnickschnack drin. Ich fragte mich, wie unser Haus nach dieser Aktion wohl aussehen würde.

Als wir fertig waren, sah es gar nicht mal so schlecht aus. Nur ziemlich bunt. In jeder Zimmerecke hingen farbige Ballons, Konfetti lag auf allen Oberflächen, im Wohnzimmer hatten wir eine Girlande quer durch das Zimmer gespannt, und Max hatte Spaß daran gehabt, die Luftschlangen überallhin zu pusten.

Kaum waren wir fertig, schlug unsere Wohnzimmeruhr halb sechs, und es klingelte pünktlich an der Tür.

Alle restlichen Gäste – drei an der Zahl – standen grinsend vor der Tür, und mir kam der Verdacht, dass sie sich abgesprochen hatten, früher zu kommen, um pünktlich um halb klingeln zu können.

Ich begrüßte Andrew, Ben und Laura herzlich, und alle drei gratulierten mir noch einmal. Als wir im Wohnzimmer zusammensaßen, erhob sich Leo und hielt einen Umschlag in die Luft. Max hatte mir bereits heute Morgen verraten, dass Leo ein Geschenk für mich hätte, obwohl das in meinen Augen nicht nötig gewesen wäre.

»Alles Gute von uns allen«, sagte Leo feierlich und überreichte mir den Umschlag.

»Wie, alle? Alle alle? Auch Max?« Ich schaute ihn fragend an, und er nickte. »Wie viel Geld willst du denn noch für mich ausgeben?«, beschwerte ich mich halbherzig.

Auch Leo sah ihn neugierig an. »Du hast ihr noch ein anderes Geschenk gemacht?«

Ich stand auf, um Leo stolz meine neue Kette zu präsentieren.

Sie nahm den runden Anhänger zwischen ihre Finger. »Oh, die ist ja schön.«

»Finde ich auch«, erwiderte ich und schnappte mir den Umschlag aus ihren Händen. »So, jetzt lasst mal sehen, was ihr euch habt einfallen lassen.«

»Aber nicht böse sein, weil es zu teuer war, ja?«, warnte mich Andrew.

Vorsichtig riss ich den Umschlag auf und griff nach einem Stück Papier, welches mir entgegensegelte. Ein Blick darauf genügte, und ich hätte es beinahe wieder fallen lassen. Es war ein Flugticket. Ich blinzelte. Oben stand tatsächlich Hawaii. Ich flog nach Hawaii. Oh mein Gott. Ich sah in den Umschlag und fand dort noch fünf weitere Tickets. Ich überflog alle und fand zwischen den ganzen Zahlen die Namen meiner Freunde.

»Wir fliegen nach Hawaii?«, quiekte ich und begann, vor Freude auf und ab zu springen.

»Unsere Eltern haben diese Reise schon seit Monaten geplant. Es soll unser Urlaub in den Sommerferien werden. Wir fliegen in genau zwei Wochen«, erklärte Leo, während ich Max um den Hals fiel, dann Leo und ihrem Freund Ben, Andrew und schließlich der schüchternen Laura.

»Es war ganz schön schwer, diese Überraschung für uns zu behalten«, meinte Andrew. »Aber wir wissen ja, wie sehr du Überraschungen liebst.«

Mein Grinsen war mittlerweile festgewachsen. Konnte man von so etwas bleibende Schäden bekommen? »Danke, danke, danke«, rief ich und presste die Tickets überglücklich an meine Brust.

Eine halbe Stunde später saßen wir alle im Esszimmer, und Leo trug die Torte herein.

»Und die hast du auch sicher selbst gemacht?«, fragte Max.

»Ja sicher. Was denkst denn du?«, zischte sie zurück und schritt vorsichtig zum Tisch. Auf die sahnige Torte hatte sie siebzehn Kerzen platziert, die nun das abgedunkelte Zimmer beleuchteten.

»Ich dachte, du hättest sie gekauft«, antwortete Max.

»Ben, schlägst du Max bitte mal für mich?«

»Geht grad nicht, Schatz, ich warte auf den passenden Moment, um euch mit der Torte zu fotografieren«, erklärte er und schwenkte mit seiner neuen Digitalkamera herum.

Leo war inzwischen bei mir angelangt und hielt die Torte vor mein Gesicht, damit ich die Kerzen auspusten konnte.

Ich holte tief Luft, dann pustete ich, während ich mir etwas wünschte.

Was es war? Nun … nur, dass mein Leben weiterhin so gut verlief und ich meine besten Freunde nie verlieren würde.

Ich schaffte es, alle Kerzen gleichzeitig auszupusten, und alle klatschten begeistert in die Hände.

»Jetzt schau in die Kamera, Nici«, rief Ben und machte ein Foto von mir. Max, der neben mir saß, wollte jedoch auch unbedingt mit aufs Bild und befahl Ben, noch eins zu machen.

»Und was hast du dir gewünscht?«, fragte Andrew.

»Nici, verrat es nicht, sonst geht es nicht in Erfüllung«, mahnte mich Laura.

Ich schüttelte lachend den Kopf. »Es ist sowieso nichts Außergewöhnliches. Nichts, was ich nicht schon hätte.«

Die Torte war köstlich. Ich fragte mich, ob Leo sie wirklich selbst gebacken oder doch nur gekauft hatte. Alle lobten sie, und ich langte sogar schon nach dem dritten Stück. Von meinem Platz aus griff ich zum Messer und schnitt umständlich an dem Kuchen herum, als Laura plötzlich meinen Namen schrie. Fragend blickte ich sie an, meinen Arm immer noch über den Tisch gestreckt. Panisch deutete sie darauf, und auch die anderen wandten jetzt ihre Aufmerksamkeit meinem Arm zu.

Ich folgte ihrem Blick und erschrak.

Mein Arm lag genau in der Flamme der dicken, pinken Kerze, die in der Mitte des Tisches stand. Und das anscheinend schon seit einer ganzen Weile. Sofort zog ich meinen Arm zurück.

»Hast du dir wehgetan?«, fragte mich Max und schnappte sich meinen Arm.

»Nein«, sagte ich, als der erste Schreck vorüber war. Nachdem Max meinen Arm gründlich untersucht und keine Verletzungen festgestellt hatte, ließ er ihn wieder los, und ich betrachtete ihn meinerseits. Ich konnte nichts Ungewöhnliches erkennen und fand noch nicht einmal die Stelle, an der die Flamme vor wenigen Sekunden noch gezüngelt hatte. Ich spürte sie nicht. Keine Hitze, keinen Schmerz.

»Hast du dich verbrannt?«, fragte Laura besorgt, als sich die anderen bereits wieder ihrem Essen zugewandt hatten.

»Nein«, antwortete ich lächelnd. »Die Kerzenflamme ist viel zu klein, als dass ich mich hätte verbrennen können.«

Um halb neun kamen meine Eltern herunter und fragten mich, was ich von der Überraschungsreise hielt. Durch ein Glas Sekt und das pure Gefühl von Glück angeheitert, dankte ich ihnen überschwänglich und versuchte, die Flasche Roederer Estate auf dem Tisch hinter meinem Rücken zu verbergen. Als Max aber irgendeinen dämlichen Witz erzählte und Andrew anfing, wie bescheuert zu lachen, glaubte ich meine Tarnung aufgeflogen. Doch meine Eltern lächelten nur und erinnerten mich daran, dass wir morgen noch Unterricht hätten.

»Ja, in einer Stunde sind alle weg und –«, begann ich, als plötzlich etwas klirrend zu Boden fiel. Ich fuhr herum und entdeckte die Flasche Roederer Estate auf dem Parkett. Nun ja, auf jeden

Fall war es mal eine Flasche gewesen, jetzt waren es nur noch Scherben, die in einer Pfütze lagen. Sofort suchte ich nach dem Übeltäter und blickte in Leos schuldbewusstes Gesicht.

»'Tschuldigung«, nuschelte sie in dem Moment, in dem Ben aufstand und in die Küche ging. Ich sah ihm nach und traf auf die skeptischen Blicke meiner Eltern.

»Wir räumen alles auf, wenn wir fertig sind«, versicherte ich ihnen. Sie wechselten einen amüsierten Blick und zogen sich zurück. Ich atmete erleichtert aus. Kurz darauf kam auch Ben schon wieder aus der Küche, einen Handfeger und einen Lappen in der Hand.

Wenigstens einer, der noch bei Vernunft war. Ich half ihm, alles aufzuwischen, und wir beschlossen, gemeinsam in unserem Partykeller tanzen zu gehen.

Um halb zehn schickte ich alle nach Hause. Morgen war schließlich noch ein Schultag – wenn auch der letzte.

Max weigerte sich erst zu gehen und wollte mir noch beim Aufräumen helfen, obwohl wir schon längst alles aufgeräumt hatten. Leo hatte sogar darauf bestanden, das Konfetti einzusammeln. Alles sah so aus wie heute Mittag.

»Max, wir sehen uns doch in der Schule«, drängte ich, weil ich nur noch ins Bett wollte.

»Aber ich werde dich vermissen«, sagte er und blieb in der Tür stehen.

»Aber du schläfst doch, da wirst du gar keine Zeit haben, mich zu vermissen.«

»Natürlich. Ich werde doch die ganze Nacht ohne dich sein.«

»Das ist echt süß, aber bitte, ich bin müde«, quengelte ich.

»Bis morgen dann. Ich hab' dich lieb, Kleine.«

Trotz der Müdigkeit zauberten mir diese Worte ein Lächeln ins Gesicht. »Ich dich auch. Gute Nacht.«

Und dann ging er tatsächlich, und ich konnte hoch in mein Zimmer gehen.

Merkwürdigerweise konnte ich nicht einschlafen. Immer wieder blieben meine Gedanken an der brennenden Kerze hängen, und ich rollte mich von einer Seite auf die andere, bis ich es schließlich nicht mehr aushielt und aufstand. In der Dunkelheit tappte ich zu meinem Schreibtisch, riss die Schublade auf und tastete darin herum, bis ich das fand, wonach ich suchte.

Mit dem Feuerzeug in der Hand schlich ich wieder zurück und setzte mich im Schneidersitz auf meine Bettdecke.

Mit der Zungenspitze befeuchtete ich meine Lippen, während meine Finger das kühle Plastik umschlossen. Schließlich siegte die Neugierde, und mein Daumen fuhr über das Rädchen.

Winzige Funken sprühten in die Dunkelheit. Ich versuchte es ein zweites Mal, und eine kleine gelbe Flamme flackerte auf.

Langsam ließ ich meinen Finger hindurchgleiten.

Nichts.

Es war so, als würde lauwarmes Wasser meine Haut umspielen. Ich runzelte die Stirn und hielt den Finger diesmal länger in die Flamme.

Die Zeit verstrich, die Flamme leckte an meiner Haut, brachte aber nur eine angenehme Wärme und ein unbekanntes Gefühl in meinem Inneren mit sich. Ich versuchte, mich auf dieses Gefühl zu konzentrieren, und dann – ganz plötzlich – loderte die kleine Flamme auf und wuchs innerhalb einer Sekunde auf das Vielfache ihrer Größe an. Erschrocken schrie ich auf und ließ das Feuerzeug fallen.

Doch anstatt am Boden zu erlöschen, schoss die Flamme empor, und meine Decke fing Feuer.

»Nein! Scheiße!«, kreischte ich und sprang aus dem Bett. Ich riss die Decke auf den Boden und warf mein Kissen hinterher, um das Feuer zu ersticken. Für einen Moment blieb es dunkel in meinem Zimmer – bis sich die Flamme durch die Decke fraß und auch das Kissen lichterloh brannte. *Das kann doch nicht wahr sein*! So schnell ich konnte, rannte ich ins Badezimmer, schnappte mir einen Eimer und ließ Wasser hineinlaufen. Doch das dauerte Ewigkeiten!

Panisch blickte ich über meine Schulter in den Flur, aus dem gedämpftes Licht flutete. Ich war zu geschockt, um nach Hilfe zu rufen. Wie zur Hölle sollte ich das meinen Eltern erklären?

Ein Blick in den Eimer, doch dieser hatte sich noch lange nicht gefüllt. Mit meinen Flüchen versuchte ich, das Wasser zur Eile anzutreiben, doch es ignorierte mich. Der Eimer wollte sich einfach nicht füllen, und währenddessen brannte wahrscheinlich gerade mein Zimmer ab. Ich fing vor Angst an zu zittern. Ich konnte nicht länger warten. Mit dem Wassereimer stolperte ich zurück über den Flur, Rauch bahnte sich bereits einen Weg in meine Nase, und als ich die Türschwelle zu meinem Zimmer erreichte, dachte ich, ich sei in der Hölle gelandet.

Die Flammen wüteten lichterloh und fraßen sich in meine Vorhänge. Schwarzer Rauch füllte den Raum und trieb weiter den Flur entlang. Ich fing an zu schreien, rannte durch das Zimmer zu meinem brennenden Bett und überschüttete es mit Wasser. Doch ich hatte keine Chance. Meine Schreie wurden lauter, damit mich meine Eltern hörten. Sie mussten das Feuer stoppen, sie mussten mich retten!

Meine Beine wollten mich wieder aus dem Zimmer tragen, doch es war bereits zu spät. Als ich mich umdrehte, hatte mich das Feuer bereits umzingelt, und ich konnte weder vor noch zurück. Erst dann bemerkte ich es: Ich spürte das Feuer nicht. Ich fühlte die Hitze nicht, obwohl sie sich mir direkt ins Gesicht brannte.

Aber den Rauch … den spürte ich. In jedem meiner panischen Atemzüge. Ich erstickte beinahe daran, er vernebelte meine Sicht, stahl mir den Sauerstoff, und dann wurde es plötzlich schwarz um mich herum. Ich merkte nur noch, wie meine Beine unter mir nachgaben und ich zu Boden fiel …

Tut-tut-tut …

Das nervige Geräusch war alles, was ich hörte. Es erinnerte mich an Krankenhäuser. Ich hasste Krankenhäuser. Alles darin machte mich depressiv: das Weiß der Wände, das Weiß der Kittel, das Weiß der Möbel. Gott sei Dank war ich noch nie in einem Krankenhaus gewesen – nur zu Besuch. Letzte Woche erst, als Leo in einem gelegen hatte. Sie hatte ein Feuer in ihrem Zimmer entfacht, und ihre Eltern fanden sie später inmitten der Flammen. Glücklicherweise hatte sie sich keine Verletzungen zugezogen.

Moment mal. Feuer? In ihrem Zimmer? Flüchtig schossen mir Bilder von *meinem* Zimmer in den Kopf, von den Flammen um *meinen* Körper. Ich zuckte zusammen. War das wirklich passiert?

Mir fiel auf, dass ich wenig Luft bekam und überhaupt nichts roch. Nach und nach vernahm ich weitere Geräusche. Ein Schluchzen und ein schweres Atmen.

Ich versuchte, meine Umgebung zu erahnen, ohne die Augen zu öffnen.

Ich lag auf dem Rücken, und irgendetwas befand sich auf meiner Mundpartie. Mehr konnte ich nicht ausmachen.

Ich lauschte auf weitere Geräusche, bis ich irgendwann beschloss, meine Augen doch zu öffnen.

Grelles Licht schien mir entgegen. Rasch senkte ich meinen Blick und sah an mir hinab. Die weiße Decke, die über mir ausgebreitet war, und das hässliche weiße Hemd mit den blauen Punkten sagten schon genug über meinen Aufenthaltsort aus. Außerdem entdeckte ich viele Schläuche um mich herum, und das komische Ding um meine Mund- und Nasenpartie entpuppte sich als Sauerstoffmaske.

Verdammt, ich war tatsächlich in einem Krankenhaus.

3

Zwei-Mann-Party

Da ich mich noch nicht bewegen wollte, stöhnte ich kurz, um auf mich aufmerksam zu machen. Schließlich war ich mir sicher, dass sich noch jemand im Raum befand.

»Nici? Schatz?«, ertönte die besorgte Stimme meiner Mutter. Kurze Zeit später tauchte auch ihr Gesicht in meinem Blickfeld auf.

»Oh mein Liebling, wie geht es dir?«, fragte sie, nachdem sie bemerkt hatte, dass ich wach war.

Hm, eigentlich ging es mir ziemlich gut, doch mit diesem lächerlichen Ding auf dem Mund konnte ich nicht einmal sprechen. Mit einem Ruck riss ich es ab und warf es auf den Boden, was meiner Mutter einen Entsetzensschrei entlockte.

»Mir geht es gut. Was machen diese ganzen Schläuche hier?«

»Spätzchen, das kannst du doch nicht machen.« Ihr Blick verharrte auf der Sauerstoffmaske.

»Mir geht es wirklich gut, Mama. Die Maske wird es schon überleben.« Ich versuchte, mich in eine einigermaßen aufrechte Sitzposition zu manövrieren.

Sofort sah sie mich wieder an, mit diesem besorgten Blick, wie ihn nur Mütter haben konnten. »Der Arzt hat gesagt, dass du vielleicht eine Rauchvergiftung hast.«

Ich fröstelte. Also war das Feuer Wirklichkeit gewesen. Mein Zimmer hatte tatsächlich gebrannt. »Was ist passiert?«, fragte ich mit heiserer Stimme.

Sie blickte kurz zur Seite. Als sie mir ihr Gesicht wieder zuwandte, waren ihre Gesichtszüge nicht nur mit Besorgnis gefüllt, sondern auch mit Wut und Enttäuschung. »Du hast ein Feuer in deinem Zimmer entfacht! Deine Schreie haben uns geweckt, und als wir in dein Zimmer stürzten, lagst du mitten in den Flammen. Was hast du dir dabei gedacht? Wieso warst du so unvorsichtig?«, rief sie und ballte ihre Hände zu Fäusten. Und da verstand ich, dass es doch gar keine Wut war, nur Verzweiflung und Angst. Sie hatten beinahe ihr einziges Kind verloren – mich.

»Es tut mir so leid, Mama. Das Feuerzeug ist auf den Boden gefallen, und plötzlich hat meine Bettdecke gebrannt. Ich wollte sie löschen, doch es ging nicht! Es war schon zu spät, überall war Feuer, ich –«, versuchte ich verzweifelt zu erklären, doch meine Mutter nahm mich in den Arm und ersparte mir somit weitere Entschuldigungen.

Ich wollte nicht mehr an diese Nacht denken, nicht mehr an meine Angst und die Flammen, die mich umzingelt hatten. Trotzdem musste ich noch eine Frage loswerden, als ich auf einmal bemerkte, dass meine Mutter weinte. Ich befreite mich aus ihrer Umarmung und schaute ihr ins Gesicht. Sie schluchzte heftig und versuchte mit einem Lächeln, ihre Tränen zu verstecken, während sie sich zu mir aufs Bett setzte.

»Mama, alles ist gut. Mir ist doch nichts geschehen, oder?«, fragte ich.

Sie schüttelte den Kopf. »Dein Vater hat versucht, dich da eigenständig herauszuholen, während ich die Feuerwehr gerufen habe. Es dauerte Ewigkeiten, bis sie kam. Wir dachten schon, wir hätten dich verloren.« Ihre Stimme brach beim letzten Wort, und sie vergrub ihr Gesicht in ihren Händen. Ihr aschblondes Haar fiel wie ein Vorhang davor, und ihr dünner Körper zitterte.

Ich legte eine Hand auf ihre Schulter, und eine ganze Weile saßen wir so beisammen, während ich eine beruhigende Melodie vor mich hin summte.

Irgendwann kam der Arzt, um mich noch einmal zu untersuchen, doch er stellte nichts Schlimmes fest. Er sagte, dass es ein Wunder sei, aber mir fehle nichts. Ich müsste mir nur eine Ruhezeit gönnen und viel schlafen. Aber ansonsten dürfte ich am selben Nachmittag noch nach Hause fahren.

Bei unserer Rückkehr fand ich vor der Haustür einen Strauß roter Rosen, und ich ahnte schon, wer sie da hingelegt hatte. Ein Lächeln zeichnete sich auf meinem Gesicht ab, und als ich die kleine Karte öffnete, die an einer der Rosen hing, bestätigte sich meine Vermutung.

Ich habe gehört, was passiert ist.
Ich mach mir Sorgen, ruf mich an.
In Liebe,
Max.

Das war echt süß von ihm, doch als ich ins Haus kam, verging mir das Lächeln.

Es stank nach Rauch und verkohltem Holz. Angst griff mit eisigen Klauen nach mir, und meine Schritte führten mich wie von selbst die Treppe hinauf. Mein Herz schlug schneller. Die Wände im Flur, einst strahlend weiß, waren mit grauen Flecken überzogen. Als ich vor meinem Zimmer ankam, blieb ich wie angewurzelt stehen.

Es war keine Tür mehr in den Angeln, und so konnte ich in die Ruine, die vorher einmal mein Zimmer gewesen war, hineinschauen. Ein knallgelbes Absperrband war im Türrahmen gespannt und hinderte am Betreten des Raumes. Doch wer würde so ein Zimmer auch betreten wollen? Mit einer Mischung aus

Entsetzen und Trauer blickte ich von einem verbrannten Möbelstück zum nächsten. Die einst rote Tapete bedeckte schwarzer Ruß; mein Himmelbett, vorher weiß und pink, war zerfetzt und an mehreren Stellen verschmort. An dem dunklen Holz klebte noch der Schaum vom Löscheinsatz.

Traurig sah ich mich um. Wie ein schwarzes, verkohltes Loch hatte sich das Feuer in meine sonst so bunte Welt gebrannt.

»Nici, Schatz? Wo bist du?«, tönte die Stimme meiner Mutter zu mir hinauf. Ich hörte unten ihre Schritte und das Klimpern von Schlüsseln.

»Ich komme!«, rief ich mit brüchiger Stimme und riss mich vom Anblick meines zerstörten Zimmers los.

Nachdem sich meine Mutter hundertmal vergewissert hatte, dass ich allein zurechtkommen würde, und mir angedroht hatte, am nächsten Tag noch einmal gemeinsam mit meinem Vater über den Brand zu sprechen, fuhr sie in die Kanzlei, um nach ihrer heutigen Abwesenheit nach dem Rechten zu sehen.

Lustlos stocherte ich nun mit dem Löffel in meinem Joghurt herum, als mir einfiel, dass ich Max ja noch anrufen wollte.

»Max Dean«, meldete er sich.

»Hey, ich bin's. Du hast geschrieben, ich soll dich anrufen.« Ich schob mir einen Löffel Kirsch-Joghurt in den Mund. Wirklichen Appetit hatte ich jedoch nicht.

»Oh, Nici!«, rief Max erleichtert. »Wie geht es dir? Was ist passiert?«

»Mir geht es gut«, versicherte ich ihm, was jedoch nur zum Teil der Wahrheit entsprach. Dem physischen Teil. In meinem Kopf konnte ich keinen Frieden finden.

Dann hatte ich eine Idee, die meine Laune sofort wieder anhob. »Max, hast du Lust, zu mir zu kommen?«, schlug ich vor. »Leo könnte auch kommen, und dann können wir uns ein paar Filme anschauen.«

»Anscheinend fehlt dir wirklich nichts.« Er lachte. »Sicher komm ich. Wann?«

Ich überlegte nicht lange. »Jetzt. Wir gucken einen Film, und ihr übernachtet bei mir.« Meine Eltern hatten glücklicherweise nie etwas dagegen, wenn Leo oder Max hier schliefen, und Übernachtungen auf unserer Wohnzimmercouch waren schon fast eine Tradition, da würde heute Nacht mein Bett nicht fehlen.

»Cool. Was für einen Film? Nein, warte. Du darfst aussuchen, wenn du mir genau erzählst, wie du es gestern geschafft hast, dein Zimmer abzufackeln.«

Ich knurrte. »Wenn du da bist.« Ich legte auf und tippte gleich im Anschluss Leos Nummer ins Telefon.

»Jasmin Julek. Guten Abend«, ertönte die Stimme ihrer Mutter.

»Ähm, hallo. Hier ist Nici. Kann ich mit Leo sprechen?«

»Nein, tut mir leid, Nici. Leo hat sehr hohes Fieber und liegt deswegen schon im Bett«, erklärte sie.

»Oh, dann richten Sie ihr gute Besserung von mir aus.« »Nici?«, fragte sie vorsichtig, gerade als ich auflegen wollte.

»Ja?«

»Leo hat sich Sorgen um dich gemacht. Wie geht es dir?«

»Oh … Sagen Sie ihr bitte, dass alles okay ist. Mir geht es gut«, versicherte ich ihr und verabschiedete mich dann. Was Leo wohl davon hielt, dass ich eine Woche nach ihr ebenfalls mein Zimmer in Brand steckte? Ich wusste ja selbst nicht, was ich davon halten sollte. Vor allem von dem ›Wunder‹, wie es der Arzt genannt hatte, dass die Flammen mir nichts angetan hatten …

Ich hatte mich gerade etwas hergerichtet und meine Nägel in einem hübschen Pink lackiert, als es an der Tür schellte. Schnell hopste ich von der Wohnzimmercouch, strich mein T-Shirt glatt und ging zur Tür.

extra gemacht.« Eine logische Erklärung gab es dafür nun wirklich nicht.

Ich wollte nicht mehr über dieses Thema reden, sah auf die Uhr und stellte fest, dass wir noch eine halbe Stunde hatten, bis mein Film anfing. »Und was machen wir jetzt?«, fragte ich Max. »Irgendwelche Ideen oder Gesprächsthemen parat?« Ich lehnte mich auf der großen Couch zurück, streckte meine Füße aus und wartete auf einen Vorschlag von ihm.

»Wie steht's mit Vögeln?«, fragte er.

»Wie bitte?« Wie von der Tarantel gestochen fuhr ich herum, sah ihm geschockt in die Augen. Das meinte er doch nicht ernst, oder? Ich suchte in seinem Gesicht einen Anflug von Ironie oder wenigstens Triumph darüber, dass ich mich so schnell von ihm reinlegen ließ. Doch da war nichts dergleichen, nur etwas Überraschung.

»So abwegig?«, fragte er, und dann grinste er. Doch es war nicht das Grinsen, das ich nach so einer Frage erwartet hatte.

Ich spürte, wie mir heiß wurde und mein Gesicht bestimmt gerade die Farbe meines Haares annahm. »Was hast du gesagt?«, fragte ich noch einmal verunsichert nach. Vielleicht hatte ich ihn ja nur missverstanden.

Er zog die Augenbrauen zusammen. »Wie wäre es mit Vögeln? Ich weiß, es ist nicht sonderlich spannend, aber was anderes ist mir spontan nicht eingefallen.«

Langsam zweifelte ich an meinem Verstand. Oder an seinem. So genau wusste ich das noch nicht. »Vö- vögeln?«, stotterte ich verwirrt.

Er zeigte zum Fenster hinaus. »Findest du es nicht niedlich, dass einer gerade bei uns Zuflucht gefunden hat?«

Mein Kopf schnellte herum zum Fenster, und als ich sah, was er meinte, wollte ich am liebsten in Grund und Boden versinken.

Ein Vogel, ein kleiner Spatz, war durch das offene Fenster hineingeflogen, um in der gleißenden Abendsonne ein schattiges Plätzchen zu finden.

Ich lachte verlegen auf und überlegte kurz, ob ich nicht einfach aus dem Zimmer rennen sollte. Ich sah immer noch zum Fenster, weil ich mich nicht traute, Max ins Gesicht zu sehen, als ich seine bohrenden Blicke in meinem Nacken spürte.

»Du hast etwas anderes verstanden, oder?«, fragte mich der gemeine Mistkerl dann.

»So viel Fantasie, um diese Frage zu beantworten, wirst du doch wohl noch haben«, giftete ich zurück.

Da er weder antwortete noch lachte, drehte ich mich zu ihm um und fand einen völlig konzentrierten Max vor, der wie gebannt auf den ausgeschalteten Fernseher starrte. Um mich nicht auszulachen, hatte er seine Lippen fest aufeinandergepresst, doch ich konnte seine Mundwinkel trotzdem zucken sehen.

Ich war neugierig, wie lange er durchhielt, und beobachtete ihn mit verschränkten Armen. Würde er anfangen zu lachen, würde ich ihn schlagen.

Doch Max schaffte es, und seine Rücksicht mir gegenüber fand ich niedlicher als den Spatz.

»Das war nicht lustig«, kommentierte ich, als sich Max wieder beruhigt hatte.

»Du hast recht«, sagte er ohne ein kleinstes Lächeln.

Ich stutzte. Was sollte denn das? Um nicht weiter darüber zu diskutieren, wechselte ich das Thema. »Wieso hast du noch nicht gefragt, welchen Film wir schauen?«

»Na weil ich es schon weiß. Nici, glaub mir, ich kenn dich mittlerweile so gut, dass ich es mir denken kann, dass du deinen Lieblingsfilm schauen möchtest, wenn er läuft.«

»Oh …« War ich so leicht zu durchschauen? Mist.

»Komm, lass uns Popcorn machen, damit ich was zu tun habe, wenn du rumheulst.«

Ich verdrehte die Augen, stand dann aber doch auf und folgte ihm in die Küche.

Wie der Herr im Hause hatte er schon die Popcornmaschine herausgeholt und suchte gerade nach einer Packung Maiskörner.

»Du kannst doch hier nicht ohne zu fragen alles machen«, beschwerte ich mich.

»Oh doch, das kann ich«, bemerkte er.

Gebannt saß ich mit der Schüssel Popcorn im Arm auf der Couch, als der Film endlich anfing. *›Nur mit dir‹*, mein absoluter Lieblingsfilm, den ich schon unzählige Male gesehen hatte. Ich glaubte zwar nicht an die Liebe im echten Leben, doch jedes Mädchen wünschte sie sich, und es war schön, sie wenigstens im Film zu sehen.

Als der Film zu Ende war, war ich am Boden zerstört und wäre am liebsten in Tränen ausgebrochen. Doch ich tat es nicht. Ungläubig strich ich über mein trockenes Gesicht. Es war das erste Mal, dass ich bei dem Film nicht geweint hatte. Auch Max bemerkte das.

»Wieso heulst du nicht? War es diesmal nicht traurig?«, fragte er.

»Oh doch, das war es«, krächzte ich mit belegter Stimme. Ich stopfte mir eine weitere Handvoll Popcorn in den Mund. Dann begann ich, mich wie jedes Mal zu beschweren. »Warum musste sie sterben? Warum musste er sie so sehr geliebt haben?« Normalerweise schrie ich das alles unter Tränen, heute schrie ich es in Verzweiflung, nahm mir eine weitere Hand Popcorn und warf sie gegen den Fernseher. »Warum zeigen sie uns so eine verdammte unendliche Liebe? Warum gibt es sie nicht hier? Hier und jetzt?«, rief ich wütend und griff wieder nach dem Popcorn, doch bevor ich es erneut gegen den Fernseher werfen konnte, hielt Max meine Hand fest. Dann öffnete er sie und ließ das Popcorn wieder in die Schüssel rieseln.

»Man wirft nicht mit Essen herum«, sagte er.

Ich schnaubte, entzog ihm meine Hand und verschränkte die Arme vor der Brust.

Max schüttelte den Kopf über mich und murmelte etwas, was sich so anhörte wie: »Warum schaust du dir Liebesfilme an, wenn du dich danach immer so beschwerst?« Noch ehe ich etwas darauf erwidern konnte, stellte er mir eine andere Frage. »Wieso glaubst du nicht an die Liebe?« Er sah mich mit seinen blauen, großen Augen fragend an.

Alle Luft wich aus meinen Lungen. Sprachlos saß ich auf dem Sofa neben ihm und wusste nicht, was ich sagen sollte. Ich hatte es noch nie jemandem erzählt, noch nie von jenem Tag gesprochen. Ich wusste nicht, ob ich daran etwas ändern wollte.

»Du kannst mir alles erzählen, Nici«, flüsterte er. »Bitte.«

Er hatte mich noch nie danach gefragt, und ich wusste, dass er das auch jetzt nicht getan hätte, wenn es ihm nicht wirklich wichtig wäre. Wichtig, dass kein unausgesprochenes Wort mehr zwischen uns stand. Und schon gar nicht so viele Wörter, die mich bedrückten.

Er sah meinen inneren Kampf und lächelte mir so ehrlich und aufmunternd zu, dass es mehr Worte nicht brauchte, um mich zu überreden. Er war mein bester Freund … vielleicht war die Zeit gekommen, es zu erklären.

»Ich … als ich noch ganz klein war, da …« Ich verlor die Stimme, meine Hände zitterten, und mir wurde ganz heiß. Es war mir unangenehm, darüber zu sprechen, und ich fühlte mich schuldig. Dabei war ich doch ein kleines Kind gewesen, als ich es gesehen hatte.

»Ich habe gesehen, wie ein Mann eine Frau vergewaltigt hat«, brachte ich es endlich übers Herz, und dann sprudelte alles andere wie von selbst heraus. Ich erzählte ihm, wie ich im Hintergarten eine Frau hatte schreien hören. Es war schon spätabends und keine Menschenseele in der Umgebung gewesen. Ich war von unserem Garten hinuntergegangen und hatte mich auf die Suche nach der Frau gemacht. Sie lag ein paar Häuser weiter im Garten auf der Wiese, ein Mann über ihr. Ich hatte mich hinter dem

Geäst der Hecke versteckt und zusammengekauert alles beobachten können. Er hatte sie geschlagen, während sie versucht hatte, sich zu wehren. Dabei hatte er immer wieder gesagt, dass sie seine Frau sei und sich nicht so anstellen solle. Er hatte sie zu sich herangezogen und geküsst und immer wieder gesagt »Du liebst mich doch, oder nicht?« Ich würde nie den Blick der Frau vergessen, als ihr Kopf von einem Schlag zur Seite geschleudert wurde und sie mich direkt anstarrte. Ihr Blick war so leer gewesen. Danach hatte ich mich voller Angst und verwirrender Gedanken zurückgeschlichen, jedoch keiner Menschenseele davon erzählen können.

Seit dem Tag wurde mir immer schlecht, wenn ich einen Mann sah, der eine Frau küsste. Wochenlang konnte ich keinen Mann ansehen, noch nicht einmal meinen Vater. Und immer wenn ich das Wort ›Liebe‹ hörte, kamen mir diese Bilder in den Kopf. Ich wusste natürlich mittlerweile, dass nicht alle Männer so waren und der beobachtete Mann wahrscheinlich ein Alkoholiker und Schläger war, doch ich konnte gegen meine aufsteigende Panik nichts tun. Konnte nichts gegen das Gefühl des Ekels und der Hilflosigkeit tun. Ich war froh, dass dieses Pärchen schon längst nicht mehr in unserer Nachbarschaft wohnte, und ich hoffte aus tiefstem Herzen, dass die Frau diesen Mann losgeworden war.

Als ich in Büchern zum ersten Mal vom richtigen Gefühl der Liebe gelesen hatte, das ich in der echten Welt nie mitbekommen hatte, hatte ich weinen müssen. Ich fand das Gefühl schön, und es war für mich unendlich traurig, dass es so ein Gefühl in der Wirklichkeit nicht gab. Seitdem liebte ich Liebesgeschichten, ob im Film oder im Buch. Sie waren wie Märchen, und ich weinte jedes Mal darum, dass sie nicht wahr wurden.

Ich beendete meine Erzählung und sah fragend zu Max. Wie würde er auf mein Kindheitstrauma reagieren?

Er blieb lange Zeit still, dann sagte er: »Es tut mir leid, dass du so etwas mitansehen musstest. Es war bestimmt schlimm für dich. Aber … Nici, es gibt die wahre Liebe. Auch hier und jetzt.«

Ich schüttelte traurig meinen Kopf. »Wie kannst du dir da so sicher sein? Ich habe sie in meinen ganzen siebzehn Jahren nicht einmal gespürt, und auch Leos endlos viele Beziehungen deuten nicht darauf hin.«

Für einen Moment, so schien es mir, wurde er traurig. Sein Funkeln in den Augen erlosch während meiner Worte.

»Was ist denn schon Liebe?« Ich seufzte und schloss die Augen. Ich erwartete keine Antwort, und als er lange Zeit schwieg, wollte ich schon aufstehen und mich bettfertig machen, doch dann hörte ich seine angenehme Stimme neben mir. Sanft und beinahe zärtlich flüsterte er die Worte.

»Lieben bedeutet, für jemand anderen zu leben.«

Ich öffnete die Augen und schaute ihn lächelnd an. »Das ist ein schöner Satz, woher hast du ihn?«

Er lächelte zurück. »Von mir.«

Ich war überrascht und beeindruckt, doch ein unangenehmes Gefühl in meiner Brust riet mir, nicht weiter darauf einzugehen. Ich erhob mich, schaltete den Fernseher aus und brachte die leeren Popcornschüsseln in die Küche.

»Da mein Zimmer zurzeit nicht bewohnbar ist, hast du die Wahl zwischen Gäste- und Wohnzimmer« rief ich ihm zu, während ich mir ein Glas Orangensaft eingoss.

»Ich nehme das Wohnzimmer, weißt du doch«, antwortete er, und ich hörte bereits, wie er die Couch aufschob. Ich verkniff mir ein Lächeln. Die Wohnzimmercouch hatte schließlich Geschichte. Leo, Max und ich hatten schon gefühlte tausend Nächte dort verbracht. Besonders damals, als ich noch nicht mein großes Himmelbett hatte und die Couch das einzige war, worauf wir zu dritt gepasst hatten. Sie war so breit und lang, dass sogar vier Personen darauf Platz zum Schlafen gehabt hätten.

Als ich wieder ins Wohnzimmer kam, bezogen wir sie gemeinsam und holten zwei Decken und Kissen aus dem Schlafzimmerschrank meiner Eltern. Ich sah auf die Uhr. Es war schon fast Mitternacht, meine Eltern mussten eigentlich bald kommen. Es war nicht ungewöhnlich, dass sie als Anwälte bis spät in die Nacht in ihren Büros arbeiteten.

Mit einem »Bin gleich zurück« ging ich ins Bad, putzte mir die Zähne und zog mein blaues Seidennachthemd an. Zum Glück hatte ein Teil meiner Kleidung in der Waschküche gehangen und war somit vom Brand verschont geblieben.

Als ich wieder ins Wohnzimmer kam, hatte es sich Max in Boxershorts und einem alten T-Shirt auf dem Sofa bequem gemacht. Ich machte das Licht aus und gesellte mich zu ihm. Es machte mir überhaupt nichts aus, mit ihm in einem Bett – oder eher gesagt auf einer Couch – zusammen zu schlafen. Ich wusste, dass er mir nicht zu nahe kommen würde. Er hatte nie derartige Annäherungsversuche gewagt, und nach dem, was ich ihm heute erzählt hatte, würde er mich erst recht nicht anrühren. Er war wie ein Bruder für mich, und es fühlte sich genauso an, als würde ich jetzt neben Leo liegen. Und ich hoffte, dass es für ihn genauso war – dass ich einfach nur wie eine Schwester für ihn war.

4

Lügen

Als ich am nächsten Morgen aufwachte, war ich allein. Die Couchhälfte neben mir war leer. Benommen richtete ich mich auf und sah mich um. Kurz schoss mir der Gedanke durch den Kopf, dass Max gegangen sein könnte. So wie in den unzähligen Filmen, in denen der Mann nach einer Nacht verschwand und die Frau dann allein aufwachte. *Was für ein dämlicher Gedanke,* schalt ich mich im nächsten Moment selbst. Max und ich hatten die Nacht schließlich nicht auf *diese* Weise miteinander verbracht. Außerdem war ich mir sicher, dass Max niemals verschwinden würde.

Ich behielt recht, denn in der nächsten Sekunde stieg mir ein Kaffeeduft in die Nase und brachte meine Laune in Schwung. Was für ein wundervoller Start in den Tag!

Mit einem Frühstückstablett in den Händen kam Max ins Wohnzimmer, beladen mit Unmengen von köstlichen Dingen. Ich entdeckte einen Teller mit Croissants, ein Marmeladenglas, zwei Tassen Latte Macchiato und Pfannkuchen. Vor Staunen klappte mir der Mund auf. Mir hatte noch nie jemand das Frühstück ans Bett gebracht, geschweige denn ein so leckeres.

»Du warst aber ganz schön fleißig heute«, sagte ich und musterte ihn skeptisch. Führte er vielleicht etwas im Schilde?

Er lächelte und setzte sich neben mich auf die Sofakante, das Tablett auf seinem Schoß. Hastig nahm ich mir die heiße

Tasse Latte und trank sie in einem Zug bis zur Hälfte leer. Dann schnappte ich mir ein Croissant und tunkte es in die Erdbeermarmelade.

»Wow, so schnell habe ich noch nie jemanden seinen Kaffee hinunterkippen sehen. Heute bist definitiv du diejenige, die sich benimmt, als hätte sie noch nie ein Frühstück zu sich genommen«, bemerkte er mit einem breiten Grinsen.

»Ich weiß auch nicht«, sagte ich zwischen zwei Bissen. »Alles erscheint mir heute so viel schöner und leckerer.«

»Dein Heute dauert doch erst fünf Minuten«, erwiderte der Besserwisser.

»Na und?« Ich ließ mich von ihm nicht stören, und gemeinsam beendeten wir das friedliche Frühstück. Gerade als ich ins Bad gehen wollte, um zu duschen, klingelte das Telefon.

»Nici van Desun. Guten Morgen«, trällerte ich gut gelaunt in den Hörer.

»Nici, ist Leo bei dir?«, ertönte eine schrille Stimme, die ich nicht sofort einzuordnen vermochte.

»Ähm, nein. Wer ist denn da?«, fragte ich unsicher.

Ich hörte einen unterdrückten Fluch, dann antwortete die Frau endlich. »Hier ist Leos Mutter. Sie ist nicht bei Ben und auch bei keinem ihrer anderen Freunde. Hast du eine Ahnung, wo sie noch sein könnte?«

Nun war ich noch verwirrter. »Wieso denn? Ist irgendetwas passiert?«

»Sie … Sie war heute Morgen nicht in ihrem Zimmer.« Leos Mutter schluchzte auf. »Wir haben gestern nicht mehr nach ihr gesehen, weil wir sie schlafen lassen wollten. Als wir gerade eben in ihr Zimmer kamen, fanden wir das Bett leer vor – und unbenutzt.« Sie fing wieder an, heftig zu schluchzen, und mir lief es eiskalt den Rücken hinunter. Leo war … weg? Sie konnte nicht einfach weg sein. Wenn sie nicht in ihrem Bett geschlafen hatte … wo dann?

Max nahm mir den Hörer aus den zitternden Händen. Ich starrte ihn an, sah, wie sich seine Lippen bewegten, doch die Worte drangen kaum zu mir durch. Fieberhaft versuchten sich bereits Erklärungen in meinem Kopf zu formen. Bilder von Leo nahmen in meinem Geiste Gestalt an, doch ich verscheuchte sie wieder.

Mit stark klopfendem Herzen wandte ich mich um und ging zum Wohnzimmertisch, auf dem mein Handy lag. Keine eingegangenen Anrufe oder Nachrichten.

Als wüsste ich bereits, dass das ein schlechtes Zeichen war, fing ich an zu zittern, als ich Leos Nummer wählte. Nach endlosen Sekunden des Freizeichens schaltete sich die Mailbox ein.

»Und?«, fragte mich Max.

Ich legte auf und drehte mich zu ihm um. Auch er sah besorgt aus. Der Sturm von schlechten Gefühlen, der sich in mir ausbreitete, passte so gar nicht zum bisher so perfekten Tag.

»Mach dir keine Sorgen, okay?«, murmelte Max und hob mit seinem Zeigefinger mein Kinn an. »Wir finden sie.«

Nach weniger als fünf Minuten eilten wir aus dem Haus. Mein Verstand weigerte sich, sich länger mit pessimistischen Gedanken auseinanderzusetzen, deshalb versuchte ich, so wenig wie möglich zu denken. Ein Glück, dass Max einen klaren Kopf behielt und anscheinend wusste, was zu tun war.

»Nici, fahr du zum Park. Wenn Leo weder zu Hause noch bei uns ist, ist sie meistens dort«, ordnete er an. »Ich fahre in die Stadt und rufe die anderen an, vielleicht haben sie ja etwas von ihr gehört.«

Ich nickte. Der Park war ein friedlicher, schöner Ort, an den sich viele von uns schon des Öfteren zum Nachdenken zurückgezogen hatten. Wann immer Leo mit Ben Streit hatte, konnte man sie dort finden. Es war ziemlich wahrscheinlich, dass ich Leo auch jetzt dort treffen würde.

»Wenn es Neuigkeiten gibt, ruf mich an«, sagte ich heiser und lief in Richtung Garage.

Kaum saß ich in meinem weißen Cabriolet, das ich von meinen Eltern zum sechzehnten Geburtstag geschenkt bekommen hatte, und fuhr aus der Einfahrt, da wusste ich, dass ich in meinem Zustand besser kein Auto fahren sollte. Nicht nur, dass es mir an Konzentration mangelte, auch meine Beine zitterten zu allem Überfluss so unkontrolliert, dass ich meinen Fuß kaum auf dem Gaspedal halten konnte.

Ich hätte jetzt viel lieber noch einmal auf Leos Handy angerufen, als auf den Verkehr zu achten. Oder auf Bens. Vielleicht verschwieg er Leos Mutter etwas, was mir bei meiner Suche helfen würde?

Nici, reiß dich zusammen, mahnte ich mich und atmete tief durch. Überlass Max die Telefonate. Du fährst zum Park.

Ein Glück, dass die Straßen zu dieser frühen Morgenstunde kaum befahren waren. Ich bog gerade in eine kleine Seitenstraße ein und strich mir eine Haarsträhne hinters Ohr, als plötzlich ein Mann auf der Fahrbahn auftauchte.

Mein Herz sprang mir vor Schreck fast aus der Brust, und ich trat so schlagartig auf die Bremse, dass die Reifen quietschten.

Die folgenden Millisekunden verliefen wie in Zeitlupe. Vielleicht klingt das wie ein billiges Klischee. Doch in dem Moment war es *wirklich* so.

Während mein Porsche auf den Mann zuraste, der kaum mehr als drei Meter entfernt sein konnte, sah ich ihn in allen Einzelheiten. Die Millisekunden waren lang genug, dass mein Schrecken dem Erkennen wich. Es war der Mann, der sich vor der Buchhandlung in Luft aufgelöst hatte! Und dem Erkennen folgte blankes Entsetzen, als ich die Schusswaffe in seinen Händen sah, die direkt auf mich gerichtet war.

Ich schloss meine Augen. Erstens aus Angst, er würde mich erschießen. Und zweitens, weil ihn mein Auto nun jeden Moment überfahren würde.

Als es jedoch geschmeidig stehen blieb, kein Ruck das Auto erschütterte und kein Schrei ertönte, öffnete ich die Augen wieder.

Der Mann stand immer noch da. Hatte sich nicht in Luft aufgelöst. Ihn und mich trennten jetzt nur noch die Frontscheibe und dahinter vielleicht ein Meter der Motorhaube.

»Hallo«, sagte der Mann und musterte mich so eindringlich, dass ein wimmerndes Geräusch meinen Lippen entschlüpfte. Gott sei Dank senkte er die Waffe und legte seine Hände auf die Kühlerhaube meines Wagens.

Fassungslos starrte ich seine große Gestalt an. Heute trug er ein normales schwarzes T-Shirt statt dem auffälligen Trenchcoat. Doch es gab immer noch etwas, das ihn vollkommen fremd erscheinen ließ, trotz der gewöhnlich braunen Haare, der gewöhnlich braunen Augen. Und damit meinte ich nicht die Pistole, die immer noch deutlich sichtbar auf dem weißen Metall lag. Es war etwas in seinem Blick, das mich nicht mehr losließ.

»Ich bin ein Phönix«, sagte er plötzlich und legte seinen Kopf schief. Er hatte eine tiefe, raue Stimme. Eine gefährliche Stimme.

Vielleicht sollte ich einfach das Gaspedal durchdrücken und weiterfahren, schoss es mir durch den Kopf. Entweder würde ich ihn platt machen, oder er würde sich in Luft auflösen.

Oder er wird dich erschießen.

»Ich bin *der* Phoenix«, betonte er, und ich blinzelte ihn verwirrt an. Ich war nicht fähig, über diese simplen vier Wörter nachzudenken. Keines davon ergab einen Sinn. *Er* ergab keinen Sinn. Ich wollte ihn fragen, wie er sich in Luft aufgelöst hatte. Oder warum er mich immer so musterte, als würde er … als würde er … Plötzlich wusste ich, was mich an seinem Blick fesselte. Es war der Hass hinter einer trüben Fassade von Gleichgültigkeit.

Seine nächsten Worte holten mich zurück in die Realität. Denn diese Worte ergaben in meinem Kopf sofort einen Sinn.

»Wie heißt du?«

Zumindest wusste ich, was diese Worte bedeuteten. Und so formte mein Mund eine Antwort, ehe ich sie überdenken konnte: »Sag ich nicht.«

Der Mann knurrte und verengte seine Augen zu schmalen Schlitzen. »Ich muss gehen, aber glaub nicht, dass ich dich aus den Augen lasse«, raunte er, so leise, dass ich zu atmen aufhörte, um ihn zu verstehen. »Wir werden uns wiedersehen.«

Dann drehte er sich um und ging. Die Pistole hielt er gesenkt in der rechten Hand – er blickte nicht wieder zurück, bis er schließlich hinter der nächsten Ecke verschwand.

Erst einige Minuten später traute ich mich, tief Luft zu holen und die Hände vors Gesicht zu schlagen. Es war, als löste sich plötzlich eine Blockade in meinem Kopf, und all die Panik strömte mit Verzögerung durch mich hindurch, ließ meine Schultern beben und mein Herz rasen. Was wollte dieser Mann von mir?

Es musste ein Traum sein. Ein schrecklicher Albtraum – der ganze heutige Tag.

Als ich in der Nähe des Parks anhielt und aus dem Auto stieg, kreisten meine Gedanken immer noch um den seltsamen Mann. Auch seine Worte waren endlich zu mir durchgedrungen, und ich versuchte, einen Sinn in ihnen zu finden.

Ein Phoenix war er. Toll. Phoenix war die Stadt, in der wir vor zig Jahren mal gewohnt hatten. Oder ein Vogel. Ein Feuervogel, der aus der Asche wiedergeboren wird – in Fantasygeschichten wie Harry Potter zumindest.

Eisiger Wind blies mir ins Gesicht, ungewöhnlich für einen warmen Tag im Westen Kaliforniens. Ich zitterte, und die Kälte schmerzte auf meinen Wangen. Je näher ich dem Park kam, desto mehr schweiften meine Gedanken von dem Mann ab und beschäftigten sich mit meiner früheren Sorge. Oh, was betete ich, dass ich Leo hier finden würde!

Je weiter ich kam, desto düsterer wurden die Schatten der Palmen, die sich um mich legten. Immer wieder sah ich mich um, denn das Gefühl, beobachtet zu werden, ließ mich nicht los.

Irgendwann stand ich an der großen Weggabelung, ein paar Parkbänke standen links und rechts von mir, weiter hinten sah man den Spielplatz. Die Rufe der spielenden Kinder drangen bis an meine Ohren. Ihr unschuldiges Gelächter. Doch Leo war nicht hier, und ich bezweifelte, dass sie weiter bis zum Spielplatz gegangen war. Wir waren immer hier an der großen Wiese gewesen.

Trauer brach über mir zusammen, und mein suchender Blick gab es auf, die wenigen Grünflächen anzustarren, als würde meine Freundin jeden Moment dort auftauchen, wie sie mit einem Buch in der Hand auf dem Gras lag und sich sonnte.

Wütend biss ich mir auf die Unterlippe und stapfte weiter. Ich würde nicht zurück zu meinem Wagen gehen. So unwahrscheinlich es auch war, dass sie sich in irgendeiner Ecke versteckt hatte, sie hinter einem Klettergerüst hockte oder sich am Kiosk nur ein Eis holte – ich würde nicht gehen, ehe ich jeden Millimeter abgesucht hatte.

Mit gesenktem Kopf und geballten Fäusten trat ich meinen Rückweg an. Ich rechnete damit, dass jeden Moment Tränen meine Wangen überströmen würden, doch sie kamen nicht. Frustriert zog ich mein Handy aus der Jeans und wählte zum vierten Mal Leos Nummer, doch auch diesmal sprang nur die Mailbox an.

»Scheiße!« Niedergeschlagen stapfte ich durch die kleinen staubigen Kieselsteine in der Hoffnung, Max hatte mehr Glück gehabt. Vielleicht hatte sie sich morgens nur in ein Café setzen und frühstücken wollen. Vielleicht war sie bei Ben, und sie wollten es geheim halten. Vielleicht war sie sogar noch zu Hause, und ihre Eltern hatten sie nur noch nicht bemerkt.

Eine Hand legte sich plötzlich auf meine Schulter, und ich fuhr schreiend herum.

Es dauerte etwas, bis ich den jungen Mann in meiner panischen Angst und der blendenden Sonne erkannte. Dann atmete ich erleichtert aus. Es war nur Max.

»Jag mir nie wieder so einen Schrecken ein!«, schrie ich ihn an.

Er sah schuldbewusst zu Boden, und die Tatsache, dass er nicht grinste, zeigte, dass auch er kein Glück bei seiner Suche gehabt hatte.

»Entschuldige … Du siehst ganz schön fertig aus – und hysterisch. Ist irgendetwas passiert?«, fragte er besorgt.

»Ich … Ich hab sie nicht gefunden. Ist das nicht Grund genug, um fertig zu sein?«, fragte ich mit zitternder Stimme. Doch noch bevor er antworten konnte, sprudelte alles andere ebenfalls aus mir heraus. »Mir ist vorhin ein Mann vors Auto gelaufen und hat mich mit einer Waffe bedroht!«

Max erbleichte, und seine Augen starrten mich ungläubig an, bevor sie sich zu schmalen Schlitzen verengten. »Wie bitte?«, brachte er zwischen zusammengebissenen Zähnen hervor.

»Er stand plötzlich mitten auf der Straße, ich habe gebremst, und mein Auto ist genau vor ihm zum Stehen gekommen. Er hatte eine Pistole bei sich. Und er hat irgendetwas Seltsames gesagt. Dann ist er gegangen. Mit dem Versprechen, dass ich ihn wiedersehen werde«, berichtete ich ihm, verschwieg jedoch, dass ich den Mann früher schon einmal gesehen hatte.

»Himmel! Was hat der Mann denn Seltsames gesagt? Hast du ihn schon einmal gesehen? Was wollte er?«

Ich senkte meinen Blick auf den Boden. »Ich weiß es nicht. Aber … ehrlich, ich will nicht mehr darüber reden. Nicht jetzt zumindest. Erst müssen wir Leo finden.« Ohne seine Antwort abzuwarten, ging ich weiter. Ich hatte keine Ahnung, was wir jetzt machen sollten. Um ehrlich zu sein, wollte ich nur ins Bett, weil mir das alles schon zu viel wurde. Doch ich würde ohnehin keine Ruhe finden, solange ich nicht wusste, was mit meiner Freundin geschehen war. Ich hatte nie gelernt, mit solch schwierigen Situationen umzugehen, es hatte bis jetzt keine in meinem Leben gegeben. Mein Leben war bisher perfekt gewesen – wieso um Himmels Willen jetzt nicht mehr?

Max und ich fuhren wieder zu mir nach Hause. Leos Eltern hatten bereits die Polizei eingeschaltet, und ich musste meine Eltern informieren.

Kaum hatte ich an der Tür geschellt, wurde uns geöffnet. Meine Mutter stand mit erhitzten Wangen und feuchten Augen vor mir. Erst dachte ich, sie hatte aus Sorge um mich geweint, doch dann erkannte ich, dass sie keineswegs unglücklich oder besorgt aussah. Sie strahlte förmlich vor Glück, das ich nicht begreifen konnte. Hatte sie nicht heute ein ernstes Gespräch mit mir führen wollen?

»Guten Morgen, ihr beiden! Na, schon einen schönen Morgenspaziergang gehabt?«, rief sie fröhlich aus. Ich war wie vor den Kopf gestoßen, und ihre anscheinend gute Laune machte mich wütend.

»Leo ist verschwunden«, sagte ich kurz angebunden und drängte mich an meiner Mutter vorbei ins Haus. Max blieb bei ihr stehen und erklärte ihr die Einzelheiten. Ich hörte, wie meine Mom entsetzt nach Luft schnappte, und ich wusste, dass sie jeden Moment angerannt kommen würde.

Ich ließ es aber gar nicht erst dazu kommen. Ich nahm mir einen Packen saubere Wäsche und schloss mich im Bad ein, um die Dusche, die ich heute Morgen ausgelassen hatte, nachzuholen.

Absichtlich lange blieb ich unter dem heißen Wasserstrahl stehen und versuchte, die heutigen Ereignisse zu vergessen und meinen Kummer mit fortzuspülen. Außerdem wollte ich den Gesprächen mit Max und meinen Eltern aus dem Weg gehen. Ich wollte mir keine Aufmunterungen anhören oder leere Versprechungen, dass Leo bald gefunden werden würde. Ich wollte auch nicht wissen, warum meine Mutter so glücklich war. Wollte weder ihr Lächeln noch das Strahlen ihrer Augen sehen. Vermutlich war es mittlerweile ohnehin schon erloschen.

Nach fast einer Stunde kam ich endlich aus dem Bad und lief direkt in meinen Vater hinein. Ich wollte nicht mit ihm reden, doch er musterte mich besorgt und versperrte mir jeglichen Weg zur Flucht. »Alles okay?«, fragte er mich. Ich wusste nicht, ob er noch auf das Feuer anspielte oder bereits von Leos Verschwinden gehört hatte.

»Alles okay«, murmelte ich und schob mich an ihm vorbei, nur um dann zu sehen, dass meine Mutter auf dem Sofa im Wohnzimmer bereits auf mich wartete.

Widerwillig setzte ich mich zu ihr. Einem Gespräch konnte ich anscheinend nicht entgehen.

»Willst du darüber reden?«, war ihre erste Frage. Reflexartig schüttelte ich den Kopf, dann musterte ich ihr Gesicht. Ich hatte recht, ihr Strahlen von vorhin war wie weggeblasen. Sie sah aufrichtig mitgenommen aus und blickte mich wieder besorgt an. Ich wollte nicht so angesehen werden.

»Mir geht es gut. Schau mich nicht so an«, rutschte es mir heraus. Sofort presste ich mir die Hand auf den Mund. Nie zuvor hatte ich meine Mutter in so einem Tonfall angefahren.

Ich entschuldigte mich und stützte den Kopf auf meine Hände. Unglücklich lächelnd legte meine Mutter einen Arm um meine Schulter und zog mich tröstend zu sich heran. Wir schwiegen einen Moment, und ich hörte, wie sich mein Vater zu uns gesellte.

»Ich glaube, so etwas wie ›Mach dir keine Sorgen, sie taucht schon bald wieder auf‹ willst du nicht hören, hm?«, fragte er. Ich schüttelte wortlos meinen Kopf.

Als ich mich wieder aufrichtete, bemerkte ich jedoch, dass meine Mutter meinem Vater einen vielsagenden Blick zuwarf. Ich beobachtete die beiden einen Moment. Sie bemerkten es noch nicht einmal, so versunken waren sie in ihr wortloses Gespräch.

»Habt ihr zwei mir irgendetwas zu sagen?«, platzte es aus mir heraus. Sie sahen so aus, als teilten sie ein wundervolles Geheimnis, das sie mir nicht anvertrauen wollten.

Erst blickte mich mein Vater mit einem äußerst merkwürdigen Gesichtsausdruck an, dann meine Mutter. Ja, sie sahen schon beinahe schuldbewusst aus.

»Wwas … ist?«, krächzte ich, da mich meine Stimme plötzlich verlassen hatte.

Einen weiteren Moment der Stille hätte ich nicht mehr ausgehalten, und Gott sei Dank machte ihr meine Mutter in diesem Augenblick auch ein Ende. »Ich bin schwanger«, sagte sie tonlos, doch in ihren Augen sah ich wieder dieses glückliche Leuchten. In dem Moment, in dem meine Welt zusammenbrach, entstand für meine Eltern eine neue. Einen unpassenderen Zeitpunkt für diese Neuigkeit hätten sie sich nicht aussuchen können.

»Unmöglich, unmöglich«, flüsterte mein Vater immer wieder vor sich hin, wobei er meiner Mutter fröhlich zulächelte.

»Schwanger?«, echote ich. Etwas anderes fiel mir nicht ein.

Meine Mutter nickte glückselig und legte ihre Hände über ihren Bauch. »Wir hätten nie gedacht, dass so etwas passieren könnte. Ich weiß, es ist vielleicht nicht der beste Zeitpunkt, aber da wir dachten, dass es nie … nie dazu kommen könne …« Sie brach ab und schaute zu Boden, sodass ich ihr Gesicht nicht sehen konnte.

Was hatten diese letzten Worte zu bedeuten?

Ich spürte die Spannung wie eine dunkle Wolke über mir.

»Was verheimlicht ihr mir?«, fragte ich, doch mehr als ein Flüstern kam nicht über meine bebenden Lippen.

Hoffnungsvoll suchte meine Mutter den Blick meines Vaters. Die Freude in ihren Augen war nun gepaart mit Angst und

Sorge. Sie konnte es nicht sagen, konnte die Wahrheit nicht ans Licht bringen, sich den Lügen nicht stellen, die sie mir aufgetischt hatten.

Mein Vater konnte es.

»Uns wurde vor über zwanzig Jahren gesagt, dass deine Mutter nicht schwanger werden kann. Sie kann keine Kinder bekommen, Nici. Deswegen ist das für uns jetzt ein Wunder«, fing er an.

»Aber ich …«, hauchte ich, den Tränen nahe. Was war mit mir?

Was für eine dumme Frage. Ich wusste es schon, bevor er es aussprach. Es lag auf der Hand, doch ich musste es einfach hören. Sonst hätte ich es nicht geglaubt. Ich hoffte, es wäre nicht so, wie ich dachte. Doch es gab heute kein Erbarmen für mich. Die Wahrheit traf mich mitten ins Gesicht, wie eine schallende Ohrfeige.

»Wir haben dich adoptiert, Schatz.«

Dieser eine Satz zerbrach mein perfektes Leben in Tausende von Lügen, und plötzlich begriff ich, dass mein Leben alles andere als perfekt war.

Eigentlich war es nie perfekt gewesen.

Es waren nur perfekte Lügen gewesen.

5
Abschluss

Scheiße. Ich bin adoptiert!

Mom und Dad waren nicht meine echten Eltern! Dies war nicht mein Name, nicht mein Haus, nicht meine Familie. Es gehörte nicht mir. Wer waren meine echten Eltern?

Ich starrte wie gebannt an die Decke des Gästezimmers. Es war Nacht, und ich lag zusammengekauert im Bett zwischen fünf Kissen, doch ich konnte nicht einschlafen. Nicht verwunderlich nach einem Tag wie diesem.

Ich ging in Gedanken noch einmal das Gespräch mit meinen *Eltern* durch. Es tat weh, *Eltern* zu denken und zu wissen, dass dies nicht stimmte. Doch wie sollte ich sie sonst nennen?

Sie hatten mir erzählt, dass es noch nicht einmal eine typische Adoption gewesen war. Sie hatten mich eines Nachts vor ihrer Tür gefunden. Zu dem Zeitpunkt hatten sie sich schon lange ein Kind gewünscht, doch die Ärzte hatten meiner Mutter immer wieder vor Augen gehalten, dass dies bei ihr leider sehr unwahrscheinlich war. Die Hoffnung auf ein eigenes Kind war schon vor langer Zeit im Keim erstickt worden, und auch eine Adoption hatten sie nicht im Sinn gehabt. Sie wollten immer ein leibliches Kind, ihr Fleisch und Blut …

Sie hatten mich damals in Phoenix vor ihrer Haustür in einem Korb gefunden, und einen Säugling konnte man schließlich nicht einfach liegen lassen. Am nächsten Tag hatten sie ihren Fund sofort sämtlichen Behörden gemeldet, um die Eltern ausfindig zu machen oder zu erfahren, was nun mit diesem Baby – mir – geschehen sollte.

Die Tage, die ich bei ihnen verbracht hatte, hatten gereicht, um mich ins Herz zu schließen und mich adoptieren zu wollen. Nach einem halben Jahr galten meine *Eltern* offiziell als meine Eltern. Sie hatten mich lieb gewonnen wie ihr eigenes Kind und hatten gesagt, dass ich mich jetzt, da sie tatsächlich ihr eigenes Kind erwarteten, nicht benachteiligt fühlen sollte.

Benachteiligt? Ich fühlte mich verraten, war schockiert. Und enttäuscht.

Waren meine Eltern nicht schon zu alt für ein Baby? Was war das Schicksal nur für eine miese Sache, wenn sie jahrelang kein Kind bekommen konnten und nun, als sie Mitte vierzig waren, Mom schwanger wurde.

Ich hatte sie gefragt, ob in dem Korb noch irgendetwas gewesen war, ob ich irgendwelche Hinweise auf meine leiblichen Eltern bei mir getragen hatte, doch außer einem Kopfschütteln und einem mysteriösen Blickduell zwischen meinen Eltern hatte ich keine Antwort erhalten. Ich schnaubte in der Dunkelheit und drehte mich auf die andere Seite.

Natürlich, irgendwie änderte die Tatsache, dass ich adoptiert wurde, nichts. Sie liebten mich immer noch wie vorher, und ich liebte sie. Doch irgendwie änderte diese Tatsache schon etwas … wie viel genau, wusste ich nur noch nicht.

Ich erwachte am nächsten Morgen erst gegen halb zwölf und erkundigte mich sofort, ob irgendjemand für mich angerufen hatte. Da dies nicht der Fall war, beschloss ich, selbst zur Tat zu schreiten. Als erstes versuchte ich es wieder auf Leos Handy. Fehlanzeige. Ich tippte Max' Nummer ein, während ich in die Küche lief.

»Hey Max, hier ist Nici.«

»Hi.« Er hörte sich noch verschlafen an.

»Irgendetwas Neues wegen Leo?«, fragte ich und klemmte den Hörer zwischen Kopf und Schulter, um mir Frühstück machen zu können.

»Nicht, dass ich wüsste. Meine Eltern waren gestern den ganzen Abend bei den Juleks und haben sie aufgemuntert. Wo waren eigentlich deine?«

Ich schwieg und überlegte eine Sekunde lang, wie und ob ich es ihm überhaupt sagen sollte. Im nächsten Moment hörte ich mich schon sagen: »Ich wurde adoptiert.«

Diesmal schwieg er – und zwar länger als eine Sekunde.

»Jetzt echt?«, fragte er irgendwann.

Ich verdrehte die Augen, doch am liebsten hätte ich geweint. »Ja, du Idiot! Meine Mutter konnte angeblich keine Kinder bekommen, und irgendwann lag ich vor ihrer Tür und sie haben mich aufgenommen. Doch – *tadaa* – gestern stellte sich heraus, dass sie anscheinend doch Kinder bekommen kann.«

»Hä?«

»Sie ist schwanger«, gab ich missmutig zurück.

Stille.

Ich biss in das mit Marmelade bestrichene Toastbrot.

»Oh Mann …«, war alles, was er dazu sagen konnte.

Wir schwiegen eine ganze Weile, während jeder seinen Gedanken nachhing und ich zu Ende frühstückte.

»Ben und ich wollen gleich mit dem Rad durch die Stadt fahren, du weißt schon … wegen Leo. Willst du mitkommen?«, fragte er.

Ich zögerte kurz, dann willigte ich ein, und wir verabredeten uns schließlich in einer Stunde vor meinem Haus. Tatenlos zu Hause herumzusitzen, während Leo verschwunden war, kam nicht infrage. Doch ein kleiner Teil von mir schrumpfte hoffnungslos in sich zusammen bei der Vorstellung, sie den ganzen Tag zu suchen, den ganzen Tag mit der Tatsache konfrontiert zu sein, dass sie spurlos verschwunden war, und am Ende erfolglos nach Hause zu kommen. Das wäre unerträglich.

Pünktlich, frisch geduscht und sogar geschminkt, da ich zu viel Zeit hatte und Langeweile nicht gut für meinen momentanen Zustand war, stand ich schließlich mit meinem pinken Fahrrad vor der Einfahrt. Ich war meinen Eltern aus dem Weg gegangen und hatte nun sogar ohne ein Abschiedswort das Haus verlassen, sodass jetzt leichte Gewissensbisse an mir nagten.

Glücklicherweise tauchten in dem Moment die Jungs auf, sodass ich nicht weiter darüber nachdenken musste. Schon seltsam, wie sehr uns Leos Verschwinden gleichzeitig zusammenschweißte und doch in komplettes Schweigen hüllte.

Wir fuhren fast drei Stunden wahllos durch die Straßen. Ben hatte Vermisstenanzeigen ausgedruckt, die wir an Laternenmasten klebten oder Passanten unter die Augen hielten. Keiner hatte sie gesehen, nicht der Bäcker ihrem Haus gegenüber, nicht die Kellnerin ihres Lieblingscafés.

Niedergeschlagen setzten wir uns spätnachmittags in eine Pizzeria und aßen in einer Stimmung wie auf einer Beerdigung. Jedem drängte sich unvermeidlich die Frage auf, ob unsere Leo überhaupt noch am Leben war. Ein eisiger Schauer lief mir bei dem Gedanken den Rücken hinunter, dass ich Leo vielleicht an meinem Geburtstag zum allerletzten Mal gesehen hatte.

Ich schüttelte gerade diese entsetzliche Vorstellung ab, als ich mich plötzlich beobachtet fühlte. Ich spürte diese bohrenden Blicke, genau wie am Tag zuvor.

Als ich mich versichert hatte, dass Max und Ben immer noch deprimiert auf ihren geschmolzenen Käse starrten, als wäre er schuld an all ihren Problemen, sah ich mich in dem Lokal um. Es war ein gemütliches kleines Restaurant, in dem sich nur wenige Leute befanden. Ein altes Ehepaar saß einen Tisch weiter neben uns und unterhielt sich im Flüsterton; ein frisch verliebtes Pärchen hatte seine Pizza noch nicht einmal angerührt, da es viel zu sehr miteinander beschäftigt war.

Dann huschte mein Blick in die Ecke des Ausgangs. Ein Mann in einem langen schwarzen Trenchcoat stand im Türrahmen, sein Blick bohrte sich in meinen.

Erschrocken fuhr ich zusammen.

»Nici, alles okay?«, fragte mich Max und legte seine Hand auf meinen Arm.

Ich schaute ihn verwirrt an, dann nickte ich. Als ich wieder zur Tür sah, war der Mann verschwunden. Suchend blickte ich mich um.

»Was ist?«, fragte Max nach.

»Nichts … Ich, äh … ich dachte nur, ich hätte jemanden gesehen«, murmelte ich und beschloss, meine Pizza schnell zu Ende zu essen.

Unsere Abschlusszeremonie, auf die wir uns alle gefreut hatten, fand ohne unsere beste Freundin statt.

Ich starrte nach oben zu den hundert fliegenden Hüten, und meine Arme streckten sich von selbst aus, um einen von ihnen zu fangen. Hoffentlich war es der meine.

Gelächter und Gekreische schlugen laut an meine Ohren, die ausgelassene Stimmung umgab mich von allen Seiten, doch drang sie nicht durch meine aufgestellten Wände aus Kummer.

Ein paar Blicke von anderen Schülern trafen mich, sie lächelten mir zu.

Max stieß seinen Ellbogen sanft in meine Seite. »Kommst du mit ins Robertos?«, fragte er. Es war eine Tradition, dass wir alle zusammen vor den Sommerferien in dieses Eiscafé gingen. Unser halber Jahrgang traf sich dort immer. »Komm schon, es wird dir nicht schaden«, versuchte er, mich aufzumuntern.

Ich seufzte und zerquetschte das Diplom in meinen schweißnassen Händen. Er hatte recht. Wo auch immer Leo gerade war, sie würde nicht wollen, dass ihr Verschwinden uns dermaßen die Stimmung versaute. Meinen Theorien über eine Entführung konnte ich auch später noch nachhängen. Also versuchte ich mich an einem Lächeln und sagte: »Dann wartet auf mich. Trommel die anderen zusammen, und ich gehe meinen Eltern Bescheid geben.«

»Du brauchst uns nicht zu suchen, hier sind wir«, sagte in diesem Moment mein Vater, und ich fuhr erschrocken herum.

Mittlerweile liefen alle kreuz und quer über das Footballfeld unserer Schule. Alle Absolventen in ihren schwarzen Roben und mit ihren Abschlusshüten auf den Köpfen, Eltern und andere Familienmitglieder wuselten durch die Reihen, um ihre Kinder in die Arme zu schließen, andere verließen das Gelände bereits wieder.

Auch meine Eltern schlossen mich nun in die Arme und wiederholten ihre Glückwünsche. Hinter ihrem Rücken sah ich, wie Max mir zuzwinkerte und sich dann auf den Weg machte. Entweder um unsere Freunde ausfindig zu machen oder seine Eltern zu finden. Mit einem Handzeichen teilte er mir noch mit, dass wir uns in zehn Minuten vor dem Schuleingang treffen würden. Ich nickte und löste mich aus der Umarmung meines Vaters.

»Schon gut, ihr wusstet ja schon vorher, dass ich meinen Abschluss kriege«, sagte ich und zupfte meine Robe wieder zurecht.

»Ihr wollt also ins Eiscafé, habe ich richtig mitgehört?«, fragte mein Vater.

»Ja, sieht wohl so aus. Und ihr könnt euch dann jetzt ruhig beeilen, ich weiß doch, dass du heute noch einen wichtigen Termin hast«, sagte ich und verdrehte die Augen.

Mein Vater lachte. »Das ist meine Kleine!«

»Bis heute Abend, Schatz. Wenn was ist, ruf uns an«, fügte meine Mutter hinzu und legte ihren Arm um die Taille ihres Mannes.

Ich winkte ihnen, als sie sich auf den Weg machten, und sah ihnen nach. Ich glaubte, mich nun bereits mit dem Gedanken abgefunden zu haben, dass sie nur meine Adoptiveltern waren, und war erleichtert, dass sie mir mein gestriges Verhalten nicht übel nahmen. Ich freute mich sogar selbst mittlerweile über das Baby und den Gedanken an ein kleines Geschwisterchen.

Ich hatte noch ein paar Minuten Zeit, um auf die Toilette zu gehen, und verließ das Gelände in Richtung Tribüne.

Während ich mir die Hände wusch, starrte ich mich im Spiegel an. Mein Gesicht war ungewöhnlich blass, sodass jede einzelne Sommersprosse deutlich hervortrat. Unter meinen Augen lagen dunkle Schatten, mein Blick war leer und trüb. Ich schüttelte meinen Kopf und spritzte mir kaltes Wasser ins Gesicht.

Nachdem ich meine Hände abgetrocknet hatte, riss ich mir den Hut vom Kopf und versuchte, ihn in meine Handtasche zu quetschen.

Ein plötzliches Schwindelgefühl ließ mich innehalten, und ich musste mich mit einer Hand an der Wand abstützen. Mit der anderen rieb ich mir über die Schläfen. Für einen Moment drehte sich alles, und ich schloss die Augen. Gott, was war los mit mir?

Ich atmete ein paarmal tief ein und aus, dann trat ich mit wackeligen Schritten wieder ins Freie. Ich lehnte mich an die Wand und genoss die Wärme der Sonne auf meinem Gesicht, bis das mulmige Gefühl nachließ. Da sich meine Beine immer noch wie Wackelpudding anfühlten, wollte ich mich gerade hinsetzen, als mich eine Stimme herumfahren ließ.

»Hey.«

Aus der benachbarten Herrentoilette war ein Junge getreten, der mich nun von oben bis unten musterte. Es war Darren, der Footballstar unserer Schule und allseits bekannter Frauenheld. Es gab keine Cheerleaderin, die es noch nicht auf seine Matratze geschafft hatte, und überhaupt gab es von allen weiblichen Wesen an unserer Schule nur wenige Ausnahmen. Mich zum Beispiel.

Die Art, wie er mich angrinste, ließ mich Böses erahnen. Vielleicht wollte er seine Schullaufbahn nicht mit den paar Ausnahmen beenden.

»Die jüngste Absolventin also. Ich sollte öfter mit einer so Hochbegabten reden, vielleicht würde etwas auf mich abfärben.«

Ein wenig mehr Intelligenz hätte ihm tatsächlich nicht geschadet. »Man ist nicht hochbegabt, nur weil man die dritte Klasse übersprungen hat«, wandte ich ein und überlegte, ob ich nicht einfach gehen sollte. Es wäre ziemlich unhöflich, und obwohl ich diesen Kerl höchstwahrscheinlich nicht in Stanford zu Gesicht bekommen würde, hasste ich es trotzdem, bei Leuten einen schlechten Eindruck zu hinterlassen. Ich war es gewohnt, von meinen Mitschülern gemocht zu werden.

Er zuckte mit den Schultern und trat näher an mich heran. Nur schwer konnte ich dem Drang widerstehen, einen Schritt zurückzutreten. Doch vor Darren Schwäche zu zeigen, wäre keine gute Idee gewesen.

»Wir haben uns in unserer Schulzeit viel zu selten unterhalten«, raunte er mir zu, und ich bekam kaum noch Luft.

Trotzdem bemühte ich mich um eine Antwort. »Lag wohl daran, dass wir unterschiedliche Interessen hatten.« *Beziehungsweise ich hatte kein Interesse an dir,* verbesserte ich in Gedanken.

Nun, anscheinend hatte Darren das nicht geschnallt oder dachte, ich hätte meine Meinung geändert, denn im nächsten Moment strichen seine Hände über meine Oberarme.

Ich wich zurück. Nun war wirklich nicht der günstigste Zeitpunkt, um mich anzumachen. »Ich gehe jetzt«, fauchte ich und wollte davonmarschieren, als er plötzlich mein Handgelenk packte. Fest und bestimmt. In meinem Kopf sprangen alle Alarmsirenen an. »Fass mich nicht an!«, schrie ich und versuchte, mich aus seinem Griff zu befreien. Vergeblich. Mit unglaublicher Kraft drückte er mich gegen die Backsteinwand der Toilette.

Er hielt meine Handgelenke umklammert, sein Körper beugte sich mir entgegen. Mir wurde schwarz vor Augen, und einen Moment lang dachte ich, ich würde in Ohnmacht fallen, doch dann kämpfte ich dagegen an. Allein die Vorstellung, was er mir in der Zeit, in der ich ohnmächtig wäre, antun konnte, brachte mein Herz zum Stillstand.

»Jetzt zier dich doch nicht so, Kleine«, raunte er mir ganz nah an meinem Ohr zu, und ich glaubte, mich gleich übergeben zu müssen. Er drückte seinen durchtrainierten Körper fester an mich und fuhr mit seinen Lippen ganz langsam von meinem Ohr zu meinem Mund.

Ich drehte meinen Kopf weg, versuchte meine Hände zu befreien, doch ich scheiterte. War denn keiner da, der mich retten konnte? Warum lagen die Toiletten nur so abgelegen?

Panik überkam mich, und ich konnte keinen klaren Gedanken mehr fassen, stattdessen hörte ich wieder die schrillen Schreie von jenem Tag. Automatisch begann ich, am ganzen Körper zu zittern, und ich hasste mich dafür. Hasste mich dafür, dass ich nicht imstande war, mich zu wehren.

In dem einen Moment spürte ich ihn noch an jedem Millimeter meines Körpers, im nächsten Moment jedoch war er verschwunden. Meine Hände waren frei, sein Körper bedrängte mich nicht mehr. Ich sackte auf dem Boden zusammen, ohne den Grund für meine Rettung zu erfahren, schnappte nach Luft, bis die Schreie in meinen Ohren verklangen.

Ein Rauschen hatte sie ersetzt.

6

Sonnenfinsternis

Benommen setzte ich mich auf und lehnte mich an die Wand. Ich blinzelte gegen die Sonne an und versuchte zu erkennen, wohin und warum Darren verschwunden war.

Plötzlich schob sich eine große Gestalt in mein Blickfeld. Einen Herzschlag später fing ich an zu schreien.

»Sei still«, zischte der Mann und hielt mir eine Pistole vor die Augen.

Sofort verstummte ich. Es war der Mann von Samstag. Entsetzt starrte ich vom Boden aus zu ihm hinauf, schaute in sein Gesicht, das im Halbschatten lag, und blickte nach Luft japsend in seine kühlen Augen. Dann huschte mein Blick wieder zu der Waffe. Er wollte mich doch nicht etwa umbringen? Nachdem er es Samstag nicht getan hatte …

Er machte keine Anstalten, mich zu erschießen, seine Finger lagen ruhig am Abzug, und die Zeit, in der er stumm blieb, nutzte mein Verstand, um sich von dem Schreck zu erholen. Ich versuchte, meinen Atem unter Kontrolle zu bringen, und dachte darüber nach, was ich am besten tun sollte.

Als erstes wollte ich nicht vor ihm am Boden sitzen bleiben, daher rappelte ich mich mühselig auf, ohne den Lauf der Pistole aus den Augen zu lassen. Danach war ich immer noch zwei Köpfe kleiner als er, doch bei meinen eins einundsechzig war das kein Wunder.

Als zweites wollte ich in meinem Kopf gerade einen vernünftigen Satz formulieren, damit nicht nur hektisches Gestammel aus meinem Mund kommen würde, als er mir zuvorkam.

»Nici van Desun.«

Nur Nici, wollte ich ihn im ersten Impuls korrigieren, da mir der Nachname immer noch einen Stich ins Herz versetzte. Doch ich schwieg, als hätte die auf mich gerichtete Waffe meine Worte verschluckt, nach denen ich soeben noch suchen wollte. Ich konnte mir einfach nicht erklären, woher der Mann meinen Namen kannte oder was er von mir wollte.

Was *tat* er hier? Hatte er mich vor Darren gerettet? Ich hoffte nur, er hatte ihn nicht erschossen. Unauffällig musterte ich meine Umgebung – nur für den Fall, dass Darren hier tatsächlich noch irgendwo verletzt herumlag.

Der Mann beäugte mich noch immer kritisch. Trotzig reckte ich mein Kinn in die Höhe und versuchte, tapfer zu wirken, was mir aber vermutlich anhand meines Zusammenbruchs vor wenigen Sekunden nicht wirklich gelang. Immer wieder huschte mein Blick zwischen der Waffe und seinen Augen hin und her. Diese braunen Augen, die mich abschätzend musterten und hinter denen sich ein wenig Grün spiegelte …

Er seufzte plötzlich und ließ die Waffe sinken. »Du weißt anscheinend von nichts«, murmelte er und schüttelte den Kopf. Seine Worte ergaben keinen Sinn, doch ich atmete trotzdem erleichtert auf, weil er offenbar nicht mehr vorhatte, mich zu erschießen. Dennoch hämmerte mein Herz wie wild in meiner Brust. Ich konnte mir keinen Reim darauf machen, was dieser Mann von mir wollte. Doch er schien auch nicht gesprächig genug, um mir das zu verraten.

»Jean! Jean!«, rief plötzlich jemand. Sofort fuhr mein Kopf in Richtung der Stimme. Ein kleiner Junge, nicht älter als zwölf, rannte auf uns zu. Seine wilden braunen Locken hüpften im Wind. Als er mich entdeckte, wurde er langsamer. »Du hast sie also gefunden«, sagte er und blickte dabei den bedrohlichen großen Mann mit der Pistole an.

Verwirrt starrte ich auf den Jungen, der sich neben dem Mann positionierte. Er sah aus wie eine Miniaturausgabe von Max. Als ich auch bei ihm eine Waffe entdeckte, zuckte ich zusammen. Sie baumelte an seinem Gürtel, als wäre sie eine Wasserpistole. Vielleicht waren es sogar Wasserpistolen, und die beiden spielten irgendein dämliches Spiel? Mein Blick wanderte erneut zu der Pistole des Mannes. *Nein.* Nie im Leben war das nur eine Wasserpistole.

»Kann sie sprechen?«, fragte plötzlich der Junge. Sollte das ein Scherz sein?

Der große Mann funkelte den Jungen zornig an, der daraufhin schmollend seinen Kopf senkte.

»Wir haben nicht ewig Zeit. Und ich werde nicht noch einen von deinen Verehrern nach Hause schicken«, sagte er dann an mich gewandt. Er hatte eine ruhige, beinahe gleichgültige Stimme. Ich öffnete empört den Mund, schließlich war er doch derjenige, der meine Zeit in Anspruch nahm. Und Darren war auch nicht mein Verehrer! »Du musst mitkommen«, fuhr er fort, ehe ich meine Einwände äußern konnte.

»Wohin?«, krächzte ich eine Oktave zu hoch.

»Du wirst es mir nicht glauben, wenn ich es dir erzähle. Also kommst du freiwillig mit oder …?« Er ließ seine Frage offen und bedrohlich in der Luft hängen.

Das ließ ich mit mir nicht machen! Angsteinflößender, bewaffneter Mann hin oder her, ich würde mich doch nicht entführen lassen! Also tat ich in diesem Moment das Dümmste, was mir einfallen konnte: Ich lief weg.

Ich raffte meine Robe an den Knien und war kaum die ersten Schritte vorwärts gestolpert, da sah ich aus den Augenwinkeln, wie der Junge an seiner Seite Anstalten machte, mich aufzuhalten. Doch der Mann hielt ihn zurück.

»Lass sie nur«, sagte er. Mehr bekam ich nicht mit, da ich zu sehr damit beschäftigt war, um mein Leben zu rennen – für den Fall, dass er es sich anders überlegte. Denn ich hatte keinen Zweifel daran, dass er mich immer noch mühelos einholen konnte. Oder noch schlimmer: seine Waffe benutzen … Eine Gänsehaut breitete sich auf meinen Armen aus, voller Panik rannte ich die Tribünen hinunter und rechnete jeden Augenblick damit, den Schuss zu hören, der meiner Flucht ein Ende setzen würde. Doch nichts dergleichen geschah. Ich erreichte unsere Schulhalle, und die Menschen, die noch vereinzelt herumstanden, drehten sich neugierig zu mir um. Sollte ich sie um Hilfe bitten? Was, wenn sich der Mann dann wieder in Luft auflöste? Was, wenn sie mir nicht glaubten? Was, wenn sie mich für verrückt erklärten?

Ich war mittlerweile am Haupteingang unserer Schule angekommen, und fast befürchtete ich, dass Max und die anderen noch am Eingang auf mich warteten, doch ich hatte Glück – oder vielleicht Unglück?

Panisch sah ich mich auf den Straßen um. Von dem Mann und dem Jungen keine Spur. Ob sie mir folgten? Ich hatte Angst, stehen zu bleiben, deswegen lief ich auf geradem Weg nach Hause. Seitenstiche plagten mich, doch aus Angst, dass die beiden Typen mir auf den Fersen sein könnten, wurde ich nicht langsamer.

Schweiß strömte an mir herab, ich konnte kaum noch atmen, und es war nicht verwunderlich, dass meine Beine in einer solchen Situation schlapp machten und ich zu Boden stürzte.

Ich unterdrückte einen Schmerzensschrei und rappelte mich so schnell ich konnte wieder auf. Doch mein Fuß tat höllisch weh, und ich vermutete, mir den Knöchel verstaucht zu haben. Fluchend humpelte ich die wenigen verbleibenden Meter zu unserem Haus und sah mich dabei immer wieder nach hinten um. Die Straße blieb leer.

An unserer Haustür angekommen, suchte ich in meiner Handtasche nach dem Schlüssel. Ich wurde immer panischer, als ich nichts als diesen verdammten Abschlusshut und ein paar vereinzelte Schminkutensilien zwischen die Finger bekam. Mein Herz setzte für eine Sekunde aus, als ich dachte, meinen Schlüssel vergessen zu haben, doch dann fanden ihn meine zitternden Finger und angelten ihn hervor. Eilig schloss ich die Tür auf und schlug sie hinter mir sofort zu.

»Ist jemand da?«, rief ich in das leere Haus hinein und hielt mir die schmerzenden Seiten. Keine Antwort. Ich schloss die Tür hinter mir ab und blieb erst einmal für einige Sekunden an die Tür gelehnt stehen, um zu Atem zu kommen. Dann humpelte ich durchs ganze Haus, um sicherzugehen, dass niemand da war. Es hätte mich nicht gewundert, wenn der Mann und dieser kleine Junge es geschafft hätten, vor mir in mein Haus einzudringen. Ein Schauer lief mir über den Rücken, doch ich schüttelte den Gedanken wieder ab. Es war niemand hier. Ich war in Sicherheit.

Unten im Wohnzimmer lief ich trotz meines schmerzenden Fußes lange Zeit auf und ab, bevor ich mich ratlos auf den Boden setzte, meine Robe über den Kopf stülpte und sie aufs Sofa warf. In letzter Zeit geschahen einfach viel zu viele Dinge. Ich hielt es nicht mehr aus und wollte nur noch mein normales, einfaches Leben zurück.

Auf meinem Handy entdeckte ich mehrere Nachrichten und entgangene Anrufe von Max.

Ich wollte ihm gerade eine SMS schreiben, als das Haustelefon klingelte. Da er mich auf meinem Handy nicht erreicht hatte, versuchte mein Freund es vermutlich nun auf diesem Wege.

Mit einem erleichterten Seufzer stand ich auf und wollte gerade den Hörer abnehmen, als ich plötzlich innehielt. Ein tief sitzender Impuls warnte mich, denn die Situation glich viel zu sehr einem Horrorfilm. Es war beinahe klar, dass es nicht Max sein würde, der mich gerade anrief. Das wäre zu schön. Ich fröstelte, doch … auch wenn es nicht Max war, was konnte mir schon jemand antun, bloß weil ich mit ihm telefonierte?

Ich hatte mich gerade entschlossen, doch abzunehmen, als das Telefon plötzlich verstummte. Ich drückte trotzdem auf die Taste mit dem grünen Hörer.

Ich hörte nichts. Gar nichts. Kein Tuten.

Verblüfft starrte ich auf das Telefon. Es konnte doch nicht …? Vorsichtshalber tippte ich ein paar Nummern ein und wartete auf das erlösende Tuten. Nichts. Die Leitung war tot.

Erschrocken legte ich auf und taumelte ein paar Schritte zurück. Ich stolperte beinahe über meine eigenen Füße, als ich zum Lichtschalter eilte. Wie gebannt starrte ich auf die Deckenbeleuchtung und versuchte, das Licht anzumachen.

Die Glühbirnen blieben dunkel. Wie eine Irre drückte ich auf dem Lichtschalter herum, doch nichts geschah.

»Oh mein Gott«, wimmerte ich. Ein Stromausfall. Das hatte mir gerade noch gefehlt. Glücklicherweise war es noch hell draußen, darum konnte es mir eigentlich egal sein, ob das Licht ging oder nicht.

Alles ist gut, Nici. Keine Panik, mahnte ich mich stumm. Bis zur Nacht hätten wir bestimmt wieder Strom, oder wenigstens wären meine Eltern dann da. Als würde mich das Schicksal verhöhnen, wurde es schlagartig dunkler im Raum, als habe sich eine Wolke vor die Sonne geschoben. Ich wollte gerade zum Fenster stürzen, um nachzusehen, da ließ mich ein lautes Geräusch zusammenfahren. Erst einige Sekunden später erkannte ich das aktuelle Lied von Katy Perry und zog erleichtert das Handy aus meiner Hosentasche.

»Hallo?«, fragte ich atemlos und hätte mich dafür schlagen können, dass ich nicht auf dem Display nachgesehen hatte, wer der Anrufer war.

»Nici? Hallo?«, rief eine bekannte Stimme, die ich jedoch wegen störender Geräusche nicht sofort zuordnen konnte.

»Ja? Wer ist denn da? Die Verbindung ist so schlecht.«

»Hier … Max … geht's … gut?«, war alles, was ich verstand. Doch als ich seinen Namen hörte, fiel mir bereits ein Stein vom Herzen.

»Ja, mir geht es gut!«, rief ich. »Ist bei euch auch der Strom ausgefallen?«

»Ja … Wo … du?«

»Ich bin zu Hause! Tut mir leid … ich … äh …« Kurz überlegte ich, ob ich ihm von dem bedrohlichen Mann mit der Pistole erzählen sollte.

Doch Max rief bereits etwas anderes ins Telefon. »Hast … Sonne …« Das Knistern in der Leitung ließ mich seine Worte kaum verstehen.

»Max, ich versteh dich kaum«, rief ich verzweifelt und hoffte, dass er wenigstens mich hörte.

»Nici … du … Sonne gesehen?«, rätselte ich aus seiner Antwort. Was versuchte mein Freund mir zu sagen? Was sollte denn an der Sonne so interessant sein?

Doch als ich dann aus dem Fenster zum Himmel blickte, wäre mir beinahe das Handy aus der Hand geglitten.

»Wie kann das sein?«, flüsterte ich fassungslos und starrte in die Sonne, vor die sich allmählich ein schwarzer Schatten schob. Wie konnte ich weder in der Zeitung noch in den Nachrichten davon gehört haben?

»Eine Sonnenfinsternis«, tönte es aus dem Handy, und diesmal verstand ich.

7

Entführung

Ehrfürchtig starrten sie gen Himmel. Der Mond verdeckte die Sonne beinahe vollständig, und in wenigen Minuten würde ganz San José in vollkommener Finsternis liegen.

»Was hat das zu bedeuten?«, fragte Tony seinen Begleiter. »Die Sonnenfinsternis findet doch sonst nur statt, wenn die Krönung eines Phoenix' oder Alcedos bevorsteht.«

»Oder wenn einer geboren wird«, murmelte Jean und beobachtete, wie das Licht der Dunkelheit wich. Die Sonne spielte in seinem Land oft nicht nach den natürlichen Gesetzen, sondern symbolisierte etwas Größeres. Dass dies jedoch hier in Kalifornien zu sehen war, war eigenartig. Doch diesem Gedanken schenkte er nicht länger als eine Sekunde seiner Aufmerksamkeit, dann besann er sich wieder seiner Aufgabe. »Es wird Zeit, unseren Rückweg anzutreten, doch vorher …« Er blickte auf seinen jungen Freund hinunter, der bis über beide Ohren grinste.

»Vorher haben wir noch etwas zu erledigen«, vervollständigte dieser den Satz seines Lehrers.

Mit zitternden Fingern sammelte ich alle Kerzen zusammen, die ich im Haus finden konnte. Es war schon beinahe stockdunkel, und obwohl eine solche Sonnenfinsternis nicht länger als zehn Minuten andauern konnte, spürte ich eine seltsame Angst vor der Dunkelheit. Die Telefonverbindung mit Max war vor zwei Minuten abgebrochen, und nun fühlte ich mich ganz auf mich allein gestellt.

Ich setzte mich auf den Wohnzimmerboden und war gerade im Begriff, eine Kerze anzuzünden, als ich innehielt. Das letzte Mal, als ich ein Feuerzeug benutzt hatte, war mein Zimmer in Flammen aufgegangen.

Schnell legte ich das Feuerzeug beiseite.

Ich blickte mich unsicher in der Dunkelheit um, doch nur schwach konnte ich die Konturen der Möbel erkennen, alles andere verschwamm in einem dunklen Grau.

Ach was soll's, in ein paar Minuten ist es vorbei, dachte ich und biss auf meiner Unterlippe herum.

Ich wusste nicht, wie lange ich einfach nur so dasaß, doch plötzlich beanspruchte ein leises Geräusch an der Haustür meine Aufmerksamkeit. Das Blut gefror mir in den Adern, als ich flüsternde Stimmen vernahm. Ich konzentrierte mich mit angehaltenem Atem auf die Geräusche an der Eingangstür, als ich auf einmal einen Wasserhahn tropfen hörte.

Die Stimmen waren verschwunden. Die nun herrschende Stille wurde lediglich von dem steten Tropfen eines undichten Wasserhahns durchbrochen, was meine Nervosität auf die Spitze trieb. Hatte ich mir die Geräusche an der Eingangstür nur eingebildet? Waren es nur die Stimmen von vorbeigehenden Leuten aus der Nachbarschaft gewesen? Ich konnte nicht mehr klar denken.

Tropf. Tropf. Ich atmete kontrolliert aus, um Ruhe bemüht. Dann jedoch gab ich auf und sprang auf die Füße. Ich musste den Wasserhahn zudrehen, und sei es nur, um zu hören, wenn sich noch jemand dem Haus näherte.

Entschlossen wagte ich einen Schritt nach dem anderen und tastete mich durch die Dunkelheit. Von wo kam das Tropfen?

Ich lauschte angestrengt und steuerte die Küche an. Ja, hier war ich richtig. Schnell huschte ich zum Waschbecken und drehte den Wasserhahn zu.

Stille.

Erleichtert wollte ich mich wieder auf den Rückweg ins Wohnzimmer machen, als ich erneut Wasser laufen hörte. Diesmal keine einzelnen Tropfen. Und auch nicht aus der Küche! Ich war wie erstarrt.

Aus dem Badezimmer, schoss es mir durch den Kopf. Konnte es sein, dass der Stromausfall irgendwelche Auswirkungen auf die Wasserleitungen hatte? Ich konnte mir keine andere Erklärung vorstellen. Langsam tastete ich mich in Richtung Badezimmer und versuchte, nirgendwo gegen zu laufen. Vor der Tür angekommen, legte ich mein Ohr an das kühle Holz und lauschte.

Mein Herz klopfte wie verrückt. Doch außer diesem und dem Wasserstrahl hörte ich nichts. Sollte ich nachsehen?

Ich kam mir vor wie eine dieser dummen Hauptpersonen in Horrorfilmen, die immer jedem Geräusch nachgingen und stets in die Hände des Mörders liefen. Immer wieder fragte ich mich dabei, wie man nur so dumm sein konnte, mitten in der Nacht in den Keller zu gehen oder ähnliches. Meine Situation unterschied sich nicht sonderlich von diesen.

Mit einem Fluch nahm ich trotzdem all meinen Mut zusammen und drückte die Türklinke hinunter. Schließlich gab es für einen Mörder keinen Grund, sich in meinem Badezimmer zu verstecken. Wahrscheinlich bildete ich mir das Geräusch sogar nur ein. Ich öffnete die Tür – und erstarrte.

Es war vollkommen dunkel, doch es war nicht zu überhören, dass Wasser in die Badewanne floss.

Oh mein Gott, da ist jemand. Oh mein Gott, da ist jemand.

Ich war kurz davor, den Verstand zu verlieren. Plötzlich versiegte der Wasserstrahl, und die darauffolgende Stille brachte mein Herz zum Rasen. Im nächsten Moment legte sich etwas über meinen Mund, und ich nahm nur noch einen seltsamen, beißenden Geruch wahr, bevor ich das Bewusstsein verlor.

Als ich erwachte, war das Erste, was mir auffiel, dass die Sonnenfinsternis noch immer andauerte. Anscheinend war ich nicht lange bewusstlos gewesen.

Ich setzte mich auf, und das Zweite, was mir auffiel, war, dass ich mich nicht mehr in meinem Haus befand.

Erschrocken wirbelte ich herum und versuchte, meinen Aufenthaltsort auszumachen. Das Letzte, an das ich mich erinnerte, war unser Badezimmer gewesen, wie kam ich also hierher?

Zwei rote Kerzen, die auf beiden Seiten des Bettes auf jeweils einem Nachttisch standen, tauchten das Zimmer in dämmriges Licht. Zumindest besser als völlige Finsternis.

Ich saß in einem fremden, riesigen Himmelbett unter roten Laken aus Seide.

Das große Zimmer, in dem ich mich befand, war ganz nach meinem Geschmack eingerichtet, samt Schminktischchen mit Spiegel und einer Vase mit einer roten Orchidee darin … *Stopp!* Wo um Himmels willen war ich hier? Verdammt, hatte man mich tatsächlich entführt?

Mein Blick heftete sich auf die massive Eichentür gegenüber von meinem Bett. Ich fragte mich soeben, ob diese Tür wohl verschlossen war und wohin sie führen mochte, als sie plötzlich aufschwang und der Mann ins Zimmer trat, der mich schon zweimal bedroht hatte. Und sich – nicht zu vergessen – einmal in Luft aufgelöst hatte.

Mein Herzschlag beschleunigte sich, und ich sog scharf die Luft ein. Er hatte mich entführt. Oh Gott. Was wollte dieser Mann von mir?

Mein Blick suchte ihn hektisch ab, dann schluckte ich erleichtert, als ich feststellte, dass er diesmal keine Waffe bei sich trug – zumindest nicht sichtbar für mich.

»Guten Abend«, sagte er höflich, doch keinesfalls freundlich. Er schloss die Tür hinter sich und baute sich vor dem Bett auf. Dann verschränkte er seine muskulösen Arme vor der Brust und blickte auf mich herab.

Meine schweißnassen Hände krallten sich in das Laken und zogen es bis zu meinem Kinn hoch. Mit angehaltenem Atem wartete ich auf das, was kommen würde.

Er ließ seinen Blick zum Fenster wandern. »Ah … endlich ist es vorbei.«

Ich schaute ebenfalls hinaus und sah, wie die Sonne langsam hinter dem Mond zum Vorschein kam. Doch sie stand bereits ziemlich niedrig, was theoretisch vollkommen unmöglich war. Als ich von der Schule gekommen war, war es schließlich erst drei Uhr nachmittags gewesen. Wenn eine Sonnenfinsternis nur zehn Minuten andauerte, dürfte es jetzt nicht später als halb vier sein. Ich beobachtete die vergehende Sonnenfinsternis weiterhin und erkannte, dass sich mir bereits der Sonnenuntergang bot.

»Ich nehme an, du hast ein paar Fragen. Ich habe fünf Minuten Zeit für dich, also frag, bevor ich mich wieder an die Arbeit machen muss«, sagte er, und in seinem Gesicht spiegelte sich keine Gefühlsregung – außer Gleichgültigkeit. Wenn man das als Gefühl bezeichnen konnte …

Ich blickte ihn mit einer Mischung aus Wut und Verwirrung an. Meine Angst wurde von Empörung überlagert. Für was hielt er sich eigentlich, mich so zu behandeln?

»Wo bin ich?«, war meine erste Frage. Meine Stimme hörte sich zu rau und zu laut in dem Halbdunkel an.

»In Phoenicia«, gab er knapp zurück.

Ich wartete, doch er machte keine Anstalten, mir Näheres zu erklären. Wütend kniff ich die Augen zusammen. »Haben Sie mich entführt?«, fragte ich. »Wie haben Sie das gemacht?«, fügte ich rasch hinzu, damit er mir mehr Einzelheiten verriet und mich nicht wieder mit einem Wort abspeiste.

»Wir haben dich zu uns *mitgenommen*. Wir haben die Tür aufgeschlossen, dich mit dem Wasser im Badezimmer abgelenkt und dich dann mit Chloroform betäubt, um dich hierher zu teleportieren.«

Teleporti … telepor … mein Verstand weigerte sich, das Wort zu wiederholen. Mit offenem Mund starrte ich den Mann an.

»Bin ich im Fernsehen?«, krächzte ich schließlich, als er dieser Erklärung offensichtlich nichts mehr hinzufügen wollte. Es musste einfach irgendeine dieser neuen Serien sein, in denen man Menschen verarschte. *Teleportieren,* ich bitte euch. Konnte ihm nichts Glaubwürdigeres einfallen?

Seine Augen verengten sich zu Schlitzen, und einen Moment lang fürchtete ich, er würde mir etwas antun, doch er drehte sich nur auf dem Absatz um und marschierte zur Tür hinaus. Was mir nur recht war. Kaum hatte er die Tür hinter sich geschlossen, griff ich rasch nach meinem Schuh und donnerte ihn gegen die Tür.

»Und komm nie wieder!«, schrie ich ihm nach. Meine Stimme überschlug sich. Ein Krimineller hatte mich entführt! War in mein Haus eingebrochen! Und was war das mit dem Wasser? Und dem Chloroform? Er musste wahnsinnig sein! Ich schüttelte heftig meinen Kopf und hievte mich dann aus dem Bett.

Langsam und mit zittrigen Beinen schritt ich zum Fenster, das die gesamte rechte Wand einnahm und nur von bordeauxfarbenen Vorhängen umrandet war. Ich sah hinaus, um mir erst einmal ein Bild von meiner Umgebung zu machen, bevor ich mich an die Fluchtpläne setzen konnte.

Mir stockte der Atem. Mit weit aufgerissenen Augen presste ich meine Nase an die Scheibe und staunte über die Szenerie, die sich mir in mehreren Metern Tiefe unter dem Fenster bot.

Ich befand mich schätzungsweise im dritten Stockwerk eines großen Gebäudes, und die Aussicht, die ich von hier aus genießen konnte, war etwas … ungewohnt.

Es war wie ein kleines, buntes Dorf. Die Häuser alle so winzig, dass ich bezweifelte, dass dort mehr als zwei Personen leben konnten. Allesamt standen sie Seite an Seite, mit ordentlichen Vor- und Hintergärten. Und Blumen, wohin das Auge sah. Blumenkästen mit lila Stiefmütterchen an jedem Fenster, Sonnenblumen im Vorgarten, Tulpen und Orchideen.

Die Straßen waren rot gepflastert, schmal und sauber. Einige Menschen liefen umher, alle mit braunen oder roten Haaren. Ich hatte noch nie so viele Menschen mit roten Haaren auf einmal gesehen. Ich war die einzige Rothaarige in meiner ganzen Schule gewesen, mal abgesehen von denen, die sie sich gefärbt hatten.

Es gab in dem Dorf – oder was auch immer das hier war – keine freien Flächen. Alles war dicht aneinandergebaut, jedes kleine bunte Häuschen, direkt an der Straße. Dann fiel mir auf, dass es keine Autos gab. Die Straßen wären auch nicht breit genug für ein Auto gewesen, aber …

Ich ließ meinen Blick in die Ferne schweifen, um eine Autobahn oder Ähnliches zu entdecken, doch wieder erlebte ich eine Überraschung.

Das Dörfchen endete in einem Halbkreis am Rande einer Gebirgskette. Na gut, es waren keine richtigen Berge, sondern eher grüne Hügel. Diese grünen Hügel umzäunten das gesamte Dorf, dahinter sah ich nur, wie die Sonne unterging.

Die letzten Sonnenstrahlen tauchten den Ort in ein goldenes Licht, und dies brachte mich dazu, meine Augen zu reiben und noch einmal hinauszusehen. Wo konnte so ein grünes, kleines Örtchen liegen?

›Phoenicia‹, hatte der Mann gesagt … Hatte ich noch nie von gehört. Nun ja, war ja auch egal. Ich wollte wieder zurück nach Hause – sofort!

Ich schlich zur Tür hinüber, zog meinen Schuh wieder an und wollte hinausgehen, als ich feststellte, dass die Tür abgeschlossen war.

Ich stöhnte genervt auf und versuchte trotz besseren Wissens noch einmal, die Tür zu öffnen. Fehlanzeige. Ich fing an, mich mit voller Kraft gegen die Tür zu werfen. So wie man das in den Filmen immer machte.

Krach. Einmal.

Krach. Zweimal.

Meine Schulter tat höllisch weh. Egal. Ich wollte mich noch ein drittes Mal dagegen werfen, als die Tür plötzlich aufging und ich gegen einen alten Mann rannte.

Erschrocken wich ich zurück und schaute ihn perplex an. Er hatte schulterlange, weiße Haare und ein freundliches Gesicht. Automatisch musste ich sein Lächeln erwidern, obwohl mir immer noch ganz und gar nicht danach zumute war.

»Was wird das hier, junges Fräulein? Wollten Sie unsere ganze Einrichtung demolieren?«, fragte er kichernd und ging an mir vorbei ins Zimmer. Er war klein für einen Mann und etwas rundlich.

Ich wandte mich von ihm ab und starrte stattdessen dem Weg zu meiner Freiheit entgegen, während ich überlegte, ob ich den Flur entlangrennen sollte. Dann sah ich wieder zurück ins Zimmer, zu dem alten Mann, der sich mittlerweile auf das Bett gesetzt hatte und mich erwartungsvoll anblickte.

Leise verfluchte ich mich selbst, ging zurück in das Zimmer und stellte mich abwartend vor den Mann. Ich wollte mir anhören, was er zu sagen hatte. Er wirkte netter als der finstere Kerl von vorhin. Und bevor ich hier fliehen konnte, musste ich immer noch herausfinden, wo *genau* ich nun eigentlich war.

»Setz dich doch, mein Kind«, sagte er und klopfte auf den Platz neben sich.

Ich verzog bei seinen Worten unzufrieden mein Gesicht. Nach kurzem Zögern kam ich seiner Aufforderung jedoch nach, blickte aber immer noch durch die geöffnete Tür.

Ich konnte jederzeit abhauen, sagte ich mir. Der Mann würde die Tür sicher nicht vor mir erreichen, falls ich jetzt hinausstürmen sollte.

Er bemerkte meinen Blick, folgte ihm, und im nächsten Augenblick flog die Tür zu. Erschrocken zuckte ich zusammen und starrte ihn an. Er grinste nur.

Wie hatte er das gemacht?

»Du kannst mich William nennen, obwohl die meisten darauf bestehen werden, dass du mich mit Mr. Waston anredest.« Er zuckte mit den Achseln und musterte mich weiterhin neugierig.

Ich schluckte, dann überwand ich mich endlich und stellte ihm die wichtigste Frage. »Was wollt ihr von mir?«

Er gluckste erheitert und ließ sich erheblich Zeit mit seiner Antwort. »Wir wollen dich nur bei uns aufnehmen, dich Dinge lehren, von denen du bis jetzt nur geträumt hast. Dir ein neues Zuhause geben.«

»Ich habe aber ein Zuhause!«, schrie ich etwas zu laut und fragte mich gleichzeitig, ob die hier alle verrückt waren. Erst entführten sie mich, und nun wollten sie, dass ich bei ihnen wohnte?

Sofort wurde seine Miene wieder ernst. »Nici … So heißt du doch, oder?« Ich nickte. »Du kannst vorerst nicht nach Kalifornien zurück. Du musst hierbleiben, ob du es willst oder nicht.«

Ich sprang auf und sah entsetzt auf ihn herab. »Ihr könnt mich nicht gegen meinen Willen hier festhalten! Bringt mich nach Hause!«, befahl ich, doch meine Stimme zitterte.

»Nici, bitte beruhig dich. Wir wollen dir nichts Böses. Nici …«

»Hören Sie auf, mich so zu nennen!«, unterbrach ich ihn und stampfte mit dem Fuß auf. Es hörte sich an, als wären wir miteinander vertraut. Als wäre er ein Freund und würde mich mit meinem Spitznamen ansprechen! Das Problem war nur, dass ich keinen vernünftigen, respektvollen Namen hatte. Meine Mutter hatte einmal gemeint, Nici wäre eine Abkürzung für Nicole, doch sie hatte weiterhin darauf bestanden, mich nur Nici zu nennen. Ich kannte den Grund bis heute nicht.

»Nicita«, flüsterte ich, auf den plötzlichen Wunsch nach einer neuen Identität hin. Ich war weder die Tochter meiner Eltern, die auf diesem Namen bestanden hatten, noch war ich ein süßes kleines Mädchen mit dem dauernden Kosenamen. Ich wollte einen richtigen Namen. »Nicita ist mein voller Name«, sagte ich und reckte mein Kinn in die Höhe.

William schaute mich mit einer Mischung aus Ratlosigkeit und Bewunderung an.

»Nicita … Du bist zu deiner eigenen Sicherheit hier. Wir wollen dir helfen«, sagte er dann besänftigend. Doch ich wollte mich nicht besänftigen lassen.

»Ich will aber nach Hause!«

»Bitte … So lass mich doch erklären«, sagte er beinahe flehentlich, und trotzdem sah ich in seinen braunen Augen Stärke und Autorität aufblitzen, die ich vorher nicht wahrgenommen hatte.

Ich wartete mit verschränkten Armen. Was hätte ich sonst tun können? Sollte ich mich wieder gegen die Tür werfen?

»Also«, begann er, als er sah, dass ich nun bereit war zuzuhören. Er stand auf und knetete seine faltigen Hände. »Du befindest dich nun in unserem kleinen Königreich Phoenicia. Wir selbst nennen uns Phönixe. Wir sind Menschen mit besonderen Fähigkeiten. Auch du bist ein Phönix, Kind.«

»Stopp!«, rief ich. Ich wollte ihm zwar zuhören, doch das ging zu weit. »Erstens: Ich glaube nicht an Übersinnliches. Zweitens: Ich bin kein Phönix oder was auch immer. Ich bin ein normales Mädchen, führe ein normales Leben in den Vereinigten Staaten. Und jetzt wurde ich entführt! Ich schwöre, wenn ihr mich nicht sofort gehen lasst, dann rufe ich die Polizei!«

William breitete beschwichtigend seine Hände aus. »Bitte«, sagte er. Zweifelnd musterte ich ihn, wie er hinüber zur Tür ging und sie öffnete. Er benutzte keinen Schlüssel, anscheinend war sie doch nicht verschlossen gewesen. Dann ging er hinaus und warf mir einen letzten Blick zu. »Doch ich frage mich, wie du das von hier aus machen willst.« Und dann, bevor ich noch etwas erwidern konnte, war die Tür auch schon wieder ins Schloss gefallen.

»Nein!«, schrie ich und lief zu ihr hinüber, rüttelte daran, doch sie blieb verschlossen.

»Lasst mich raus!« Ich trommelte mit meinen Fäusten immer wieder gegen die Tür, schrie Drohungen und Hilferufe, bis ich keine Stimme mehr hatte.

»Bitte lasst mich gehen«, flüsterte ich, sank an der Tür hinunter und umschlang meine Knie mit den Armen. »Bitte, bitte …«

Doch mein Flehen blieb ungehört.

Als ich meine Augen wieder aufschlug, schienen bereits die ersten Sonnenstrahlen ins Zimmer und kribbelten warm auf meiner nackten Haut. Orientierungslos sah ich mich um, verstand nicht auf Anhieb, wo ich war. Es dauerte endlose Sekunden, während ich den Sonnenaufgang beobachtete, bis meine Erinnerungen an den gestrigen Abend wieder auf mich einschlugen wie ein Blitz in einen Baum.

Sofort sprang ich auf und lief im Zimmer umher. Dann ging ich zum Fenster und versuchte, es zu öffnen. Volltreffer! Beinahe hätte ich angefangen zu jubeln. Ich schob das Fenster auf, doch kaum hatte ich einen Blick nach unten riskiert, klammerte ich mich voller Panik an den Rahmen. Da das Fenster genau bis zum Boden reichte, brauchte ich nur einen Schritt zu tun, um in die Tiefe dieser verrückten Märchenstadt zu fallen.

Warmer Wind wehte mir ins Gesicht und verursachte eine Gänsehaut auf meinen Armen. Die Sonne war beinahe vollständig über die Hügel in der Ferne geklettert und tauchte das kleine

Königreich – wie William es genannt hatte – wieder in dasselbe goldene Licht wie am Tag zuvor.

Ich versuchte, meine Höhenangst so gut es ging zur Seite zu schieben und die Außenmauer meines Gefängnisses zu studieren. Könnte ich dort hinunterklettern?

Das Gebäude, in dem ich war, überragte alle anderen in diesem Reich, doch auch wenn ich keinerlei Höhenangst gehabt hätte, würde ich an diesen grauen, makellosen Ziegelsteinen nirgendwo Halt finden können.

Ich durchwühlte mein belesenes und durchs Fernsehen gefülltes Gehirn nach Fluchtmöglichkeiten. Würde ich die Bettlaken so zusammenbinden können, dass sie bis zum Boden reichten? Ich bezweifelte es. Nachdenklich entfernte ich mich wieder vom Fenster, griff nach dem seidenen roten Bettlaken, dem weißen Bettbezug und dem Kopfkissenüberzug, setzte mich damit auf den dunklen Parkettboden und begann trotzdem damit, sie aneinanderzuknoten.

Da ich überhaupt keine Ahnung hatte, wie ich das anstellen sollte, vergeudete ich bereits die meiste Zeit damit, die Decken einfach böse anzustarren und zu hoffen, sie würden es für mich schon allein erledigen.

Ein plötzliches Klopfen unterbrach meine Konzentration. »Herein«, rief ich aus Gewohnheit. Als ich begriff, was ich da gerade gesagt hatte, biss ich mir auf die Zunge.

Der böse Mann – wie ich ihn in meinen Gedanken getauft hatte – trat herein und ließ seinen Blick durch das Zimmer schweifen. Als er mich auf dem Boden zwischen den ganzen Laken entdeckte, zog er überrascht die Augenbrauen in die Höhe.

Er räusperte sich und schaute dann hinter sich in den Flur. Dort entdeckte ich ein junges Mädchen mit leuchtend feuerroten Haaren.

»William hat mich gebeten, dir dein Frühstück bringen zu lassen«, sagte er kalt und winkte das Mädchen herein. Sie trug ein weißes, unförmiges Kleid, doch was mich mehr interessierte, war das Tablett in ihren Händen.

Sie huschte ängstlich durch mein Zimmer, stellte rasch das Tablett mit meinem Frühstück auf den Nachttisch und huschte genauso schnell wieder zurück an die Seite des Mannes.

»Du kannst wieder gehen, Dana«, raunte er ihr zu und schloss die Tür hinter ihr. »Ich muss dir hier einiges erklären«, sagte er, diesmal offensichtlich an mich gewandt. »Es ist eigentlich nicht mein Zuständigkeitsbereich, doch da ich dich gefunden habe, ist es meine Aufgabe, auf dich aufzupassen und dich zu unterrichten. Vorerst.« Er sah mit dieser Aufgabe gar nicht zufrieden aus, und ich sparte mir die Bemerkung, dass ich ihn weder als Babysitter noch als Lehrer gebrauchen konnte.

»Mr. Waston hat dir schon gesagt, was wir sind, nehme ich mal an.« Es war eher eine Feststellung als eine Frage.

Ich nickte und betrachtete dabei stolz den Knoten, mit dem ich endlich das Laken und die Decke zusammengebunden hatte.

»Sag mal, was machst du da eigentlich?«, fragte er.

Ich antwortete ihm nicht, da ich beschlossen hatte, mit keinem von denen mehr zu reden.

Doch plötzlich wurde mir schwarz vor Augen, das ganze Zimmer schien sich unter mir zu drehen, dann spürte ich nichts mehr.

Etwas Kaltes platschte mir ins Gesicht, und ich riss erschrocken die Augen auf. Das Erste, was ich sah, war das Gesicht des bösen Mannes. Er hatte sich über mich gebeugt und atmete jetzt erleichtert aus.

Automatisch wischte ich mir mit einer Hand über mein Gesicht und ertastete dann meine nasse Haut. Sofort suchte ich eine Erklärung dafür, die ich Sekunden später in seiner Hand fand. Er umklammerte immer noch die Blumenvase, in der zuvor einmal die Orchidee gestanden hatte. Anscheinend hatte er sie über mir ausgekippt.

Ich öffnete gerade empört meinen Mund, als er seine Hand auf meine Stirn legte. Eisig brannte sie auf meiner erhitzten Haut.

Augenblicklich lehnte ich mich nach hinten, doch er nickte bereits zufrieden. »Habe ich es mir doch gedacht.« Dann stand er auf und schritt zu einem der Nachttischchen. Mit offenem Mund beobachtete ich ihn, wie er etwas aus einer Schublade holte und dann wieder auf mich zukam. Ehe ich mich versah, steckte er mir ein Thermometer in den Mund.

»Waf foll daf werdn?«, fragte ich aufgebracht, doch unter seinen strengen Blicken traute ich mich nicht, mir das Ding aus dem Mund zu ziehen.

Irgendwann fing es an zu piepsen, und bevor ich reagieren konnte, hatte er es mir auch schon wieder abgenommen.

Ich beobachtete sein Gesicht eingehend, während er mit gerunzelter Stirn auf die Anzeige blickte.

»Hm, merkwürdig hoch …«, murmelte er und legte das Thermometer wieder auf den Tisch. Dann stolzierte er einfach zur Tür. Schnell schnappte ich mir das Thermometer und ließ es dann vor Schreck sofort wieder fallen.

»Merkwürdig hoch?«, schrie ich ihm nach und bekam fast einen hysterischen Lachanfall. »45 Grad … Ich müsste tot sein, verdammt! Bringt mich ins Krankenhaus!«

Doch die Tür war hinter ihm bereits ins Schloss gefallen.

8

Irgendwie magisch

Mir war heiß. Mir war verdammt heiß, und doch zitterte ich. Und ich hatte Kopfschmerzen. Ich hatte beschlossen, mich hinzulegen, um wieder gesund zu werden. Genau das hatte ich auch versucht, nachdem ich die Hühnersuppe, die mir gebracht worden war, aufgegessen hatte.

Was sollte ich nun tun? Immer wieder wanderte mein Blick zum Thermometer auf dem Tischchen neben mir, und ich geriet erneut in Versuchung, einfach noch einmal nachzumessen. Doch das hatte ich in der vergangenen Viertelstunde schon viermal getan. Es blieben erschreckende fünfundvierzig Grad. Erschreckend war auch mein plötzlicher Ohnmachtsanfall gewesen, und ich hoffte, dass dies nicht wieder passierte.

Plötzlich öffnete sich die Zimmertür, und das Mädchen von vorhin erschien im Türrahmen: Dana. Sie schaute mich ängstlich an und huschte dann leise zum Tablett, auf dem die leere Schüssel stand. Während sie das Besteck zusammensammelte, fasste ich einen spontanen Entschluss. Es war eher ein Impuls als ein Plan. Ich sah die geöffnete Tür, sprang vom Bett auf und rannte darauf zu. Ich musste hier weg!

Ich hatte keine Ahnung, ob mein Versuch glücken würde und was ich tun sollte, falls mir tatsächlich eine Flucht gelang.

Ich rannte einfach nur hinaus, ohne mich umzusehen.

Hinter mir im Flur hörte ich die panische Stimme des Mädchens. »Miss! Miss!«, rief sie immer wieder, doch ich blieb nicht stehen.

Der Flur war lang, und zu jeder Seite befanden sich Türen, was mich an einen Hotelkorridor erinnerte. So viele Zimmer …

Ich rannte weiter, bis ich an eine Treppe gelangte.

Auch diese stürzte ich im blinden Eifer hinunter, diesem Ort zu entkommen. Ich landete in einem großen Saal. Obwohl es um mich herum funkelte, hielt ich einzig nach einer Tür Ausschau. Es gab keine. Links und rechts waren allerdings abzweigende Flure. Wo lang sollte ich? Plötzlich hörte ich hinter mir hastige Schritte und rannte, ohne weiter darüber nachzudenken, nach links.

Mist, ich landete in einer Kantine. An den Seiten waren Buffets aufgebaut, und in der Mitte standen an die zwanzig kleine Tische. Gott sei Dank war ich hier nicht zur Essenszeit gelandet, es war keine Menschenseele zu sehen außer …

Mein Blick blieb in der hintersten Ecke hängen, in der ein Mädchen mit dem Rücken zu mir stand. Anscheinend durfte man sich auch außerhalb der Essenszeiten hier bedienen.

Ich wollte mich eigentlich schon wieder umdrehen und zusehen, dass ich hier rauskam, doch irgendetwas zwang mich dazu, das Mädchen weiterhin zu mustern.

Ihre Haare waren dunkelbraun, von einem leichten Karamellton und hingen ihr bis zur Taille herab. Sie war ungefähr einen Kopf größer als ich und schlank. Außerdem erkannte ich, dass ich genau dieselbe Jeans hatte. Die Jeans, die Leo und ich uns bei unserer letzten Shoppingtour zusammen gekauft hatten.

Mein Herz setzte eine Sekunde lang aus, um dann mit doppelter Geschwindigkeit weiterzuschlagen.

Langsam ging ich auf das Mädchen zu, und mit jedem Schritt wurde ich mir sicherer. Ihr Anblick war mir so vertraut … sie musste es sein.

»Ähm … Leo?«, fragte ich vorsichtig.

Ich war nur noch wenige Schritte von ihr entfernt, und mein Herz klopfte so laut, dass es in meinem Kopf dröhnte. Als ich hinter ihr stand, sog ich automatisch ihren vertrauten Duft ein und öffnete den Mund zu einer weiteren Frage, da beobachtete ich, wie ihre Hände nach einer Schüssel in der Nähe griffen. Ehe ich mich versah, nahm sie diese Schale in die Hand und – klatschte sie sich ins Gesicht.

Als sie sich dann zu mir umdrehte, starrte ich entsetzt auf die Eiersalatmasse in ihrem Gesicht. »Hallo!«, rief das Mädchen in einer merkwürdig hohen Stimme, die auf keinen Fall Leo gehörte. Und Leo hätte sich auch nie Salat ins Gesicht geschmiert.

Verwirrt wich ich ein paar Schritte zurück. »Ähm – entschuldige. Ich dachte, du wärst jemand anderes.«

»Äh … nee. Ich bin niemand«, sagte das Mädchen und fuchtelte nervös mit ihren Händen in der Luft herum.

»Du machst das anscheinend öfter«, gab ich zurück und bedachte sie mit einem kritischen Blick von oben bis unten. Oder war es doch Leo, die plötzlich … nun ja, verrückt geworden war?

»Nein! Um Himmels willen!«, rief sie, und der piepsige Unterton aus ihrer Stimme verschwand.

Ich zog die Augenbrauen hoch und verkniff mir nur mit Mühe ein Lachen. Gott, sie war es! »Wie ist dein Name?«, fragte ich mit vor Aufregung zitternder Stimme, um zu sehen, wie lange sie das noch durchziehen wollte.

»Ich … ich habe keinen Namen«, stotterte das Mädchen und drehte sich wieder um.

Blitzschnell griff ich nach ihrer Hand und drehte sie zu mir um. »Dir ist noch nie auf die Schnelle etwas Glaubwürdiges eingefallen«, tadelte ich sie und fiel ihr um den Hals. »Und nur ein ehemaliger Hannah-Montana-Fan käme gerade auf *diese* Nummer.«

»Och Mann«, klagte sie. »Nici, warte wenigstens, lass mich die Mayonnaise wegwischen, sonst siehst du gleich aus wie Sau«, sagte sie in ihrer normalen Stimme.

Ich löste mich von ihr und konnte das Grinsen in meinem Gesicht nicht verhindern. »Sonst sehe ich aus wie du«, verbesserte ich und sah ihr dabei zu, wie sie nach Servietten, die ebenfalls auf dem Tisch lagen, griff und sich damit abwischte.

Nach und nach zauberten sich ihre Gesichtszüge wieder unter der Creme hervor, und ich bemerkte, wie sehr ich sie in den letzten Tagen vermisst hatte.

»Wieso wolltest du dich vor mir verstecken?«, fuhr ich sie an, doch die Erleichterung, sie wiedergefunden zu haben, war nicht zu überhören.

»Du durftest mich nicht finden. Beziehungsweise wollten sie nicht, dass ich dich besuche. Am besten gehst du wieder in dein Zimmer.«

Erst war ich völlig verwirrt, doch nach und nach wurde meine Überraschung größer. Nie im Leben hätte ich gedacht, meine Freundin an *diesem* Ort wiederzufinden. »Was machst du hier?«, fragte ich sie perplex.

»Na, dasselbe könnte ich dich auch fragen«, sagte sie, während sie noch immer fleißig damit beschäftigt war, ihr Gesicht wieder in Ordnung zu bringen.

»Ich wurde gestern entführt, und sie wollen mich nicht gehen lassen! Dabei muss ich doch ins Krankenhaus, ich habe viel zu hohes Fieber. Gerade eben bin ich geflohen, die sind bestimmt schon auf der Suche nach mir. Lass uns zusammen hier weggehen, Leo«, platzte alles in einem Atemzug aus mir heraus.

Leo senkte ihre Serviette und sah mich mit einem merkwürdigen Gesichtsausdruck an. »Sie haben dir noch nichts erklärt, oder?«, fragte sie traurig.

»Nein, also na ja. Schon. Eigentlich, aber …«, druckste ich herum und wusste nicht recht, wie ich es ausdrücken sollte. Wieso konnte Leo nicht einfach jetzt mit mir fortgehen?

»Nici, Schatz, wir können nicht einfach von hier weg. Sie wollen nur das Beste für uns. Lass dir alles erklären. Hör ihnen zu«, sagte sie, und ein mitleidiger Ausdruck lag in ihren braunen Augen.

»Aber Leo! Sie haben angefangen, mir irgendeinen Quatsch von Teleportieren und Magie zu erklären, als ob ich das ernst nehmen könnte!«

»Ich weiß, dass es schwer ist, das zu glauben. Gott, auch ich tue mich noch schwer damit, aber bitte, Nici. Gibt es nicht irgendetwas Merkwürdiges, Außergewöhnliches, das dir in letzter Zeit passiert ist?«, fragte sie, und ein beinahe flehentlicher Ausdruck trat in ihre Augen. Sie meinte es wirklich ernst.

Ich schluckte meine bissige Bemerkung hinunter und dachte tatsächlich über die Sache nach. Nicht länger als drei Sekunden.

»Du willst mir doch nicht ernsthaft weismachen, dass es Magie wirklich gibt und wir irgendwelche *Phönixe* sind?«, fragte ich, und meine Stimme hörte sich abfälliger an als gewollt.

Leo seufzte und kniff die Augen zusammen. »Hör zu, ich muss jetzt gehen, und das solltest du auch. Und zwar auf dein Zimmer.«

»Was? Nein!«, rief ich, als sie tatsächlich versuchte, unser Gespräch zu beenden. »Die sind alle wahnsinnig und haben uns entführt! Das ist unsere Chance zu fliehen!« Ich würde doch jetzt nicht einfach hoch auf das Zimmer gehen, um mich wieder *einsperren* zu lassen! Vielleicht hatten sie Leo eine Art von Gehirnwäsche verpasst, aber ich würde das nicht zulassen. Ich würde …

Leo trat näher an mich heran und strich mir eine Haarsträhne aus dem Gesicht. »Ich kann wirklich nicht gehen. Und wenn du es jetzt tust, dann bin ich alleine hier.« Sie biss sich auf ihre Unterlippe. »Tu es für mich. Ich schwöre dir, dass es das einzig Richtige ist, hierzubleiben. Aber mehr Antworten kann ich dir leider nicht geben. Die musst du von ihnen bekommen. Ok?«

Ich blinzelte sie perplex an.

Und dann drehte sie sich um und ging. Ging einfach an mir vorbei.

Ungläubig starrte ich ihr hinterher. Tagelang war sie verschwunden, wir hatten uns furchtbare Sorgen gemacht, mit dem Schlimmsten gerechnet, und nun fand ich sie endlich wieder, und das Einzige, was sie mir sagte, war, dass wir nicht nach Hause gehen konnten. Keine Erklärungen für ihr Verschwinden. Keine Freudentränen über unser Wiedersehen.

Moment mal. Irgendetwas in meinem Kopf rastete ein. *Tränen* … Ich runzelte die Stirn und versuchte zu überlegen, warum mich dies so stutzig machte. Normalerweise weinte ich wegen jeder Kleinigkeit und jetzt? Wann hatte ich überhaupt das letzte Mal geweint? Mir kam es vor, als hätte ich eine Ewigkeit keine einzige Träne mehr vergossen. Noch nicht einmal bei meinem Lieblingsdrama, bei dem ich mir sonst immer die Augen aus dem Kopf heulte. Weder als ich erfahren hatte, dass Leo verschwunden war, noch als mir gesagt wurde, dass ich adoptiert wurde. Ich schüttelte verwirrt meine Überlegungen ab und setzte mich endlich in Bewegung. Wie in Trance marschierte ich aus der Kantine, während Leos Worte in meinem Kopf widerhallten. Es gab tatsächlich ein paar Dinge, über die ich nachdenken musste: der böse Mann, der sich vor der Buchhandlung in Luft aufgelöst hatte, der Brand in meinem Zimmer, mein verschärfter Gehörsinn, die Tatsache, dass mir Hitze nicht wirklich etwas ausmachte, und dass ich im Moment fünfundvierzig Grad Fieber hatte, ich mich aber außer meinen Kopfschmerzen ziemlich wohlfühlte. Unter den neuen Gesichtspunkten, dass unsere Welt vielleicht etwas Magisches an sich hatte, müsste ich dem allen noch einmal Beachtung schenken.

Vor der Treppe blieb ich stehen und sah mich noch einmal um. Nicht aus Neugierde, sondern bloß, weil mein Fuß sich weigerte, die Treppenstufe zu berühren. Zwei riesige Kronleuchter tauchten den Saal in goldenes Licht, und die Decke war mit verschiedenen Malereien verziert. Eine Sonne, um die sich komische Zeichen rankten, viele goldene Wolken und ein Feuervogel mit feuerroten Schwingen, der sich graziös in die Lüfte erhob …

Verdammt, wieso kam es mir so vor, als hätte ich gar keine andere Wahl, als wieder nach oben zu gehen?

Ich war wieder heil in ›*mein*‹ Zimmer gekommen und lag in ›*meinem*‹ Bett, als sei nichts geschehen. Mich wunderte es ein wenig, dass hier weder der böse Mann noch William auf mich warteten. Hatte das Mädchen keinem von meiner Flucht berichtet?

Genau in diesem Moment klopfte es an der Tür.

»Ja bitte?«, rief ich, darum bemüht, meiner Stimme einen freundlichen Klang zu verleihen. Wenn mich Leo gebeten hatte, dem allen eine Chance zu geben, dann musste ich es zumindest versuchen. Das war ich unserer Freundschaft schuldig. Doch wenn diese Kerle hier keine vernünftigen Erklärungen hatten …

Herein kam William mit einem Lächeln auf den Lippen. Er schloss die Tür hinter sich und kam zu mir ans Bett.

»Guten Tag, Nicita«, sagte er fröhlich.

Ich musterte ihn skeptisch, grüßte dann aber höflich zurück.

»Und, wie hast du dich eingelebt? Wir übersehen mal die kleine Flucht von vorhin.« Er zwinkerte mir zu.

Ich war sprachlos. Ob von seiner fröhlichen Art oder weil ich einfach keine Ahnung hatte, was ich ihm antworten sollte, konnte ich nicht sagen. Da ich ja freundlich sein wollte, konnte ich schlecht die Wahrheit sagen, dass ich alles hier hasste, die ganzen Leute und allein die Tatsache, dass ich nicht nach Hause durfte.

»Es geht«, gab ich nach endlosen Sekunden zurück, da er anscheinend tatsächlich eine Antwort von mir erwartete, und zwang mich zu einem möglichst netten Lächeln.

Er nickte, als wäre es die richtige Antwort gewesen. »Es ist schön, dass du dich dazu entschieden hast, hierzubleiben.«

Hatte ich das? Ich brauchte endlich eine Erklärung, und selbst wenn ich immer noch fliehen wollen würde: Ohne zu wissen, wo dieses Phoenicia lag, war es mir unmöglich, wieder nach San José zurückzufinden. Ich wandte also nichts ein, sodass Mr. Waston weitersprach. »Es ist wirklich zu deinem Besten, denn wie du festgestellt hast, hast du sehr hohes Fieber. Ein Arzt könnte jedoch nichts dagegen tun. Es ist deine Energie, die nicht raus kann. Sie sammelt sich in dir an, und wenn sie kein Ventil findet, wird sie zur Hitze. Bald wird deine steigende Körpertemperatur nicht alles sein. Einen Vorgeschmack von dem, was dich in den nächsten Tagen erwarten kann, hast du ja bereits bekommen.«

Er machte eine kurze Pause und wartete darauf, dass ich verstand, was er meinte. Doch ich blinzelte ihn weiterhin nur verständnislos an.

»Der Brand in deinem Zimmer«, erklärte er. »Du hast das Feuer dazu gebracht, sich zu vergrößern. Du wusstest nicht, wie du deine Energie kontrollieren kannst, also ist sie einfach ausgebrochen. Genau das wird wieder passieren, wenn du zu lange keinen Gebrauch von ihr machst.«

Ich starrte ihn an, als hätte er mir gerade gesagt, in der nächsten Sekunde würde ihm ein zweiter Kopf wachsen, wenn ich nur lang genug hinschaute. Kurz gesagt: Ich glaubte ihm nicht, doch ich war neugierig.

»Und wie … wie verbraucht man Energie? Einfach mal angenommen, ich hätte welche … was weiß ich woher«, wollte ich wissen.

Er schmunzelte, und seine braunen Augen leuchteten auf. »Indem du zauberst«, raunte er mir zu und verlieh dem letzten Wort einen geheimnisvollen Klang. Ich schluckte schwer. Meinte er das ernst?

Bevor ich ihm meine Zweifel darlegen konnte, fuhr er fort. »Und die Energie hast du nicht irgendwoher. Es ist kein Zufall, dass sie *dein* Leben schwer macht.« Er kicherte. »Du bist ein Nachfahre der *Phoenixe*.«

»Moment … Nachfahren? Haben Sie mir nicht erzählt, dass wir alle Phönixe sind? Dass ich selbst ein Phönix bin? Der Mann, der … der mich hierhin geschleppt hat, auch er hat gesagt, dass er der Phönix sei«, versuchte ich stirnrunzelnd zu verstehen.

Er schüttelte den Kopf, und seine weißen Haare wirbelten in der Luft. »Achte auf die Aussprache, meine Liebe. Die *Phoenixe* waren unsere Vorfahren, sie waren reinen Blutes und hatten königliche Macht, die von uns hier niemand mehr besitzt. Wir selbst nennen uns nur Phönixe, um uns einfach einen Namen zu geben. Die reinen Phoenixe gibt es hier nicht mehr.« Er senkte den Blick. »Sie waren die Könige unseres kleinen Reiches, waren mächtiger als wir alle zusammen und die Einzigen, die imstande waren, gegen unseren schlimmsten Feind zu kämpfen …« Seine Stimme verlor sich in düsteren Erinnerungen und hing schwer im Raum.

Ich runzelte meine Stirn. »Wer waren diese Feinde?«, fragte ich.

»*Sind* Feinde … ›*sind*‹, meine Liebe. Das Gegenteil von uns, wir sind Kreaturen des Feuers, der Wärme. Sie sind Kreaturen der Kälte und der Nacht. Alcedos werden sie genannt. Benannt nach dem Eisvogel. Es gab noch nie eine Zeit des Friedens zwischen unseren Völkern. Auch sie haben besondere Fähigkeiten, auch einige, über die wir nicht verfügen. Und sie haben eine mächtige Königsfamilie. Wir … wir haben keine mehr.«

Als er aufhörte zu sprechen, sah ich ihn neugierig an und wunderte mich, als ich nichts als Trauer in seinen Augen las.

»Was ist passiert?«, fragte ich, um ihn zum Weiterreden zu bewegen.

»Unsere Phoenixe wurden ermordet … in der letzten Schlacht gegen die Alcedos sind sie gefallen. Und da die Königin vor ihrem Tod keine Kinder zur Welt gebracht hatte, gibt es keine reinblütigen Nachfahren mehr.« William seufzte und faltete die Hände. »Nun aber genug von unserer Geschichte. Du hast bestimmt noch andere Fragen«, sagte er, und seine traurige Miene wurde von einem Lächeln vertrieben.

Seine kleine Erzählung hatte mich zum Frösteln gebracht, obwohl ich wusste, dass ich mir nicht im Geringsten ausmalen konnte, wie viel dies alles wirklich bedeutete. Und wirklich zu interessieren hatte es mich doch auch nicht, oder? Mit der ganzen Sache wollte ich immer noch nichts zu tun haben, redete ich mir ein. Doch irgendetwas an Williams Ausführungen oder an seinem vertrauensvollen Ton hatte ein Stück meiner Skepsis zum Schmelzen gebracht.

»Phönixe sind also Magier? Gibt es sonst noch etwas, was sie von Menschen unterscheidet?« Ich musste dabei an die Flammen denken, die mir nichts anhaben konnten, und mein verbessertes Gehör. Vielleicht gab es ja noch mehr Dinge, über die ich Bescheid wissen sollte. Falls ich mich dazu entschied, William zu glauben.

»Es gibt unterschiedliche Arten von Magie, deshalb ist Magier nicht gleich Magier. Was genau wir können, wirst du noch früh genug lernen. Das Feuer ist dein Freund und kann deinem Körper nicht schaden, bei erhöhter Konzentration schärfen sich auch unsere Sinne. Je mächtiger Magier sind, desto langsamer altern sie. Aber ansonsten …« William zuckte mit den Schultern.

Seine Worte über Macht ließen mich nicht los, und ich dachte zurück an das verstorbene Königspaar.

»Wer regiert denn jetzt das Land?«, fragte ich nach mehreren Augenblicken des Schweigens.

»Hm«, er überlegte eine Zeit lang, als würde er abwägen, wie er mir das am besten erklären konnte. »Wir mussten von einer Monarchie in eine Republik wechseln, doch es haben immer noch die mächtigeren Familien das Sagen. Geleitet von einer Art Bürgermeister«, sagte er. »Der mächtigste Magier in unserer Gesellschaft ist übrigens Mr. Sandlers, der dich jetzt auch zu sehen wünscht. Er ist hoch angesehen bei uns und …«, er kniff die Lippen zusammen und verbarg somit ein Grinsen, »… sieht solch ein rebellisches Verhalten wie deines nicht gern. Er wird dir deine restlichen Fragen beantworten.« William erhob sich und ging zur Tür.

Ich zog meine Augenbrauen hoch. »Mr. Sandlers ist der Mann, der schon zweimal eine Waffe auf mich gerichtet hat? Der, der mich mit Chloroform betäubt hat?«

William wandte sich zu mir um und verdrehte die Augen. »Die Waffe, ja. Das darfst du nicht persönlich nehmen, sie gehört zur Ausrüstung der Wächter. Falls er dir damit Angst eingejagt hat, dann tut es mir leid. Mr. Sandlers ist in seinen Vorgehensweisen durchaus … ungewöhnlich. Doch seine Ergebnisse sind nicht zu verachten.«

Und dann war William auch schon gegangen.

Mr. Sandlers kam knappe fünf Minuten später. In der Zwischenzeit hatte ich versucht, alle Informationen, die William mir gegeben hatte, zu verdauen und mir die wichtigsten Fragen ins Gedächtnis zu rufen. Denn ich bezweifelte, dass sich der böse Mann viel Zeit für mich nehmen würde, und ich wollte zumindest einige Antworten auf meine Fragen bekommen.

»Du wolltest also von hier fliehen«, war das Erste, was er sagte, und setzte sich dabei auf einen Stuhl, den er vor das Bett zog.

Obwohl ich eigentlich nicht stumm bleiben wollte, wusste ich im ersten Moment trotzdem nicht, was ich darauf erwidern sollte. In seinem Blick und seiner Stimme lag immer eine solche Feindseligkeit, die ich mir nicht erklären konnte.

»Ich habe es mir anders überlegt«, sagte ich schließlich betont sachlich. »Können Sie mir sagen, was jetzt mit mir und Leo passieren wird?«

Er schaute mich nicht direkt an, als er mir antwortete. Generell schien er meinen Blicken meist auszuweichen. »Leo, hm? Du hast sie also getroffen.«

Ups. Ich hatte vollkommen vergessen, dass ich eigentlich noch gar nicht wissen durfte, dass sie sich ebenfalls hier befand. Warum, verstand ich immer noch nicht so genau.

»Okay, gut, Nicita. Mr. Waston muss wieder in seinen Unterricht, deswegen werde ich dir jetzt kurz alles erläutern.«

Unterricht?

»Du befindest dich hier in der Zauberakademie, dem Herzstück unseres Reiches. Hier lernen alle Schüler, ihre Kräfte zu beherrschen und verschiedene Zauber anzuwenden. Für Schüler ohne Eltern oder ohne Mentoren fungiert dieses Gebäude auch als Wohntrakt. Du wirst hier also so lange leben, bis man für dich einen Mentor gewählt hat.«

»Und dann werde ich bei meinem Mentor leben?«, fragte ich nach und verzog meinen Mund. Ich wollte jetzt schon wieder nach Hause. *Tief durchatmen, Nici.*

Der böse Mann nickte. »Der Termin steht noch nicht fest, doch die Wahl wird noch diese Woche stattfinden.«

So langsam sickerte die Tatsache zu mir durch, dass dies tatsächlich alles der Realität entsprach. Und dass ich tatsächlich hierbleiben würde. Doch wie lange musste ich bleiben? Und wann konnte ich mit meinen Eltern sprechen? Mir grauste es bei der Vorstellung, welche Ängste sie gerade durchlitten. Doch Leo hatte recht gehabt: Ich konnte nicht mehr fliehen.

9

Mentor

Zeit vergeht, ohne dass wir es bemerken. Fehler schleichen sich ein, ohne dass wir es bemerken. Aber wenn wir es bemerken, ist es meist zu spät. Zu spät, um sie rückgängig zu machen.

Es waren zwei weitere Tage vergangen, und ich hatte die Entscheidung getroffen, hierzubleiben. Ich wusste nicht, ob ich tatsächlich eine Wahl gehabt hatte, aber ich redete es mir gern ein. Ich hasste Situationen, in denen ich keine hatte.

Zeit war vergangen, aber ich wusste immer noch nicht, ob es ein Fehler gewesen war, in Phoenicia zu bleiben. Vielleicht hätte ich mich mehr widersetzen sollen, mich einfach weigern sollen oder meine Energie, die in den letzten Tagen zum Vorschein gekommen war, für eine Flucht nutzen sollen.

Tatsache war, dass ich es nicht getan hatte.

Dafür wurde ich jetzt nicht mehr wie eine Gefangene behandelt. Ich saß oft mit Leo in meinem Zimmer, und wir redeten bis spät in die Nacht über unser Schicksal. Wir sahen beide ein, dass wir nicht mehr in unsere alte Welt gehörten. Denn wenn wir nicht lernten, mit unserer Energie umzugehen, könnten wir viel Schaden anrichten. Leo zum Beispiel hatte sich zwei Tage lang gewehrt, ihr Schicksal anzunehmen, und aus Wut hatte sie unbeabsichtigt die Vorhänge in Brand gesetzt. Seit dem Vorfall hatte sie erst eingesehen, dass sie nicht ohne Weiteres nach Hause konnte. Und ich war mir sicher, dass ich mich noch immer widersetzen würde, hätte ich Leo am zweiten Tag nicht gefunden.

In den letzten beiden Tagen hatten wir jedoch nichts über Magie und Kontrolle gelernt, sondern mehr über diese Welt und unsere Eigenschaften. Die Sache mit dem Weinen hatte Leo mir erklärt. Es war einfach: Phönixe weinten nicht. Es gab Ausnahmen, doch im Allgemeinen konnte man sagen, dass ein Phönix nicht mehr als ein einziges Mal in seinem Leben weinen konnte.

Ich warf einen Blick auf den Tischkalender, den mir William gegeben hatte, und seufzte. Es war bereits Donnerstag. Seit Montag hatte ich weder meine Familie noch Max gesehen. Ich hatte wenig Zeit, um an sie zu denken, doch wenn es so weit war, wenn ich nachts im Bett lag und nicht einschlafen konnte, dann brach eine Welle des Schmerzes über mir zusammen. Ich konnte nicht in Worte fassen, wie sehr ich meinen besten Freund vermisste. Mein Herz sehnte sich nach ihm, meine Augen wollten sein Lächeln wiedersehen, und ich wollte ihn einfach nur in meiner Nähe wissen, mit ihm reden.

Ich hatte mich noch nicht einmal verabschiedet und ihnen mein Verschwinden erklären können. Was sie wohl dachten, wo ich war? Traurig umklammerte ich den goldenen Anhänger, den Max mir geschenkt hatte und den ich immer noch um meinen Hals trug.

Uns wurde gesagt, dass wir an den Wochenenden immer zu unseren Familien dürften, doch wir hatten keine Ahnung, was wir ihnen dann erzählen sollten. William hatte uns erklärt, dass die Grundausbildung in der Zauberakademie drei Jahre umfasste, aber mir war es unvorstellbar, eine solch lange Zeit hier zu verbringen, drei Jahre bei einem Mentor zu leben, in einer mir völlig fremden Welt.

Ein Klopfen an der Tür riss mich aus meinen Gedanken.

»Ja?«, rief ich und richtete mich im Bett auf.

Leo kam herein, und an ihrer konzentrierten Miene erkannte ich, dass es etwas zu besprechen gab.

»Was ist?«, fragte ich, als sie sich neben mich setzte.

»Morgen früh wird entschieden, wer unser Mentor wird und für unsere weitere Ausbildung sorgt«, sagte sie und starrte in die Ferne.

Ich schluckte. Morgen schon.

William hatte mir gestern erklärt, dass ein Mentor die wichtigste Bezugsperson im Leben eines Phönix war. Wir würden alles von ihm lernen und viel Zeit mit ihm verbringen. Meistens war es so, dass der Mentor derjenige wurde, der einen fand. Mich hatte Mr. Sandlers gefunden, doch er war in einer so hohen Position, dass noch nicht feststand, ob er einen Lehrling aufnehmen würde. Leo wurde von Mrs. Witt gefunden, einer netten älteren Dame. Sie war an dem Abend zufällig in ihrer Straße gewesen, als Leo das Feuer in ihrem Zimmer entfacht hatte. Mrs. Witt hatte die freigesetzte Energie gespürt und sie in den folgenden Tagen beobachtet. Leo jedoch hatte einmal ihren Blick erwidert, und von dem Moment an stand es fest: Sie hatte den Zauber durchdrungen, der Mrs. Witt für normale Sterbliche unsichtbar gemacht hatte.

So war ihr Mentor schon fast gesichert, doch es durften auch andere Phönixe den Anspruch auf einen Lehrling erheben. Und das war bei uns der Fall. Eine Frau hatte gestern Abend um das Recht des Mentors für eine von uns beiden geworben. Keiner hatte eine Ahnung, warum, doch sie wies gute Voraussetzungen auf, die unsere beiden Finder nicht erfüllten. Bei Mr. Sandlers war es die Zeit – und ich vermutete auch die Lust –, die ihm fehlte. Bei Mrs. Witt war es das hohe Alter.

Morgen also würde dann die endgültige Entscheidung fallen, und unsere Ausbildung würde endlich beginnen können. Ob wir sie dann drei Jahre lang durchzogen, war eine andere Frage, mit der ich mich noch nicht befassen wollte.

»Es ist ein wichtiger Tag … Bist du aufgeregt?«, fragte Leo, und ich sah in ihren Augen auch etwas Angst.

»Und wie«, entgegnete ich, meine Gedanken längst bei der grauenhaften Vorstellung, dass der böse Mann mein Mentor werden könnte.

Als ich am nächsten Morgen erwachte, quälten mich schlimme Kopfschmerzen, und ich nahm alles nur verschwommen wahr. Ich versuchte, mich aufzusetzen, da merkte ich, wie verschwitzt ich war.

Es klopfte, und ich wusste, dass es Dana sein musste, die mir das Frühstück brachte. Ich richtete meine Aufmerksamkeit auf die Tür und wollte gerade »Herein« rufen, als sie plötzlich in Flammen aufging.

Erschrocken schrie ich auf und wollte meinen Augen nicht trauen. Eine Tür konnte doch nicht einfach so in Flammen aufgehen!

»Oh Scheiße!«, quietschte ich und sprang aus dem Bett. Wozu wusste ich selbst noch nicht genau. Die Flammen loderten auf und strahlten eine angenehme Wärme aus. Doch bald würde nicht nur die Tür brennen, sondern das gesamte Zimmer. Die Erfahrung hatte ich ja bereits gemacht.

Panisch sah ich mich um, mein Blick wanderte über die Vorhänge, und ehe ich mich versah, standen auch diese in Flammen.

Ungläubig stolperte ich rückwärts und rieb mir die Augen. Dann kniff ich mir in den Arm. Es konnte einfach nicht wahr sein. Nicht so viel Feuer auf einmal. Nicht *schon wieder* ohne jeglichen Grund.

Als mir endlich klar wurde, dass dies kein Traum war und ich gerade dabei war, auch hier das ganze Zimmer in Schutt und Asche zu legen, stand ich kurz vorm Heulen.

»Hilfe!«, versuchte ich zu rufen, aber es kam nur ein klägliches Schluchzen über meine Lippen. Noch während mein Blick an der brennenden Tür hing, löste sie sich plötzlich in Luft auf. Meine Augen weiteten sich vor Unglauben, und als ich noch einmal hinsah, erkannte ich, dass sich die Tür in ein kleines Häufchen Asche verwandelt hatte. Im klaffenden Loch, wo vor wenigen Sekunden noch die Flammen getanzt und vor wenigen Minuten noch eine Tür gestanden hatte, hatte sich nun Mr. Sandlers mit verschränkten Armen aufgebaut. Sein finsterer Blick wanderte über die Vorhänge, und als ich ihm mit meinen Augen folgte, bekam ich gerade noch mit, wie auch dieses Feuer binnen eines Augenblicks erlosch und von den Vorhängen nur ein Haufen Asche zurückblieb.

Sobald Mr. Sandlers seine Aufmerksamkeit mir zugewandt hatte und seine fast schwarzen Augen auf mich herabsahen, dachte ich für einen Moment wirklich, mich würde dasselbe Schicksal wie die Tür und die Vorhänge ereilen. Doch als ich nach einigen Sekunden immer noch nicht zur Asche zerfallen war, entschloss ich mich, ihm zu danken. Schließlich hatte er wahrscheinlich gerade mein Leben gerettet.

Kaum öffnete ich den Mund, hob er die Hand und brachte mich mit seinem vernichtenden Blick zum Schweigen. Es war ein Stich ins Herz.

»Zieh dir etwas an, in einer halben Stunde musst du bereits in der Halle der Goldenen Strahlen sein. Komm nicht zu spät … und bitte, bitte fackel nicht noch etwas ab.« Und ohne den geringsten Anflug eines Lächelns drehte er mir den Rücken zu und verschwand.

Ich war hin- und hergerissen zwischen Wut und Enttäuschung. Ich hatte ihm doch nichts getan. Wieso mochte er mich nicht? Ich hoffte, dass, wenn er mein Mentor werden würde, sich unsere Beziehung etwas besserte. Doch in diesem Moment zweifelte ich daran.

Nachdem ich mir aus dem Schrank, der magischerweise mit normalen Kleidern in meiner Größe gefüllt war, eine schwarze Röhrenjeans und ein weißes Tanktop gefischt hatte, meine Haare zu einem Pferdeschwanz zusammengebunden und meine Wimpern getuscht hatte, lief ich aus meinem Zimmer und die prunkvolle Treppe hinunter, die ich bereits an meinem zweiten Tag hier entdeckt hatte.

In der großen Eingangshalle angekommen, bog ich diesmal nach rechts ab und dann sofort, als ich in den nächsten Flur gelangte, wieder nach rechts. Wäre ich geradeaus weitergegangen, wäre ich in den Flur mit den Unterrichtsräumen gekommen. Hier wurden keine Mathematik und Sprachen gelehrt, sondern die magische Geschichte der Phönixe, Zauberformeln und die Kontrolle der eigenen Kräfte.

Ich erreichte eine große goldene Tür, die mit Rubinen und Diamanten besetzt war. In fast vier Meter Höhe ragte sie vor mir auf und raubte mir den Atem. Bei meiner Besichtigungstour am dritten Tag hatte man mir diese Tür schon gezeigt, und ich hatte mich genau wie jetzt gefragt, ob die Juwelen echt waren und ob es tatsächlich reines Gold war. Wie schwer müsste sie dann sein? Aber da man die Tür ja nicht selbst öffnen musste …

Genau in diesem Moment schwang die Tür wie von Zauberhand auf, und ich konnte zum ersten Mal in das Innere der Halle der Goldenen Strahlen blicken.

Damals hatten alle Krönungen, wichtigen Anlässe und Bälle in ihr stattgefunden, heute wurde sie nur noch selten geöffnet.

Die Pracht vergangener Jahre strahlte noch immer in ihrem Inneren; der verspiegelte Boden ließ den riesigen Raum endlos wirken, die Kronleuchter zauberten Millionen von Lichtern an die ebenso verspiegelte Decke. Alles glänzte und funkelte im goldenen Schein. Die Tribünen, die links und rechts verliefen, waren teilweise von phoenicischen Bürgern gefüllt, die sich die

Mentorenwahl nicht entgehen lassen wollten. Auch die in der Mitte der Halle aufgestellten Bänke waren zahlreich besetzt.

Im Zentrum der Aufmerksamkeit standen fünf Stühle, vor denen ein Pult aufgebaut war, hinter dem William stand, der – wie ich erfahren hatte – Direktor dieser Akademie und gleichzeitig eine Art Bürgermeister war.

Zwei der fünf Stühle waren bereits von Jean Sandlers und einer mir unbekannten jungen Frau besetzt. Spontan schätzte ich sie auf Ende zwanzig – und sie war hübsch. Ihre roten Haare fielen ihr in Locken über die zarten Schultern. Sie hatte einen kleinen Puppenmund, der rot geschminkt war. Ihre Haut war weiß wie Porzellan, ihre Augen hingegen dunkelbraun und schienen zu groß für ihr kleines Gesicht. Ein grünes Kleid schmiegte sich an ihren zierlichen Körper und reichte bis zum Boden. Als sie bemerkte, dass ich sie beobachtete, wandte sie ihren Kopf zu mir und musterte mich ebenfalls mit Neugierde und einem verschlossenen Ausdruck, den ich nicht einzuordnen vermochte.

»Nicita, nimm doch bitte neben Mr. Sandlers Platz. Wir müssen nur noch warten, bis Leo und Mrs. Witt erscheinen, dann können wir beginnen«, tönte Williams Stimme ungewöhnlich laut durch den Saal.

Ich zuckte zusammen und senkte meinen Kopf, als die gesamte Aufmerksamkeit auf mich gerichtet war. Mit rasendem Herzen schlich ich in die Mitte der Halle und setzte mich still und unauffällig neben Mr. Sandlers.

Mit meiner Hoffnung, für die anderen nun mehr oder weniger unsichtbar zu sein, ging es schnell den Bach herunter, als sich die junge, mir unbekannte Frau neben Mr. Sandlers zu mir herüberlehnte.

»Du bist also Nici?« Sie reichte mir die Hand. »Ich bin Jody Spring«, sagte sie mit einem starken britischen Akzent, welcher zu ihrem blassen Teint passte.

Ich nickte und versuchte, höflich zu lächeln, als sie sich wieder zurücklehnte. Bestimmt sehr zur Freude von Mr. Sandlers, der sie kritisch beobachtet hatte, als sie mit ihrem Arm über seinen Schoß gelangt hatte.

Ich grinste darüber still vor mich hin und betrachtete meine rosa lackierten Nägel, deren Farbe schon langsam abblätterte. Das war also die Frau, die sich für uns als Mentorin beworben hatte.

Ich schaute erst wieder auf, als Williams Stimme ein weiteres Mal durch die Halle tönte. Leo und Mrs. Witt waren eingetroffen, ohne dass ich es bemerkt hatte. Leos staunende Miene wurde durch ein Grinsen ersetzt, als sie mich entdeckte. Mrs. Witt hingegen wirkte krank, sie lief gebückt und sah ungesund blass aus. Aufmerksam beobachtete ich die beiden, und als ich hörte, wie Mrs. Witt auf dem Weg hustete und nach Atem rang, war mir bereits klar, dass sie nicht Leos Mentorin werden würde.

Eine Stunde verging, in der den anderen Anwesenden noch einmal Leos und mein Fund in allen Einzelheiten geschildert wurde. Danach wurde uns beiden erklärt, was uns in Zukunft erwartete, und die drei freiwilligen Anwärter auf das Mentorenamt durften etwas von sich erzählen. Dann versammelten sie sich um William. Man hätte meinen können, dass wir uns einen Mentor aussuchen durften, doch dies war nicht der Fall. Die Entscheidung lag bei William.

»Oh, ich bin so aufgeregt«, raunte Leo mir zu. »Mr. Sandlers sieht schon ganz schön heiß aus, findest du nicht?«

Erschrocken sah ich Leo an. Dann wanderte mein Blick wieder zu Mr. Sandlers, dessen ganze Aura nur Eitelkeit und Bosheit ausstrahlte. Absolut nichts Anziehendes.

Ich räusperte mich, ehe ich antworten konnte. »Also ich habe etwas Angst vor ihm«, gab ich ehrlicherweise zu.

Leo kicherte. »Ich auch ... Er sieht so böse aus. Aber böse ist doch irgendwie sexy, findest du nicht?«

Ich fand, dass diese Frage einer Antwort nicht würdig war, und wandte mich mit glühenden Wangen wieder nach vorn.

Es war vorbei. Und mein Schicksal war besiegelt.

Wir stürmten alle aus der Halle, und die Schaulustigen gingen wieder ihrer Wege. Sie teilten sich in kleine Grüppchen; einige Schüler gingen zum Unterricht, andere nach draußen. Die Lehrer kehrten zurück an ihre Arbeitsplätze, Eltern gingen wieder nach Hause. Leo und ich standen mit unseren neuen Mentoren in der Eingangshalle und wussten nicht wohin. Es war üblich, dass die Schüler bei ihren Mentoren wohnten, es sei denn, der Mentor hatte gleichzeitig zwei Lehrlinge – was fast nie eintrat –, oder der Schüler blieb auf seinen besonderen Wunsch hin in der Akademie wohnen.

Mit einem flauen Gefühl im Magen schielte ich zu meinem Mentor hoch, während ich mit meiner Verzweiflung kämpfte. Mr. Sandlers. Warum ausgerechnet *er?*

Mir war eigentlich nichts lieber, als in dem Zimmer zu bleiben, in dem ich mich schon eingelebt hatte, um Mr. Sandlers so wenig wie möglich zu sehen. Immer wenn er mich anschaute, hatte ich das Gefühl, dass er mich entweder für Luft hielt oder zum Teufel wünschte. Doch ich traute mich nicht, den Wunsch, mein Zimmer zu behalten, anzusprechen.

»Ich denke mal, es ist noch zu früh für dich, am Unterricht teilzunehmen«, sagte Miss Spring zu Leo. »Ich bin dafür, dass ich dir erst einmal mein bescheidenes Heim zeige und wir so bald wie möglich mit dem Kontrollunterricht beginnen.«

Leo nickte, und mit einem letzten aufmunternden Lächeln in meine Richtung gingen sie auf den Ausgang zu. Ich hörte zu, wie Miss Spring von ihrer erst kürzlich erfolgten Rückkehr nach Phoenicia erzählte, doch ihre Stimme verklang, als sie an der Tür ankamen und hinausschritten. Hinaus in die kleine Welt Phoenicia.

Ich wollte einen kurzen Blick nach draußen riskieren, doch mich blendete das gleißende Sonnenlicht. Und im nächsten Moment war es schon wieder dunkel. Die massive Tür war lautlos ins Schloss gefallen.

Ich rieb mir meine geblendeten Augen, damit die Sternchen und weißen Punkte verschwanden, und schaute dann erwartungsvoll auf meinen zukünftigen Lehrer und Beschützer.

»Ich würde dir ja gern dasselbe anbieten, aber erstens gibt es bei mir kein freies Gästezimmer, da ich als mächtigster Magier im Land nicht vorhatte, mich mit Kindern einzulassen, und zweitens möchte oder muss ich dir etwas Wichtiges zeigen«, sagte er, doch schaute er mir dabei nicht einmal in die Augen.

Einen Moment lang wollte ich lachen, da sich mein Wunsch, nicht bei ihm einzuziehen, erfüllt hatte, doch dann brachten mich seine letzten Worte doch zum Schweigen. Was wollte er mir zeigen? Wieder deutete kein Lächeln daraufhin, dass es etwas Schönes sein könnte. Aber vielleicht lag es auch nur daran, dass er nie lächelte.

»Ist es gut oder schlecht? Das, was Sie mir zeigen wollen?«, fragte ich leise.

Er strafte mich mit einem eisigen Blick, da er meine Fragen anscheinend nicht mochte. Ich straffte trotzdem meine Schultern und versuchte, nicht eingeschüchtert zu wirken.

»Schlecht«, sagte er schlicht und machte sich auf den Weg zu den Unterrichtsräumen.

Mit gerunzelter Stirn folgte ich ihm, während sich meine Gedanken mit schrecklichen Vermutungen überschlugen.

Er ging bis zum Ende des Flures und öffnete ohne zu zögern die letzte Tür auf der rechten Seite. Vorsichtig folgte ich ihm und blieb vor dem Zimmer stehen, da ich rechts daneben ein kleines silbernes Schild entdeckt hatte.

›*Jean Sandlers*‹ stand dort eingraviert. Sein Büro?

»Nun komm endlich und mach die Tür zu!«, befahl seine Stimme von irgendwo dort drinnen. Ich gehorchte missmutig und betrat den dunklen, kühlen Raum. Überrascht blickte ich mich um. Es war hier so anders als im übrigen Gebäude.

Hier glänzte nichts in Gold und warmen Tönen. Keine prunkvollen, unnötigen Gegenstände verzierten das kleine Zimmer. Die Wände waren weiß gestrichen und ein weißer, flauschiger Teppich – wie einer, den ich schon immer mal haben wollte – lag in der Mitte auf dem dunklen Parkett. Das einzige Fenster, dem ich direkt gegenüberstand, war mit schwarzen Vorhängen verhängt. An Möbeln gab es nur einen Schreibtisch direkt vor dem Fenster, einen schwarzen Ledersessel dahinter und ein vollgestopftes Bücherregal, das sich über die gesamte linke Wand erstreckte.

Mr. Sandlers saß an seinem Schreibtisch und winkte mich zu sich heran.

Als ich nähertrat, schob er mir einen Zeitungsartikel unter die Nase. Sofort sprangen mir drei Bilder auf der Titelseite entgegen, die mich entsetzt nach Luft schnappen ließen. Augenblicklich riss ich den Artikel an mich und überflog ihn gleich zweimal. Am liebsten hätte ich ihn gründlich und langsam gelesen, doch meine Nervosität machte es mir unmöglich, einen Satz länger als eine Sekunde anzustarren.

Die Bilder hingegen musterte ich eine geschlagene Ewigkeit. Eines davon zeigte mich. Ich kannte das Foto in- und auswendig, es stand eingerahmt auf meinem Nachttisch. Das zweite Bild zeigte Leo, sie lächelte bis über beide Ohren und sah so glücklich aus. Hinter ihr sah man ein Stück Meer und eine Palme. Ich erinnerte mich an diesen letzten Sommer, wo wir alle gemeinsam in Florida Urlaub gemacht hatten.

Das dritte Foto in der Zeitung war ein starker Kontrast zu uns beiden lächelnden Energiebündeln. Es zeigte eine Leiche. Ein totes Mädchen.

Im Artikel stand nur, dass Leo und ich schon seit mehreren Tagen vermisst wurden, und da gestern ein totes Mädchen gefunden worden war, war der Rest ein Haufen wirrer Spekulationen.

»Wir müssen es auch Leo zeigen«, war das Erste, was ich sagte. Ich hob den Kopf und starrte ihm direkt in die Augen. Er wandte sein Gesicht ab, nickte aber. »Ihr werdet heute noch zu euren Eltern gehen. Ihr werdet ihnen eine Lüge auftischen … einen Schlussstrich setzen. Sie dürfen nicht nach euch suchen. Sie dürfen euch nicht vermissen.« Er drehte sich mir wieder zu und schaute mich scharf an. »Kannst du das?«, fragte er.

Ich schluckte, und ohne zu wissen, was auf mich zukommen würde, nickte ich.

10
Gebrochenes Herz

Es waren keine zwei Stunden vergangen. Die Sonne schien durch die vielen Fenster, und frische, warme Luft kam von draußen herein.

Ich wartete auf Mr. Sandlers. Er würde mich abholen, um anschließend mit mir zu Leo zu gehen. Ich hatte mich in das Zimmer verkrochen, in dem ich bereits die letzten Tage verbracht hatte, und hatte mich mit einem Plan anfreunden müssen, der mir das Herz brach.

Ich würde meinen Eltern sagen müssen, dass ich während der Sommerferien nicht zu Hause sein würde, da ich mit Leo auf der Suche nach ihren leiblichen Eltern wäre, deren Spur ein Privatdetektiv für sie aufgenommen hatte. Mr. Und Mrs. Julek hatten Leo nie von der Adoption erzählt, und sie hatte erst hier erfahren, dass ihre Eltern nicht ihre leiblichen sein konnten. Menschen ohne magische Fähigkeiten konnten keinen Phönix zeugen – nun, zumindest der Wahrscheinlichkeit nach zu 99% nicht.

Um meine Entscheidung, mit ihr zu reisen, glaubhaft zu machen, reichte es nicht, dass ich Leo Beistand leisten und sie nicht allein lassen wollte. Und da trat Mr. Sandlers ins Rampenlicht. Jean. Ich musste ihn Jean nennen. Musste vorgaukeln, in ihn verliebt zu sein und die Ferien mit ihm verbringen zu wollen. Eine

Tour durch Kalifornien nach Oregon mit meiner besten Freundin und meinem Freund, der Privatdetektiv war – auf den Spuren der Vergangenheit. War dies eine glaubhafte Geschichte? Ich hoffte es, denn Mr. Sandlers' Alternative, jegliche Erinnerungen meiner Eltern an mich auszulöschen, hatte mir einen kalten Schauer über den Rücken gejagt. Mit meiner spontanen Ferienreise konnte ich sie doch zumindest öfter anrufen und in ein paar Wochen wieder besuchen. Nach den Ferien würde ich dann offiziell ausziehen und angeblich eine Universität besuchen. Sobald unsere magische Ausbildung in drei Jahren abgeschlossen war, würde es uns freistehen, in der Menschenwelt ein normales Leben zu führen.

Fragt mich nicht, wie Mr. Sandlers, nein, *Jean,* dazu gekommen war, die Rolle meines *Freundes* zu übernehmen. Als er mir diesen Teil des Plans erklärt hatte, waren mir fast die Augen aus dem Kopf gefallen. Doch ich sah ein, dass es ein guter Plan war. Zumindest fiel mir kein besserer ein. Und da ich absolut niemanden hier kannte, konnte niemand anderes diese ›wichtige‹ Rolle übernehmen.

»Hör auf, Löcher in den Boden zu starren, und komm mit«, sagte plötzlich jemand hinter mir. Ich fuhr zusammen und schaute auf. Na, wer sollte es schon sein? Die wichtigste Rolle war gekommen, um das Schauspiel beginnen zu lassen.

Am Haus von Miss Spring angekommen, klopfte Jean an der Tür, während ich mit einigem Abstand die Umgebung studierte. Es war das erste Mal, dass ich in Phoenicia draußen war. Zwar hatte ich aus dem Fenster der Schulakademie schon so einiges sehen können, doch von hier aus war das alles einfach überwältigend. Besonders das Schloss, das nicht weit von der Akademie stand, raubte mir den Atem.

Es war ein Schloss wie aus dem Märchenbuch. Weiße Zinnen und Türmchen ragten bis zu den Bergen. Sonnenstrahlen fingen sich in den winzigen Fenstern, durch dessen Reflexionen das

Schloss von innen heraus zu leuchten schien. Nur war es leider schon seit mehreren Jahren unbewohnt. Zu gern würde ich mich dort hineinschleichen und …

»Nici-Schatz!«, schrie plötzlich jemand und fiel mir um den Hals. Ich seufzte übertrieben und versuchte, mich von Leo loszumachen.

»Na … Jetzt ist es wohl so weit, Abschied zu nehmen«, sagte sie mit trauriger Miene.

»Was, du willst mich verlassen?«, rief ich spielerisch und tat entsetzt. Tatsächlich entlockte ich ihr damit ein Lächeln.

»Hör auf, Nici … Wer weiß, wie unsere Eltern die Nachricht aufnehmen werden.«

Ich spürte, wie meine Mundwinkel nach unten sackten. Über diese Frage hatte ich auch schon den ganzen Tag nachgedacht und war zu keiner guten Antwort gekommen. Zurzeit hoffte ich einfach nur, dass sie mir – ohne viele Fragen zu stellen – glauben würden.

Ich warf einen Seitenblick auf Jean. Würde er seine Rolle überzeugend spielen können?

Wir liefen zu dritt ein paar Schritte und entfernten uns von dem Haus. Dann wurde mir bewusst, dass ich immer noch keine Ahnung hatte, wie wir aus dieser Fantasiewelt in unsere reale Welt zurückkehren sollten. Dies war auch mit ein Grund gewesen, weshalb ich meine Fluchtpläne so schnell aufgegeben hatte. Ich bezweifelte, dass hier irgendwo ein Zug anhielt, der uns nach Hause bringen konnte.

Auf einmal blieb Jean stehen. Leo, die ein Stückchen vor mir lief, prallte beinahe gegen seinen Rücken.

»Huch«, rief sie aus und entfernte sich schnell wieder von ihm.

Jean achtete auf keine von uns und zog stattdessen ein Feuerzeug aus der Hosentasche. Nun war es Zeit zu fragen, dachte ich mir.

»Ähm … wie kommen wir denn zurück nach San José?«

Für meine Unwissenheit strafte er mich wieder mit einem seiner bösen Blicke und rieb sich dann die Stirn. »Wir teleportieren uns dahin, indem wir direkten Kontakt mit dem Feuer aufnehmen, da unsere Kräfte der Energie der Sonne und somit der Hitze entspringen. Weil ihr euch noch nicht teleportieren könnt, werdet ihr es mit mir machen. Ihr müsst nichts weiter tun, als meine Hand zu nehmen.« Kaum hatte er das ausgesprochen, griff Leo nach seiner Hand.

Zögerlich kam ich ihm näher und wollte gerade seine andere Hand nehmen, als er sie mir entzog.

»Wenn ihr beide eine Hand von mir haltet, dann kann ich nicht mehr in direktem Kontakt mit dem Feuer sein«, belehrte er mich und wedelte mit dem Feuerzeug vor meiner Nase herum.

»Oh.« Das Blut schoss mir in die Wangen. Schnell trat ich neben Leo und griff stattdessen nach ihrer Hand.

Jean drehte am Rädchen des Feuerzeugs, und winzige Funken sprühten daraus hervor. Ein weiteres Mal schnappte er mit dem Feuerzeug, und eine kleine Flamme loderte auf. Er rollte das Rädchen weiter, bis das Feuer auf eine beachtliche Größe herangewachsen war. Dann bog sich die Flamme plötzlich durch, neigte sich seinem Daumen entgegen, bis sie seine Haut berührte, und dann –

Ich blinzelte verwirrt. Vor mir stand Leos Haus.

»Oh, das ging aber schnell«, murmelte sie an meiner Seite und befreite ihre Hand aus der meinen.

»Okay, Leo. Rede mit deinen Eltern. Halte dich an den Plan. Wir holen dich ab, wenn wir fertig sind. Bis dann«, leierte Jean monoton herunter und schnappte sich meine Hand.

Ich schaffte es gerade noch, Leo einen aufmunternden Blick zuzuwerfen, da war ihr Haus auch schon verschwunden. Als ich blinzelte, stand bereits mein Haus vor mir. Nein, das Haus meiner Adoptiveltern, erinnerte ich mich mit einem hohlen Gefühl im Magen. Denn ich war kein normaler Mensch wie sie, und ich wusste nicht, ob dies hier je wieder mein Zuhause sein würde.

Ich straffte die Schultern und ging ohne länger zu zögern auf die Eingangstür zu. Meine Beine erinnerten mich ein wenig an Wackelpudding, und ich überlegte, ob es wohl an der Teleportation oder meiner Aufregung lag.

Automatisch streckte sich meine Hand zur Klingel aus. Ich wartete, während ich Jeans kühlen Atem im Nacken spürte.

Als die Tür geöffnet wurde, stand mein Vater vor mir.

Ängstlich beobachtete ich, wie sich auf seinem Gesicht tausend Empfindungen abzeichneten. Vor Überraschung waren seine Augen weit aufgerissen, der Mund stand ihm offen und er sah ungesund blass aus. Er blieb stumm.

Die Sekunden verstrichen, während wir uns nur in die Augen schauten, uns ohne Worte das Wichtigste mitteilten: Er war froh, mich zu sehen, und dennoch wusste er, dass ich wieder gehen würde.

»Schatz, wer ist denn da?«, hörte ich die Stimme meiner Mutter zu uns herüberwehen. Mein Vater gab keine Antwort, und nach ein paar Sekunden tauchte sie selbst hinter ihm auf, um nachzusehen. Um mich zu sehen.

Ihre Reaktion war eine vollkommen andere. Sie schlug sich erschrocken die Hand vor den Mund und keuchte auf. Und beinahe sofort lief ein Strom von Tränen über ihre blassen Wangen. Voller Erleichterung stürzte sie auf mich zu. Überrumpelt ging ich einen Schritt zurück, doch sie war schneller. Mit beiden Armen klammerte sie sich an mich, vergrub ihr Gesicht in meinen Haaren. Und immer wieder schluchzte sie meinen Namen. Vier Tage waren vergangen, seit sie mich das letzte Mal gesehen hatten, vier Tage, in denen sie nichts von mir gehört und wahrscheinlich bereits das Schlimmste befürchtet hatten.

Die Szene wäre herzzerreißend gewesen, und wäre meines nicht scheinbar aus Stein, hätte ich mit meiner Mutter geweint. Doch so stand ich einfach nur da und wusste nicht, was ich tun oder sagen sollte.

»Komm doch erst einmal rein, Schatz, dann kannst du uns alles erzählen«, sagte mein Vater, nachdem er seine Stimme wiedergefunden hatte.

Meine Mutter ließ endlich von mir ab und trat einen Schritt zurück. Mit einem Lächeln musterte sie mich, um sicherzugehen, dass mir auch ja nichts fehlte.

Als ich sie ebenfalls so ansah, fiel mir sofort ihr etwas rundlicher Bauch auf. War er seit der letzten Woche wirklich gewachsen, oder bildete ich mir das ein? Einen Moment lang fragte ich mich, in welchem Monat sie überhaupt schon war.

Ich folgte meinen Eltern in die Küche. Hinter mir hörte ich Schritte, und erst da wurde ich mir wieder der Anwesenheit meines Mentors bewusst.

Als sich mein Vater in der Küche zu mir umdrehte, fiel auch ihm der hochgewachsene Mann hinter mir auf. Vor Überraschung zuckte er zusammen, fasste sich aber schnell. »Wer sind Sie?«, fragte er misstrauisch.

Auch meine Mutter, die zu sehr von ihren Gefühlen aufgewühlt war und sich auf einen Küchenstuhl hatte sinken lassen, blickte bei den Worten ihres Mannes auf und schien etwas zu suchen. Ihre Miene wirkte erschöpft und ahnungslos, bis sie nach einigen Sekunden die Anwesenheit des großen, furchteinflößenden Fremden bemerkte. Wieder schlug sie sich die Hand vor den Mund. »Oh Entschuldigung«, entfuhr es ihr, während sie nach den richtigen Worten suchte. »Sind Sie – haben Sie unsere Tochter gefunden?«, fragte sie.

Jean schaute meine Eltern abwechselnd an und lächelte dann. Es war ein komischer Anblick. »Kann man so sagen. Ich bin der Freund Ihrer Tochter«, brachte er die Tatsache rücksichtslos auf den Punkt. Ich hätte ihn dafür schlagen können.

»Bitte was?«, quietschte meine Mutter ungewöhnlich hoch. Damit hatte sie wohl nicht gerechnet. Ich lief zu ihr hinüber und versuchte, sie zu beruhigen.

»Sein Name ist Jean Sandlers, er ist Privatdetektiv und hilft Leo bei der Suche nach ihren leiblichen Eltern. Und ich werde mitkommen, weil ich … wir uns verliebt haben«, erklärte ich so schnell ich konnte und strich ihr beruhigend über den Arm, während sich bei den Worten alles in mir zusammenkrampfte.

Sie starrte Jean immer noch vollkommen entsetzt an. »Aber er ist viel zu alt für dich«, platzte es aus ihr heraus.

Hilfesuchend blickte ich mich zu meinem Vater um, doch er musterte Jean mit nur noch größerer Abneigung. Um ehrlich zu sein, konnte ich es ihnen nicht verübeln. Abgesehen vom Altersunterschied hatte er diese bedrohliche und arrogante Aura, die ihn über alles andere stellte. Keine Eltern wünschten sich so einen Mann als Freund ihrer Tochter.

»Mrs. und Mr. Julek sind nicht Leos leibliche Eltern?«, fragte mein Vater schließlich und runzelte die Stirn, als sei dieser Teil meiner Erklärung erst jetzt zu ihm durchgedrungen.

»Genau. Als Leo das herausgefunden hat, ist sie von zu Hause fortgerannt und hat Jean zufällig kennengelernt. Er hat ihr seine Hilfe angeboten, und dann –«, fing ich an, meinen auswendig gelernten Text aufzusagen.

Meine Mutter schüttelte verwirrt den Kopf. »Was hat das mit dir zu tun? Warum bist du weggelaufen? Wir dachten, du wurdest entführt oder-«

»Was ist denn hier los?«, unterbrach uns eine Stimme, bei der ich zusammenzuckte. Diese bekannte Stimme, die ich immer und überall erkennen würde. *Seine* Stimme. Max' Stimme.

Ich wandte meinen Kopf zur Tür und tatsächlich … dort stand er. Mein Herz setzte für einen Augenblick aus, als seine Augen die meinen trafen. Ich schwöre, es hörte einfach auf zu schlagen.

»Nici?«, fragte er, doch seine Stimme war nicht mehr als ein Flüstern. Er stützte sich am Türrahmen ab, als ob er jeden Moment zusammenbrechen könnte.

»Max …« Auch meine Stimme versagte. Mein Verstand setzte aus, und ohne nachzudenken rannte ich auf ihn zu.

Irrsinnigerweise wollte ich ihm in die Arme fallen und ihn nie wieder loslassen, doch irgendetwas an seinem Blick hielt mich zurück. Ich blieb vor ihm stehen, schaute ihn an wie einen längst verloren geglaubten Menschen.

Er blickte zurück, doch voll Kummer und Leid. Er hatte seinen Kiefer angespannt, sein Haar war wirr und zerzaust, dunkle Schatten zeichneten sich unter seinen blauen Augen ab. Wie viele Nächte hatte er wegen mir nicht schlafen können? Wie viel Schmerz hatte er meinetwegen erlitten?

Plötzlich fühlte ich mich furchtbar schuldig.

»Wer ist das?«, fragte er mit einem Kopfnicken in Richtung Jean. Ich schluckte, und mein Mund weigerte sich, die abgesprochene Lüge herauszugeben. Verzweifelt wandte ich mich an meinen Mentor und hoffte, dass er es wieder aussprach wie gerade eben. Kurz und schmerzhaft. Vermeiden konnte ich es sowieso nicht. Doch Jean sagte nichts. Er bedeutete mir mit seinem Blick, es selbst zu tun. Ich schüttelte panisch den Kopf.

»Nici, wer ist das?«, wiederholte Max, und ich spürte, wie schwer es ihm fiel, diese Frage auszusprechen. Ich schaute ihn an und bat ihn stumm um Verzeihung. »Er … er ist m-«, mehr kam nicht aus mir heraus. Alles in mir wehrte sich gegen die Worte. Obwohl wir nie mehr als beste Freunde gewesen waren, wusste ich tief im Innern, dass ich ihm damit das Herz brechen könnte. Wieso war Max überhaupt hier? Ich war bereit, meinen Adoptiveltern auf unbestimmte Zeit Auf Wiedersehen zu sagen, aber nicht, mich von meinem besten Freund zu verabschieden! Ich war bereit, meinen Eltern eine Lüge aufzutischen, doch nicht, meinen Seelenverwandten auf diese Art zu verletzen!

»Lass uns im Wohnzimmer über alles reden«, hauchte ich, plötzlich erschöpft und am Ende meiner Kräfte. Max schlurfte voran, und ich riskierte einen letzten Blick zu dem ungleichen

Trio. »Jean … würdest du meinen Eltern solange von unserer Reise erzählen?«, bat ich ihn bemüht freundlich und wich dem sorgenvollen Blick meiner Mutter aus. Ich folgte Max ins Wohnzimmer.

»Wo. Um. Himmels. Willen. Warst. Du?« Er hatte sich aufs Sofa gesetzt und knetete seine Hände, bemühte sich um Fassung.

Ich lief vor ihm auf und ab und entschied mich, erst einmal ihm die Fragen zu stellen. »Was machst du hier?«

»Was ich hier mache?«, schrie er und schaute wütend zu mir hoch. Ich schreckte unwillkürlich zurück. Noch nie zuvor hatte ich ihn so zornig gesehen. Noch nie hatte er mich so angesehen wie jetzt.

Als er meinen ängstlichen Gesichtsausdruck bemerkte, beruhigte er sich allmählich wieder. »Tut mir leid … Ich … in den letzten Tagen bin ich vor Sorge um dich fast umgekommen, Nici«, gab er zu und lächelte schwach. Meine Hände begannen zu zittern. »Erst ist Leo verschwunden, und das hat uns doch schon beinahe um den Verstand gebracht. Und dann auch noch du …« Seine Stimme versagte wieder, und ich sah, wie sich ein Tränenschleier über seine traurigen Augen legte.

»Heitert es dich etwas auf, wenn ich dir sage, dass Leo auch wohlauf ist? Ich … Ich habe sie gefunden«, sagte ich und biss mir auf die Unterlippe.

Er schaute mich erstaunt an. »Wieso seid ihr abgehauen? *Wieso habt ihr euch nicht gemeldet?*« Seine Stimme überschlug sich vor Verzweiflung.

Nun war die Zeit gekommen. Ich konnte es nicht mehr länger vor mir herschieben. »Leo hat herausgefunden, dass sie adoptiert ist, und seitdem ist sie auf der Suche nach ihren leiblichen Eltern. Ein Privatdetektiv hilft ihr … und ich werde sie begleiten. Wir werden während der Sommerferien nicht mehr nach San José zurückkommen«, sagte ich langsam.

»Das ist doch kein Grund, sich von einem Tag auf den anderen nicht mehr zu melden! Alle suchen euch. Die Polizei, die Medien … « Er schüttelte fassungslos den Kopf. »Wieso gehst du überhaupt mit? Willst du auch deine leiblichen Eltern suchen?« Er sah mich immer noch vollkommen verständnislos und verwirrt an. Die Tränen aus seinen Augen waren noch nicht verschwunden.

»Wir … wir hatten unsere Handys nicht mit … und nein, ich suche nicht nach meinen Eltern. Ich will Leo nur nicht allein lassen. Außerdem, nun ja, der Mann in der Küche, … der Privatdetektiv … ich habe mich in ihn verliebt. Er ist mein Freund.« Nun war es raus. Ein Stoß Luft entwich meinen Lungen, und ich fühlte mich erleichtert.

Max hingegen öffnete vor stummer Verzweiflung seinen Mund und starrte mich an. Starrte mich einfach nur an und versuchte zu verstehen. »Das ist ein Scherz, oder?«, fragte er. Als ich den Kopf schüttelte, presste er seine Lippen aufeinander, ballte seine Hände zu Fäusten und wandte den Blick von mir ab.

Sein Zorn berührte mein Herz, das plötzlich unendlich schwer in meiner Brust wog.

»Max?« Meine Stimme zitterte.

Er schaute mich wieder an, und in seinen Augen las ich jeden einzelnen seiner verbitterten Gedanken. »Sag mir, dass das eine Lüge ist«, presste er hervor. Und dann lösten sich plötzlich die Tränen von seinen Wimpern und liefen ihm langsam sein wunderhübsches Gesicht hinunter. Ich hatte ihn noch nie weinen sehen. Jungen wie er weinten nicht.

Er weinte jetzt, und ich tat es nicht. Ich herzloses Miststück.

»Es ist die Wahrheit«, flüsterte ich. »Ich liebe ihn und er liebt mich. Und wir werden heute losfahren.«

Ein jedes Herz bricht in Stille. Theoretisch kann es niemand hören. Nicht wie den Bruch der Lieblingstasse oder das Zerspringen eines Spiegels. Kein Klirren, kein Scheppern, das uns verraten könnte.

Max' Herz jedoch sah ich brechen. In dem Moment, in dem die Worte über meine bebenden Lippen gekommen waren, sah ich es in seinen Augen. Kein Geräusch drang zu mir hindurch, doch in seinen blauen Augen erlosch ein Licht, welches immer für mich gestrahlt hatte. Ich hatte gewusst, dass wir uns gegenseitig viel bedeuteten. Gott, seit über zehn Jahren wichen wir einander nicht mehr von der Seite! Und dennoch hatte ich bis zum heutigen Tag nie gesehen, dass er mich noch auf eine andere Weise mochte, auch wenn ich es unterbewusst vielleicht immer gespürt hatte.

Das alles erkannte ich in der Sekunde, in der ich ihm in die Augen schaute. Dann wandte ich meinen Blick ab, weil ich es nicht mehr ertragen konnte. Doch das war nicht der einzige Grund. Vor allem hatte ich Angst davor, was er in *meinen* Augen lesen könnte. Würde er die Lüge erkennen? Oder viel schlimmer, die nie ausgesprochene Wahrheit? Dass ich ihn liebte? Auf meine eigene Art? So lange hatte ich ihn geliebt, doch erst jetzt wurde mir das bewusst. Erst als ich ihn schon verloren hatte, war mir klar geworden, dass ich ihn nicht verlieren durfte.

Ohne ihn noch einmal anzusehen, kehrte ich ihm den Rücken zu und ging Richtung Küche. Ich hatte fast die Türschwelle erreicht und wollte Gott gerade dafür danken, dass Max nicht versuchte, mich aufzuhalten, als ich seine Stimme hörte. Er sprach leise und unter Tränen, sodass ich erst dachte, ich hätte es mir nur eingebildet. Doch dann sagte er es noch einmal. Die Worte, die ich am meisten fürchtete und gleichzeitig am meisten von ihm begehrte.

»Ich liebe dich, Nici.«

Wie versteinert blieb ich stehen, ich wollte weglaufen, doch meine Beine gehorchten meinem Verstand nicht mehr.

»Nici, ich liebe dich. Mehr als der Typ da draußen …«, flüsterte er kaum hörbar. Dann hörte ich, wie er näher kam, und mein beschissenes gefühlloses Herz begann tatsächlich, schneller zu schlagen. Beinahe hätte ich aufgelacht wegen der Ironie dieser absurden Situation. Wie der Flügelschlag eines Kolibris hämmerte mein Herz gegen meine Rippen. Voller Hoffnung, Freundschaft und Liebe.

»Mehr als es ein anderer je zu tun vermag. Bitte geh nicht mit ihm fort, ich will dich nicht verlieren …«, flehte er. Er setzte alles auf diese eine Karte. In jedem Wort schwang alles mit, was so viele Jahre ungesagt geblieben war.

Ich blinzelte und spürte, wie eine Träne mir heiß die Wange hinunterkullerte. Mein Herz wurde schwer und schmerzte so plötzlich, dass ich beinahe zusammenbrach. Ich wusste, würde er mich jetzt bitten, hierzubleiben, würde ich es tun. Allein die Vorstellung, ihm wieder ohne Reue in die Augen blicken zu können und zu sehen, wie das Funkeln für mich wieder aufleuchtete …

»Bitte«, setzte Max noch einmal an, und ich spürte seinen warmen Atem im Nacken. Er stand genau hinter mir. »Ich kann in den Ferien auch mit euch kommen! Wir suchen alle zusammen …«

»Hör auf!«, schrie ich in voller Panik, da ich wusste, dass ich ihm nachgeben würde. Aber ich durfte doch nicht! Ich hatte keine Wahl!

Und um es ihm so einfach wie möglich zu machen, musste ich einen klaren Schlussstrich ziehen. Ich musste!

Wie eine Furie drehte ich mich zu ihm herum und versuchte, all meine Verzweiflung in Wut zu wandeln. »Max, hör auf, so etwas zu sagen! Wann kapierst du es endlich? Wie viele Hinweise soll ich dir denn noch geben? Ich. Will. Nichts. Von. Dir! Du bist nur ein Freund, weiter nichts. Und wirst auch nie mehr sein. Deine ganze Verliebtheit geht mir auf die Nerven.« Ich lachte hysterisch auf, und Tränen strömten unaufhaltsam über mein Gesicht. »Was schaust du so? Dachtest du, ich hätte es nicht gemerkt? Immer hast du mich mit diesem Blick angesehen … Du solltest dir wirklich jemand anderen suchen, denn *ich* habe jemand anderen gefunden. Du *musst* mich gehen lassen!«

Er sah mich an. Sah mir nur in die Augen und suchte nach der Wahrheit. Suchte nach unausgesprochenen Worten. Suchte nach Liebe.

Und ich musste mit ansehen, wie er sie nicht fand.

»Okay, ich werde dich gehen lassen«, sagte er gefasst und marschierte dann an mir vorbei. »Viel Spaß mit dem zwielichtigen Muskelprotz.«

Ich schloss die Augen und versuchte, den Schmerz in meiner Brust zu ignorieren. Ich hatte das Richtige getan. Es musste so sein.

Als die Tür ins Schloss fiel und ich meine Tränen fortgewischt hatte, setzte ich mich in Bewegung.

In der Küche fand ich meine immer noch weinende Adoptivmutter vor, meinen Adoptivvater, der stur an die Wand schaute, und Mr. Sandlers, der bereits aufbruchbereit im Türrahmen lehnte.

»Schätzchen!«, rief meine Mutter, als sie mich erblickte, und sprang vom Stuhl auf. »Lass uns reden … du kannst nicht so plötzlich aufbrechen. Wenn es etwas mit … mit der Adoption oder der Schwangerschaft zu tun hat, dann tut es uns unendlich –«

»Es ist keine große Sache«, unterbrach ich sie und war mit Mr. Sandlers bereits auf dem Weg zur Haustür. »Wahrscheinlich sind wir in zwei, drei Wochen wieder da. Ich werde euch auf jeden Fall anrufen.«

Und dann riss ich die Tür auf und rannte den vertrauten Kiesweg entlang. Der Sonne entgegen, weg von meiner Vergangenheit, meinen Träumen und Tränen …

Viele Menschen glauben, dass das Wertvollste, was wir verlieren können, unser Leben sei. Lächerlich. Der Tod ist nichts im Vergleich zu dem, was in uns stirbt, während wir noch leben.

11

Ein Neuanfang

Nicita, warte!«

Ich wurde langsamer, doch meine Tränen setzten unaufhörlich ihren Weg über meine Wangen fort. Schon lange hatte ich nicht mehr geweint, und irgendwie war das befreiend.

Mr. Sandlers holte mich ein und legte mir eine Hand auf die Schulter. »Geht es dir gut?«, fragte er.

Sofort schüttelte ich seine Hand ab. Ich wollte nicht, dass er mich berührte, noch nicht einmal in so beiläufiger Weise. »Ja«, antwortete ich, doch ich schüttelte den Kopf.

»Sag mal, weinst du etwa?«, fragte er, und diesmal klang er entsetzt.

»Nein«, sagte ich, doch ich nickte.

Er legte den Kopf schief. »Interessant. Sehr interessant«, murmelte er.

»Warum … Warum kann ich plötzlich weinen?« Ich wischte mir mit dem Ärmel über die Augen und blickte zu ihm hoch. So wie ich das verstanden hatte, konnten Phönixe doch gar nicht mehr weinen.

»Phönixtränen sind sehr selten. Sie werden nur einmalig und aus wahrer Liebe vergossen. Einige sagen, dass der Liebe eine eigene starke Magie innewohnt.«

Ich starrte stumm zu ihm hinauf. Einen Augenblick lang dachte ich, dass er vielleicht doch nicht so kühl und böse war, wie er immer tat.

»Hast du unseren Plan vergessen?«, fragte er mich dann, und all die Freundlichkeit und Fürsorge war wieder aus seiner Stimme verschwunden.

Ich strich mir durchs Haar und schaute mich verwirrt um. Stimmt, ich musste mein Auto aus der Garage holen und ein paar Sachen mitnehmen. Ich blickte zurück zum Haus. Unmöglich konnte ich da jetzt wieder hineingehen und einen Koffer packen.

Jean schien meine Gedanken zu kennen, denn er meinte: »Lass uns fahren. Deine Sachen lasse ich später abholen.«

Mit dem weißen Cabrio, das bereits vor einigen Tagen Bekanntschaft mit Mr. Sandlers gemacht hatte, fuhren wir schließlich zu Leos Haus, um sie mitzunehmen.

»Sie waren ganz aufgelöst, als ich ihnen erzählt habe, dass ich von der Adoption weiß. Sie wollten es zuerst abstreiten.«

»Tut mir leid für dich«, murmelte ich.

»Es war einfach scheiße«, meinte Leo und presste ihre Lippen wütend aufeinander.

Na, wenigstens hatte sie heute nicht ihrem besten Freund das Herz brechen müssen.

Mr. Sandlers hatte uns zurück nach Phoenicia gebracht. Für mein Auto, hatte er gesagt, würde er eine Verwahrungsmöglichkeit finden, da ich mich mit Händen und Füßen dagegen gewehrt hatte, es zu verkaufen. Nun saßen wir bei Miss Spring im Garten, da Mr. Sandlers noch etwas zu erledigen hatte, bevor er mich unterrichten konnte.

»Wie ist es bei dir gelaufen?«, fragte mich Leo.

Ich blickte auf meine Hände. Max' Gesicht tauchte in meinen Gedanken auf, sein Blick, als ich ihm gesagt hatte, dass ich in Jean verliebt war …

Erneut kämpfte ich mit den Tränen. Zum ersten Mal verspürte ich so etwas wie Liebe für einen Jungen, hatte meine Ängste überwunden, und dann …

»Max war auch da«, antwortete ich. »Er hat mir gesagt, dass er mich liebt.«

Leo sog scharf die Luft ein. »Oh Gott … und was hast du dann getan?«

»Na, was sollte ich schon sagen?«, erwiderte ich schnippisch. »Ich musste doch einen Schlussstrich ziehen. Ich … Ich habe ihm gesagt, dass ich Jean liebe und er mich gefälligst in Ruhe lassen soll.«

Sie schaute mich mitleidig an, sie hatte verstanden. Verstanden, wie viel ich für ihn empfand.

Die nächsten Minuten taten wir nichts weiter, als uns stumm Trost zu spenden. Uns waren die Worte ausgegangen, um unsere Gefühle zu beschreiben.

Ich beobachtete, wie Leo energisch an ein paar Grashalmen zupfte. An ihrem angespannten Gesichtsausdruck konnte ich sehen, dass sie sich in Gedanken wieder dem Gespräch mit ihren Adoptiveltern gewidmet hatte. Ich wollte gerade noch nach aufmunternden Worten suchen, als plötzlich eine Stimme hinter uns erklang.

»Leo, sag mal, wird es nicht langsam Zeit für dich, die Kontrolle deiner Energie zu erlernen? Oder willst du noch mal etwas in Brand stecken?« Überrascht und dann entsetzt sahen wir zu Mr. Sandlers auf, der hinter uns aufgetaucht war. Sein Feingefühl und seine Tonwahl ließen jedes Mal zu wünschen übrig. Als ich in das Gesicht meiner Freundin schaute, ahnte ich Übles. Der heutige Tag hatte alles andere als ihre Laune gehoben, und nun funkelten ihre Augen voller zurückgehaltener Aggressionen auf.

»Keine Sorge, Mr. Sandlers, ich hatte nicht vor, meinem neuen Heim zu schaden, und solange Sie nicht auftauchen, wird hoffentlich auch Ihnen nichts geschehen.« Leo erhob sich. »Doch da ich für nichts garantieren kann, werde ich wohl zu Ihrer eigenen Sicherheit ins Haus gehen!« Sie stolzierte erhobenen Hauptes zur Haustür. Mit offenem Mund starrte ich ihr nach.

»Ach und noch was.« Sie wirbelte noch einmal herum. »Sagen Sie mir nicht, was ich zu lernen habe, wenn *Sie* Ihrem Schützling absolut nichts beibringen können, weil Sie anderswo zu tun haben. Sie verletzen nämlich Ihre Pflicht als Mentor, also –«

Der Rest ihrer Anklage ging in ihrem schrillen Schrei unter. Ein roter Striemen zierte ihre rechte Wange. Ein Tropfen Blut lief über ihre gebräunte Haut. Erschrocken fuhr sie mit den Fingern über die Wunde. Keine von uns beiden hatte begriffen, was passiert war.

»Niemand wagt es, so mit mir zu sprechen. Hast du verstanden?«, fragte er, und seine dunklen Augen musterten sie missbilligend.

»Mr. Sandlers!«, unterbrach ihn eine strenge Stimme. Unsere Köpfe fuhren herum.

Miss Spring stand in der Tür ihres Hauses und blickte wütend zu Mr. Sandlers hinüber. »Es reicht. Leo, komm rein. Jean Sandlers, wie kannst du nur Hand an ein junges Mädchen legen?« Sie verschränkte die Arme vor ihrem zerbrechlichen Körper und funkelte meinen Mentor an. Ich war beeindruckt, dass sie diesem finsteren und anscheinend zur Gewalt neigenden Mann die Stirn bieten wollte.

Leo schritt zu ihr hinüber, eine Hand immer noch auf die verletzte Wange gepresst. Seine Abschreckung hatte definitiv funktioniert, und ich glaubte, selbst sie fand Jean nun nicht mehr heiß. Böse war anscheinend nicht immer gleich sexy.

»Bringe dem Menschenkind Manieren bei, Jody«, meinte er und drehte sich um. »Folge mir«, wies er mich an und verließ mit großen Schritten Miss Springs Garten. Ich warf Leo einen letzten besorgten Blick zu, bevor sie mit ihrer Mentorin in das orangefarbene Haus trat. Ich rappelte mich auf und strich mir ein paar Grashalme von der Hose. Mit wütenden Blicken taxierte ich Mr. Sandlers' Rücken, während ich bemüht war, ihn einzuholen. Für was hielt sich der Mann, meine Freundin einfach verletzten zu können? Hatte er keinerlei moralische Grenzen? Gern hätte ich ihm dazu etwas gesagt, doch mein Mund weigerte sich, die Worte laut auszusprechen. Was im Nachhinein betrachtet vielleicht ganz gut war.

»Wohin gehen wir?«, fragte ich schließlich, als ich merkte, dass wir uns immer weiter von der Schulakademie entfernten.

»Zu mir nach Hause. Du hast dort jetzt ein Zimmer.«

Vor Schreck blieb ich stehen. *Oh nein!* Als er merkte, dass ich ihm nicht mehr folgte, drehte er sich zu mir um. Ich war mir sicher, dass er in meinem Gesicht sehen konnte, was ich von dieser Idee hielt.

»Keine Sorge, es war nicht meine Idee. William hat mir so lange in den Ohren gelegen, dass ich keine Wahl mehr hatte.«

»Aber … aber Sie haben doch gesagt, Sie hätten gar kein freies Zimmer für mich«, stammelte ich und rührte mich weiterhin nicht von der Stelle.

»Tony hatte bei mir gewohnt. Nun wird er wegen dir ausziehen müssen.« Jean warf mir einen so vernichtenden Blick zu, dass ich mich am liebsten in Luft aufgelöst hätte. Dann drehte er sich um und lief weiter.

Mit zittrigen Beinen folgte ich ihm. Tony? War das der kleine Junge, der mich damals so sehr an Max erinnert hatte? Mein Herz wurde wieder schwer und lenkte mich für ein paar Sekunden von der Frage ab, wieso dieser kleine Junge bei Mr. Sandlers gewohnt hatte. Doch je weiter ich dem düsteren Mann folgte, umso mehr drängte sich mir eine weitere Frage auf: Würde mich Mr. Sandlers jetzt noch mehr hassen? Dafür, dass Tony wegen mir ausziehen musste? Wieso konnte mich William auch nicht einfach in der Akademie leben lassen?

Meine bitteren Gedanken fanden kurz darauf ein Ende, als wir vor einem weißen Haus zum Stehen kamen. Es war bestimmt das einzige, welches nicht bunt gestrichen war. Auch im Vorgarten wuchsen keine bunten Blumen wie in jedem anderen. Nur weiße Orchideen rankten sich entlang der Hauswand.

Wir schritten über den gewundenen Kiesweg bis zur schwarzen Eingangstür. Langsam machte ich mir echt Sorgen, warum mein Mentor nicht einfach wie all die anderen hier sein konnte.

Er schloss die Tür auf, und dahinter bot sich uns vollkommene Dunkelheit. Nachdem Jean hineingegangen war, zögerte ich an der Türschwelle. Wieso hatte ich nur plötzlich das Gefühl, in eine Falle zu tappen?

Sobald das Licht anging und ich wusste, wohin ich mich begeben würde, schob ich mein mulmiges Gefühl zurück – und sprang ins kalte Wasser. Beinahe wörtlich. Denn es war genauso kühl wie bereits in seinem Büro.

Die Tür fiel hinter mir ins Schloss, und ich fröstelte. *Tja, jetzt bin ich allein, Jean vollkommen ausgeliefert.* Irgendwie jagte mir diese Vorstellung Angst ein.

Ich schaute mich vorsichtig um. Der schmale Flur führte in ein großes Wohnzimmer, links und rechts befanden sich jeweils zwei Türen, die allesamt geschlossen waren. Ohne ein Wort zu verlieren, öffnete Mr. Sandlers die erste Tür links und zeigte mir, was sich dahinter verbarg. Ein Badezimmer. Schwarz-weiße Kacheln sowohl auf dem Boden als auch an den Wänden. Eine große Badewanne. Die Tür schloss sich.

Hinter der gegenüberliegenden Tür befand sich eine kleine, aber gemütliche Küche. Daneben, so sagte er mir, war sein Zimmer, das er mir jedoch nicht zeigte.

Und gegenüber davon, neben dem Badezimmer, sollte mein Zimmer liegen.

Als er die Tür öffnete, stieß ich einen Laut der Überraschung aus. Es war das einzige Zimmer, welches nicht in schwarz-weiß-grau gehalten war. Die Wände waren blau und grün gestrichen. Gelbe Vorhänge flatterten vor dem Fenster ins Zimmer. Überall lagen Spielsachen herum, und Klamotten bedeckten das Bett, sodass man es gar nicht zu Gesicht bekam. Es war Tonys Zimmer.

»Er räumt die Sachen heute aus«, sagte Mr. Sandlers hinter mir.

Die folgende Frage verließ meine Lippen, bevor ich darüber nachdenken konnte. »Ist Tony Ihr Sohn?« Sofort bereute ich es.

»Nein«, antwortete er ohne zu zögern. Ich traute mich nicht, ihn anzusehen.

Die Sekunden verstrichen, und ich kam mir dumm vor, stumm das Zimmer anzusehen. Also fragte ich: »Wo kommt Tony jetzt hin?«

»In die Akademie, wo alle wohnen, die keine Eltern oder Mentoren haben.«

Tiefes Mitleid durchströmte mich. Wieso hatte Tony keine Eltern mehr? Wie würde es ihm gehen – so ganz allein in der Akademie? Ich wünschte nur, ich könnte an seiner Stelle dortbleiben.

»Wie lange willst du noch hier herumstehen?«, fragte Mr. Sandlers. Er hatte recht, wir standen nun wirklich schon eine Ewigkeit hier.

Er schloss die Tür wieder und marschierte an mir vorbei. Ich verharrte noch kurz in meiner Position, starrte auf die geschlossene Tür, bis ich ihm schließlich seufzend ins Wohnzimmer folgte. Es war fast genauso eingerichtet wie sein Büro in der Akademie. Dunkles Parkett, weiße Wände, flauschiger Teppich auf dem Boden, ein Schreibtisch mit einem PC darauf und eine Menge Bücherregale. Hinzu kamen hier noch eine weiße Ledercouch und ein Sessel, die in einer Ecke des Zimmers standen.

»Mr. Waston hat darauf bestanden, dass du hier einziehst. Er fand es für einen Schützling von mir angemessen. Es würden nur unzählige Gerüchte kursieren, wenn du es nicht tust. Außerdem habe ich so viel mehr Zeit, um dir etwas beizubringen. Ich kann mir keine dumme Schülerin erlauben – also sei fleißig.« Er warf sich auf den Sessel und wies mich an, auf der Couch Platz zu nehmen. »Ich werde dir jetzt etwas über unsere Welt erzählen, und du wirst dir am besten Notizen dazu machen. Ich habe keine Zeit und Lust, mich ständig zu wiederholen«, sagte er, kaum dass ich mich gesetzt hatte.

»William hat mir schon einiges darüber erzählt«, wandte ich ein und schaute mich gleichzeitig schon einmal nach Stift und Papier um. Sollte ich aufstehen und danach suchen?

»Mr. Waston für dich. Na, dann sage mir mal, was Wächter sind«, forderte er und wartete gespannt.

»Äh …« Ich war ahnungslos, doch was konnten Wächter denn schon sein? »Es sind Leute, die etwas bewachen?«, riet ich.

Mr. Sandlers strafte mich mit seinem üblichen Blick, dann schnipste er mit den Fingern, ein Rascheln ertönte, und ich schaute erstaunt in Richtung seines Schreibtisches. Ein Collegeblock und ein Kugelschreiber segelten durch die Luft in meine Richtung. Meine Augen wurden groß, und als ich beides entgegennahm, zitterten meine Finger vor Aufregung. Wie gern ich so was selbst erlernen wollte! Andererseits kam es mir so unwirklich vor, mein Verstand schien immer noch nicht verarbeitet zu haben, dass Magie tatsächlich existieren sollte. Dass Leute – und bald sogar ich selbst – zaubern konnten! Es kam mir vor, als wäre ich Alice im Wunderland. Nur eben, dass ich nicht Alice sein wollte und das hier kein Wunderland war.

»Wo bist du denn jetzt schon wieder mit deinen Gedanken?« Mr. Sandlers seufzte, sichtlich genervt von meiner Unkonzentriertheit.

»Es kommt mir alles so unwirklich vor, verstehen Sie?«, versuchte ich zu erklären und bemerkte zunächst nicht, dass es eine rein rhetorische Frage gewesen war. »Da wird einem ein Leben lang beigebracht, dass Hexen und Zauberer nur im Märchen existieren und dann so etwas!« Ich fuchtelte mit den Händen herum. »Jetzt müssten Sie mir nur noch sagen, dass es auch so etwas wie Vampire gibt«, meinte ich spaßeshalber, doch der Blick, den mir Jean daraufhin zuwarf, ließ mein Lächeln vergehen.

»Es ... es gibt doch keine Vampire, oder?«, fragte ich bestürzt.

»Lass uns später darüber reden, ja?«, fragte er, doch ich wusste, dass es nicht als Frage gemeint war. Zu gern hätte ich jetzt darüber gesprochen. Er konnte doch nicht einfach andeuten, dass es Vampire gab, und dann das Thema wechseln!

»Fangen wir bei den Grundlagen an. Von Alcedia hast du bestimmt schon gehört, dem Reich unserer ewigen Feinde. Und auch, dass wir Magier uns alle Phönixe nennen. Die ursprünglichen Phoenixe waren unser Königsgeschlecht, doch da es keine Nachfahren der Phoenixe mehr gibt ... Du musst dir auch Notizen machen! Wofür habe ich dir sonst etwas zum Schreiben gegeben?«, fuhr er mich an. Rasch begann ich, etwas hinzukritzeln.

»Wir leben in einem Königreich mit zunehmend demokratischen Einflüssen. Früher war der König an erster Stelle, heute ist es William als Direktor der Akademie, direkt gefolgt von mir und Tyr, dem Hauptmann der Wächter. Wir und einige andere ausgewählte mächtige Familien treffen die meisten Entscheidungen, doch in vielen Fällen finden bei uns auch Volksabstimmungen statt. Unsere Werte, Traditionen und Gesetze werden dir noch recht altertümlich erscheinen, da Phoenicia zu Zeiten des Mittelalters gegründet wurde. Durch die Wächter jedoch besitzen wir hier alles, was du auch aus deiner Welt kennst.«

»Was ist mit Religion?«, hakte ich nach und schaute von meinen Aufzeichnungen hoch. Das Mittelalter verband ich direkt mit der Kirche, und ich hatte wenig Lust, hier jeden Sonntagmorgen in einen Gottesdienst zu gehen.

Mr. Sandlers rümpfte die Nase und warf mir einen strengen Blick zu. »Wie wäre es, wenn du mich nicht unterbrichst und weiter zuhörst?«, fragte er, antwortete dann aber: »Keine Religion. Kein Gott. Und erst recht nicht das Christentum. In der Bibel gibt es wenig Platz für Hexerei. Falls du dich erinnerst, so hat man damals alle Hexen verbrennen wollen. Wir glauben jedoch an ein vorbestimmtes Schicksal. Weniges auf der Welt geschieht ohne Grund – und jeder, der sich bewusst gegen das Schicksal wendet, beschreitet den Weg des Chaos und findet einen frühen Tod.«

Meine Lippen formten ein stummes »Oh«, und ich unterdrückte eine ironische Bemerkung.

»Kann ich jetzt wieder bei den Wächtern einsteigen?«, fragte er mich und zog die Augenbrauen in die Höhe.

Ich nickte und senkte verlegen den Kopf. Dann würde ich eben keine Nachfragen mehr stellen. Mir doch egal.

»Sie bringen die neusten Sachen aus der Menschenwelt mit hierher, da wir in unserem kleinen Land kaum Platz haben, selbst etwas anzubauen oder zu produzieren«, fuhr Jean mit seiner Rede fort, dann hielt er einen Moment inne. »Wichtig für dich wird Folgendes sein: Sex und anderes anzügliches Verhalten gehört nur in die Schlafzimmer von Eheleuten.«

Ich gab aufgrund dieses plötzlichen Themenwechsels einen komischen Laut der Entrüstung und Überraschung von mir. Hätte ich jetzt etwas getrunken, hätte ich alles wieder ausgespuckt.

»Ich weiß genau, wie sich die Jugend heute in der modernen Welt entwickelt. Ich bin selbst ein Wächter und bekomme viel davon mit, glaube mir.« Er betrachtete mich abschätzig, und ich lief rot an.

»Ich bin aber nicht so!«, rief ich, da ich mich gezwungen fühlte, mich zu verteidigen. Ich wusste auch, wie Mädchen in meinem Alter oft waren. Schlampen kannte ich von meiner Schule genug. »Ich habe noch nicht einmal jemanden geküsst!« Kaum hatte ich es ausgesprochen, wäre ich am liebsten im Boden versunken. Auf Mr. Sandlers desinteressierten Blick hin, senkte ich beschämt den Kopf.

»Ich will damit sagen, dass hier nicht einmal Beziehungen in jungen Jahren gern gesehen werden. Das war auch der Grund, weshalb ich heute zu deiner Familie mitgekommen bin. Hätte ich irgendeinen dummen Jungen für diesen Job ausgewählt, so wären Gerüchte in die Welt gekommen, die dir das Einleben hier nicht einfacher gemacht hätten.«

Ich schaute immer noch auf meine zartrosa lackierten Fingernägel, als seien sie das Interessanteste auf der Welt. Doch in Wahrheit war es mehr als interessant, Jeans Grund für seine heutige Aktion zu erfahren. Und auch war es interessant zu wissen, wie sehr sich diese Welt von der meinen unterschied.

Ehe ich mich versah, hatte Mr. Sandlers mir plötzlich den Zettel aus der Hand gerissen, auf dem ich mir einige Notizen gemacht hatte. Mein Puls schoss in die Höhe, und falls das möglich war, verdunkelte sich meine Gesichtsfarbe gerade um noch eine Nuance.

Vorsichtig schielte ich zu ihm hinüber und beobachtete, wie er meine Notizen überflog. Von Zeile zu Zeile verengten sich seine dunklen Augen stärker.

Dann schaute er mich an, und bevor ich seinen Blick deuten konnte, senkte ich den meinen wieder.

»Benennen sich alle nach Vögeln – Leben wie im Mittelalter, nur mit modernen Sachen – Chaos verschlingt einen, wenn man sich gegen Schicksal wendet – Keuschheit«, las er laut vor. »Ist das alles, was dir dazu einfällt?« Seine Stimme klang überraschenderweise ganz ruhig und gelassen.

Nein, mir würde noch viel mehr einfallen. Eine Millisekunde überwog mein aufbrausendes Temperament, ich schnappte mir den Zettel wieder und schrieb hinzu:

Sehr streng und spießig und abergläubisch und spießig und leicht reizbar und böse!

Stolz gab ich ihm den Zettel zurück. »Nein, *jetzt* ist es alles.«

Gerade als ich den Moment, in dem sich anscheinend mein Gehirn ausgeschaltet hatte, bereute und auf ein Donnerwetter seinerseits wartete, schellte es an der Tür.

Erstaunt sah ich ihn an, er schaute genauso überrascht zurück.

»Wer ist das?«, fragte ich ihn.

»Keine Ahnung, bin ich Hellseher?«, fauchte er und stand auf.

Ich beobachtete ihn, wie er aus dem Zimmer ging. Kurz darauf hörte ich, wie er die Tür öffnete.

»George, du?«, fragte Jean anscheinend erstaunt. »Ich hätte dich erst in ein paar Stunden erwartet. Hast du alles?«

»Ja. Mit ein bisschen Magie vergeht die Arbeit doch wie im Flug, Sir«, antwortete eine tiefe ältere Männerstimme.

»Ich danke dir. Du darfst gern zum Abendessen kommen«, erwiderte Mr. Sandlers höflich, aber kühl.

»Nein, ich habe Ihnen zu danken. Dann sehen wir uns heute Abend. Einen schönen Tag noch«, sagte der fremde Mann, und dann hörte ich auch schon die Tür ins Schloss fallen.

Sekunden später kam ein riesiger Pappkarton ins Zimmer geschwebt, dahinter schritt Mr. Sandlers, der den Karton mit keinem Finger berührte.

»Was ist das?«, fragte ich neugierig, als der Karton vor meinen Füßen auf dem Boden landete. Ich war drauf und dran, ihn sofort zu öffnen, doch ich riss mich zusammen. Wer wusste schon, was sich in dem Karton befinden würde? Vielleicht hatte er etwas herbestellt, um mich zu töten? Eine große, giftige Spinne – obwohl die noch nicht einmal giftig zu sein brauchte. Allein bei ihrem Anblick würde ich vor Schreck tot umfallen. Vielleicht war dort auch ein magisches Wesen drin? Eine Mischung aus Babytiger und Schlange? Bei dem Gedanken daran, wie so ein Tier überhaupt aussehen sollte, runzelte ich die Stirn.

»Es sind deine Sachen von zu Hause«, sagte Mr. Sandlers, und meine ganzen Verschwörungstheorien und Frankenstein-Tiere verpufften. Ich hatte schon völlig vergessen, dass Mr. Sandlers mir versprochen hatte, sie abzuholen.

»Wie kommen die hierher? Ich meine, außer dass sie gerade ins Zimmer geschwebt sind?«, fragte ich. Zur Sicherheit, dass er mir auch ja nichts vorlog, öffnete ich den Karton, und sofort leuchteten mir meine pinken Lieblings-Vans entgegen.

»Ich habe meinen Diener nach ihnen geschickt.«

»Oh«, war alles, was ich dazu sagen konnte. Ich wollte nicht weiter über den heutigen Vormittag reden.

»Ich schlage vor, ich bringe meine Erklärungen jetzt zu Ende, dann schnappst du dir ein Buch und gehst irgendwo lesen, solange Tony seine Sachen ausräumt.«

Er ließ mir keine Zeit zur Antwort.

»Und das hier«, er wedelte mit dem Zettel mit meinen Notizen, »wirst du nicht mehr brauchen.« Das Papier flammte auf, und einen Augenblick später lag nur noch ein Häufchen Asche auf dem Boden. Entgeistert starrte ich die Überreste meiner Notizen an.

»Na ja … es ist ja wahr. Denken Sie doch mal an Ihre ersten Worte zu mir«, rutschte es mir heraus. *Ich sollte echt lernen zu denken, bevor ich spreche!* Er schaute mich so finster an, dass ich mich zu einer Erklärung gezwungen fühlte. »Nun ja, es ist schon komisch, wenn man eine Bekanntschaft mit den Worten ›*Ich bin der Phönix*‹ beginnt, finden Sie nicht?«

»Komisch? Ich sah dich weder damals noch heute lachen.« Ich wollte das Thema so schnell wie möglich wechseln, doch Jean fügte hinzu: »Ich habe testen wollen, ob du ein Alcedo bist.«

Meine Augen weiteten sich. »Sehe ich etwa aus wie ein Alcedo?«

»Nun, ich glaube, darauf gibt es keine Antwort«, antwortete er kühl.

Da ich das Gespräch noch nicht beenden wollte, fragte ich vorsichtig: »Können … können Sie mir nun etwas über Vampire erzählen?«

»Nun …« Er setzte sich wieder auf die Couch, lehnte sich zurück und tat auf einmal ganz professionell. »Vorher sollte ich dir etwas über die verschiedenen Arten der Magie erzählen. Zu Anfang herrscht jeder Phönix über die Kräfte des Feuers – was du bestimmt schon gemerkt hast. In der Schule lernst du dann verschiedene Zauber- und Schutzformeln. Wenn du die ersten drei Jahre und die Abschlussprüfung bestanden hast, darfst du dich für eine spezielle Ausbildung entscheiden, um einen magischen Beruf zu erlernen. Natürlich nur, wenn du nach deiner Grundausbildung auch weiterhin hierbleiben möchtest oder in der Menschenwelt mit Magie zu tun haben möchtest. Dann konzentrierst du dich entweder auf die Magie der Heilkunst oder die Kunst des Verwandelns. Es gibt auch noch die Kunst des Kampfes, die jedoch nur den Wächtern beigebracht wird. Wir haben Aufzeichnungen, die noch von weiteren Künsten sprechen, derer wir heute jedoch nicht mehr mächtig sind. Teleportieren zum Beispiel. Das Einzige, was wir können, ist, uns mithilfe der zusätzlichen Kraft des Feuers in eure Welt zu bringen und wieder zurück. Von den Wächtern wissen wir jedoch, dass unsere Feinde das wahre Teleportieren, das Überwinden von Zeit und Raum, leider nicht verlernt haben. Sie haben auch noch ganz andere Kräfte als wir … unter anderem bedienen sie sich der Magie der Nacht oder auch Finsternis genannt. Und da wären wir beim Thema Vampire. Es sind keine Vampire, wie du sie aus Büchern kennst, aber meistens ist an solchen Geschichten etwas Wahres dran. Die Menschen haben sich nicht aus heiterem Himmel irgendwelche Mythen über blutsaugende Geschöpfe ausgedacht.« Mr. Sandlers verstummte und schaute in die Ferne. Ich fragte mich, woran er wohl dachte, doch noch mehr fragte ich mich, warum er nicht weitererzählte.

Die Sekunden verstrichen.

Wieso hörte man immer an der spannendsten Stelle auf, Geschichten zu erzählen?

»Und … was sind diese Vampire wirklich? Erzählen Sie mir mehr davon.« Die Neugierde machte mich so mutig, dass ich für den Moment ignorierte, wem ich gegenübersaß.

»Nein«, sagte er so bestimmt, dass ich zusammenzuckte. Da war er wieder, der böse Mentor. »Nein, weder ich noch irgendjemand anderes wird dir mehr darüber sagen – nicht einmal sagen *dürfen,* selbst wenn jemand es wissen würde. Das gehört nämlich in den Bereich der Magie der Nacht, und die ist in Phoenicia strengstens verboten!«

»Wieso?«, stammelte ich verwirrt.

»Weil sie so dunkel und von Grund auf böse ist, dass allein das Wissen darum mit der Hinrichtung bestraft wird«, flüsterte er, und mir lief es kalt den Rücken hinunter.

Wenn sie so böse ist, dann würde sie ja perfekt zu ihm passen, dachte ich.

»Ich glaube, wir sollten es für heute gut sein lassen«, meinte er plötzlich und erhob sich. Überrascht sprang ich auf und wäre beinahe über den großen Karton zu meinen Füßen gestolpert.

»Hier, such dir eines dieser Bücher aus und blättere ein bisschen darin herum. Morgen fangen wir mit dem Kontrollunterricht an«, sagte er und zeigte auf das Regal ganz rechts.

Ich hatte Mr. Sandlers' Vorschlag angenommen, mir ein Lehrbuch geschnappt und war nach draußen geeilt. Bei dem schönen Wetter wollte ich keine Sekunde länger im Haus eingesperrt sein – schon gar nicht mit Sandlers.

Außerdem wollte ich mehr von Phoenicia sehen, und so kam es, dass ich auf einem Spielplatz am Waldrand landete. Das ganze Dörfchen war ich in dreißig Minuten abgegangen und hier, am Fuße der Berge und im Schein der Sonne, war ein perfektes Plätzchen für ein bisschen Ruhe.

Es waren nur wenige kleine Kinder hier, die schaukelten oder die Rutsche unsicher machten. Keine Spur von ihren Eltern. Ich setzte mich auf eine Bank im Schatten der Bäume, unweit eines Stapels von Eisenstangen, die darauf hindeuteten, dass hier noch etwas gebaut wurde. Ich schaute mich noch einmal um, dann betrachtete ich das Buch, das ich mitgenommen hatte, genauer.

»Zauberkunst für Anfänger«, las ich die Aufschrift auf dem dunkelblauen Einband leise vor. Es war ein ziemlich dickes Buch und sah auch recht alt aus. Ich seufzte. »Na, dann wollen wir mal sehen«, murmelte ich und schlug es auf. Bereits nach wenigen Sätzen des Vorwortes hatte ich mich in den gelblichen Seiten verloren.

Magie beherrscht jeder. Jeder kann zaubern.

Die Unterschiede liegen nur darin, wie viel deine Energie zulässt. Denn nicht jeder hat das gleiche Potenzial von Kraft in sich, und nicht jeder Zauberspruch kostet dich die gleiche Menge deiner Kraft. Deine Energie im Inneren wurde dir von Geburt an vererbt, an dessen Menge darfst du nichts ändern.

Erst zwischen dem sechzehnten und achtzehnten Lebensjahr eines Phönix' wird diese Energie freigesetzt, doch zu Beginn kann sie kaum jemand kontrollieren. Sie bricht aus, wann immer ihr danach ist.

Im ersten Kapitel dieses Buches wirst du verschiedene Trainingsmöglichkeiten finden, die du zur Kontrolle benötigst.

Zu Anfang wird aber empfohlen, einen persönlichen Lehrer/Mentor für diesen Teil deiner Ausbildung zu suchen.

Jeder Magier kann dir Kontrolle besser beibringen als ein Buch.

Ich schnaubte. Allein schon bei dem Gedanken daran, dass Jean mir etwas gut – geschweige denn geduldig – beibringen könnte, sträubten sich mir alle Nackenhaare.

Ich wollte gerade weiterlesen, als fremde Stimmen an mein Ohr drangen.

Nicht, dass mir hier nicht so gut wie alle Stimmen fremd vorkamen, aber es waren Stimmen, die hier auf den Spielplatz nicht hingehörten.

Erstaunt sah ich mich um, doch außer den Kindern war niemand zu sehen.

»Hey, Alec! Du hattest recht!«, rief eine männliche Stimme aus einiger Entfernung.

Ich lauschte angestrengt. Schwere Schritte von mehreren Leuten näherten sich dem Spielplatz.

12

Eine Menge Ärger

Buh«, raunte jemand so dicht an meinem rechten Ohr, dass ich den Atem kühl auf meinem Hals spüren konnte. Das Blut gefror mir in den Adern, und ich zuckte vor Schreck zusammen. Das Buch fiel aus meinen Händen.

Ich fuhr herum – und blickte in das Gesicht eines jungen blonden Mannes. Ich schätzte ihn auf zwanzig. Seine Haut war so weiß, dass es schon irreal wirkte, und seine Augen waren von einem stechenden, hellen Blau.

Ich wusste sofort, dass er kein Phönix war. Soweit ich gesehen hatte, hatten alle in Phoenicia braune oder rote Haare, und absolut alle hatten braune Augen.

Mein Blick huschte von dem Jungen vor mir zu den anderen, die alle ein paar Meter Abstand hielten. Es waren drei weitere junge Männer, alle zwischen achtzehn und Mitte zwanzig. Zwei von ihnen waren blond, der dritte schwarzhaarig.

Mein Blick wanderte wieder zurück zu dem Blonden mit den stechend blauen Augen. Er hatte etwas Faszinierendes an sich. Und diese Augen … Mir war es kaum möglich wegzuschauen, doch dann erinnerte ich mich wieder daran, dass sie wahrscheinlich Alcedos waren. Die Angst ließ meine absurden Gedanken über ihr Aussehen verblassen.

»Wer seid ihr?«, fragte ich, da die Fremden nichts sagten, und stand von der Bank auf. Der Blonde vor mir hatte die Hände in die Hüften gestemmt und starrte mich unverhohlen an.

»Wir sind dein schlimmster Albtraum, Kleine«, sagte er und sah mich dabei an, als sei ich das ekligste Insekt, das ihm je unter die Augen gekommen war. Ich schreckte zurück.

Die Jungen hinter ihm lachten hohl, und mir entging nicht, dass sie bereits ein paar Schritte näher gekommen waren.

»Meister«, rief der eine plötzlich und starrte mich merkwürdig an. »Sie sieht irgendwie aus wie …«

»Das sehe ich auch«, fauchte der Blonde und fing an, mich zu umkreisen, ohne mich dabei aus den Augen zu lassen. »Männer, ihr dürft euch die Kinder schnappen, bevor sie wegrennen und ein Theater veranstalten. Auf das kleine Mädchen hier passe ich selbst auf.«

Entsetzt schnappte ich nach Luft, mein Herz begann zu rasen. »Ich bin kein kleines Mädchen!«, rief ich, um meine Angst zu überspielen. Als ich sah, dass die drei Jungen an uns vorbeigingen, fuhr ich herum. Die drei Kinder, alle nicht älter als sechs, hatten sich nicht vom Fleck gerührt. Sie standen neben der Rutsche und schauten mit aufgerissenen Augen zu uns herüber. Die Jungen gingen direkt auf sie zu. Was um Himmels willen wollten sie von den Kindern?

Ich war unfähig, mich zu bewegen, geschweige denn, klar zu denken.

»Na ihr«, sprach der Schwarzhaarige zu den dreien. Ein Mädchen mit brauen Löckchen, bestimmt noch keine fünf, tapste auf ihn zu.

»Lasst die Kinder in Ruhe! Was wollt ihr von ihnen?«, brach es endlich aus mir heraus, und ich rannte ein paar Schritte vorwärts, bis mich Blondie grob am Arm packte und zurückzog. Sein Griff war eiskalt und brannte auf meiner Haut. Er schaute mir wissend in die Augen. Sein Blick durchschnitt mich wie eine messerscharfe Klinge, traf direkt auf meine Seele. Ich sah weg und entriss ihm meinen Arm.

»Du sorgst dich also um diese Kinder, ja?«, fragte er, wobei er sich langsam von mir entfernte und direkt auf das kleine Mädchen zusteuerte.

Der Schrei blieb mir in der Kehle stecken, als das Mädchen plötzlich in die Luft gerissen wurde. Es brüllte wie am Spieß und strampelte panisch mit den Beinen. Mir wurde schlecht.

Schnell sah ich mich um, um etwas zu finden, das ich als Waffe benutzen könnte. Da fiel mein Blick auf den Stapel von Eisenstangen neben dem Klettergerüst.

Rasch blickte ich zurück zu den jungen Männern, die sich alle um das fliegende Kind scharten und lachten. Die anderen beiden Kinder standen immer noch wie angewurzelt daneben, und vielleicht waren sie sogar angewurzelt. Es konnte ja sein, dass die Alcedos sie verzaubert hatten. Fest stand, dass ich etwas unternehmen musste.

Ich nutzte den Moment, in dem ich unbeobachtet war, rannte los, schnappte mir eine der langen Eisenstangen – und wäre beinahe zu Boden gefallen. Die Stange war schwerer, als ich gedacht hatte.

»Hey!«

Ich blickte erschrocken über die Schulter und sah, dass mich einer der Männer erwischt hatte und nun die anderen auf mich aufmerksam machte. Sie ließen von den Kindern ab und Blondie – der sogar mit *Meister* angesprochen wurde – kam auf mich zu. *Verdammt.*

Panik breitete sich in mir aus, und mit all meiner Kraft hob ich die schwere Stange schützend vor meinen Körper. Ich hätte sie als Waffe benutzen und sie dem Anführer über den Schädel ziehen können. In der Theorie zumindest.

Kaum hob ich die Eisenstange in die Luft, breitete sich ein Grinsen auf seinem makellosen Gesicht aus. Und auf einmal brannte die Stange in meinen Händen wie Feuer. Entsetzt schaute ich auf meine Hände, die das Eisen umklammerten. Das Metall überzogen nun feine Eiskristalle, und dieses Eis kroch auf meine Hände, verbrannte sie. Meine Finger glichen Eiszapfen, und dann – endlich – schrie ich.

Ich wollte die Stange fallen lassen, doch es schien, als sei sie an meine Hände geklebt.

Kälte kroch in jeden Zentimeter meines Körpers, und Wogen des Schmerzes ertränkten mich – alles wurde schwarz.

»Nicita?«

Etwas Hartes traf mich im Gesicht. »Nicita!« Die Stimme klang wütend.

Ich schlug die Augen auf. Am liebsten hätte ich sie jedoch sofort wieder geschlossen, denn Mr. Sandlers' Gesicht war das Erste, was ich sah.

Ein stechender Schmerz kehrte in meine Hände zurück und raubte mir beinahe den Verstand. Stöhnend fuhr ich auf und sah auf meine Hände. Sie waren mit dicken Bandagen verbunden.

Ich blickte mich um. Mr. Sandlers, Leo und Miss Spring standen um mich herum.

»Was ist passiert?«, fragte ich und kniff die Augen zusammen, da mir plötzlich schwindelig wurde.

»Du warst bewusstlos. Drei kleine Kinder sind schreiend durch das Dorf gerannt, bis eins von ihnen Miss Spring erzählen konnte, was passiert ist und dass du noch verletzt auf dem Spielplatz liegst«, beeilte sich Leo zu erklären.

»Was ist mit meinen Händen?«, fragte ich.

»Ich habe sie dir verbunden.« Miss Spring lächelte mich an. »Das Eis hat sie dir verbrannt. Wir reagieren darauf wie normale Menschen auf Feuer. Na ja, vielleicht sogar noch etwas stärker. Kälte können wir Phönixe überhaupt nicht ertragen.«

»Also waren das Alcedos?«, fragte ich.

Jean nickte. »Genug geredet, wir müssen in die Akademie«, sagte er forsch und bückte sich zu mir herunter. Ich war wie erstarrt vor Schreck, als er seine Arme unter mich schob und mich hochhob.

»Was …?«, kreischte ich und war drauf und dran, mich aus seinen Armen zu rollen.

»Stell dich nicht so an, ich will nicht, dass du auf dem Weg zur Krankenstation wieder zusammenbrichst«, meinte er und ging langsam voran. Leo folgte uns.

Ich wollte gerade einwenden, dass ich bestimmt noch laufen könnte, da begann Mr. Sandlers bereits mit seinem Verhör.

»Wie viele waren es, Nicita?«

»Ähm … vier«, antwortete ich nach kurzem Zögern und verschränkte meine Arme vor der Brust, weil ich nicht wusste, wo ich mit ihnen hinsollte. »Drei davon waren blond, der andere hatte schwarze Haare.«

»Ja, das interessiert aber niemanden«, gab Mr. Sandlers zurück.

»Es war mir ja nur aufgefallen!«, rief ich und schaute hilfesuchend zu Leo, da ich den Ausblick auf Jeans Gesicht aus dieser nahen Perspektive furchtbar unangenehm fand. »Hier in Phoenicia sind ja alle rot- oder braunhaarig.«

»Eine beeindruckende Entdeckung«, murmelte er.

»Ich hatte keine Ahnung, dass Phönixe nur braune oder rote Haare haben und Alcedos blonde und schwarze«, kam mir Leo zur Hilfe.

Mr. Sandlers ignorierte sie. »Hast du eine Ahnung, woher sie kamen?«

Ich schaute wieder erstaunt zu ihm hoch. »Na aus Alcedia – denke ich.«

Mr. Sandlers stöhnte und schaute mich entnervt an; ich wusste gar nicht, was er hatte.

»Natürlich, jetzt stell dich nicht so dumm an! Uns fehlt das Wissen, *wie* man nach Alcedia gelangen kann. Es muss irgendwo einen Durchgang oder ein Portal geben, und *sie* wissen, wo er ist!« Mr. Sandlers klang wütend, was ich vollkommen verstehen konnte. Schließlich wollte ich auch nicht, dass uns Blondie und seine Crew einen erneuten Besuch abstatten würden.

»Also war noch nie ein Phönix in Alcedia?«, fragte ich.

»Zumindest keiner, der lebend wieder zurückgekehrt ist.« Jean sah mich eindringlich an. Ich wich seinem Blick aus und starrte stattdessen dem Weg zur Akademie entgegen.

»Seit wann gibt es denn Alcedos schon?«, fragte Leo, die auf das Thema anscheinend genauso neugierig reagierte wie ich.

»Hat dir Miss Spring keine Geschichtsstunde erteilt?«, gab Mr. Sandlers unwirsch zurück. Ich vermutete bereits, er würde sich keiner sinnvollen Antwort erbarmen, doch mehrere Sekunden später gab er doch nach. »Seit Beginn der Menschheit gibt es einige Personen mit magischen Kräften. Vor etwa achthundert Jahren versammelten sich einige dieser besonderen Menschen, suchten einander und gründeten ihr eigenes Reich – fernab von menschlichen Augen. Unser magisches Königreich Phoenicia. Die ursprüngliche Magie war die des Feuers. Doch die Magier in Phoenicia hatten unterschiedliche Ansichten, was ihre Moralvorstellungen und den Zweck ihrer Kräfte betraf. Es gab Magier, die nach mehr Macht dürsteten und dafür niederträchtige Wege einschlugen. Das war der Beginn der Alcedos.«

Wir hatten mittlerweile die Akademie erreicht, und Mr. Sandlers trug mich die Treppen hoch, während wir immer noch an seinen Lippen hingen. »Schließlich wurden diese Magier aus Phoenicia verbannt. Jahrhundertelang trieben sie in der Menschenwelt ihr Unwesen, bis sie schließlich beschlossen, ein eigenes magisches Reich zu errichten. Für ihr kaltes Königreich ist jede Menge Blut geflossen, so viel steht fest.«

Mit diesen düsteren Worten beendete Mr. Sandlers schließlich seine Erzählung und legte mich auf der Krankenstation ab.

Max. Max. Max.

Jeder Herzschlag trug seinen Namen. Echt nervig und zudem auch noch traurig. Das fehlte mir jetzt noch. Ich stöhnte und rollte mich auf die andere Seite.

Ich wollte nicht aufstehen. Aber ich wollte genauso wenig die ganze Zeit hier im Bett liegen und an Max denken. Ich spielte mit meinen Fingern an der Kette herum, die er mir zu meinem Geburtstag geschenkt hatte und die ich jeden Tag trug. Sie erinnerte mich an zu Hause.

Es war Samstag, Wochenende. Heute durften alle Schüler in Phoenicia, deren Eltern keine Phönixe waren, nach Hause und sie besuchen. Außer Leo und mir.

Obwohl ich vollkommen wohlauf war, lag ich noch im Krankenzimmer der Akademie – nur meine Hände hatten hässliche Brandblasen. Aber auch ohne den gestrigen Vorfall hätten wir nicht nach Hause gekonnt, da wir uns die nächsten Wochen noch an die Geschichte mit der Reise nach Oregon halten mussten. Stattdessen würden Leo und ich das gesamte Wochenende brav mit unseren Mentoren lernen, damit wir am Montag schon in den Unterricht gehen konnten.

Es klopfte an der Tür, und ich schreckte hoch.

»Wer ist da?«

Ohne eine Antwort öffnete sich die Tür. Unwillkürlich verzog ich das Gesicht. Es war Mr. Sandlers.

Kein Hallo, keine Erkundigungen nach meinem Wohlbefinden. »Steh auf! Ich habe gehört, das Frühstück hast du sogar ans Bett bekommen, dann können wir ja jetzt mit der Arbeit anfangen.«

Ich seufzte. Wie wenig Lust ich jetzt hatte zu trainieren – besonders mit ihm. Doch ich schwang mich trotzdem brav aus dem Bett und war dankbar dafür, dass ich mich bereits angezogen hatte, als man mir vor einer Stunde das Frühstück gebracht hatte.

Gemeinsam verließen wir die Akademie und gingen zu ihm nach Hause. Ich starrte den ganzen Weg über auf meine Füße, sah aber im Geiste immer wieder meine erste Begegnung mit den Alcedos ablaufen.

Plötzlich fiel mir eine Frage ein, die mir Mr. Sandlers noch nicht beantwortet hatte.

»Was sind Wächter? Müssen die nicht eigentlich Phoenicia vor den Alcedos beschützen?«

Mr. Sandlers schaute mich erstaunt an, als ob es ihn wunderte, dass ich mit ihm sprach. »Hast du mir gestern nicht zugehört?«, fragte er.

»Doch … aber Sie haben mir nur von den Wächtern erzählt, die Sachen von der Menschenwelt nach Phoenicia bringen.«

Mr. Sandlers schwieg ein paar Sekunden, dann antwortete er mir gnädig: »Die Wächter sind in verschiedene Garden unterteilt und unterstehen dem Hauptmann Tyr. Diejenigen aus der C-Garde haben die Aufgabe, Phoenicia mit Produkten aus der Menschenwelt zu versorgen. Die meisten anderen befinden sich in der Menschenwelt, da wir hier eigentlich nie Schutz brauchen. Es verirren sich nie Alcedos hierhin«, erklärte er.

»Nie? Ich bin gerade mal ein paar Tage hier, und schon wurde ich von ihnen überfallen!«, rief ich aus. Er blieb still. Ich schaute ihn von der Seite an und musste dabei meinen Kopf in den Nacken legen, um überhaupt sein Gesicht sehen zu können.

Nach ein paar Minuten, in denen ich einen Nackenkrampf bekam und beinahe gegen eine Laterne und einen Mülleimer gelaufen war, gab ich es auf, ihn zu beobachten.

»Was tun die Alcedos denn in der Menschenwelt?«, fragte ich stattdessen.

»Na was denn wohl – sich mit den Menschen anfreunden und plaudern.« Er seufzte, und ich war kurz davor, »Echt?« zu fragen, doch dann fiel mir der sarkastische Unterton auf. Ich runzelte die Stirn und senkte den Kopf. Dieser Mann hätte wirklich besser keine Schülerin erhalten sollen.

»Sie töten sie«, antwortete er schließlich, weil er anscheinend dachte, ich wäre nicht klug genug, selbst darauf zu kommen.

»Wieso? Nur weil es ihnen … Spaß macht?«

Ich spürte, dass er mich wieder anschaute, doch diesmal wandte ich mich ihm nicht zu.

»Nein«, sagte er schlicht. An seinem Ton hörte ich, dass er nicht weiter darüber reden wollte, und da wir sowieso bei seinem Häuschen angekommen waren, ließ ich es so stehen.

Er marschierte geradewegs ins Wohnzimmer, und mir blieb nichts anderes übrig, als ihm zu folgen. Trotzdem zögerte ich kurz, als ich an der geschlossenen Tür vorbeikam, die in mein zukünftiges Zimmer führte.

Wann würde ich hier einziehen? Hatte Jean nicht gesagt, Tony würde gestern schon seine Sachen ausräumen?

»Fangen wir damit an, dich die Kontrolle zu lehren.« Er stand in seiner vollen Größe vor mir, während er mir gesagt hatte, ich sollte Platz auf seinem Sessel nehmen. Ich würde gleich schon wieder eine Genickstarre bekommen.

»Okay … von mir aus«, sagte ich vorsichtig und war bis aufs Äußerste gespannt. Vielleicht würde ich es gar nicht schaffen, Kontrolle zu erlernen? Vielleicht war ich ja zu dumm zum Zaubern? Ich schüttelte meine Gedanken ab und konzentrierte mich wieder auf Jean, der sich zum Glück einen Stuhl herbeigezaubert hatte und nun direkt vor mir saß. Noch nicht einmal eine Armeslänge trennte mich von ihm. Unwillkürlich lehnte ich mich in das geschmeidige Lederpolster zurück.

»Kontrolle ist wirklich nicht schwierig zu erlernen. Es bedeutet nur, dass du weißt, welches Ausmaß deine Kräfte haben und wie du einen Schutzmantel um sie legst, damit sie nicht bei jedem stärkeren Gefühlsausbruch überbrodeln und du versehentlich etwas anzündest.«

Ich nickte.

»Außerdem kann so nicht jeder Magier sehen, wie viel Energie in dir steckt. In einem Kampf kann das sehr nützlich sein, den Gegner auf diese Weise zu täuschen, oder wenn du dich vor irgendjemandem versteckst. Aber im Normalfall trifft das nicht auf dich zu, nur die Wächter werden in die Magie des Kampfes eingewiesen.«

Ich nickte wieder.

»Nun gut. Gib mir deine Hand«, forderte er mich auf.

Ich zögerte. »Wieso?«

»Es ist leichter, dir zu zeigen, wie es geht, als dass ich es dir erkläre. Magier können die Gedanken des anderen lesen, wenn sie Augen- oder Körperkontakt haben.«

Ich riss erstaunt die Augen auf. »Sie können jetzt also meine Gedanken lesen?« Ich erschauderte bei der Vorstellung, was er schon alles aus meinen Gedanken hatte lesen können, als wir uns in die Augen gesehen hatten.

»Nein, wir können nur die Gedanken des anderen empfangen. Also nur, wenn du auch willst, dass ich deine Gedanken lese, ist mir das möglich. Aber das lernst du ein andermal. Wenn man Körperkontakt hat, ist es viel einfacher, die Gedanken oder Bilder des anderen zu empfangen.«

Und schon hatte er meine Hand ergriffen. Seine Hand war merkwürdig kühl im Gegensatz zu meiner und groß und stark …

»Schließ deine Augen«, befahl er, und ich gehorchte.

»Und jetzt konzentrier dich auf unsere Berührung … konzentrier dich auf mich.«

Das war leichter getan als gesagt. Ich war mir bereits mit jeder Zelle meines Körpers seiner Berührung bewusst.

»Spürst du etwas?«, erkundigte er sich. Einen Moment lang fragte ich mich, was er meinte, dann fühlte ich tatsächlich etwas Ungewöhnliches am Rande meines Bewusstseins.

»Meine Gedanken befinden sich nun vor deinem Bewusstsein, du musst deine Grenzen jetzt nur noch erweitern.«

Mein Mund verzog sich zu einem kleinen Lächeln.

»Los, Nicita. Nimm meine Gedanken auf, du musst sie lesen wollen, um sie zu empfangen.«

Ich versuchte, alles andere auszublenden außer diesem drängenden Gefühl in meinem Kopf, versuchte es mir vorzustellen, wie er es gesagt hatte, erweiterte bildlich die Grenzen meines Bewusstseins und voilà – ich hörte seine Stimme laut und deutlich in meinem Kopf.

»Gut gemacht.«

Obwohl ich wusste, dass dies keine schwer zu bewältigende Aufgabe gewesen war, war ich stolz auf mich.

»Jetzt musst du eine ungefähre Vorstellung von deiner magischen Kraft bekommen, um sie besser einschätzen zu können.«

»Wie denn?«, fragte ich zurück und hoffte, dass er meine Gedanken hören konnte.

»Nicita?«

»Ja, was ist?«, fragte ich laut. Ich schlug die Augen auf. Auch er hatte die Augen geöffnet.

»Ich hatte das Gefühl, du wolltest mir ebenfalls in Gedanken antworten.« Ein hämisches Lächeln zierte seinen Mund. »Das ist um einiges schwieriger, als Gedanken zu empfangen, also belassen wir es dabei, dass du normal mit mir redest.«

Ich zog einen Schmollmund. Er tat ja so, als sei es dumm von mir gewesen, es allein zu versuchen. Völlig gescheitert konnte mein Vorhaben ja nicht sein, wenn er zumindest irgendetwas in der Art gespürt hatte.

»Also, lass uns dein magisches Potenzial suchen und dann einen Schild darum aufrichten, damit es nicht ausbrechen kann.«

Das hörte sich ja an, als würden wir ein wildes Tier suchen und einsperren. Kichernd schloss ich die Augen und erlaubte Mr. Sandlers, erneut in mein Bewusstsein zu treten.

Fast eine halbe Stunde und endlose Versuche später, hatte ich ein Gefühl für meine Energie entwickelt, und Mr. Sandlers hatte mir einen Zauberspruch gesagt, mit dem ich einen leichten Schild um meine Kräfte errichten konnte.

Mein allererster Zauberspruch. Er hatte ihn mit seiner ordentlichen, geschwungenen Schrift auf einen Zettel geschrieben, den ich daraufhin nur angestarrt und danach gefragt hatte: »Was ist das denn für eine Sprache?«

»Das, Nicita, nennt man vereinfachtes Latein. Darauf basieren die meisten Zaubersprüche.«

Mir war vor Schreck fast das Herz aus dem Hals gehüpft. »Aber ich kann kein Latein!«

»Dann wirst du es halt lernen müssen«, hatte er gesagt.

»Wie wäre es, wenn du dir schon einmal ein paar Zaubersprüche aus deinem ersten Lehrjahr anschaust, damit du dir ungefähr vorstellen kannst, was dich erwartet? Ich bringe solange mit Tony ein paar seiner Möbel aus deinem Zimmer, damit du heute Abend anfangen kannst, es einzurichten«, schlug er vor und erhob sich. Ein Buch segelte bereits in meine Richtung, und ich pflückte es aus der Luft wie einen Apfel.

»Allerlei Zauber leicht gemacht«, war der Titel, und ich sah sofort, dass es ein Schulbuch war und nicht eine so edle Ausgabe wie das Buch, in dem ich gestern gelesen hatte.

»Okay«, antwortete ich und fragte mich, ob Tony gerade in seinem Zimmer war und ob ich ihn jemals näher kennenlernen würde.

Sobald Jean das Zimmer verlassen hatte, schlug ich das Buch auf und blätterte darin herum, bis ich zu den ersten Formeln gelangte.

Auf der Seite, die ich zufällig aufgeschlagen hatte, waren anscheinend Übungsaufgaben. »*Probiere die Zauber an Gegenständen wie Kissen oder Stiften aus und notiere deine Beobachtungen dazu. Wichtig: Um deinen Zauber gezielt anzuwenden, ist es hilfreich, am Anfang den Namen des Gegenstandes laut zu nennen. Achte darauf, dass keine weiteren Personen im Zimmer sind, um Nebenwirkungen zu vermeiden*«, las ich laut vor. Ich hatte die Angewohnheit, immer alles vor mich hinzumurmeln, wenn ich etwas las. In der Schule war das besonders bei Klausuren sehr problematisch gewesen.

Ich überflog die Reihe von harmlosen Gedächtniszaubern, die Objekte nicht wirklich, sondern nur in der Vorstellung verändern sollten, und ärgerte mich darüber, dass mir all die Worte vollkommen fremd waren. Ohne die Beschreibungen unter den Sprüchen würde ich noch nicht einmal wissen, wofür sie überhaupt gut waren.

Ob Mr. Sandlers tatsächlich erwartete, dass ich neben dem Zaubern noch eine ausgestorbene Sprache lernte?

»Imagina de nescire quid est«, las ich gerade, als plötzlich die Tür zum Wohnzimmer aufflog. »Mr. Sandlers!«, rief ich erschrocken aus.

Er ließ sich nicht von mir stören, ging herüber zu seinem Schreibtisch, nahm etwas und verschwand wieder. Aber nicht ohne mir noch einen mahnenden Blick zuzuwerfen.

Ich verdrehte die Augen und tauchte wieder in meine Lektüre ein.

Ich merkte gar nicht, wie die Zeit verstrich, während ich mir anschaute, was mit Magie alles möglich war. Doch plötzlich flog erneut die Tür auf, und hinein kam ein äußerst wütender Jean.

Erschrocken schlug ich das Buch zu und schaute ihn fragend an.

»Nicita!«, donnerte er, und ich zuckte zusammen. »Was zum Teufel hast du angestellt?«

Bevor ich fragen konnte, wovon er sprach, klingelte es an der Tür.

Er starrte mich immer noch wütend an, wobei ›wütend‹ seine Laune nicht einmal annähernd beschrieb, und sah nicht so aus, als würde er daran denken, die Tür zu öffnen.

»Ähm … soll ich aufmachen gehen?«, fragte ich vorsichtig. Er antwortete nicht, kniff nur seine Augen zusammen. Er kam näher und baute sich bedrohlich vor mir auf. Ich traute mich kaum zu atmen.

»Wenn du willst«, knurrte er und verschränkte die Arme vor der Brust. Er murmelte etwas, was sich stark nach »Dann wirst du es zumindest mit eigenen Augen sehen« anhörte, für mich aber keinen Sinn ergab.

Mit größtmöglichem Abstand umrundete ich ihn und ging zur Tür. Dahinter fand ich überraschenderweise Leo vor.

»Was machst du denn hier?«, fragte ich und gab mir noch nicht einmal die Mühe, mein Erstaunen zu verbergen.

»Dich besuchen, dir ist doch bestimmt langweilig hier allein «, meinte sie munter und spazierte herein. Ich starrte sie ungläubig an.

»Allein? Erstens, hast du nicht gerade Unterricht? Und zweitens, *ich* habe nämlich Unterricht, und du kannst nicht einfach so in Mr. Sandlers' Haus spazieren, wenn er …«

»Wer ist Mr. Sandlers?«, unterbrach sie mich.

Mir klappte der Mund auf. Nach dem, was sich Leo gestern geleistet hatte, brauchte sie nicht noch einen Konflikt mit ihm.

»Leo«, ertönte Jeans Stimme plötzlich hinter mir. Wir beide fuhren herum.

»Wow, Nici, du hast dir aber Gesellschaft geangelt. Ist das dein Freund?«, fragte Leo und zwinkerte mir zu. Ich dachte, ich würde jeden Moment in Grund und Boden versinken. Was redete sie denn da?

»Sag mal, hast du etwas getrunken oder so?«, fragte ich leise, da ich mir wirklich Sorgen um den Gesundheitszustand meiner Freundin machte. »Leo, das ist Mr. Sandlers, mein Mentor«, erklärte ich auf ihren fragenden Blick hin.

»Nicita, kann ich dich kurz sprechen?«, fragte Mr. Sandlers mit zusammengebissenen Zähnen. Ich nickte und ging mit ihm zurück ins Wohnzimmer. »Weder deine Freundin noch sonst jemand in der Akademie kann sich an mich erinnern. Hast du zufällig ein paar Formeln aus dem Buch laut vorgelesen und dabei an mich gedacht, meinen Namen ausgesprochen?«, flüsterte er eindringlich.

Ich erschrak. Nein, das konnte nicht sein …

»Ja, also vielleicht«, gab ich zu, da Leugnen sowieso keinen Sinn gehabt hätte. Es war, als würde ein Eiszauber meine Innereien betäuben, als mir die Erinnerung durch den Kopf schoss, wie mich Jean vorhin erschreckt hatte, als er noch einmal ins Zimmer gekommen war. Sein Name war mir über die Lippen gerutscht, gleich nachdem ich einen der Sprüche gelesen hatte.

Er stöhnte und ballte die Fäuste.

»Ist … ist das schlimm?«, fragte ich.

Er atmete tief ein, und als er sprach, klang er so, als kostete es ihn große Anstrengung, sich zurückzuhalten. »Ja, und wenn du diesen Zauberspruch nicht wieder rückgängig machen kannst, dann schwöre ich, dass ich dich persönlich *umbringen werde!*«

Ich zuckte zusammen. Mit schnellen Schritten marschierte er zurück in den Flur.

»Du gehst jetzt sofort wieder zu deiner Mentorin, und wage es ja nicht, hier wieder aufzutauchen!«, fauchte er meine beste Freundin an. Sie sah ihn unsicher an, aber schnell merkte sie, dass mit ihm nicht zu spaßen war, und verließ das Haus.

Nun war ich wieder mit ihm allein – einem Jean, der noch nie so wütend auf mich gewesen war.

»Und du – « Er zeigte drohend mit dem Finger auf mich. »Such jetzt den verdammten Zauberspruch heraus!« Er marschierte zum Tisch im Wohnzimmer und schleuderte mir das Buch so plötzlich entgegen, dass es beinahe gegen meine Stirn geprallt wäre, hätte ich nicht so gute Reflexe gehabt.

»Du solltest dir die Zaubersprüche ansehen – nicht gleich allein ausprobieren!«, zischte er wütend vor sich hin. Mit zitternden Händen schlug ich das Buch auf und blätterte wie verrückt, während mein Kopf einfach leer war. Als hätte mir jemand mein Gehirn geklaut, um mich jetzt völlig hilflos und dumm dastehen zu lassen. Ich wusste nicht einmal, wonach ich suchte, denn gemerkt hatte ich mir weder Seitenzahl noch Zauberformel.

»Da … da standen aber keine Rückgängigkeitszauber«, stammelte ich und fragte mich zugleich, ob es so ein Wort überhaupt gab.

Mr. Sandlers schritt im Zimmer auf und ab, wahrscheinlich um Ruhe bemüht. »Jeden Zauber«, fing er an, »kann man bis zum Ende des Tages, innerhalb von vierundzwanzig Stunden, rückgängig machen, indem man die Formel rückwärts aufsagt.«

Vor Überraschung hielt ich kurz inne. Das war ja eine sehr interessante Information.

»Such gefälligst weiter«, rief er, und meine Finger schlugen hastig die nächste Seite um. Er würde mich umbringen, wenn ich das jetzt nicht sofort fand. Ich wusste es. Wie um Himmels willen sollte ich eine bestimmte Seite in einem Buch von tausend Seiten je wiederfinden? Er würde mich erst bei lebendigem Leibe häuten, mich dann unter Eiswürfeln zuschütten und mich verhungern und verdursten lassen. Nun gut, vielleicht nicht in dieser Reihenfolge. Doch er würde dafür sorgen, dass ich die schlimmsten und längsten Qualen erlei-

– *Gedächtniszauber* – Sofort sprang mir die bekannte Überschrift ins Auge, und ich merkte, wie ein Licht in meinem Kopf aufging. Ich fand sogar mein vermisstes Gehirn wieder.

»Ich hab's!«, rief ich aufgeregt und überflog hastig die Seite mit den verschiedenen Formeln. Doch welche davon hatte ich aufgesagt, als Mr. Sandlers ins Zimmer gestürmt war?

Die ersten fünf kamen mir bekannt vor, dann stockte ich.

Cogita nihil major esse. Hatte ich den gelesen? Ich erinnerte mich nicht daran, also sprang ich zurück zur fünften Formel.

Imagina abesse spectrum. Die könnte es gewesen sein, oder? Ja, ich glaubte, ich erinnerte mich an ›imagina‹, doch zu mehr war mein Gehirn nicht fähig.

»Ich … ich glaube, ich habe die Formel«, sagte ich unsicher und schaute ihn fragend an. Sofort bereute ich es, denn seine dunklen Augen funkelten wütender denn je.

»Hast du sie gefunden oder *glaubst* du es nur?«, fragte er schneidend.

»Ich – ich hab's«, stotterte ich und betete darum, dass es die richtige Formel sei. Es musste einfach die richtige sein!

»Na, worauf wartest du dann noch? Auf Jesus' Rückkehr?« Er stöhnte. Ich schüttelte heftig meinen Kopf und begann, die Formel Wort für Wort rückwärts vorzulesen. Dann kniff ich die Augen zusammen und schickte ein Stoßgebet gen Himmel. Nicht auszudenken, was er tun würde, wenn ich einen Fehler gemacht hatte.

Es blieb still.

Hatte es funktioniert?

Anscheinend war ihm kein zusätzliches Paar Arme gewachsen oder Ähnliches, sonst hätte ich bestimmt schon etwas von ihm gehört.

Vorsichtig öffnete ich die Augen, schaute in seine Richtung – und schrie.

Ein Schrei vollkommenen Entsetzens. Ich war unfähig, ihn zurückzuhalten oder verklingen zu lassen.

Dort, wo Jean stehen sollte, stand er nicht mehr. Nur seine Kleidung schwebte in der Luft. Seine schwarze Jeans, sein weißes Hemd. Kein Kopf, keine Hände.

Nach ein paar endlos erscheinenden Sekunden presste ich meine bebenden Hände auf den Mund, um meinen Schrei zum Verstummen zu bringen. Nur noch in meinem Kopf hallte er wider, ich fühlte mich der Ohnmacht nahe.

»Was hast du jetzt schon wieder angerichtet?«, drang seine Stimme zu mir herüber. Ich schwankte. *Nein, bitte jetzt nur nicht das Bewusstsein verlieren!*

Ich stolperte ein paar Schritte rückwärts, hinüber zum Tisch, um mich abzustützen. Auf dem Weg wäre ich beinahe über das Zauberbuch gefallen, das mir aus den Händen geglitten war.

Plötzlich bewegte sich seine Kleidung und schwebte wie ein Geist in meine Richtung. Was war ich froh darüber, dass ich gerade am Tisch angekommen war, sonst hätte ich bestimmt den Boden unter meinen Füßen verloren.

Seine Kleidung schwebte an mir vorbei, und dann sah ich, was er vorhatte.

Mein Herz setzte für einen Moment aus.

Er stand vor einem Spiegel.

Oh Gott oh Gott oh Gott …

Ich wartete … und betete … und wartete … er sagte nichts. Konnte er sich sehen – beziehungsweise nicht sehen?

»Oh fuck!«, gab er dann von sich, und ich war für einen Moment echt beeindruckt, dass er so fluchen konnte. Doch dann drehte er sich um, und mein Herz versagte ein zweites Mal.

Ich wusste, dass nun die Stunde meines Todes geschlagen hatte.

13
Geblendet

Ich … ich … es tut mir leid. Ich weiß auch nicht, wie das passieren konnte«, stammelte ich.

Er gab keinen Ton von sich. Stattdessen schwebte der Kleiderhaufen auf mich zu. Was ich danach tat, war purer Instinkt. Erhaltungstrieb. Ich floh.

So schnell ich konnte, stürmte ich aus dem Wohnzimmer, ohne nachzudenken, was ich eigentlich tat oder wie teuer mir das später zu stehen kommen würde. Ich rannte den Flur entlang, als sei der Tod persönlich hinter mir her.

Draußen lief ich auf direktem Weg zur Akademie. Unter Menschen würde er mir kaum etwas antun.

Oh Gott, ich konnte immer noch nicht fassen, was ich gerade mit meinem Mentor angestellt hatte. So viel Ärger hatte bestimmt noch nie ein Phönix-Schüler an einem Tag mit Magie angerichtet. Vielleicht würde man mich aus Phoenicia verbannen?

Meine Gedanken führten mich wieder zu Max. Zumindest würde ich ihn dann wiedersehen und für immer bei ihm bleiben können.

Ich hatte gar nicht gemerkt, dass ich aufgehört hatte zu rennen. Mitten auf der Straße stand ich, umgeben von vielen kleinen bunten Häuschen, aber keiner Akademie. Völlig blindlings war ich die Straße entlanggelaufen und hatte mich verirrt.

Ich lachte hysterisch auf. Verirrt? In diesem kleinen Dorf?

Ich sah mich um und suchte den Himmel nach den Türmen des Schlosses ab, um mir eine Orientierung zu verschaffen.

»Jetzt habe ich dich«, zischte mir plötzlich eine raue Stimme in mein Ohr.

Ich schrie auf, und eine Gänsehaut überkam mich, als ich links und rechts niemanden neben mir fand.

Jean, schoss es mir durch den Kopf. Aber wo war seine Kleidung?

Erschrocken schlug ich mir die Hände vor das Gesicht, als mir eine Erklärung dämmerte.

»Was wird das, wenn es fertig ist?« Selbst mit geschlossenen Augen konnte ich mir seinen tötenden Blick vorstellen, der auf mir ruhte.

»Sie ... Sie haben nichts mehr an!«, quiekte ich vollkommen entrüstet.

»Ich bin unsichtbar, Nicita«, erklärte er gedehnt. »Dank dir«, fügte er grimmig hinzu. Ich wollte wieder weglaufen, doch ich zweifelte an meinen Chancen, ihm zu entkommen.

»Jetzt öffne deine verdammten Augen und mach alles wieder rückgängig, bevor ich dich in Asche verwandle oder Schlimmeres!«

»Sie ... Sie dürfen mir nichts tun, ich bin die Einzige, die den Zauber zurücknehmen kann«, mutmaßte ich, nahm die Hände aber nicht von meinen Augen.

»Legst du es darauf an, mich wütend zu machen?«, fragte er.

Endlich ließ ich meine Hände sinken. Ich hatte keine Wahl, als so schnell wie möglich zu versuchen, alles wieder rückgängig zu machen. Die Angst vor seiner Strafe schnürte mir die Kehle zu.

Zusammen mit ihm – zumindest nahm ich an, dass er neben mir herlief – kehrte ich zu seinem Haus zurück.

Diesmal fand ich auf Anhieb die richtige Seite und wusste, welchen Zauberspruch ich zuletzt verwendet hatte. Ich warf einen nervösen Blick durch sein Wohnzimmer, dann holte ich tief Luft und las den Zauberspruch vor. Anschließend kniff ich fest meine Augen zusammen. Wenn alles gut gegangen war, müsste Mr. Sandlers jetzt nackt vor mir stehen. Unwillkürlich spann meine Fantasie ein Bild davon, und ich errötete.

»Mr. Sandlers?«, fragte ich unsicher. Ich öffnete meine Augen nur einen winzigen Spaltbreit und schielte zur Seite. Nirgendwo war er zu sehen. Vielleicht hatte ich ihn nun völlig verschwinden lassen?

Panik stieg in mir hoch. »Mr. Sandlers!«, schrie ich und fuhr herum, suchte jeden Winkel des Zimmers ab.

Dann legte sich plötzlich etwas schwer auf meine Schultern. Ich schrie auf und fuhr herum. Da stand er vor mir. Angezogen.

»Habe ich dich erschreckt?« Ein Lächeln kräuselte sich um seine Lippen, und er nahm seine Hand wieder von meiner Schulter.

Heftig atmend legte ich eine Hand auf meine Brust. Es war seltsam, ihn mit einem Lächeln zu sehen – auch wenn dies kein freundliches war. Wahrscheinlich schmiedete er bereits genüsslich Pläne für meine Strafe und erfreute sich daran.

»Und jetzt nur noch den Vergessenszauber«, meinte er und reichte mir wieder das Buch.

Ich überflog die Seite und versuchte, mich zu erinnern. Wenn es nicht der fünfte Zauber gewesen war, musste es entweder der vierte oder der sechste gewesen sein. In meinen Augen sahen sie alle gleich aus. Spontan entschloss ich mich für die vierte Formel. Bevor ich anfing zu sprechen, legte mir Jean noch einmal die Hand auf die Schulter. Sofort schüttelte ich sie ab und funkelte ihn an.

»Bist du dir diesmal sicher, Nicita?«, fragte er, anscheinend ernsthaft besorgt um sein Wohlergehen. Na ja, wer wusste, welche Nebenwirkungen diese vielen Zauber auf ihn haben könnten.

Ich nickte, auch wenn ich mir überhaupt nicht sicher war, und sprach die Formel laut aus.

Alles blieb, wie es war. Ich schaute Jean fragend an. »Und?«

»Was und? Woher soll ich denn wissen, ob sich jetzt andere an mich erinnern?«, fragte er. Ich wollte etwas sagen wie, dass er zumindest immer noch die gleiche Anzahl an Gliedern besaß und sich deswegen glücklich schätzen sollte, doch ich ließ es lieber sein.

»So.« Er verschränkte die Arme vor seiner muskulösen Brust und schaute auf mich herab. »Ich werde jetzt ein ernstes Gespräch mit Mr. Waston führen, und du wirst für den Rest des Wochenendes nicht aus diesem Haus kommen.«

Und dann – ehe ich einen enttäuschten Seufzer von mir geben konnte – *Puff,* löste er sich in Luft auf.

Moment Mal. Ich blinzelte. Er hatte sich schon einmal einfach so in Luft aufgelöst. Nannte man das nicht Teleportieren? Aber hatte Mr. Sandlers nicht gesagt, dass man das nur mithilfe eines Feuerzeuges konnte?

Lange starrte ich auf den Fleck Wand vor mir, kam zu dem Schluss, dass ich irgendetwas missverstanden haben musste, und zog einen Schmollmund. Was sollte ich denn das ganze Wochenende über machen? Da fiel mir etwas anderes ein ... Dieser Tony hatte doch bestimmt schon seine Sachen ausgeräumt, und ich würde mein Zimmer einrichten können. Voller Elan schritt ich in den Flur, als es auf einmal an der Tür schellte.

Überrascht öffnete ich sie und war zugleich noch überraschter, dass sie sich tatsächlich öffnen ließ und Jean mich nicht eingesperrt hatte.

»Hallo!«, rief ein kleiner Junge voller Begeisterung. Ich schaute einen Moment lang verständnislos auf ihn hinab, dann erkannte ich den Burschen, der damals bei Jean gewesen war, als er mich vor der Schule bedroht hatte. Das also war Tony.

»Äh ... hi. Mr. Sandlers ist nicht da«, sagte ich und musterte ihn neugierig. Er sah etwas blasser aus, als ich ihn in Erinnerung hatte, und dunkle Schatten zeichneten sich unter seinen Augen ab. Hätte er nicht bis über beide Ohren gegrinst, hätte er ermüdet und krank ausgesehen, doch er lächelte breit und erinnerte mich qualvoll an Max. Er hatte dieselben dunkelbraunen Locken und dasselbe Grübchen.

»Oh, na ja. Und was machst du so?«

Ich starrte ihn ungläubig und vielleicht auch etwas fasziniert an. »Ich … äh … wollte gerade mein Zimmer einrichten. Du hast doch schon alles ausgeräumt, oder?«, fragte ich vorsichtig. Er nickte eifrig und hielt mir dann etwas unter die Nase, was ich nach einer Sekunde der Überraschung als Farbeimer erkannte.

»Was ist das?«, fragte ich, obwohl ich es gerade eben selbst identifiziert hatte.

»Ich habe mir gedacht, dass ein Mädchen vielleicht keine blauen Wände mag. Ich habe dir Pink mitgebracht und Weiß und Rot«, erklärte er und zeigte auf die Behälter hinter ihm, die ich bis jetzt gar nicht wahrgenommen hatte. Ich war sprachlos.

Tony stapelte alle Eimer aufeinander und hob sie dann ächzend hoch, bevor er an mir vorbei ins Haus lief. Völlig perplex schloss ich die Tür hinter ihm und folgte ihm in mein neues Zimmer. Es war leer bis auf ein Bett, einen Schrank und einen Schreibtisch, alles aus hellem Ahorn. Der Boden, den ich vorher wegen der ganzen Spielsachen nicht hatte sehen können, war aus hellem Kork.

Ich schaute mir die Wände an. Tatsächlich würde mir eine pink-rot-weiße Farbkombination besser gefallen. Ich strahlte Tony an, und er grinste zurück.

»An die Arbeit?«, fragte er.

»Ich habe Hausarrest.«

Er runzelte die Stirn, lachte laut und schleuderte mir einen Pinsel entgegen. »Bin gleich wieder da«, meinte er dann und hopste aus dem Zimmer.

Regungslos blieb ich stehen, bis er nach einigen Minuten wiederkam. Noch immer lächelte ich.

Er schwang einen Farbroller, und dann ging es los. Wir legten den Boden mit Zeitung aus, öffneten alle Farben, und ich erklärte ihm, wie ich die Wände gestrichen haben wollte.

Es blieb nicht beim Streichen, sondern wurde zu einer Schlacht. Und ich hatte, seit ich in Phoenicia war, noch nie so viel gelacht wie mit Tony.

»Wenn du mir diese Jeans schmutzig machst, dann schwöre ich –«, drohte ich ihm.

»Zu spät.« Er lachte und zeigte auf einen fetten pinken Farbklecks auf meinem Oberschenkel.

»Oh nein!«, heulte ich auf, dann zog ich einen roten Strich quer über sein schwarzes T-Shirt. Aus Rache.

Tony lachte so, dass ich Angst hatte, er würde gleich ersticken. Doch ehe ich Mitleid mit ihm haben konnte, spritzte er die pinke Farbe auf mein weißes Top.

»Jetzt gibt's Ärger, Knirps!«, zischte ich, nahm den Topf mit der roten Farbe in die Hände und lief zu Tony. Dieser kreischte wie am Spieß und suchte nach dem pinken Farbeimer.

Ein Räuspern unterbrach uns, brachte uns augenblicklich zum Schweigen. Mr. Sandlers stand im Türrahmen und schaute grimmig zu uns herüber. Ich stellte den Topf sofort hin und faltete meine Hände hinter dem Rücken.

»Hallo Jean«, sagte Tony und hüpfte zu ihm hinüber. Ich sah ihn nur wieder einmal erstaunt an.

»Feiern wir einen Kindergeburtstag?«, fragte Jean mich. Für einen kurzen Moment wollte ich einwenden, weshalb er das nicht Tony fragte, doch ich verkniff es mir.

»Wir haben beschlossen, mein Zimmer … zu streichen?«

»Streichen, ja?«, echote er und schaute sich um. Ich tat es ihm gleich. Was für ein Glück, dass wir so schlau gewesen waren, den Boden abzudecken, allerdings zierten nun ein paar Farbkleckse Tisch und Fenster. Und auch die Wände sahen eher wie das neuste Kunstwerk von Picasso aus: blau mit roten und pinken Flecken.

»Es ist ja noch nicht fertig«, meinte ich.

»Ist mir egal, es ist ja dein Zimmer. Nicita, ich muss mit dir reden«, sagte er dann streng, und ich bekam Angst.

»Über was?«

»Lass uns ins Wohnzimmer gehen – und Tony, bleib du erst einmal hier, ich muss dir noch etwas mitgeben.« Er schaute Tony an, und wenn ich seinen Blick richtig deutete, war er sorgenvoll.

Meine Miniaturausgabe von Max nickte und schritt leichtfüßig an mir vorbei zum Bett, als wäre er der sorgenfreiste und glücklichste Mensch auf Erden. Ich schaute ihm lächelnd nach, bis mich Jean unterbrach.

»Nicita?«

»Äh, ja«, sagte ich schnell und folgte ihm ins Wohnzimmer. Was er wohl so Wichtiges mit mir besprechen wollte? Ob er mir jetzt die erwartete Standpauke halten würde?

»Um was geht es?«, fragte ich zögerlich, sobald ich mich aufs Sofa gesetzt hatte.

Er ging vor mir auf und ab und knetete seine Hände. Anscheinend fiel es ihm schwer, das zu sagen, was auch immer er sagen wollte.

»Ich habe mit William über dein Verhalten gesprochen und über das, was heute vorgefallen ist«, fing er an.

Ich nickte schuldbewusst. »Werde ich nun rausgeschmissen?«

Verwirrt schaute er mich an. »Wo denn rausgeschmissen?«

»Aus eurer Magierwelt. Werde ich nun verbannt?«

Jean seufzte. »Nein, zu meinem Bedauern geht so etwas nicht. Du kannst nicht aus der Magierwelt verbannt werden, wenn du Magie beherrschst. Dazu müssten wir sie dir schon wegnehmen.«

Ich riss erstaunt die Augen auf. »Das geht?«

»Nun ja, schon. Aber darauf wollte ich nicht hinaus. Es geht uns in erster Linie darum, dass du dich hier benehmen musst und auch nicht in dieser Weise mit mir oder anderen Lehrern sprechen darfst. Haben dir deine Eltern das nie beigebracht?«

Ich spürte einen Stich ins Herz. Obwohl mir schon vorher klargewesen war, dass meine Eltern Phönixe sein mussten, dachte ich erst jetzt daran, dass sie wahrscheinlich hier in Phoenicia lebten. »Meine Eltern haben mich ja abgegeben, um selbst ein schönes Leben hier zu führen!«

Mr. Sandlers öffnete den Mund, schloss ihn aber wieder ratlos. Ich schaute weg. Waren meine leiblichen Eltern wirklich hier? Warum hatten sie mich abgegeben?

»Was weißt du über deine Eltern?«, fragte Mr. Sandlers plötzlich.

»Über meine leiblichen? Nichts. Nur, dass sie wohl Phönixe sind und mich in Phoenix ausgesetzt haben. Was für eine Ironie!« Ich lachte auf, dann wurde ich traurig. »Ich war keinen Monat alt. Sie haben mich einfach nachts vor die Tür von Fremden gelegt.«

Schweigen. Jean war sichtlich enttäuscht. »Es muss gar nicht sein, dass deine beiden Elternteile Phönixe waren«, meinte er dann.

Ich wurde hellhörig.

»Es kommt vor, dass Phönixe in der menschlichen Welt gefunden werden, weil ein Phönix ein Kind mit einem Menschen gezeugt hat. Und da solche Beziehungen hier nicht erlaubt sind, verstecken sie ihr Kind in der Menschenwelt.«

»Aber es steht doch keine schlimme Strafe darauf, oder? Ich meine, jetzt wo ich ja hier bin, könnte sich mein Elternteil doch melden, oder nicht?«, fragte ich hoffnungsvoll. Dann erschrak ich über meinen plötzlichen Wunsch, meine leiblichen Eltern kennenzulernen.

»Nein, darauf steht keine Strafe. Das Ansehen der Familie würde sinken, doch das ist kein Grund. Sich eines Fehlers zu bekennen, den man vor fast achtzehn Jahren begangen hat, ist nicht so schlimm, als wenn die Sache später auffliegen würde.«

Ich dachte eine Weile über seine Worte nach.

»Aber vielleicht sind deine leiblichen Eltern ja schon tot«, fügte Jean hinzu, und ich zuckte zusammen. Feinfühlig war er nun wirklich nicht. Wieso sagte er nur so etwas? Er hatte meine Reaktion bemerkt. »Es ist nicht unwahrscheinlich, Nicita. Vor siebzehn Jahren herrschte hier totales Chaos, die Alcedos griffen uns an, und eine fürchterliche Schlacht brach aus. Mr. Waston hat dir doch davon erzählt?«

Ich nickte wie betäubt. Irgendwo meinte ich, mich Williams kleiner Kriegsausführung zu entsinnen, auch wenn ich mich nicht an mein Geburtsjahr in dem Zusammenhang erinnerte. »Deswegen kann es auch sein, dass deine Eltern gar keinen Fehler begangen haben, dass sie verheiratet hier in Phoenicia gelebt haben und dich nur in die Menschenwelt geschickt haben , um dein Leben zu retten. Vielleicht wollten sie dich zurückholen, sobald der Kampf beendet war. Nur dann sind sie dabei ums Leben gekommen.«

Ich atmete schwer. Die Vorstellung erzeugte einen Knoten in meiner Brust. »Das wäre schrecklich«, hauchte ich und konnte mir alles ausmalen. Ich sah ein junges Paar mit einem Baby auf dem Arm durch die Straßen laufen. Angst in ihren Gesichtern. Angst um mich.

»Nicita, ich wollte mit dir eigentlich über etwas anderes reden«, unterbrach er meine Gedanken. Ich schaute ihn erwartungsvoll an.

»Es geht um deine Kraft … dein magisches Potenzial.«

Ich richtete mich auf. »Was ist damit?«, fragte ich ängstlich.

»Es ist erstaunlich groß«, gab er endlich zu, und ich sah, wie schwer es ihm fiel. »Du hast eine beeindruckende Kraft.«

Ich fing an zu grinsen, als ich merkte, warum es ihm so schwer über die Lippen kam. Es war ein Kompliment. Und es gefiel ihm anscheinend gar nicht, mir Komplimente zu machen.

»Echt?«, fragte ich stolz.

»William hat mir versichert, dass es sehr selten ist, dass Zaubersprüche wie die, die du heute ausprobiert hast, bei Anfängern gelingen. Dass du deine Magie auf Kommando freisetzen konntest, zeugt von großem Talent.«

Ich hörte gar nicht mehr auf zu grinsen.

»Nun, Nicita, das heißt aber auch, dass du mehr Arbeit vor dir hast, um deine anscheinend übergroße Menge von Energie zu kontrollieren. Und da ist noch etwas …« Er hielt inne und musterte mich durchdringend.

Mein Lächeln verflog. Er hatte mich noch nie so ausgiebig betrachtet. Ich verschränkte die Arme vor meiner Brust. »Was?«, fragte ich vorsichtig.

»Wir nehmen an, dass du mit Leo verwandt bist.«

Mein Mund klappte auf. »Was?«, fragte ich nach einigen endlosen Sekunden erneut.

»Auch Leo hat heute unglaubliche Fortschritte gezeigt. Das ist mehr als eigenartig. Neulinge brauchen normalerweise Wochen, um überhaupt etwas Magisches hinzubekommen – mit Ausnahme natürlich von Feuern, die legen sie alle. Wenn ihr aus ein und derselben mächtigen Zauberfamilie kämet, würde das einiges erklären.«

Ich starrte ihn immer noch ungläubig an und verstand nicht richtig, was er da sagte. Leo sollte mit mir verwandt sein? Dann wären wir Schwestern … Freude stieg in mir auf, bis sie plötzlich abrupt wieder sank.

»Nein, es ist nicht möglich, dass wir Schwestern sind.«

»Wieso nicht?«

»Sie hat eine Woche vor mir Geburtstag. Ich glaube nicht, dass Phönixe das Talent haben, zwei Kinder innerhalb von zwei Wochen zu gebären.«

Jean rollte mit den Augen. »Nicita, denk doch ausnahmsweise mal nach. Woher willst du denn wissen, wann ihr tatsächlich Geburtstag habt?«

Ich nickte langsam, während die Erkenntnis einen bitteren Nachgeschmack hinterließ: Selbst mein Geburtstag war eine Lüge gewesen.

Jean seufzte. »Es ist gut möglich, dass ihr Geschwister seid. William und ich haben beschlossen, einen DNA- und Bluttest an euch durchzuführen.« Kaum ausgesprochen, hielt er wie aus dem Nichts eine Spritze in den Händen. Mein Herz vollführte einen gefährlichen Salto.

»Sie wollen mir Blut abnehmen?«, fragte ich hysterisch. »Wissen Sie überhaupt, wie das geht?« Ich hasste nicht nur Krankenhäuser, sondern auch jede Art von Spritzen und Medikamenten, und Blut konnte ich auch nicht sehen.

»Möchtest du nicht wissen, ob Leo deine Schwester ist?«, stellte er die Gegenfrage.

Natürlich wollte ich es wissen, doch ein Haar von mir würde für einen DNA-Test doch auch genügen, oder nicht?

Jean ließ sich nicht umstimmen und wartete, bis ich ihm schließlich erlaubte, meine Ellenbeuge zu desinfizieren und die Nadel in meine Vene zu stechen. Überraschenderweise tat es nicht halb so weh wie erwartet, doch seine kühlen Finger auf meiner brennenden Haut zu spüren, war umso unangenehmer.

Kaum hatte sich das Röhrchen mit ein paar Tröpfchen meines Blutes gefüllt, ließ er mich los, und eisiges Schweigen breitete sich im Raum aus. Ich schaute verlegen und verwirrt auf das Muster des Parkettbodens.

»Okay, Nicita, du kannst dein Zimmer jetzt zu Ende streichen«, beendete er die peinliche Stille. Ohne ein Wort sprang ich vom Sofa auf und verließ hastig das Wohnzimmer.

»Tony!«, rief Mr. Sandlers, und ich sah, wie dieser aus meinem Zimmer kam. Er lächelte mich an, und mir wurde sofort wieder warm ums Herz. Da fiel mir etwas ein. Ich drehte mich um und wollte wieder zurückgehen, da stieß ich mit etwas Hartem zusammen. Es war Jeans Oberkörper.

»Oh. Entschuldigung«, stammelte ich, während Jean fluchte. Bei unserem Zusammenstoß hatte er etwas fallen lassen. Es war ein Behälter für Kontaktlinsen. Sofort bückte ich mich, um ihn aufzuheben. Beim Sturz hatte sich einer der Deckel jedoch geöffnet, und die Flüssigkeit aus dem Behälter glitzerte nun auf dem

Parkettboden. Verwirrt musterte ich die Kontaktlinse, die noch in dem Behälter klebte. Es war eine mit braunem Rand.

Erstaunt schaute ich zu Mr. Sandlers auf. Wieso hatte er braune Kontaktlinsen?

Jeans Hände waren zu Fäusten geballt, doch es war nicht Wut, die aus seinen Augen sprach. Ich konnte nicht sagen, mit welchem Ausdruck er mich musterte. Er ging ebenfalls in die Knie, nahm mir ohne ein Wort den Behälter aus der Hand und marschierte davon.

»Mr. Sandlers!«, rief ich ihm nach, während sich meine Gedanken überschlugen.

Er drehte sich um, und sein Gesicht war wie eine Maske. Nichts spiegelte sich dahinter. Ich stand auf, meine Beine zitterten. Wieso hatte ich das Gefühl, dass hier etwas nicht stimmte?

»Was ist, Nicita?«, fragte er kühl.

»Die Linsen …«, stammelte ich, wusste jedoch nicht, worauf ich hinauswollte.

»Die gehören einem Freund, der nicht gut sehen kann«, sagte er kurz angebunden und winkte Tony zu sich.

Ich nickte, doch das mulmige Gefühl in meinem Magen blieb.

»Stell nichts an, solange ich weg bin«, sagte Mr. Sandlers noch, bevor er die Tür öffnete und Tony hinter sich herzog. Mit einem dumpfen Knall fiel die Tür ins Schloss.

Wie erstarrt blieb ich stehen. Ich wusste nicht, was ich denken sollte.

Es war eigentlich nichts passiert, doch plötzlich fragte ich mich, ob ich mich in Mr. Sandlers nicht vielleicht getäuscht hatte. Gab es etwas, das er hinter seiner harten, finsteren Schale versteckte?

Und was hatte der kleine Tony damit zu tun? Hatte ich mich von seinem Lächeln viel zu schnell blenden lassen?

14

Geheimnisse

Noch immer stand ich wie angewurzelt vor der geschlossenen Haustür. Erst mein Magenknurren beendete die hinterlassene Stille. Ich schaute auf meine Armbanduhr. Schon nach sechs Uhr abends! Und ich hatte seit heute Morgen nichts mehr gegessen. Wollte mich Jean verhungern lassen?

Von meinem leeren Magen geleitet, schlurfte ich in die Küche und öffnete den Kühlschrank. Mich erwartete jedoch nichts außer einer Enttäuschung. Also entweder aßen Phönixe nicht, oder Jean war auf Diät, *oder* er wollte mich tatsächlich verhungern lassen. Doch dafür hatte er keinen Grund, oder?

Ich ließ noch einmal meinen Blick durch den fast leeren Kühlschrank gleiten. Zwei Äpfel, eine Orange, ein Viertel von einer Gurke, Reste von Käse und eine noch geschlossene Packung Salami in Scheiben, die sich hinter einer Flasche Vollmilch versteckte. Ich nahm mir die Milch, die Salami und einen Apfel und machte mich auf die Suche nach Brot. Die sich allerdings als gar nicht so schwierig erwies, weil Sandlers direkt auf dem Küchentisch einen Brotkasten stehen hatte.

Ich machte es mir am Tisch gemütlich und ließ mir Zeit beim Abendbrot. Währenddessen ging mir der heutige Tag immer wieder durch den Kopf. Bei den braunen Kontaktlinsen musste ich jedes Mal stutzen. Wieso sagte mir mein

Gefühl, dass mehr dahintersteckte als ein Freund mit einer Sehschwäche?

Nach fast einer halben Stunde musste ich einsehen, dass ich mich in meinen Gedankengängen immer wieder im Kreis drehte.

Enttäuscht stand ich auf, räumte hinter mir auf und schlurfte in den Flur. Ich wollte gerade zurück in mein Zimmer, als ich plötzlich stehen blieb. Direkt vor Jeans verschlossener Tür. Mein Herz fing an zu rasen, und ich wusste nicht, was mich davon abhielt, einfach weiterzugehen. Seit ich hier war, hatte ich noch nie Jeans Zimmer gesehen. Gab es etwas darin, das ich nicht sehen durfte?

In dem Moment war meine Neugierde nicht zu unterdrücken. Solange ich mich nicht erwischen ließ, würde ich wohl unbemerkt hineinspähen können. Ein Blick nach rechts und links, dann drückte ich die Türklinke hinab und öffnete die Tür.

Sein Zimmer sah genauso aus, wie ich es mir vorgestellt hatte: nämlich wie sein Büro und sein Wohnzimmer. Mittlerweile langweilig für mich.

Langsam schlich ich über den grauen Teppichboden, vorbei an dem großen Doppelbett, hin zu seinem Schreibtisch. Mein Blick huschte über den zugeklappten Laptop und die Menge an Papieren und Dokumenten.

Was erwartete ich hier zu finden? Meine Hände landeten, ohne dass ich es wollte, an dem Griff der Schublade und zogen sie auf. Das geöffnete Päckchen Kontaktlinsen, das ich als Erstes erblickte, schien mich beinahe zu verhöhnen.

Na toll. Mit zitternden Händen hob ich die Packung hoch, da stach mir das Gelb einer Broschüre ins Auge. Mit gerunzelter Stirn nahm ich sie heraus. *Pizza Service del Sun* stand darauf, und darunter waren die verschiedenen Sorten von Pizzen und deren Preise aufgelistet. *Ziemlich billig,* schoss es mir durch den Kopf. Dann bemerkte ich, dass die Adresse mit rotem Textmarker mehrmals umkreist worden war und darunter ein Name stand.

Mai Belmont!

Was hatte das zu bedeuten?

Ich schüttelte den Kopf und legte sowohl die Broschüre als auch das Päckchen Kontaktlinsen zurück in die Schublade. Unsicher schaute ich mich auf dem Schreibtisch um und schob ein paar Zettel beiseite, ohne zu wissen, was ich hier eigentlich tat. Briefumschläge, E-Mailauszüge, ein Stapel von Schülerheften aus seinem Kurs. Nichts sah verdächtig aus. Aber wieso suchte ich auch nach einer Verschwörung? Plötzlich fühlte ich mich furchtbar dumm.

Um mich nicht weiter meinen wilden Fantasien hinzugeben, verließ ich schnell sein Zimmer. Sorgfältig schloss ich die Tür hinter mir und hoffte, dass Jean nie davon erfahren möge.

Ich schaute auf die Uhr. Mittlerweile war es schon sieben. Vielleicht sollte ich mein Zimmer fertig streichen. Den Farbroller hatte ich noch hier und auch noch genug Farbe, den Rest würde ich wohl allein hinbekommen.

Zwei Stunden später war das Kunstwerk vollbracht. Ich war richtig stolz auf mich, dass alles meinen Vorstellungen entsprach. Ich räumte die Farbeimer und das bekleckste Zeitungspapier brav weg und entschloss mich, erst einmal ein Bad zu nehmen. Mein Aussehen hatte unter der Aktion gelitten, und ich wusste nicht einmal, ob die pinke Farbe auswaschbar war.

Ich suchte mir ein paar frische Anziehsachen aus dem Karton und tapste mit nackten Füßen in das glamouröse Badezimmer.

Eine Stunde später, in der ich mir etwas Ruhe gegönnt hatte und in dem heißen Wasser beinahe eingedöst war, zog ich mir meine Boxershorts zum Schlafen und ein schlichtes T-Shirt an. Als ich aus dem Badezimmer kam, stellte ich erstaunt fest, dass

Mr. Sandlers immer noch nicht zurückgekehrt war. Wo er wohl mit Tony hingegangen war?

In meinem neuen Zimmer angekommen, bezog ich als erstes mein Bett, dann setzte ich mich mit dem großen Pappkarton auf die Matratze. Langsam wühlte ich mich durch meine Klamotten und Schminkutensilien zu meinen Pflegeprodukten, Schmuck und schließlich zu meinen Schuhen vor. Am Boden des Kartons fand ich das, wonach ich gesucht hatte: mein Handy. Es war aus. Als ich es einschaltete, kamen – wie nicht anders zu erwarten – Tausende von SMS an. Die meisten davon berichteten mir von unbeantworteten Anrufen auf meiner Mailbox.

Ich atmete ein paarmal tief ein und aus – ich wusste, was ich zu tun hatte. Ich musste erreichbar sein. Für meine Familie und meine Freunde. Sonst würden sie bestimmt wieder die Polizei einschalten.

Mit zitternden Fingern wählte ich die Nummer unseres Festnetzanschlusses und wartete. Beinahe augenblicklich ertönte die Stimme meiner Mutter.

»Eleonora van Desun«, meldete sie sich wie üblich sehr höflich, doch ich hörte, wie müde sie war.

»Hallo, Mama«, krächzte ich, da meine Stimme gerade versagte.

Stille.

»Mama?«

»Nici?« Sie klang ungläubig. Ich nickte. »Nici, bist du es?« Nun klang sie beinahe panisch.

Ich nickte wieder, dann fiel mir auf, dass sie mich nicht sehen konnte. »Ja, ich bin es.«

»Oh Gott!«, schluchzte sie auf und tat mir plötzlich unheimlich leid.

»Wie geht es dir? Und Papa? Und eurem Baby?« Meine Stimme brach ab, und ich fürchtete, jeden Moment in Tränen ausbrechen zu können.

Die nächsten fünf Minuten weinte meine Mutter, und nur schwer konnte ich ihre Antworten verstehen. Soweit ich es mitbekam, vermissten sie mich schrecklich, doch das war nicht anders zu erwarten gewesen.

»Es tut mir wahnsinnig leid«, sagte ich und meinte es auch so. »Dass ich so plötzlich verschwunden war und jetzt auch noch ohne Vorwarnung abgereist bin.«

»Ist schon okay, mein Schatz«, beruhigte sie mich, doch ihre Stimme zitterte. »Kommt ihr bald zurück? Hatte Leo schon Erfolg bei ihrer Suche?«, fragte sie.

Ich wusste nicht, was ich sagen sollte. Sollte ich ihr wochenlang dieses Theater vorspielen? »Nein, wir sind noch nicht da. Wir übernachten gerade in einem Hotel«, murmelte ich schließlich.

Sie schwieg ein paar Sekunden, bis sie mir antwortete. »Du passt auf dich auf, richtig? Du bist immer noch unsere Kleine.« Sie schluchzte wieder, und ich verspürte den plötzlichen Wunsch, sie in den Arm zu nehmen und zu trösten. Und ihr die Wahrheit zu erzählen.

»Versprochen, Mama«, flüsterte ich.

Eine Viertelstunde später beendete ich das Gespräch und flüchtete mich unter den tröstenden Schutz der warmen Decke.

Die Sonne kitzelte meine Nase, und der beißende Geruch von Farbe weckte mich aus dem Schlaf. Ich öffnete meine Augen und sah mich noch etwas schläfrig um. Von der Sonne geblendet, setzte ich mich auf und war einen Moment später von dem Chaos meiner eigenen Sachen überrascht. Gestern Abend war ich zu faul gewesen, alles in die Schränke zu räumen, und nun saß ich inmitten meiner T-Shirts. Auf dem Boden lagen Lipgloss und Eyeliner verstreut.

Ich warf einen Blick auf den Wecker, und die rot leuchtenden Ziffern zeigten mir an, dass es bereits zehn Uhr morgens war. Sofort sprang ich aus dem Bett.

Ich brauchte Antworten. Ich musste mit William reden.

Schnell schlüpfte ich in meine Kleider und steckte den Kopf aus der Tür. Wenn Jean noch nicht zurückgekehrt war, würde ich einen Besuch in die Akademie wagen.

Ich schlich in die Küche, die genauso wirkte, wie ich sie am Vorabend hinterlassen hatte, und auch Jeans Schuhe waren nicht wie üblich ordentlich vor der Tür abgestellt. Aufgeregt und voller neuer Fragen schnappte ich mir einen Apfel und rannte aus dem Haus.

Es war ein wundervoller Morgen und würde ein noch schönerer Mittag werden. Da hatte ich keine Lust, den ganzen Tag zu Hause herumzusitzen, und war froh, dass ich zumindest nun die Möglichkeit hatte zu fliehen.

Es war warm, die Sonne prickelte auf meinen nackten Armen, und der Duft von Orchideen lag in der Luft. Genüsslich biss ich in das knackige Obst und nahm mir vor, irgendjemanden mal danach zu fragen, wieso es in Phoenicia nur so von Orchideen wimmelte, es aber keine Rosen gab. Rosen waren schließlich meine Lieblingsblumen.

Ich lief die leeren Straßen entlang und kam nur wenige Minuten später vor dem riesigen Gebäude der Akademie zum Stehen.

Wieder einmal wich mir der Atem bei dem Anblick des edlen Bauwerks, doch ich hatte keine Zeit, es weiter zu bewundern. Ich musste vor Mr. Sandlers' Rückkehr zurück im Haus sein. Mit einem festen Ziel vor Augen betrat ich die Eingangshalle der Akademie.

»Mr. Waston!«, rief ich erleichtert aus, als ich ihn in diesem Moment den Flur entlangkommen sah. Er blieb stehen und schaute sich nach allen Seiten um, bis er mich schließlich entdeckte. Ich lief auf ihn zu, während sich seine Augen vor Überraschung weiteten.

»Nicita, was tust du denn hier?«, fragte er.

»Ich wollte mit Ihnen sprechen!«

Er musterte mich skeptisch, doch er lächelte. »Sag mal, hast du nicht Hausarrest?«

»William … Ich wollte mit Ihnen über etwas Wichtiges reden, und da Jean – ich meine Mr. Sandlers – nicht zu Hause ist, und wenn Sie es ihm nicht erzählen, dass ich hier –«

»Mr. Sandlers ist nicht zu Hause?«, fragte er erstaunt und runzelte die Stirn.

»Nun, er ist gestern so gegen sechs ohne ein Wort mit Tony verschwunden, und seitdem habe ich ihn nicht mehr gesehen«, erklärte ich, und die Falten auf Williams Stirn vertieften sich.

»Äußerst merkwürdig …«, murmelte er, dann sagte er zu mir: »Komm, Nicita. Komm mit in mein Büro, da können wir ungestört reden.«

»Also … du hast schon von deinem großen magischen Potenzial gehört?«, fragte er, während er um seinen Tisch herumging und dahinter Platz nahm.

Ich nickte, und er deutete auf den Stuhl vor dem Schreibtisch, damit ich mich ebenfalls setzen konnte. Ich folgte seiner Bitte und schlug die Beine übereinander.

»Ja, Mr. Sandlers hat mir gesagt, dass Anfänger so schnell keine Erfolge in Sachen Magie haben.«

William kicherte. »Nun, Jean neigt manchmal zu Untertreibungen. Ich bin äußerst gespannt darauf, was für Dinge du in fünf Jahren vollbringen kannst!«

»In fünf Jahren?«, echote ich verständnislos.

»Ja, wenn du dein magisches Potenzial vollends entwickelt hast.«

»Aber ich habe gelesen, dass das magische Potenzial von Geburt an gleich bleibt«, warf ich ein.

»Ja, das stimmt.« William nickte und lehnte sich in seinem Chefsessel zurück. »Aber es braucht Jahre, bis du dein ganzes

Potenzial ausnutzen kannst. Zu Anfang ist es dir unmöglich, so viel Kraft, wie du sie besitzt, freizusetzen. Auch kostet dich jeder Zauberspruch zu Anfang viel mehr Konzentration und Energie als nach ein paar Jahren der Übung. Im Normalfall kann ein Magier nach fünf Jahren seine volle Kraft entfalten.«

Ich nickte beeindruckt und hoffte, ich würde mir das ganze Magier-Fachwissen auch irgendwie merken können.

»Jean hat, als du ihn gestern in deinen Geist gelassen hast, deine magische Energie sehen beziehungsweise fühlen können. Doch da er noch nie zuvor Lehrlinge hatte, wusste er nicht, wie ungewöhnlich groß diese Menge ist, die du in dir trägst. Er konnte sie nur mit seiner eigenen vergleichen, die geradezu unglaublich ist. Er ist wohl der stärkste lebende Phönix ...« William schwieg eine Zeit lang. »Du wirst bestimmt eine große Magierin! Aber ich denke, du wolltest nicht über deine Ausbildung reden. Wir haben ja noch drei Jahre Zeit bis dahin«, meinte er und zwinkerte mir zu.

»Nun ja ...« Ich wusste nicht, womit ich anfangen sollte. Über Nacht hatte ich ein paar Theorien entwickelt, doch ich brauchte noch mehr Grundwissen über Jean und alles andere, was mich beschäftigte.

»Können Sie mir etwas über Mr. Sandlers erzählen? Nichts, was ich nicht wissen sollte, aber so grundlegende Dinge?« Ich schaute ihn hoffnungsvoll an und fragte mich zugleich, was er wohl von meiner Frage hielt. In den grundlegenden Dingen hatte sich Mr. Sandlers bereits selbst bei der Mentorenwahl vorgestellt. Dass er zu der Spitze der Wächter gehörte und noch dazu Lehrer an der Akademie war.

William schaute ein wenig überrascht, doch er antwortete, ohne zu zögern. »Nun, von Jean kann ich dir viel erzählen, wir stehen uns sehr nahe. Auch wenn er manchmal etwas schwierig ist.« Er grinste. »Er ist siebenundzwanzig Jahre alt – falls dich das interessiert –, und er ist nicht in Phoenicia aufgewachsen, wie so viele von uns Älteren. Er kam erst vor sechs Jahren hierher.«

Überrascht hob ich die Hände, damit William innehielt. »Er kam erst vor sechs Jahren nach Phoenicia? Wo war er denn davor?« Wenn mich meine Rechenkünste nicht täuschten, dann konnte das nicht hinkommen …

»In der Menschenwelt, Nicita, wo sonst?« Er tat so, als würde er meine Überraschung nicht verstehen.

»Aber … aber … wenn, äh.« Ich brachte keinen Satz mehr zustande. Tief holte ich ein paarmal Luft, dann versuchte ich es noch einmal. »Wenn sich mit sechszehn, siebzehn bereits seine Kraft entwickelt hat, was hat er dann vier Jahre lang in der Menschenwelt gemacht? Wieso wurde er nicht gefunden und nach Phoenicia gebracht?«

»Manchmal passiert es, dass sich die Barriere um die magische Energie erst ein oder zwei Jahre später auflöst«, erinnerte mich William. »Es geschieht nur *meistens* zwischen dem sechzehnten und achtzehnten Lebensjahr, muss aber nicht zwingend sein. Die Kinder hier werden auch schon früher gelehrt, ihre Barriere zurückzuziehen und zu zaubern. Außerdem gab es zu der Zeit noch nicht so viele Wächter wie heute. Die Schlacht von damals hatte zu große Schäden hinterlassen, und wir waren lange Zeit damit beschäftigt, um unsere Liebsten zu trauern und unser gesamtes Reich neu zu errichten. Jean war einer der allerersten Wächter, wie sie heute sind. Er war geradezu besessen davon, das Menschenreich vor den Alcedos schützen zu wollen.«

Ich ließ mir das alles durch den Kopf gehen, doch ich erhielt keine Lösung wie erhofft, sondern nur weitere Rätsel. Das alles passte so gar nicht mit meinen Theorien zusammen. »Und was ist mit Tony?«, fragte ich.

»Jean Sandlers hat ihn mitgebracht. Aus der Menschenwelt. Er ist wie ein Bruder für ihn – denke ich. Ich glaube, etwas ganz Besonderes verbindet die beiden.« William nickte mit einem Lächeln auf den Lippen. Also hatte auch er Tony ins Herz geschlossen. »Das Unfassbare daran ist«, fuhr er jedoch fort, »dass auch Tony über viel magisches Potenzial verfügt. Es ist selten, dass zwei Phönixe am gleichen Ort aufwachsen. Noch dazu so mächtige.« Der Blick, den mir William daraufhin zuwarf, brachte mich kurz aus dem Konzept. Ich wusste, worauf er mit seinen letzten beiden Sätzen anspielte, doch mir war nicht danach, jetzt über Leo und mich nachzudenken.

Ich legte meine Stirn in Falten. Irgendetwas war faul an Jeans Lebensgeschichte, und ich würde herausfinden was!

»Und das war es, worüber du mit mir reden wolltest?«, fragte William, und einen Moment lang befürchtete ich, er könne meine Gedanken lesen.

»Also … nein, nicht ganz«, gab ich zu, sprach aber nicht weiter. William ermunterte mich mit einem weiteren Nicken. Ich seufzte. »Ich … ich wollte mit Ihnen über Gut und Böse reden.« Langsam kamen wir der Sache schon näher.

»Phönixe und Alcedos, meine Liebe«, meinte er, doch seine braunen Augen funkelten mich belustigt an. Es war erstaunlich, wie das Gesicht eines so alten Mannes vor so viel Energie sprühen konnte.

»Sie wollen mir doch nicht sagen, dass alle Phönixe gut und alle Alcedos böse sind, oder?« Ich schaute ihn misstrauisch an. Schließlich war ich kein Kind mehr und wusste, dass man Gut und Böse nicht so ohne Weiteres trennen konnte.

Nun seufzte auch William und faltete seine Hände. »Nun, Kind. Ich weiß nicht, was du von einem alten Mann wie mir hören möchtest. Ich kann nicht mit Gewissheit sagen, dass alle Phönixe reine Unschuldslämmer sind, aber was ich gewiss sagen kann, ist, dass kein Phönix so bösherzig und gefühlskalt wie ein Alcedo sein kann. Und sei es der netteste Alcedo, den du zu finden vermagst. Wenn ein Mensch in einer solchen gewalttätigen und abgrundtief bösen Umgebung aufwächst, kann aus ihm leider nichts Gutes werden, verstehst du?« Er wartete meine

Antwort nicht ab. »Aber dies lag nicht von Anfang an in der Natur der Alcedos, musst du wissen. Sie waren vorher genauso wie wir, nur haben sie ein anderes Schicksal gewählt.«

Aufhorchend munterte ich William mit einem Augenaufschlag auf, weiterzusprechen. Jean hatte Leo und mir bereits erzählt, dass die Alcedos von denselben Magiern abstammten wie die Phönixe, doch ich war gespannt, ob William noch mehr dazu sagen konnte. »Vor Hunderten von Jahren hatten sich ein paar wenige Leute mit übernatürlichen Fähigkeiten zusammengeschlossen. Hauptsächlich damalige Gelehrte aus England und Frankreich. Dies waren die Vorfahren der Phoenixe, die mächtigsten und ersten. Sie haben sich vereint, um zu lernen, mit ihren Kräften umzugehen und zu helfen. Doch gerade als sie sich ein Reich, versteckt vor den Menschenaugen, errichtet hatten, wandten sich einige aus der Gruppe gegen sie. Sie hatten einen Weg gefunden, wie sie ihre Macht vergrößern konnten. Einen Weg, der sie über Leichen führte und von den anderen Magiern verboten wurde. Die Gruppe spaltete sich in zwei Fronten. Die Guten, unsere Phönixe, und die Bösen, die späteren Alcedos«, berichtete er das, was ich schon zuvor von Mr. Sandlers gehört hatte. »Sie wollten sich mehr Macht aneignen und das gesamte Menschenvolk unterwerfen. Nachdem die Phönixe von diesen dunklen Plänen erfahren hatten, verbannten sie die Alcedos aus ihrem Reich und verbaten sogleich jedem anderen Phönix, je die Magie zu erlernen, mit der man anderen Schaden zufügen oder seine eigene Macht vergrößern konnte. Diese Magie wurde die Magie der Finsternis genannt.« William schaute in die Ferne. Auch ich war längst nicht mehr in seinem Büro, sondern Hunderte von Jahren in der Vergangenheit.

»Was geschah dann?«, fragte ich, als William nicht weitererzählte.

»Nun, einige Jahrhunderte lang trieben die Alcedos unter den Menschen ihr Unwesen. Sie wussten nicht, wo sie hinsollten, und waren nur mit ihrem eigenen Vergnügen beschäftigt. Irgendwann waren sie schließlich so mächtig, dass du und ich es uns nicht vorstellen können. Sie beschlossen, ihr eigenes Reich zu errichten und gegen die Phönixe vorzugehen. Hier gehen einige Meinungen auseinander, denn keiner von uns war je in Alcedia. Einige denken, dass sie ihr Reich unabhängig von der menschlichen Welt errichtet haben – so wie Phoenicia. Andere glauben, dass sie ihre Kraft nicht insoweit verschwenden wollten und einfach in der Menschenwelt in unbewohnte Regionen am Nord- oder Südpol gezogen sind. Denn eines steht fest: Sie leben in eiskalten Gebieten, wo so gut wie nie die Sonne scheint. Und mit der Resistenz gegen Kälte und ihrer Magie des Eises hatten sie dann natürlich die perfekte Waffe gegen uns, die wir unheimlich empfindlich gegen Kälte sind.«

»Hm, wenn sie wirklich so mächtig sind, was sollen wir dann tun? Jetzt wo wir nicht mehr die mächtigen Könige haben?«, fragte ich, da ich mich richtig in diese Geschichte hineingesteigert hatte. Wenn mich mein Gedächtnis nicht täuschte, dann hatte mir William nicht nur erzählt, dass die Könige um einiges stärker als normale Phönixe waren, sondern auch besondere Fähigkeiten besaßen.

»Das ist die Angelegenheit von Tyr und seinen Wächtern. Wir einfachen Phönixe können hier nicht viel mehr tun, als uns bereitzuhalten und unsere Fähigkeiten in den Künsten zu verbessern, derer wir mächtig sind. Gegen Eis wird Feuer immer eine Chance haben, oder nicht?«

Ich zog meine Augenbrauen zusammen. Das war mir zu wenig. »Uns nur bereithalten? Für den Fall, dass sie uns angreifen? Aber sie wissen bereits, wo der Durchgang zu unserer Welt ist! Sie könnten jeden Augenblick mit einer ganzen Armee anrücken. Schon seit Jahren könnten sie Spitzel eingeschleust haben, die Informationen für sie sammeln!«

William runzelte, offensichtlich verwirrt von meinem Gefühlsausbruch und plötzlichem Engagement für diese mir fremde Welt, die Stirn. »Ich denke nicht, dass sich hier irgendwelche Alcedos eingeschleust haben. Es ist nicht möglich. Sie könnten in einem solch warmen Klima nicht ohne Weiteres überleben. Außerdem unterscheiden sie sich äußerlich sehr stark von uns. Und wäre das nicht genug, würden sie hier nicht zaubern können, da sie die Magie des Feuers nicht mehr beherrschen. Sie haben es über die Jahrhunderte verlernt, und es ist aus ihrem Genmaterial gelöscht. Das wäre doch jemandem aufgefallen, meinst du nicht? Wenn irgendein Schüler, Lehrer oder Wächter weder Feuer erzeugen noch sich mithilfe des Feuers verstärken könnte?«

Wütend kniff ich die Augen zusammen, um meine Ratlosigkeit zu verstecken. Ich wollte meine Theorie noch nicht aufgeben. »Sie könnten sich die Haare färben, Kontaktlinsen tragen und vermeiden, irgendwelche Feuer-Zaubersprüche zu verwenden. Ich bin mir sicher, dass es keinem auffallen würde!«

Er seufzte. »Nicita, *wenn* unsere Gegner tatsächlich so schlau und mächtig wären, wären wir dann noch am Leben? Mach dir keine Sorgen darüber, bis jetzt scheint uns kein nächster Kampf bevorzustehen. Wenn dir die Wächter nicht genug sind, dann haben wir immer noch Jean Sandlers. Er ist unser stärkster Mann. Seit er bei uns ist, hat Phoenicia wieder die Hoffnung, stark genug zu sein. Wir haben die Existenz unseres Landes in seine Hände gelegt.«

Wir haben die Existenz unseres Landes in Jeans Hände gelegt.

Williams Worte schwirrten mir noch immer im Kopf herum. Ich war bereits auf dem Weg nach Hause und regte mich immer noch auf. Also bitte, als ob Jean etwas an uns liegen würde! Als ob er sein Leben und seine Macht für uns alle opfern würde! Sie konnten sich doch nicht einfach alle auf Jean verlassen!

Und dieser Hauptmann Tyr, wieso saß der in der Menschenwelt herum? Wahrscheinlich war er genau so ein egoistischer und arroganter Typ wie Jean!

Ohne es zu merken, war ich bereits angekommen. Unbewusst schaute ich ins Fenster, an dem ich vorbeiging, und wurde sofort wieder in die Realität gerissen.

Das Fenster hatte die Sicht in Sandlers Schlafzimmer.

Und dort drinnen stand ein Mann.

Mit nacktem Oberkörper.

Jean.

Ich hörte auf zu atmen.

Gott sei Dank war er mit seinem Rücken zu mir gewandt. Er stand vor seinem geöffneten Schrank, seine Muskeln an Rücken und Oberarmen waren bewundernswert. Doch den Atem geraubt hatten mir seine zahlreichen langen Narben. Die hellrosa Striemen verliefen quer über seinen Rücken. Sie waren nicht frisch, doch auch nicht wirklich verheilt. Wo könnte er sich solche Narben zugezogen haben? War dies in seinem Beruf als Wächter passiert? Oder vielleicht sogar in seiner rätselhaften Vergangenheit, in den angeblichen vier Jahren, in denen er in der Menschenwelt herumirrte?

Plötzlich drehte sich Jean um – und starrte mir genau in die Augen. Doch die seinen waren blau.

Ich wich zurück, schlug mir eine Hand vor den Mund, um meinen Schrei zu ersticken. Seine stechend blauen Augen bohrten sich mit solcher Intensität in meinen Kopf, dass ich glaubte, diesen hasserfüllten Blick nie mehr vergessen zu können.

Ich taumelte ein paar Schritte zur Seite, damit ich aus seinem Blickfeld kam, in dem Wissen, dass es bereits zu spät zum Verstecken war.

Ich lehnte mich mit dem Rücken an die Haustür und lauschte meinem rasenden Herzen.

Dann – plötzlich – fiel ich nach hinten. Die Tür war geöffnet worden. Doch bevor ich auf dem Boden aufschlug, fing mich jemand auf. *Er* fing mich auf.

Ängstlich lag ich in Jeans Armen, starrte ihn an wie ein Kaninchen den Fuchs, kurz bevor es verschlungen wurde. Und sah, dass seine Augen braun waren. Wie immer.

15

Wirrungen des Schicksals

Entweder hatte mir meine Fantasie einen grausamen Streich gespielt, oder Sandlers hatte in Wahrheit blaue Augen.

Ich war noch ganz mit diesem Gedanken beschäftigt, sodass ich nicht bemerkte, dass ich noch immer in seinen Armen lag – erst als er mich fallen ließ.

Mit einem schrillen Schrei landete ich auf dem Fußboden, hart schlug mein Rücken auf den Fliesen auf, und ich starrte teils ungläubig, teils wütend zu Jean empor. Er konnte mich doch nicht einfach so fallen lassen!

»Wo warst du?«, fragte er, während ich mich schmerzerfüllt wieder aufrappelte.

»Ich war bei William«, sagte ich und reckte trotzig das Kinn in die Höhe, nachdem ich mich wieder in voller Größe vor ihm aufgebaut hatte. Ich bemerkte erleichtert, dass er sich inzwischen etwas angezogen hatte. Sein schwarzes Hemd war jedoch noch nicht zugeknöpft, und ich konnte seinen durchtrainierten Körper, seine weiße Haut, die sich über seinem Sixpack spannte, betrachten. Rasch blickte ich ihm wieder ins Gesicht.

»Du weißt schon, was Hausarrest ist, oder?«, fragte er, und ich kniff meine Lippen zusammen, um eine geistreiche, doch wahrscheinlich dumme Bemerkung zu unterlassen. »Über was habt ihr geredet?«, verlangte Mr. Sandlers zu wissen.

»Über meine Ausbildung und so. Ich denke, schulische Angelegenheiten werden vom Arrest ausgenommen, außerdem waren Sie ja nicht zu Hause, sodass ich Sie nicht hätte fragen können.«

»Nun gut. Lassen wir das. Ich habe etwas für dich, komm mit.«

Er hatte etwas für mich? Wahrscheinlich nichts Gutes. Misstrauisch folgte ich ihm ins Wohnzimmer, wo er vor seinem Bürotisch stehen blieb.

Mit ausgestreckter Hand zeigte er auf ein paar Bücher und Zettel. »Das sind deine Schulbücher, dein Stundenplan und eine Karte, damit du dich in der Akademie zurechtfindest. Außerdem eine Liste mit dem Material, das du benötigst, und die Lehrpläne für dieses Jahr. Du musst ziemlich viel nacharbeiten, aber bei einem so starken Talent wie deinem dachten William und ich, es sei sinnvoller für dich, jetzt in den schon fortgeschrittenen Unterricht mit einzusteigen, als erst in einem halben Jahr in dem neuen Kurs anzufangen. Also viel Spaß noch. In zwei Stunden gibt es übrigens Mittagessen. Tony und George werden auch kommen.«

Er wandte sich tatsächlich schon zum Gehen um, als ich noch etwas aus ihm herausbekommen wollte. »Wie alt ist Tony eigentlich?«, rief ich ihm hinterher.

Er drehte sich um, sein Gesicht spiegelte kein einziges Gefühl wider. »Fast elf.«

Er war erst zehn. Das überraschte mich, er sah doch um ein oder zwei Jahre älter aus. Genau das sagte ich Jean auch.

»Nun, eine schwere Vergangenheit lässt den Menschen leicht reifer aussehen, und viele Probleme machen einen dann auch tatsächlich reifer«, sagte er tonlos.

Ich starrte ihn an und wusste zum ersten Mal nicht, was ich denken sollte. Nein, ich wusste nicht einmal, was ich fühlen sollte. »Hatte er denn eine sehr schwere Vergangenheit?«, brachte ich heraus.

In Jeans Augen regte sich etwas. Es war, als würde für einen Moment ein Schleier der Trauer über sein Gesicht huschen. Doch so plötzlich, wie er gekommen war, verschwand er auch wieder. »Er hat seine Eltern verloren, als er fünf war. Ich denke, mehr Erklärungen braucht es nicht.« Er kehrte mir den Rücken zu und ging.

Als ich merkte, dass ich ihm einige Sekunden sprachlos nachgestarrt hatte, wandte ich mich schnell den Büchern zu, die auf dem Tisch lagen. Zu meiner Erleichterung fand ich weder Mathe- noch Englischbücher oder dergleichen vor. Stattdessen ein kleines Lateinwörterbuch, doch dafür sahen die restlichen Schulbücher äußerst vielversprechend und spannend aus mit Titeln wie: »Die Grenzen der Magie«, »Phoenix – das Leben einer Prinzessin« oder »Die mächtigsten und seltensten Begabungen«.

Aufgeregt stapelte ich alle fünf Bücher in meinen Armen und rannte damit in mein Zimmer. Ich konnte es kaum noch erwarten, mehr über Magie und diese neue Welt zu erfahren, da stolperte ich in meiner Eile über einen meiner High Heels, der mitten im Weg lag, und schlug mit dem Gesicht voran auf dem Boden auf, während alle Bücher im hohen Bogen aus meinen Händen flogen.

»Verdammte Scheiße!«, fluchte ich und unterdrückte einen Schmerzensschrei. Stöhnend richtete ich mich auf, verfluchte noch ein Dutzend Mal den verdammten Schuh, stampfte mit dem Fuß, um meinen Frust rauszulassen, und warf zu guter Letzt den armen Schuh gegen die Wand. Dann erst bemerkte ich ein unterdrücktes Kichern.

Erschrocken wirbelte ich herum und sah Leo im Türrahmen stehen.

»Lach nicht!«, fuhr ich sie an und freute mich zugleich, sie wiederzusehen. Sie rannte auf mich zu, nahm mich in den Arm und versuchte, mich zu trösten, während sie immer noch mit einem Lachanfall kämpfte. »Das sah sehr schmerzhaft aus – geht es dir gut?«

Ich nickte und rieb mir die Stirn, dann meine Knie. Als ich festgestellt hatte, dass nichts blutete, machte ich mich daran, die Bücher einzusammeln.

»Schön, dass du da bist! Ich muss dir so viel erzählen, und wegen meines Hausarrests kann ich dich nicht besuchen kommen«, erzählte ich ihr, als mir einfiel, dass ich sie seit gestern nicht mehr gesprochen hatte. Und das zählte nicht wirklich, weil sie gedacht hatte, Jean wäre mein Freund.

»Was? Du hast Hausarrest? Der Typ hat sie ja nicht mehr alle! Erzähl!«, befahl sie und ließ sich auf mein Bett plumpsen.

»Nun«, ich stapelte die Bücher ordentlich auf den Tisch und setzte mich auf den Schreibtischstuhl, »erinnerst du dich an gestern? Als du kurz vorbeigekommen bist?«

Sie überlegte einen Moment, dann schüttelte sie den Kopf.

»Okay, dann halt dich fest: Ich habe es gestern geschafft, Jean Sandlers aus allen Gedächtnissen zu löschen. Keiner konnte sich mehr an ihn erinnern. Zu dem Zeitpunkt kamst du mich besuchen und hast Jean anscheinend für meinen Freund oder so gehalten.« Eigentlich wollte ich fortfahren, doch Leos Blick war unbeschreiblich. Ich konnte mir ein Lachen nicht verkneifen und wünschte, ich hätte ein Foto von ihrem entsetzten Blick machen können.

»Du verarschst mich«, sagte sie und fiel dann in mein Lachen ein.

»Nein, aber hör zu. Es kommt noch besser: Er wollte natürlich, dass ich den Zauber rückgängig mache. Nun, leider habe ich den falschen Spruch erwischt und ihn damit unsichtbar gemacht!« Ich schrie vor Lachen und krümmte mich auf dem Stuhl zusammen. Ich wusste gar nicht, was daran so lustig war. In dem Moment selbst war ich fast gestorben vor Angst, aber es Leo zu erzählen und über Jean zu lachen, war einfach so wundervoll.

»Du hast deinen Mentor unsichtbar gemacht?«, rief Leo halb entsetzt, halb damit beschäftigt, nicht vor lauter Lachen zu ersticken.

In dem Moment sah ich aus den Augenwinkeln, wie jemand im Türrahmen auftauchte. Sofort erstarb mein Lachen, als ich Jean dort stehen sah.

Leo, die ihn noch nicht bemerkt hatte, amüsierte sich weiterhin prächtig auf seine Kosten und japste immer wieder die Worte »Jean« und »unsichtbar«.

»Leonie, möchtest du nicht nach Hause gehen und Nicita in Ruhe lernen lassen?«, fragte er ruhig – ließ aber augenblicklich ihr Lachen vergehen. Erschrocken fuhr sie zu ihm herum und wurde schlagartig weiß im Gesicht. Automatisch wanderten ihre Finger zu ihrer Wange.

»Aber sicher doch, Mr. Sandlers«, erwiderte sie trocken und machte sich auf den Weg aus meinem Zimmer. »Bis morgen, Nici«, sagte sie noch. Ich wusste nicht, was ich davon halten sollte. Irgendwie fand ich es traurig, dass Sandlers es geschafft hatte, Leos überschäumendes Temperament zu zähmen. Und das nur, weil er seine Macht an uns hatte demonstrieren müssen.

Ich blickte ihn feindselig an. Sollte er ruhig wissen, was ich von ihm hielt. Mit seinen braunen Augen starrte er ebenso gereizt zurück. Eine Sekunde lang schoss mir wieder das Bild von seinen eisblauen Augen durch den Kopf. Es war so wirklich gewesen, unmöglich eine Einbildung. Zu gern hätte ich Jean darauf angesprochen, doch ich traute mich nicht. Und ich wusste, dass ich mich nie trauen würde.

»Komm her, ich möchte mir dein Schild um deine Kraft anschauen. Du solltest es stabilisieren und in der nächsten Zeit öfter darauf achten. Kontrolle ist nicht etwas, was man einmal macht und dann nie wieder. Es ist ein fortlaufender Prozess. Du musst deine Kraft immer kontrollieren – jeden Tag, jede Stunde, jede Sekunde«, durchbrach er die eisige Stille zwischen uns.

Ich schnaubte. »Keine Sorge, Mr. Sandlers. Ich bin nicht so dumm, wie ich vielleicht aussehe.« Ich erhob mich von dem Stuhl und schritt zu ihm herüber. Dann reichte ich ihm meine Hand, ließ ihn in mein Bewusstsein treten und horchte auf mögliche Gedanken, die er mir zusenden würde. Doch er sandte mir nichts. *Na gut, dann eben nicht.* Also tat ich es ihm gleich und suchte nach meiner inneren Kraft. Zuerst stieß ich auf meinen eigenen Schild, doch mit ein bisschen mehr Anstrengung konnte ich leicht die Kraft dahinter wahrnehmen.

Plötzlich ließ Jean meine Hand los.

Ich riss meine Augen auf und starrte ihn an. »Dein Schild ist zu schwach«, sagte er kurz und knapp, dann bewegte er sich auf mein Bett zu, während er alle Sachen, die ihm im Weg lagen, wegkickte. Ich wollte mich schon lauthals beschweren, doch meine Beleidigungen blieben mir im Hals stecken. Ich entschied, Jeans heutige schlechte Laune nicht zu provozieren. Stattdessen konzentrierte ich mich und versuchte, mehr Energie in die Barriere um meine Kraft zu lenken, wie Jean es mir gestern beigebracht hatte. Erwartungsvoll schaute ich zu meinem Mentor, der es sich auf meinem Bett bequem gemacht hatte. Anscheinend wollte er mich heute etwas zaubern lassen, sonst wäre er bestimmt nicht hier und hätte auch nicht nach meiner Kraft gesehen.

»Ich werde dir gleich beibringen, wie man Gedanken verschickt und Dinge zum Schweben bringt. Es klingt so, als wären das zwei grundsätzlich unterschiedliche Dinge, doch sie sind sich durchaus ähnlich, wie du gleich sehen wirst.«

Ich kaute auf meiner Unterlippe herum und wartete auf weitere Anweisungen. Nur am Rande meines Bewusstseins merkte ich, wie gehorsam Angst einen tatsächlich machte. Früher hätte ich mich nie so von einem Mann behandeln lassen. Erstaunlich, wie sich meine Angst und Abneigung gegenüber diesem Mann immer wieder abwechselten.

»Zaubern hat in den wenigsten Fällen etwas mit Zauberformeln zu tun«, erklärte er mir. »Und selbst wenn, dann helfen sie einem nur, seine Magie auf ein bestimmtes Vorhaben zu bündeln. Deswegen braucht man später, wenn man jahrelange Übung hatte, die Formeln nicht mehr laut auszusprechen.

So braucht man auch, um Gedanken zu versenden, keine Formel oder Ähnliches. Nur etwas Geduld, Konzentration und eine große Vorstellungskraft. Hierbei musst du nicht allein deinen Geist und deine Gedanken wahrnehmen, sondern dich auch voll und ganz dem Geist zuwenden, dem du deine Gedanken schicken möchtest. Dies funktioniert jedoch nur, wenn du auch Vertrauen zu dem Gegenüber hast, weil eine natürliche Hemmschwelle unsere Gedanken vor ungewollten Zuhörern schützt. So kann es passieren, dass du zwar versuchst, deine Gedanken zu senden, sie aber nicht bei der Person ankommen, weil dein Instinkt die Gedanken für sich behalten möchte.

Ich zweifle deshalb am Erfolg, aber ich sollte es dir wenigstens theoretisch beigebracht haben, bevor du morgen in den Unterricht gehst.«

Na, wenigstens bildete er sich nicht ein, dass ich ihn mögen und ihm – wie anscheinend alle anderen Phönixe – vertrauen und ihn vergöttern würde.

»Nimm meine Hand und konzentrier dich währenddessen vollständig auf irgendeinen Gegenstand hier im Raum. Da Wörter leichter zu senden sind als Bilder, wiederhole das Wort so oft du kannst und habe den Willen, es mir mitzuteilen«, sagte er.

Mit einem mulmigen Gefühl im Magen ergriff ich seine Hand. Als er die Augen schloss, suchte ich nach einem Gegenstand. Mein Blick fiel auf meinen Schuh, über den ich vorhin gestolpert war. Ich grinste, dann begann ich, ganz fest daran zu denken.

Minuten verstrichen. Ich schaute in Jeans reglose Miene und verkniff mir nur mit Mühe ein Lachen. Plötzlich riss er die Augen auf, und ich schnappte erschrocken nach Luft.

»Und, was war der Gegenstand?«, fragte er. Ich war enttäuscht, dass er es noch nicht einmal versuchte zu erraten. Wahrscheinlich wollte er meine Gedanken absichtlich nicht empfangen, weil er neidisch auf mein großes Talent war.

Ich zeigte auf meine High Heels, in der festen Überzeugung, nichts falsch gemacht zu haben.

Plötzlich klingelte es an der Tür. »Das ist die Köchin«, sagte er und stand auf. »Ich an deiner Stelle würde mir die Bücher ansehen«, riet er noch, bevor er aus meinem Zimmer ging, ohne mich eines weiteren Blickes zu würdigen.

Gedemütigt stand ich auf und folgte seinem Rat. Die Bücher waren hundertprozentig bessere Lehrer als er.

Ich schlug das erste, was mir unter die Finger kam, auf – *Phoenicia – eine Welt voll kleiner Zauber* – und blätterte darin herum.

Die Worte »Blumen« und »Orchideen« stachen mir direkt ins Auge. Mit einem breiten Grinsen machte ich mich ans Lesen. Hatte ich es doch gewusst, dass die vielen Orchideen eine Bedeutung hatten!

Orchidee – die Blume der königlichen Phoenixe

Dem aufmerksamen Betrachter von Orchideen eröffnete sich schon immer eine unglaubliche Welt aus schönem Schein, Zauber, Strategie, Vielfalt und atemberaubender Ästhetik.

In den vergangenen Jahrhunderten wurde Orchideen mythologische und volksmedizinische Bedeutung zugesprochen. Sie sind Symbole für Schönheit, Reichtum und Macht, stehen für Fruchtbarkeit, Raffinement und ausgewählte Nachkommen. Sie sind die Pflanzenattribute der altgriechischen Göttin Demeter und der Satyrn, aber auch der altgermanischen Fruchtbarkeitsgöttin Freyja und der christlichen Gottesmutter.

Zudem gelten die Orchideen seit jeher als Verkörperung der Reinheit.

Nur königliche Phoenixe und ihre Nachkommen dürfen sich mit Orchideenblüten schmücken. Sie gelten ihnen als heil- und segenbringend, sind aber auch Symbole ihrer uneingeschränkten Macht.

Unter diesem Kapitel befand sich eine Fußnote, und als ich auf den unteren Teil der Seite blickte, entdeckte ich einen kleinen

Vermerk: *Die Blume unserer ewigen Feinde, der Alcedos, ist der Mohn. Er stand schon bei den antiken Hochkulturen für Vergessen, Schlaf und Tod.*

Ein Klingeln ließ meinen Kopf in die Höhe fahren. Es war wieder die Türklingel. Aus Gewohnheit wollte ich aufspringen und aufmachen, doch dann wurde mir bewusst, dass dies hier nicht mein Haus war und auch keiner gekommen sein konnte, um mich zu sehen.

Wahrscheinlich war es dieser komische George, sein Diener … oder Tony.

Ich wollte gerade trotzdem aufstehen und auf den Flur hinausgehen, als plötzlich jemand an meiner Tür klopfte.

»Ja bitte?«, rief ich unsicher. War es Jean, dem die Regeln von Höflichkeit und Respekt eingefallen waren?

Herein trat Tony, wie gestern schon mit einem strahlenden Lächeln im Gesicht. Sehr blass, doch er sah nicht so erschöpft und krank aus wie am Vortag.

»Hallo Nicita!«, rief er und sah sich einen Moment in seinem alten Zimmer um. »Sieht hübsch aus«, kommentierte er meine Streichkünste. Ich musste lächeln. »Das Essen ist gleich fertig, ich sollte dich rufen«, verkündete er, und ich wusste nicht, wie es geschah, aber ich bekam sofort bessere Laune. Wie bei meinem besten Freund reichte allein sein Erscheinen.

»Okay, ich komme«, sagte ich und folgte ihm hinaus in die Küche.

Dort traf mich der lang vermisste Geruch von Essen. Auf der Stelle begann mein Magen zu knurren. Wann hatte ich das letzte Mal ordentlich gegessen? Wahrscheinlich war Jeans Köchin in den letzten Tagen im Urlaub gewesen. »Ich dachte schon, Phönixe würden nie essen«, raunte ich Tony zu, der daraufhin lachte. Dann fiel mein Blick auf einen älteren, mageren Mann, der bereits am Tisch saß und mich ebenfalls neugierig beobachtete. »Ähm, guten Tag. Ich bin Nicita«, stellte ich mich vor und lächelte verlegen.

»Guten Tag, Miss. Ich bin George Daness, treuer Freund und Diener von Mr. Sandlers«, antwortete er. Ich fragte mich gerade, ob es hier normal war, Diener zu beschäftigen, als bereits Jean in die Küche kam, gefolgt von einer rundlichen Frau. Er befahl uns allen, Platz zu nehmen, und seine Köchin servierte uns das Essen. Nudeln mit Frikadellen und Cremesoße.

Zu meiner Überraschung zeigte Jean ein perfekt höfliches Gastgeber-Auftreten und edle Tischmanieren. Während er sich mit George in Gespräche über die Akademie und neues Personal vertiefte, aßen Tony und ich in Schweigen. Trotzdem schaffte es George, der am meisten redete, als Erster mit dem Essen fertig zu werden.

»Entschuldigen Sie mich bitte, aber ich habe noch etwas zu erledigen«, meinte er und stand auf. Jean begleitete ihn zur Tür.

Kaum hatte mein Mentor den Raum verlassen, wandte ich mich Tony zu. »Sag mal, wo warst du mit Jean eigentlich gestern? Die von der Akademie haben sich Sorgen gemacht.« Eine winzige Lüge zum Zweck. Während ich gegessen hatte, war mir diese Frage nicht aus dem Kopf gegangen.

Tony schaute zuerst erschrocken, dann meinte er: »Wir waren aber bei Mai!« Und sobald diese Worte seinen kleinen Mund verlassen hatten, schlug er die Hände darüber zusammen. Mai? Der Name kam mir seltsam bekannt vor.

»Welche Mai?«, fragte ich nach, doch erwartete ich keine hilfreiche Antwort. Anscheinend hatte er so schon zu viel gesagt.

»Du solltest nichts davon wissen«, sagte er und stierte auf seinen Teller. »Die Pizzeria ist hier so was wie ein geheimer Ort.«

Überrascht riss ich die Augen auf, als sich die beiden Puzzleteile zusammenfügten. Tony schaute mich aus den Augenwinkeln an und merkte wohl, dass er schon wieder zu viel ausgeplaudert hatte. »Ups«, entfuhr es ihm.

Ich lächelte ihn aufmunternd an und versuchte, ihm das Gefühl zu vermitteln, mir alles erzählen zu können. Da ich jedoch nie viel mit kleinen Kindern zu tun hatte, bezweifelte ich, dass es mir gelang. »Mai Belmont?«, fragte ich vorsichtig nach. »Ihr wart also in der Pizzeria?«

Bei dem Nachnamen weiteten sich seine Augen. »Du … du weißt davon?«, hauchte er. Ein kalter Schauer lief mir über den Rücken. Anscheinend war die Pizzeria mit den billigen Pizzen nicht ganz unwichtig. Ehe ich jedoch Weiteres erfahren konnte, kam Jean wieder ins Zimmer. Tony nahm sofort seine Hände vom Mund und fuhr mit dem Essen fort. Ich tat es ihm gleich.

»Und was wollt ihr beiden heute noch machen?«, fragte Jean und aß weiter.

»Ich denke mal, ich gehe zurück in die Akademie, bevor sie wieder nach mir suchen«, meinte Tony und warf mir einen flüchtigen Blick zu.

Ich fühlte mich schuldig und antwortete hastig, bevor Jean etwas Merkwürdiges an Tonys Wortwahl fand: »Ich denke, ich werde mich durch die Bücher arbeiten, die Sie mir gegeben haben.«

Und so verbrachte ich dann auch den ganzen Nachmittag und Abend. Die Bücher waren spannender, als ich es mir vorgestellt hatte, und überaus informativ. Ich verschlang ein Kapitel nach dem anderen und merkte gar nicht, wie die Zeit verging. Spätabends, als ich mich schon zum Schlafen fertiggemacht hatte und auf meinem Bett saß, entdeckte ich eine interessante Stelle über die Besonderheiten von reinen Phoenixen.

Es gibt viele Begabungen, die die königlichen Phoenixe von den normalen unterscheiden. Zum einen ihren verlangsamten Alterungsprozess, der es ihnen erlaubt, im Durchschnitt hundertfünfzig Jahre alt zu werden. Zum anderen ist es die ungeheure Macht, ihr großes magisches Potenzial, das sie zu den mächtigsten Kreaturen auf der Welt macht. Doch ihr größtes Talent sind noch nicht einmal ihre wertvollen und seltenen Tränen, die Wunden heilen können und schon so manchem das Leben gerettet haben, oder ihre ausgeprägten Selbstheilungskräfte, sondern ihre Fähigkeit, nicht nur die Magie des Feuers zu beherrschen, sondern auch die des Eises. Königliche Phoenixe und reinblütige Alcedos sind so mächtig, dass sie mit genügend Übung sowohl über das Feuer als auch die Kräfte der Kälte verfügen könnten.

Mit angehaltenem Atem wollte ich zur nächsten Seite umblättern, als ich plötzlich ein lautes Krachen hörte. Sofort blickte ich auf und lauschte. Es hatte sich angehört, als sei jemand oder etwas an die Vorderseite des Hauses geprallt. Ein erstickter Aufschrei folgte. Mein Herzschlag beschleunigte sich. Befand sich jemand mitten in der Nacht vor unserem Haus? Ich lauschte angestrengt und setzte meine verschärften Sinne ein. Kies knirschte.

Rasch sprang ich aus dem Bett und lief zur Tür. Bevor ich mein Zimmer verließ, warf ich noch schnell einen Blick auf die Uhr. Es war bereits nach Mitternacht. Wer schlich so spät nachts noch vor dem Haus herum?

Langsam öffnete ich meine Zimmertür und spähte nach links und rechts – doch ich erkannte nichts in der gnadenlosen Dunkelheit, die mich empfing. Ob Jean in seinem Zimmer schlief? Sollte ich ihm sagen, dass sich irgendjemand vor seinem Haus befand?

Die Entscheidung wurde mir abgenommen, als sich plötzlich die Haustür öffnete.

Erschrocken starrte ich in Richtung der Eingangstür. Ein Streifen Mondlicht flutete den dunklen Korridor.

Und dort, inmitten des blassen Lichts, erhob sich ein schwarzer Schatten. Unter der schwarzen Kapuze der Gestalt erkannte ich trotz der Dunkelheit sein makelloses Gesicht.

Jean Sandlers stand vor mir – und in seiner rechten Hand blitzte die Klinge eines spitzen Dolches auf. Blut rann an ihr herab.

Ich schrie.

16

Schauermärchen

Ich lief davon, so schnell mich meine Füße trugen. Bäume, Büsche und Felsen um mich herum. Ich sah nicht, wohin ich rannte, wohin ich floh. Mein Herz hämmerte in der Brust, und ich bekam kaum noch Luft. Ich wusste, dass mich meine Beine nicht mehr lange tragen würden. Doch er war hinter mir her, er mit den eisblauen Augen.

Ich hatte Angst, entsetzliche Angst. Und dann stolperte ich. Ich fiel. Schrie.

Es war zu spät. Ich drehte mich um, und er stand bereits über mir. Ein Messer erhoben, bereit zuzustechen. Mich umzubringen …

Ich schrie.

Schweißgebadet fuhr ich hoch und schaute mich um. Es war dunkel um mich herum, doch ich erkannte die Schemen meines Zimmers in Phoenicia. Es war nur ein Traum gewesen. Nur ein dummer Albtraum. Ich versuchte, mich zu beruhigen, doch mein Herz schlug so schnell, unmöglich aufzuhalten. Ich schloss die Augen und atmete ein paarmal tief ein und aus. Wieder schossen mir die Bilder meines Albtraums entgegen, dann sah ich *ihn* in einem schwarzen Mantel und einer Kapuze tief über sein Gesicht gezogen, vom Mondlicht beleuchtet. Ich riss die Augen auf. War dies auch Teil meines Traumes gewesen? Bruchstückartig erinnerte ich mich an gestern Nacht. Ich hatte gelesen und dann merkwürdige Geräusche gehört, oder nicht? War ich dann nicht in den Flur geeilt und hatte dort Jean in der Eingangstür stehen sehen? Mit einem blutigen Dolch?

Verwirrt schüttelte ich den Kopf und versuchte, meine Gedanken zu ordnen, einen klaren Kopf zu bekommen. Doch vergeblich; ich war nicht fähig, Traum von Wirklichkeit zu unterscheiden.

Ich lag in meinem Bett, die Bücher noch um mich herum, alles deutete darauf hin, dass ich beim Lesen eingeschlafen war.

Alles war nur ein Traum … Und schon schlossen sich meine Augen, und ich fiel erneut in einen unruhigen Schlaf.

Als ich das nächste Mal aufwachte, war es bereits morgens. Mein Handy hatte mich um Punkt sieben geweckt, und die strahlende Sonne begrüßte mich durch das offene Fenster. Die endlosen SMS, die auf meinem Handy eingegangen waren, löschte ich sofort, ohne einen Blick drauf zu werfen. Ich wusste, dass die meisten von Max waren, doch würde ich sie lesen, würde ich nie über ihn hinwegkommen.

Stattdessen lenkte ich mich mit den Gedanken an meinen ersten Schultag ab und versuchte, mich über das schöne, warme Wetter in Phoenicia zu freuen. Mit nur einem luftigen, blumigen Rock und einem weißen Top bekleidet, verließ ich mein Zimmer und suchte mir etwas zu essen. Anscheinend hatte Jeans Köchin eingekauft, denn der Kühlschrank war unglaublicherweise voll von leckeren Sachen. Ich beschränkte mich auf einen Pfirsich-Maracuja-Joghurt, dann war es bereits viel zu spät, und ich musste mich beeilen, wenn ich pünktlich zum Unterricht erscheinen wollte.

Jean hatte ich an diesem Morgen nicht gesehen, und dafür war ich dankbar. Ich wusste nicht, was ich von ihm oder meinen schlimmen Albträumen letzte Nacht halten sollte, deswegen war es besser, ihm vorerst nicht über den Weg zu laufen.

Ich schnappte mir meine Tasche, die ich auch damals in San José für meine Schulsachen benutzt hatte, warf alle Bücher und einen Collegeblock mit Stift hinein und verließ das Haus.

Kaum war ich draußen, fing mein Herz an, wie wild zu pochen. Mein Atem ging nur stoßweise. Ich blieb stehen. Was war los? Ängstlich schaute ich mich zu allen Seiten um. Es fühlte sich an, als würde gleich etwas Schreckliches passieren.

Als mein Blick zufällig über den Boden unter mir glitt, blieb mein Herz einen Moment lang stehen. Etwas Rotes glitzerte zwischen dem weißen Kies.

Mit gerunzelter Stirn bückte ich mich und betrachtete es näher. Es sah aus wie bereits getrocknete Farbe … Mit einem Finger strich ich vorsichtig darüber, und dann fiel es mir wie Schuppen von den Augen. Entsetzt fuhr ich zurück und fiel dabei auf die Seite, landete fast im Gebüsch, direkt vor der Hauswand. Als ich mich wieder aufrappeln wollte und mich an der Hauswand abstützte, erregte wieder etwas Rotes meine Aufmerksamkeit. Mit zitternder Hand schob ich die Äste des Busches beiseite und legte den Blick auf die weiße Wand frei. Nur dass sie nicht mehr vollkommen weiß war. Ein dunkler, fast bräunlicher Handabdruck stach mir entgegen. Blut. *Ein blutiger Handabdruck!*

Der Schrei blieb mir im Halse stecken. Ich sprang auf und rannte los, so schnell ich konnte. Die Gedanken überschlugen sich in meinem Kopf, ich wusste nur, dass ich von diesem Haus fortmusste. Ich stolperte beinahe über meine eigenen Füße, zitterte am ganzen Körper, Angst und Übelkeit gewannen die Oberhand. Denn das, was ich für einen Traum, für einen schrecklichen Albtraum gehalten hatte, war nichts als die Wirklichkeit gewesen.

Gestern Nacht hatte Jean Sandlers jemanden erstochen.

Hier vor seinem eigenen Haus.

Ich war schon fast vor der Akademie angelangt und stolperte nur noch langsam vor mich hin, weil meine Beine nicht mehr konnten, als sich plötzlich eine Hand auf meine Schulter legte. Zu Tode erschrocken schrie ich auf.

Als ich mich umdrehte, war es Leo, die mich besorgt musterte. »Nici, ist alles okay? Du bist ja ganz weiß im Gesicht.«

Ich legte mir eine Hand auf die Brust und versuchte, meine Atmung zu beruhigen. »Ich … ja, ich glaube schon. Mir geht es gut«, stotterte ich.

Sie musterte mich zweifelnd von oben bis unten. »Sicher? Du siehst so aus, als würdest du dich jeden Moment übergeben.«

Ich schüttelte entschlossen meinen Kopf und lief weiter. »Ich möchte doch nicht unseren ersten Schultag verpassen. Etwas Ablenkung ist übrigens genau das, was ich jetzt brauche.«

Zusammen standen wir vor der Tür, die uns in unser Klassenzimmer führen sollte. Wir beide hatten Angst vor unseren Mitschülern, wie sie uns aufnehmen würden und ob wir überhaupt dem Unterricht hier folgen könnten.

»Vielleicht wäre es schlauer, doch erst nächstes Jahr mit den Anfängern einzusteigen?«, murmelte Leo mir zu. Wir beide wussten, dass sie es nicht ernst meinte.

»Los?«, fragte ich also stattdessen. Sie nickte und drückte im selben Moment die Türklinke hinunter. Dahinter bot sich uns ein Klassenraum wie jeder andere. Genauso wie an unserer alten Schule. Ein Pult, eine Tafel und eine Reihe von Zweiertischen. Und die Schüler saßen natürlich nicht brav an ihrem Tisch und warteten auf den Lehrer, sondern standen in kleinen Grüppchen hier und da, unterhielten sich lautstark und lachten.

Doch sobald Leo und ich eintraten und die Tür hinter uns schlossen, waren alle Gesichter uns zugewandt, und es herrschte Totenstille.

»Hallo!«, rief Leo und versuchte es mit einem Lächeln, das jedoch unerwidert blieb.

Ein Mädchen, das uns am nächsten stand, musterte uns hochnäsig von oben bis unten. Sie war wunderschön und war sich dessen anscheinend auch bewusst. In ihren hohen, schwarzen High Heels und mit ihrem karierten, kurzen Röckchen stolzierte sie auf uns zu. Zwei Jungen folgten ihr.

»Und wer seid ihr? Wenn ihr einen Job als Putzkraft sucht, müsst ihr zum Direktor zwei Türen weiter«, höhnte sie und warf einen amüsierten Blick über ihre Schulter zu einem der Jungen.

»Wie witzig«, fauchte Leo zurück. »Wir sind neue Schüler. Oder kann man das nicht erkennen, wenn wir uns nicht wie Schlampen kleiden?«

Ich ahnte bereits, dass dieses Gespräch nicht gut ausgehen würde. Wenn wir so in unserer neuen Klassengemeinschaft anfingen, wollte ich gar nicht wissen, wie es enden würde.

»Schlampe?«, echote das Mädchen. »Ich hoffe mal, du meinst nicht mich damit, sondern deine Freundin!«

Entsetzt klappte mir der Mund auf. Das war zu viel. Das dachte anscheinend auch einer der Jungen hinter ihr und trat nun mit einem Lächeln zu uns heran. »Entschuldigt meine Freundin. Sie ist manchmal etwas temperamentvoll. Mein Name ist Jerome, und wer seid ihr?«, fragte er höflich und reichte Leo die Hand.

Dann ging alles viel zu schnell, ich wusste nicht einmal, was zuerst geschah. Leo gab ihm die Hand und stellte sich ebenfalls vor, als die restlichen Schüler plötzlich in lautes Gelächter ausbrachen. Zu spät bemerkte ich, dass Leos schwarzer Rock hochgeflogen war und nun alle freien Blick auf ihre Spitzenunterwäsche hatten.

Als auch sie das bemerkte, strich sie sofort ihren Rock nach unten, doch der gehorchte ihr nicht.

Vollkommen geschockt blickte ich zu Jerome hinüber, der unauffällig seine Lippen bewegte. *Er zauberte!* Als ich das erkannte, war Leo bereits mit hochrotem Kopf aus dem Klassenzimmer gestürmt. Ich folgte ihr, nachdem ich der dummen

Zicke, Jerome und ihrem anderen Gefährten einen vernichtenden Blick zugeworfen hatte.

»Leo?« Ich rannte den Flur entlang, durch den wir gerade gekommen waren. Es konnte doch nicht sein, dass unser erster Tag so zur Katastrophe wurde und unsere Mitschüler schlimmer waren als Jean!

»Leo!«, rief ich wieder nach ihr. Wo steckte sie? Auf einmal trat sie um die nächste Ecke, und ich wäre beinahe in sie hineingelaufen. »Da bist du ja!«, rief ich erleichtert und kam schlitternd vor ihr zum Stehen.

»Diese verdammten Scheißblagen!«, fluchte sie und beschimpfte unsere neuen Mitschüler mit noch ein paar schlimmeren Bezeichnungen.

»Ich verstehe nicht, wieso die so sind«, sagte ich kopfschüttelnd. »Wir haben ihnen doch nichts getan!«

»Wir werden es ihnen noch zeigen! Wie konnte dieser Jerome es nur wagen?«, klagte sie weiter, während wir wieder zur Klasse gingen. Der Unterricht würde jeden Moment anfangen, und wir wollten trotz allem nicht zu spät kommen.

»Na ja, wenigstens hast du einen schönen Hintern und brauchst dich dafür nicht zu schämen«, meinte ich zu ihr und lächelte ihr aufmunternd zu. Leo brach in Gelächter aus, und ich war heilfroh, dass Jerome ihr diesen Streich gespielt hatte und nicht mir. Ich hätte es bestimmt nicht ganz so leichtgenommen.

Als wir wieder vor dem Klassenzimmer standen, kam uns eine junge Frau entgegen. Ihre roten Haare waren streng zu einem Knoten zusammengebunden, eine Brille mit dickem, schwarzem Rand saß vor ihren großen braunen Augen, und ihr schlanker Körper war in einen engen schwarzen Rock und ein schwarzes Jackett gezwängt.

Leo und ich tauschten einen vielsagenden Blick. Unsere Geschichtslehrerin.

»Ah, guten Morgen. Ihr müsst Nicita und Leonie sein, richtig?«, fragte sie, als sie uns bemerkte. Wir nickten beide. »Gut, ich bin Miss Brooks, eure Lehrerin in Geschichte und Alchemie. Na dann kommt mal mit rein«, stellte sie sich vor und betrat vor uns das Klassenzimmer. Wundersamerweise saßen alle Schüler nun brav auf ihren Plätzen, die Geschichtssachen auf ihren Tischen, kein Gespräch wurde geführt und alle blickten nach vorn zur Tafel. Es war geradezu irreal.

»Guten Morgen!«, rief Miss Brooks, und die Klasse antwortete im Chor. Dann sagte sie: »Das sind zwei neue Schülerinnen, die vor ein paar Tagen in der Menschenwelt gefunden wurden und großes magisches Potenzial besitzen. Stellt euch doch mal der Klasse vor«, meinte sie an uns gewandt und setzte sich hinter ihr Pult. Wir blieben überrumpelt vor der ganzen Klasse stehen. Von irgendwoher drang ein Kichern und unterdrücktes Lachen herüber.

»Also ich bin Leonie Julek«, brach meine Freundin neben mir das Schweigen. »Alle nennen mich aber nur Leo. Ich bin siebzehn Jahre alt und … ja, das war's.«

Nun war ich also an der Reihe. Mein Gott, wie sehr ich so etwas hasste. »Hallo, ich bin Nicita.« Unsicher blickte in die Klasse. »Früher gehörte ich der Familie van Desun an und lebte in einer Villa in Kalifornien, doch dann erfuhr ich, dass ich nur adoptiert wurde. Ab meinem siebzehnten Geburtstag folgte eine Katastrophe der anderen, und dann landete ich bei meinem jetzigen Mentor Jean Sandlers.« Ich zuckte über meine kleine Rede die Schultern, doch ein bewunderndes »Ahh« und »Ohh« ging bereits durch die Klasse. Anscheinend hatte Jean nicht gelogen, als er von seiner Berühmtheit und hohen Position gesprochen hatte. Zu gern hätte ich gewusst, wie die anderen reagieren würden, wenn sie wüssten, dass Jean ein kaltblütiger Mörder mit blauen Augen war.

»Na gut.« Miss Brooks klatschte in die Hände. »Wir haben keine Zweierbank mehr frei, aber neben Charlotte und Michi sind noch Plätze zu ergattern.«

Mein Blick glitt über die voll besetzten Reihen, und als ich den freien Platz neben der braunhaarigen Schlampe sah, wurde mir ganz schlecht. Ich war zu langsam, denn Leo rannte bereits auf den anderen freien Platz zu, neben einem dürren, rothaarigen Mädchen, das verlegen und ohne aufzublicken auf ihr Geschichtsbuch starrte.

Also ging ich hinüber zu dem Platz neben der Schlampe, wie ich sie in meinen Gedanken bereits getauft hatte, und setzte mich ohne sie anzuschauen hin. Sie hätte sich schon entschuldigen müssen, ehe ich ihr meine Aufmerksamkeit schenken würde. Doch sie tat es natürlich nicht und sprach während der ganzen Stunde kein Wort mit mir. Da Miss Brooks sie einmal aufrief, erfuhr ich, dass ihr Name Charlotte war. *Charlotte* – wie sich der Name schon anhörte!

Die Stunde verlief leider ziemlich uninteressant, da ich feststellen musste, dass ich das meiste erst gestern gelesen hatte. Trotzdem war Miss Brooks eine gute Lehrerin, und ich beteiligte mich, so gut ich konnte.

Zum Ende der Stunde schob mir Charlotte einen Zettel hin. Ich musterte sie misstrauisch von der Seite, doch sie blickte gerade zu dem Jungen hinter ihr. Ich folgte ihrem Blick. Es war Jerome, direkt neben dem anderen braunhaarigen Jungen, der hinter Charlotte gestanden hatte.

Ich schaute wieder auf den Zettel herab und entfaltete ihn.

Frischlinge hütet euch.

Ihr sagt, ihr seid mächtig? Beweist es uns – Vincent, Jerome und mir – heute Mittag auf dem Schulhof.

Ein Duell ist Tradition.

Wenn ihr nicht erscheint, wird euch eine Blamage vor der ganzen Schülerschaft bevorstehen und tiefe Rache.

In Liebe,
Charlotte ♥

Ich wusste nicht, ob ich lachen oder ihr eine klatschen sollte. Sie hatte wohl nicht mehr alle Tassen im Schrank. Entrüstet schaute ich zu ihr herüber, und sie musterte mich mit einem honigsüßen Lächeln. Dann schaute ich zu den beiden Jungs hinter mir – Vincent und Jerome –, und auch die grinsten nur blöde. Anscheinend warteten sie auf meine Reaktion. Ein Duell, dass ich nicht lachte. Weder Leo noch ich konnten einen gescheiten Zauber sprechen und waren gerade mal eine Woche in dieser neuen, uns völlig fremden Welt! Würde ich ihr das jedoch sagen, bräuchten wir uns in den nächsten Tagen nicht mehr in der Schule blicken zu lassen. *Der Klügere gewinnt.* Und ich nahm mir vor, diesen Kampf zu gewinnen und Charlotte das zu geben, was sie verdiente.

Wir werden da sein – Punkt 15.00 Uhr

Sobald es geschellt und Miss Brooks die Klasse verlassen hatte, sprangen alle Schüler von ihren Plätzen. Auch ich erhob mich und ging herüber zu Leo.

»Komm mit«, flüsterte ich ihr zu und ging hinaus in den Flur. Wir brauchten einen ruhigeren Platz zum Reden. Und die nächste Stunde würde erst in fünf Minuten beginnen.

»Was ist?«, fragte mich Leo neugierig.

»Oh Gott, wie ich diese Charlotte jetzt schon hasse. Du glaubst nicht, wozu sie fähig ist. Sie hat uns beide doch tatsächlich heute zu einem Duell herausgefordert. Anscheinend ist sie mit ihrer Clique hier der Star in der Stufe. Da Miss Brooks erwähnt hat, dass wir über mächtiges Potenzial verfügen, denkt sie anscheinend, sie muss ihren Ruf verteidigen.«

Leos Augen weiteten und ihr Mund öffnete sich, ähnlich dem Ausdruck eines Goldfisches. Dann kam ein Wortschwall wüster Beschimpfungen aus ihrem zarten Munde hervor. »Und was hast du der Schlampe gesagt?«, fragte sie.

»Ich habe gesagt, wir werden kommen.«

»Was? «, rief sie schockiert. »Aber wir sind nicht so weit, uns mit denen anzulegen. Nici, ich kann keinen einzigen Zauberspruch, der uns etwas nutzen würde! Und du könntest sie höchstens unsichtbar –«

»Psst, beruhig dich!«, warnte ich sie und schaute mich vorsichtig um. »Wir werden natürlich nicht hingehen. Aber wir werden es so machen, dass sich Charlotte vor der Schule blamiert und nicht wir!«

Leo kniff ihre Augen zusammen, und ich konnte geradezu sehen, wie sie darüber nachdachte. Doch ein Licht ging ihr nicht auf. »Und … äh, wie machen wir das?«, fragte sie leise zurück.

»Wir werden unseren Ruf als mächtige Einsteiger mit großem Potenzial auf die Spitze treiben, und in Wahrheit machen wir uns einen schönen Tag im Dorf, während alle Schüler dumm hier auf dem Schulhof warten.«

Plötzlich hopste sie aufgeregt auf und ab, sodass ihre offenen braunen Haare rauf- und runterwirbelten. »Ich weiß was! Ich weiß was! Miss Spring hat mir erzählt, dass heute und morgen so etwas wie ein Jahrmarkt in der Stadt ist. Dort gibt es wohl viele Klamottenstände, aber auch echte Wahrsagerinnen und so!«

Na das klang doch mal nach einer perfekten Idee, den Tag zu verbringen.

Der Rest des Schultages verging wie im Flug, besonders da wir nur noch eine Doppelstunde Heilkunst und dann eine Stunde Alchemie hatten. Irgendwie war es schön, nur vier Stunden Schule zu haben, auch wenn ich den ganzen Tag damit hätte verbringen können, Zaubertränke zu brauen und das Heilen von Wunden zu erlernen.

»Okay, ich will nur eben nach Hause, meine Tasche abstellen, dann komm ich zu dir«, gab ich Leo Bescheid, als es zum Ende des Schultages schellte. Ich trat gerade aus dem Klassenraum, da blieben Charlotte, Jerome und Vincent vor mir stehen. Mein Herz zog sich nervös zusammen.

»Bis heute Mittag, Süße. Die ganze Schule wird warten, dafür werde ich sorgen«, meinte Charlotte mit ihrer zuckersüßen Stimme. Dann drehte sie sich auf dem Absatz um und marschierte mit ihren zwei Begleitern davon. Nicht ehe mir Jerome noch zugezwinkert hatte.

Mit angehaltenem Atem schritt ich über den bereits vertrauten Kiesweg, sah die bereits vertraute Hausfassade. Mein Herz schlug schneller, als ich an das Blut von heute Morgen zurückdachte. Mein Kopf dröhnte. Während des Schultages hatte ich die Gedanken an meinen Mentor erfolgreich in meinen Hinterkopf verbannen können, doch nun holten sie mich wieder ein.

»Nur die Ruhe bewahren«, flüsterte ich mir zu. Vor der Tür angelangt, bückte ich mich erst einmal und suchte nach den Blutspuren. Doch der Kies war so weiß wie nie zuvor, und auch als ich die Hauswand absuchte, fand ich kein Anzeichen von Blut.

Mit gerunzelter Stirn stand ich auf und klopfte zögerlich an der Tür. Hatte ich mir das Blut nur eingebildet? Nein … das konnte nicht sein. Jean musste alles wieder sauber gemacht haben.

Als die Tür geöffnet wurde, setzte mein Herz einen Schlag aus, doch es war nur Tony, der mich breit angrinste. Sofort hob sich meine Laune um einiges, und ich konnte erleichtert aufatmen.

»Hallo Tony«, begrüßte ich ihn und trat ein. Nervös schaute ich mich um.

»Jean ist im Moment nicht da, aber er müsste gleich wiederkommen«, berichtete er mir.

Puh, Glück gehabt. »Schon gut, ich gehe auch gleich wieder.« Ich rannte in mein Zimmer, warf die Schultasche hinein und war bereits wieder an der Tür. Mir war es nicht geheuer in diesem Haus – ob mit oder ohne Jean. Dann fiel mir plötzlich etwas ein.

»Tony, kannst du mir einen Gefallen tun?«

Er lächelte mich offen an und meinte sofort: »Klar!«

»Kannst du um Punkt 15 Uhr zur Akademie laufen und ein paar Jugendliche bloßstellen?« Ich war mir unsicher, ob Tony nicht vielleicht noch etwas zu klein für diese Aufgabe war und ob Charlotte ihn ernst nehmen würde. Aber da ich annahm, dass Tony wegen der vertrauten Verbindung zu Jean bekannt war, sollte es für ihn eigentlich keine Probleme geben.

»Kennst du Charlotte?«, fragte ich ihn.

Erstaunlicherweise nickte er sofort. »Die kennt doch jeder!«

»Ähm … okay. Also kannst du dann zu ihr hingehen und Folgendes sagen?« Ich bückte mich zu ihm herab und flüsterte ihm meinen Plan ins Ohr. Er kicherte.

»Aber nicht vergessen, ja?«, rief ich ihm zu, dann öffnete ich die Tür und lief den Weg zu Leo entlang.

Nebeneinander schlenderten Leo und ich durch die Straßen von Phoenicia. Miss Spring hatte uns beschrieben, wo sich der kleine Jahrmarkt befand, und uns sogar Geld für Klamotten und Süßes gegeben. Ich beneidete Leo um ihre Mentorin.

»Glaubst du, wir halten es drei Jahre an dieser Zauberakademie aus?«, fragte ich sie. Den Gedanken, mich von meinem alten Leben zu verabschieden, hatte ich bereits akzeptiert. Zu viel war in den vergangenen Tagen passiert und zu sehr beeinflusste die Tatsache, dass es Magie gab, nun mein Leben. Doch ich fühlte mich immer noch nicht wohl bei dem Gedanken, hier drei Jahre festzusitzen und nur am Wochenende meine Familie und Freunde besuchen zu können.

Leo atmete tief aus. »Ich weiß es nicht.« Anscheinend hatte auch sie sich noch nicht mit diesem Gedanken angefreundet. »Aber ich spüre, dass ich hierhin gehöre, und die Magie fasziniert mich.« Sie warf mir einen neugierigen Blick zu. »Ich *möchte* mehr über unsere Zauberkräfte und diese Welt erfahren. In mein altes Leben könnte ich nicht mehr zurück.«

Ich nickte nachdenklich. »Jetzt müssen wir uns wohl ein neues Leben aufbauen.« Ich hing dieser Vorstellung ein paar

Sekunden nach und genoss die Wärme der Sonne auf meiner Haut.

»Sag mal, was ist denn jetzt eigentlich mit dir und Max?«, fragte Leo unvermittelt.

»Was soll mit ihm sein?«

»Liebst du ihn?«, fragte sie nach einer kurzen Pause.

Ich war erstaunt über diese Frage, doch ich brauchte nicht lange zu überlegen – das hatte ich in den letzten Tagen schon zu oft getan. »Nein.«

Überrascht blieb Leo stehen und starrte mich an. »Wie nein?«

»Nein nein halt«, antwortete ich und zuckte mit den Schultern. »Es gab ein paar wenige Momente, in denen ich *dachte*, ich würde so etwas wie Liebe empfinden, aber nach gründlichen Überlegungen bin ich zu dem Schluss gekommen, dass es Liebe nicht gibt. Nicht die zumindest, die sich viele Romantikerinnen vorstellen. Nichts mit ›auf immer und ewig‹ und ›ich würde sterben für dich‹.« Geistesabwesend griff ich nach dem Anhänger, der noch immer um meinen Hals baumelte. Unsere Initialen waren darin eingraviert. ›*Damit ich immer bei dir bin*‹, hatte er mir damals gesagt. Welch Ironie des Schicksals. Hatte er tatsächlich vorgehabt, für immer mit mir zusammenzubleiben – mit mir, von der er wusste, dass sie nicht an Liebe glaubte?

»Wieso?«, fragte Leo vollkommen entsetzt.

»Weil ich herausgefunden habe, dass Zeit alles heilt.«

Sie starrte mich immer noch mit großen Rehaugen an, und zum ersten Mal verstand ich die Redewendung: Du schaust wie ein Auto.

»Nun komm erst einmal weiter, dann erkläre ich dir alles«, drängte ich sie vorwärts. »Weißt du, ich vermisse ihn, aber nicht mehr, als ich dich vermisst hätte. An Freundschaft glaube ich ja, auch wenn das zwischen Männern und Frauen meiner Meinung nach schwierig ist, aber an ewige Liebe glaube ich nicht. Weil … weil ich merke, dass der Schmerz verblasst. Ich merke, wie ich von

Tag zu Tag weniger an ihn denke. Ich will ihn wiedersehen, aber es ist nicht diese verzehrende Sehnsucht, die in meinem Herzen brennt, wie das ständig in Liebesromanen geschildert wird.« Ich blieb stehen und schaute mich um. »Und außerdem habe ich noch nie das große Bedürfnis verspürt, ihn zu küssen und jeden Zentimeter seines Körpers zu berühren«, fügte ich hinzu und versuchte, darüber zu lachen. Meine Seele liebte ihn vielleicht, mein Körper aber definitiv nicht.

Wir waren nun an der großen Straße angelangt, und links und rechts waren Buden und Stände aufgebaut. Bunte Stoffe flatterten durch die Luft, und der Geruch von Zuckerwatte machte sich breit.

»Ich finde es echt schade, dass du nicht an die Liebe glaubst«, meinte Leo und ging herüber zum ersten Stand, um sich verschiedene exotische Kleider anzuschauen. »Aber ich habe dir etwas nicht erzählt … etwas zwischen mir und Ben.«

Ich ließ meine Augen nicht von ihr, ihr Ton klang merkwürdig hohl und traurig. »Was hast du mir nicht erzählt?«, fragte ich ungeduldig.

»An dem Wochenende, an dem ich verschwunden bin … da wollten wir zum ersten Mal miteinander schlafen.«

Mein Mund klappte auf.

»Also ich wollte zumindest … Weißt du, ich habe gedacht, dass ich ihn liebe. Dass wir endlich bereit dafür wären.«

Ich hatte mit allem, *allem* gerechnet, außer damit.

»Aber … er hat Schluss gemacht. An dem Tag nach deinem Geburtstag. Einen Tag, bevor ich verschwunden bin.«

»Was?«, rief ich, wie vor den Kopf gestoßen. Er hatte Schluss gemacht? Leo war nicht mehr mit Ben zusammen? Das konnte nicht wahr sein. Sie gehörten für mich zusammen wie Tee und Zucker. Tee ohne Zucker schmeckte einfach nicht. Und dabei waren sie doch schon über ein Jahr zusammen gewesen! »Warum? Warum hat er Schluss gemacht?«, fragte ich verzweifelt. Hätte ich vorher noch irgendwelche Zweifel daran gehabt, ob es Liebe nicht vielleicht doch geben könnte, wären sie nun endgültig fort.

»Es war schon lange nicht mehr so wie früher zwischen uns. Aber wahrscheinlich fühlt er sich jetzt schuldig. Weil ich direkt an dem Tag danach verschwunden bin, weißt du? Ich wünschte, ich könnte ihm die Wahrheit sagen …«

Ich wusste nicht, was ich sagen sollte. Die Neuigkeit brachte mich – nein, meine ganze Weltanschauung – vollkommen durcheinander! Stumm trat ich neben sie und wühlte mich durch farbenfrohe Stoffe aus Seide und Baumwolle, ohne sie wirklich zu sehen.

»Liebst du ihn noch? Ich meine … warst du sehr traurig, als er Schluss gemacht hat?« Diese Frage musste ich einfach stellen, denn im Gegensatz zu mir war Leo eine hoffnungslose Romantikerin, und ich kannte niemanden, der mehr von Liebe sprach als sie. Dementsprechend musste es ihr jetzt scheußlich gehen.

»Ja, ich liebe ihn immer noch. Aber vielleicht hast du recht, Nici. Zum ersten Mal in meinem Leben frage ich mich wirklich, ob du nicht vielleicht recht hast.«

»Ah Nici, ich glaube, ich möchte eine Zuckerwatte!«, rief Leo, die Hände bereits voller Tüten mit Klamotten, Schmuck und Talismanen. »Oder vielleicht lieber Popcorn?«

»Leo! Guck mal, da ist eine Wahrsagerin!« Ich zeigte auf das Zelt am Ende der Straße, ohne auf ihren nach Zuckerwatte und Popcorn ausgestreckten Zeigefinger zu achten.

Durch Zeit kann man hindurchsehen
– Die allwissende Lina –

»Gar nicht eingebildet oder so«, meinte Leo grinsend, lief jedoch schon begeistert hinüber. Ich folgte ihr gespannt und fragte mich, ob die Wahrsagerinnen hier tatsächlich in die Zukunft sehen konnten oder ob es wie in der Menschenwelt reine Abzocke war.

Drinnen war es dunkel und stickig, es roch nach Räucherstäbchen und Eukalyptus, und am Anfang sah ich nichts weiter als Leos Rücken. Auch sie wusste anscheinend nicht wohin und stand mir einfach weiterhin im Weg herum.

»Kommt rein, ich habe euch erwartet und euch einiges mitzuteilen, was wichtig für euch sein wird«, sprach dann plötzlich eine melodische Stimme, und fast gleichzeitig tauchte eine weiße Kugel die Umgebung in ein nebliges Licht. Es war eine Zauberkugel, die vor einer Frau auf einem Tisch stand. Das schwache Licht reichte gerade aus, um zu erkennen, dass die Frau um die dreißig war und flammenrotes Haar hatte. Leo fand den Weg zu dem Stuhl vor dem Tisch und setzte sich darauf. Ich blieb hinter ihr stehen.

»Sie haben uns erwartet?«, echote ich.

»Sie haben uns was Wichtiges mitzuteilen?«, fragte Leo.

»Die Welt ist einem großen Missverständnis ausgesetzt.« Lina hielt inne und blinzelte ausdruckslos. »Die Königin war schwanger«, raunte sie, schaute dabei aber an uns vorbei, als wäre sie Jahre entfernt und nicht mehr in dieser Welt. Plötzlich griff sie nach Leos Hand, und meine beste Freundin zuckte vor Schreck zusammen.

»Ich sehe Dunkelheit und einen Schleier der Traurigkeit … Du bist auf einem Friedhof, kniest in der noch feuchten Erde. Dein Herz leidet schwer, du trauerst um die Toten – und um jemanden, von dem du nicht weißt, ob er oder sie noch lebt …« Dann ließ sie Leos Hand genauso plötzlich wieder los.

Wir beide starrten sie geschockt an.

»Sie … Sie haben gerade in meine Zukunft gesehen?«, stammelte Leo.

»Was meinten Sie damit, dass die Königin schwanger war?«, wollte ich wissen.

»Nun hört doch mal auf, mir zwei Fragen gleichzeitig zu stellen.« Lina seufzte und schien wieder im Hier und Jetzt zu sein. »Ja Leo, das war deine Zukunft, aber ich kann dir nicht sagen, wann genau das eintreffen wird. Aber es fühlte sich recht bald an.«

Leo schluckte schwer. »Bald … okay … äh … woher kennen Sie meinen Namen?«

Lina sah sie genervt an, und ohne Leos Frage zu beantworten, wandte sich die Wahrsagerin dann an mich. »Ich meine genau das, was ich sage, und wiederhole nichts. Wenn du möchtest, kann ich auch in deine Zukunft sehen.«

Ich zögerte. Wenn dies nun wirklich kein Trick war, wenn sie wirklich meine Zukunft sehen konnte – wollte ich sie dann wissen?

Meine Neugierde überwog schließlich, und ich reichte ihr die Hand. Hoffte, dass ich es nicht bereuen würde.

Ein dunkler Schleier legte sich über ihre braunen Augen, ihre Gesichtsmuskeln erschlafften, und sie starrte ins Leere. Ihre Finger krallten sich in meine Hand, und mir kam es vor, als würde ein kühler Wind über meine Haut streifen.

»Dunkelheit und …«, fing sie mit einer monotonen Stimme an, schnappte dann jedoch nach Luft, »eisige Kälte! Es ist so kalt … und finster … Du bist gefangen und kannst nicht fliehen.« Immer schneller sprudelten die Worte aus ihrem Mund. »Ich sehe Ketten, Ketten an Armen und Beinen … Du bist verzweifelt und dein Herz … ist gebrochen.«

17

Aufziehender Nebel

Zügig lief er durch die Menge auf der Suche nach dem hübschen großen Mädchen. Es wunderte ihn, dass der Schulhof zu solch einer Uhrzeit so gefüllt war, doch Nicita hatte ihn ja gewarnt. Er kicherte. Dieses ganze Publikum nur für sie und ihre Freundin, und die waren noch nicht einmal da. Jetzt war es an ihm, die Erklärung zu liefern und Jeans Einfluss spielen zu lassen.

Ah, dort war sie ja. Charlotte. Die Barbie, die Zicke, die Schönheit, die Schlampe, die Göttin. Er hatte schon Tausende von Bezeichnungen für dieses Mädchen gehört.

»Charlotte!«, rief er. Sie drehte sich um, suchte in der Menge, schaute dann erstaunt zu ihm herab.

»Ja bitte?«, fragte sie sichtlich überrascht. Dann erkannte sie ihn. Jean hatte dafür gesorgt, dass ihn jeder kannte. Er war so gut wie immer in seiner Begleitung hier gewesen. »Tony, richtig?«, fragte sie und schaute sofort freundlicher aus. Anscheinend wollte sie einen guten Eindruck bei ihm hinterlassen, damit er Jean vielleicht von ihr erzählte.

»Jean Sandlers möchte dich sprechen. Er hat sich aufgeregt, weil du seinem Schützling mit diesem Quatsch wertvolle Zeit stiehlst. So waren seine Worte«, posaunte der kleine Tony heraus, so laut er konnte. »Nicita hat den ganzen Nachmittag hart zu arbeiten, um ihr Potenzial noch zu erweitern. Er denkt, dass sie eine große Zauberin werden kann.«

Charlottes Gesichtsfarbe wechselte von rot zu weiß. »Du lügst. Nicita hat dich nur vorgeschickt, weil sie zu feige ist, hier anzutreten.«

Nicita hatte ihm bereits gesagt, dass sie das sagen würde. »Ach, denkst du? Dann bin ich mal gespannt, was du Jean heute Abend sagen wirst. Er erwartet dich um halb acht. Dich persönlich – oder morgen früh eine Entschuldigung an Nici, damit die Sache unter den Teppich gekehrt werden kann.« Und sobald er die Worte voller Selbstbewusstsein gesprochen hatte, wandte er sich um und ging davon. Verließ das Gelände der Akademie, die vielen staunenden und wartenden Schüler, ohne sich umzudrehen. Genauso, wie Nici es ihm gesagt hatte.

Der Wind liebkoste meine Haut, die Sonne küsste meine Wange. Ich schloss die Augen und seufzte, während mich der Duft der Orchideen und der Gesang der Vögel verwöhnten.

Ich liebte es, am offenen Fenster zu sitzen und den Wind in meinem Haar zu spüren, die Wärme auf meiner Haut, und meinen Gedanken einfach freien Lauf zu lassen.

Leo und ich hatten es nicht mehr lange auf dem Jahrmarkt ausgehalten. Wir hatten uns noch einen Hotdog gekauft und waren schweigend herumgelaufen, jede ihren eigenen Gedanken nachhängend. Die Wahrsagerin hatte auf jeden Fall einen bleibenden Eindruck hinterlassen. Um ehrlich zu sein, hatte sie mir Angst eingejagt. Große Angst. Und mein Verstand weigerte sich noch immer zu glauben, dass sie die Wahrheit gesagt haben könnte. Es musste einfach eine Lüge sein. Ein Märchen.

Ich schüttelte meinen Kopf. Eigentlich hätte ich jetzt die Hausaufgaben für Geschichte machen müssen. Wir mussten einen Teil der Biografie der Prinzessin Naomi Isabelle Marie de Warrene lesen. Das würde mich sicherlich von meinen trüben Gedanken ablenken, aber es war so, als *wollten* meine Gedanken gar nicht abgelenkt werden.

Immer wieder kreisten sie um den heutigen Morgen. Das Blut … Charlotte und Jerome … die schwangere Königin und dann auch noch meine und Leos düstere Zukunft! So viel konnte ich an einem Morgen gar nicht verkraften!

Entschlossen stand ich auf und packte das Buch aus, setzte mich aufs Bett und begann, darin herumzublättern.

Naomi beschrieb das Leben im Schloss, ihre Zwillingsschwester und die Aufgaben ihrer Eltern, des Königspaares. Sie lebten allein in dem großen, prunkvollen Palast, und sofort konnte ich mir ihre prachtvollen Gemächer vorstellen. Ihre Kleider und Gewänder, bestickt mit feinen Emblemen, geschmeidig und verführerisch. Elegant und samtweich. Oder wie sie mit ihrer Familie an der langen Tafel saß und wie die Könige speisten. Die Diener und Anstandsdamen. Naomi beschrieb ihr Leben wie in einem Bilderbuch, und ich sah jedes einzelne dieser Bilder.

Ich bemerkte am Rande, wie die Sonne langsam unterging, doch ich war bereits viel zu vertieft in meine Lektüre. Es blieb schon lange nicht mehr bei dem Kapitel, das wir lesen sollten. Ich gelangte zu ihrer Hochzeit und der anschließenden Krönung zur Thronprinzessin. Ihre Eltern starben, wie bei den Phoenixen wegen des langsamen Alterungsprozesses üblich, mit rund hundertfünfzig Jahren.

Plötzlich vibrierte mein Handy in meiner Hosentasche, und ich ließ erschrocken das Buch fallen. Es war der Wecker, den ich mir gestellt hatte – um halb acht.

Wäre mein Plan gescheitert, dann würde Charlotte gleich an der Tür klopfen.

Ich horchte angespannt, doch um ehrlich zu sein, hatte ich nicht im Traum daran gedacht, dass sie tatsächlich zu Jean kommen würde. Wie ich es mir dachte, hatte sie viel zu große Angst und Respekt vor ihm, als dass sie sich Ärger mit ihm einfangen wollte. Sie würde stattdessen die Entschuldigung schreiben, um Mr. Sandlers zufriedenzustellen. Wie diese Entschuldigung ausfiel, würde ich noch früh genug erfahren.

Ich gähnte herzhaft und überlegte, ob ich mir noch etwas zu essen holen sollte. Aber das Risiko, Jean über den Weg zu laufen, war mir zu groß. Ich würde ihm nicht ins Gesicht blicken können in Anbetracht der Möglichkeit, dass er ein Mörder war. Kurz wunderte ich mich, dass er heute tatsächlich kein einziges Mal in mein Blickfeld getreten war. War er überhaupt zu Hause? Ging *er* mir etwa aus dem Weg?

Als ich erneut gähnte und merkte, wie müde ich tatsächlich war, beschloss ich, diesmal früher zu Bett zu gehen. Ich legte das Buch neben dem Bett auf den Boden und kuschelte mich in die kühle Decke.

Fast sofort griffen die Fänge eines Albtraums nach mir. Verwirrend. Bedrohlich. Aufdringlich. Anders als sonst.

Ich schreckte aus dem Schlaf und riss die Augen auf. Mein rasches Atmen füllte den dunklen Raum. Hinter dem Fenster hatte sich bereits tiefste Nacht ausgebreitet.

Erschöpft stützte ich meinen Kopf in meine Hände. Langsam aber sicher erinnerte ich mich an Bruchstücke des Traumes. Ich hatte von Naomi geträumt, von Königen … und davon, dass sie ihren Bruder heiraten musste. Dabei hatte Naomi Isabelle Marie doch gar keinen Bruder gehabt, nur eine Zwillingsschwester. Die nächsten fünf Minuten zermarterte ich mir den Kopf darüber, wie ich auf diesen Bruder kam. Dann fielen mir noch andere Einzelheiten meines Traums ein. Welche, die mir lieber nicht eingefallen wären. Inzest und große Skandale im Königshaus.

Wie Schuppen fiel es mir schließlich von den Augen.

Ich schaltete die Nachttischleuchte ein, schnappte mir das Buch und blätterte bis zur letzten Seite, auf der eine Auflistung aller regierenden Könige bis hin zu Evulet und Dimitri de Warrene, den letzten Mitgliedern der Königsfamilie, zu finden war.

Ein Königspaar regierte im Durchschnitt ein ganzes Jahrhundert. Sobald der Erstgeborene einundzwanzig war, suchte er sich einen Gemahl oder eine Gemahlin und teilte sich ab dann die Krone mit seinen Eltern – falls diese noch am Leben waren.

In der Liste, die ich nun vor mir hatte, war immer zuerst der König aufgeführt, seine Gemahlin, dann seine Kinder – meist Zwillinge. Und der nächste Eintrag fing dann wieder mit dem Namen eines der Kinder an. Und das war's. In dem Schloss lebte nie mehr als eine Königsfamilie zur selben Zeit. Wohin war das Zwillingskind verschwunden, nachdem das andere König oder Königin geworden war? Oder eine noch viel wichtigere Frage: Woher kam die Gemahlin oder der Gemahl? Mit wem um Himmels willen wurden diese Kinder verheiratet? Es mussten ja königliche Phoenixe sein, damit das Königsgeschlecht nicht ausstarb. Wo im Gottes Namen kamen diese Phoenixe her?

Kein Wunder, dass ich von Inzest träumte. Wieso war mir das nicht vorher schon aufgefallen?

Auf meinem Handy begann Katy Perry bestimmt schon zum vierten Mal, ihr Liedchen zu singen, doch ich wollte immer noch nicht aufstehen. Mein Kopf fühlte sich an, als wäre über Nacht ein Zug über mein Gehirn gebrettert.

Ich hatte echt keine Lust auf Schule, auch nicht, wenn es statt Mathematik darum ging, Zauberformeln aufzusagen. Schule war Schule und gleich anstrengend und fing vor allen Dingen viel zu früh am Morgen an!

Als ich es dann endlich doch aus dem Bett geschafft hatte und auf die Uhr schaute, traf mich fast der Schlag. Anscheinend war ich wieder eingeschlafen – und nun kam ich zu spät. So schnell ich konnte, schlüpfte ich in meine Jeansshorts und in ein gelbes

T-Shirt und lief aus dem Haus. Lieber ungeschminkt als zu spät zum Unterricht, dachte ich mir.

Leo traf ich natürlich nicht mehr auf dem Weg, und ich war die Einzige, die über den Schulhof raste, als sei der Tod persönlich hinter ihr her.

Atemlos kam ich vor dem Klassenzimmer zum Stehen und klopfte an für den Fall, dass die Lehrerin bereits mit dem Unterricht begonnen hatte. Leider hatte ich noch keine Zeit gehabt, meinen Stundenplan zu betrachten, so wusste ich auch nicht, was heute in der ersten Stunde anfiel. Viel zu gewohnt war ich es, dass mein Stundenplan in der High-School jeden Tag derselbe war.

Der Letzte, den ich im Klassenraum zu sehen erwartet hatte, war Jean.

Ich wich erschrocken zurück, und ein Wimmern entwich meinen Lippen. »Jean!«, platzte es im nächsten Moment aus mir heraus. Ich schlug die Hände über meinem Mund zusammen.

»Mr. Sandlers für dich, Nicita. Du kommst zu spät«, entgegnete er mit ruhiger, fester Stimme. Als ich mich nicht bewegte und ihn nur stumm anstarrte, fügte er hinzu: »Wir haben jetzt praktische Zauberkunst. Wenn du am Unterricht teilnehmen möchtest, dann würde ich dir raten, hereinzukommen und Platz zu nehmen.«

Ich dachte erst, ich würde jeden Moment in Ohnmacht fallen. Zu meinem Bedauern tat ich es jedoch nicht und musste in die Klasse schreiten. Unter den skeptischen Blicken all meiner neuen Mitschüler und natürlich den belustigten Blicken von Charlotte und Co.

Ich hatte vollkommen vergessen, dass Jean ja auch noch Lehrer war. Mit hochrotem Kopf nahm ich neben Charlotte Platz. Hatte sie mit Jean geredet? Wusste sie, dass das gestern nur eine dumme Ausrede von mir gewesen war?

Zu meiner Überraschung schob sie mir sofort einen zusammengefalteten Zettel herüber. Ich sah sie erstaunt an, doch sie starrte Jean triumphierend entgegen. Wartete wahrscheinlich darauf, dass er hinüberblickte und sah, dass sie seinem Befehl Folge geleistet hatte und mir eine Entschuldigung reichte. In diesem Moment wanderte Jeans Blick tatsächlich über uns, und Charlotte fing an zu strahlen und schielte offensichtlich hinüber zu dem Zettel, den sie mir gegeben hatte.

Ich musste mir ein Grinsen verkneifen und nahm den Zettel schnell vom Tisch, ehe Jean auf die Idee käme, ihn einzusammeln. Dann würde ich leider auffliegen und wäre nicht mehr diejenige, die über Charlottes Dummheit lachen konnte.

Ohne ihn zu lesen, ließ ich den Zettel in meiner Tasche verschwinden und packte stattdessen mein Buch für Zauberkünste aus.

»So, da wir nun alle beisammen sind, können wir ja jetzt anfangen«, sagte Jean alias Mr. Sandlers und strafte mich mit seinem bösen Blick. Das würde ja lustig werden. Ihn jeden Tag in der Schule zu sehen, ihm zu gehorchen und mit ihm reden zu müssen … Mir wurde schlecht.

»Nachdem wir angefangen hatten, Gegenstände zu schrumpfen oder deren Gewicht zu verändern, kommen wir nun dazu, sie zu bewegen. Konzentriert euch auf euer Buch und stellt euch vor, wie es ein paar Zentimeter in die Luft fliegt. Dann sagt ihr folgende Formel.«

Mr. Sandlers schrieb ein paar komische Wörter an die Tafel, die mich an das unangerührte Lateinwörterbuch in meinem Zimmer erinnerten. Als ob ich diese Sprache lernen würde. Ich schnaubte und starrte auf mein Buch.

»*Volita move liber*«, flüsterte ich zischend, doch das Buch bewegte sich nicht. Hatte ich natürlich auch nicht erwartet. Schließlich hatte Mr. Sandlers davon gesprochen, dass Vorkenntnisse von Größen- und Gewichtveränderungen nicht unwichtig waren, und die hatte ich ja nicht – alle anderen, außer Leo und mir natürlich, schon. Das fand ich unfair und war auch kurz davor, mich zu melden und Mr. Sandlers das zu sagen, als ich plötzlich Leos Jubelrufe vernahm.

Überrascht schaute ich zu ihr hinüber, und meine Kinnlade fiel herunter. Ihr Buch schwebte über ihrem Kopf. Sie grinste übers ganze Gesicht, ließ die Augen jedoch nicht von dem Buch, und ihre Lippen bewegten sich weiterhin, um den Zauber aufrechtzuerhalten.

Ich sah mich in der Klasse um und entdeckte, dass es den meisten bereits gelungen war. Sowohl Jerome und Vincent hinter mir als auch zwei Drittel der übrigen Klasse ließen ihre Bücher über ihren Köpfen schweben.

Tiefe Schadenfreude erfüllte mich jedoch, als ich sah, dass sich auch Charlottes Buch nicht vom Platz rührte. Charlotte spürte die Blicke auf sich und wandte sich abrupt zu mir um. Ich sog scharf die Luft ein, als sie mir in die Augen blickte. Denn ihre waren blau. Erst dachte ich, ich würde mir wieder etwas einbilden, dann dachte ich, sie wolle mir einen Streich spielen.

»Was glotzt du denn so? Noch nie so etwas Schönes wie mich gesehen?«, fuhr sie mich an. Ich schüttelte meinen Kopf, konnte meine Augen aber unmöglich von den ihren wenden. Waren sie gestern auch schon so blau gewesen? Nein, das wäre mir aufgefallen.

»Deine Augen … Sie sind blau«, stammelte ich.

»Wow, du kennst die Farben. Soll ich jetzt stolz auf dich sein, oder was?«

»Wieso sind sie blau?«, fragte ich nach, etwas aggressiv, weil mir ihr Ton auf die Nerven ging.

»Weil Blau eine schönere Farbe ist als Braun?«, antwortete sie und schaute mich an, als sei dies das Selbstverständlichste auf der Welt. »Noch nie was von Kontaktlinsen gehört?«, zischte sie, als ich sie immer noch anstarrte.

Schnell wandte ich meinen Blick ab und konzentrierte mich wieder auf das Buch vor mir. Charlotte trug Kontaktlinsen, weil sie blaue Augen schöner fand als braune? In was für einer Welt veränderte man seine Augenfarbe, um auszusehen wie der Feind?

Als die zwei Stunden praktische Zauberkünste vorüber waren, hatte sich bei mir kein einziger Erfolg gezeigt. Weder hatte sich mein Buch in die Lüfte erhoben noch schaffte ich es, das Mäppchen meines Banknachbars vom Tisch zu stoßen. Zu meinem Missfallen schaffte das alles selbst Charlotte. Sie hatte anscheinend Gefallen daran gefunden, Sachen von mir vom Tisch zu fegen. Das Buch hatte sich bei ihr nämlich auch erst bewegt, als Jean zu ihr meinte, sie solle versuchen, es gegen meins zu stoßen. Das hatte ihr dann Spaß gemacht, und am Ende der Stunde hatte sich ihr Buch sogar in die Höhe erhoben – und war auf meinem Kopf gelandet.

Mr. Sandlers hatte sie weder bestraft noch etwas dazu gesagt. Deswegen hatte ich dann dasselbe ausprobiert, doch meine sadistischen Fähigkeiten wollten irgendwie nicht zum Zuge kommen.

Am Ende der Doppelstunde war ich davon überzeugt, nicht mehr zaubern zu können. Selbst Leo hatte ohne Probleme etwas hinbekommen. Ich schob es auf ihre gute Mentorin. Oder halt auf meinen schlechten Mentor. Wie man es nahm.

Da wir jeden Tag nur vier oder fünf Stunden hatten, gab es keine große Pause, wie ich es aus Kalifornien kannte. Es gab nur zehnminütige Pausen zwischen jedem neuen Unterrichtsfach. Ich packte meine Sachen zusammen und schaute auf den Stundenplan. Jetzt würden wir noch eine Stunde Heilkunst bei Miss Spring haben und eine Stunde Theorie bei Mr. Waston. Der Name des Faches sagte mir absolut nichts, und ich war schon gespannt, was wir in diesem Fach tun würden.

Plötzlich hörte ich Leos Stimme zu mir herüberwehen. Ich schaute mich nach ihr um und fand sie an ihrem Platz in der

Gegenwart von Jerome und Vincent. Automatisch suchte ich die Gegend nach Charlotte ab, doch sie war nirgends zu sehen.

»Und was hast du gestern gemacht? Deine Freundin musste ja mit dem großen Jean Sandlers lernen. Oder nimmst du auch Stunden bei ihm?«, wurde Leo von Vincent gefragt.

Jerome lachte. »Vielleicht schieben sie alle gemeinsam ja ´nen flotten Dreier!«

Leos Gesicht wurde rot. Ich sprang von meinem Stuhl auf und kam ihr zur Hilfe.

»He, Blödmänner!«, rief ich, und unglaublicherweise drehten sich die beiden auch um. Ich konnte nicht anders als zu lachen. »Und ihr fühlt euch auch noch angesprochen. Seht an«, höhnte ich. Jerome musterte mich von Kopf bis Fuß. Mir entging nicht, dass seine beinahe schwarzen Augen, die hinter seinen dunklen Haaren funkelten, hungrig auf meinem Dekolleté zur Ruhe kamen. Vincent strich sich seine längeren, haselnussbraunen Haare zurück und funkelte mich genauso wütend an wie ich ihn.

»Sieh an, was für eine mächtige Zauberin sich erbarmt hat, mit uns zu sprechen«, meinte Jerome.

»Die noch nicht einmal ein Buch schweben lassen kann«, fügte Vincent hinzu.

Ich spürte, wie auch ich rot wurde, doch ich konnte nichts dagegen machen. Was sollte ich auch sagen? Ich konnte es tatsächlich nicht. Ich war keine große Magierin.

»Dafür kann sie Dinge, die ihr euch noch nicht einmal träumen lassen könnt!«, sprang Leo mir bei. Doch ich wusste, dass wir diesen verbalen Kampf nicht gewinnen würden. Ich konnte nur froh sein, dass Charlotte nicht da war, sonst würde es nicht bei einer einfachen Niederlage und Peinlichkeit bleiben. Sie hätte uns erbarmungslos in den Boden gestampft.

»Ja, bestimmt wie man mit Jean Sandlers rummacht«, höhnte Jerome.

»Glaubt mir, *das* wollen wir uns gar nicht erträumen!« Vincent schenkte uns einen mitleidigen Blick und ging aus dem Klassenraum, gefolgt von Jerome. Wahrscheinlich machten sie sich auf die Suche nach ihrer Königin, um ihr von ihrem Erfolg zu berichten.

»Boa, wie ich sie hasse!«, rief Leo aus, kaum waren sie verschwunden. Ich nickte ihr zu. Das Blut rauschte mir noch immer in den Ohren. Wie konnten sie nur so fies zu uns sein?

»Ach, macht euch nichts draus. Die drei sind zu fast jedem so«, meinte auf einmal das Mädchen, das neben Leo saß. Michi war ihr Name. Sie schaute uns mir ihren riesigen Kulleraugen mitfühlend an. Sie hatte unzählige Sommersprossen, rote, glatte Haare und war spindeldürr.

Leo drehte sich überrascht zu ihr um, als sei es das erste Mal, dass sie sie reden hörte. Was wahrscheinlich auch der Fall war.

Sie lächelte scheu. »Ähm … hi. Ich bin Michi. Eigentlich Michelle.«

»Hi«, sagten Leo und ich wie aus einem Munde.

»Charlotte ist zu jedem Mädchen fies. Und zu allen hässlichen Jungs. Die Schönlinge oder Footballspieler liegen ihr zu Füßen – obwohl auch die anderen Jungs, die sie wie Müll behandelt, sie ebenfalls anbeten. Und es gibt sogar einige Mädchen, die unbedingt so sein wollen wie sie. Und ab und an gibt sie sich mit einigen ab, um ihr Gefolge zu erweitern. Aber ich denke nicht, dass irgendjemand Charlotte etwas bedeutet.« Sie zuckte die Achseln.

»Und was ist mit den beiden Clowns, die ihr auf Schritt und Tritt folgen?«, fragte ich.

»Jerome und Vincent? Die beiden gehören zu ihr, seit ich denken kann. Ihre Familien sind alle miteinander befreundet. Jerome ist einfach ein Arschloch, er passt perfekt zu ihr, obwohl sie ihn anscheinend nicht wirklich interessiert. Er zieht sein eigenes Ding mit anderen Mädchen ab. Vincent … er ist eigentlich nett, wenn er nicht in Charlottes oder Jeromes Nähe ist.« Sofort senkte sie ihren Kopf, doch ich konnte noch sehen, wie ihre Wangen aufglühten. Da schellte es bereits zur nächsten Stunde.

»Äh, danke für die Infos«, meinte ich und lief schnell hinüber zu meinem Platz. Miss Spring hatte bereits die Klasse betreten, direkt nach Charlotte und Co.

Diese setzte sich mit einem fiesen Lächeln neben mich.

»Theorie, Nicita und Leonie, ist ein Fach, in dem ihr alle Antworten zu unserer Welt findet. Es ist meiner vollkommen objektiven Meinung nach das abwechslungsreichste und spannendste Fach. Wir setzen uns mit Zaubersprüchen auseinander, beschäftigen uns mit Gesetzen und mit unserer Politik und Wirtschaft. Und … auch mit unseren Feinden. Dieses Fach ist dazu da, uns theoretisches Wissen über alles anzueignen. Also wenn jemand eine Frage hat, darf er sie jederzeit stellen. Wenn nicht – dann habe ich noch eine Menge Themen, die wir trotzdem besprechen.« Er lachte, und ein paar Mitschülerinnen kicherten mit. Anscheinend war William ein Lehrer, den alle mochten.

Zögernd hob ich meine Hand.

»Ja Nicita?«

»Ich habe eine Frage. Mir ist letztens etwas aufgefallen … und zwar frage ich mich, wo die Prinzessinnen ihren Prinzen herbekommen.«

Ich spürte die Blicke meiner Klassenkameraden auf mir. Irgendwelche Idioten, die meine Frage nicht verstanden hatten, lachten.

»Ich meine, wenn ein echter Phoenix heiraten möchte … Wo bekommt er dann den anderen Phoenix her? Aus seiner eigenen Familie?«, fragte ich.

»Inzest«, raunte mir Jerome von hinten ins Ohr.

»Nun, möchte jemand anderes vielleicht die Frage beantworten?«, fragte William in die Klasse. Ein paar Schüler meldeten sich. Ein Junge, dessen Gesicht mit Pickeln übersät war, durfte mir schließlich antworten: »Unter den Wächtern in der D-Garde gibt es Sucher, die auch noch bis heute ständig auf der Suche nach königlichen Phoenixen sind. Es ist zwar äußerst selten, doch die Menschenwelt ist groß, und magisches Potenzial kann-«

»Das Allel für die Magie«, rief ein Besserwisser in die Klasse.

»... kann immer mal wieder auftreten. Die Wahrscheinlichkeit, dass ein normales Phönix-Paar ein königliches Kind bekommt, liegt übrigens bei zehn Prozent«, führte der Junge seine Erklärung zu Ende.

William nickte. »Stimmt, allerdings muss Nicita dazu wissen, dass eine erfolgreiche Schwangerschaft bei magischen Wesen bereits nur bei 30 Prozent liegt. Genaueres über die Vererbung unserer Magie findest du übrigens auf Seite dreihundertfünf. Die Hoffnung auf einen königlichen Phoenix ist also vielleicht noch nicht ganz aufgegeben.« Er zwinkerte mir zu, und ich runzelte die Stirn. Ich wusste nicht, ob mich die soeben gehörte Erklärung zufrieden stimmte. Zu viele Male das Wort »unwahrscheinlich« störte meinen Glauben daran, dass man für die Prinzessinnen damals immer rechtzeitig – ganz zufällig – den Prinzen gefunden hatte.

»Würdest du nach dem Unterricht bitte zu mir kommen?«, fügte Mr. Waston noch hinzu, und ich fühlte, wie ich errötete. Hatte ich irgendetwas falsch gemacht?

Nach der Stunde trat ich mit Mr. Waston auf den Flur. Er ging mit mir ein paar Schritte, dann meinte er: »Nicita, die Frage die du gestellt hast, war berechtigt und äußerst klug. Doch ich bitte dich, dich nicht weiter damit zu beschäftigen. Die Suche nach

Phoenixen gehört zu den geheimen Aufgaben der Wächter. Im Moment sind uns keine königlichen Nachfahren bekannt.«

Ich schaute ihn fragend an. »Aber wie lief das in der Vergangenheit ab? Wie hat man pünktlich zum heiratsfähigen Alter jemand Königliches finden können?«

William schüttelte den Kopf. »Die Wächter führen Aufzeichnungen über alle Königsfamilien, die je gelebt haben, und da diese meist Zwillinge gebaren, konnte die Linie auch noch in der Menschenwelt fortgesetzt werden. Außerdem gibt es ja nicht nur unser Königreich der Phönixe.«

»Wie meinen Sie das?«, fragte ich und runzelte die Stirn.

William seufzte. »Ich habe dir bereits zu viel verraten. Aber denkst du, unser Reich hier ist das einzige auf dem gesamten Planeten? Mal abgesehen von Alcedia natürlich.«

Ich verstand immer noch nicht.

»Hast du schon einmal an andere große Länder dieser Welt gedacht, Nicita? China, Russland? Siehst du hier in Phoenicia irgendjemanden, der nicht aus dem englischsprachigen Raum kommt?«

Ich riss überrascht meine Augen auf. »Das heißt, es gibt auch ein Phoenicia in anderen Ländern?«

Er zuckte mit den Schultern. »Das ist für uns hier von keiner großen Bedeutung. Wir haben kaum Kontakt zu ihnen. Und nun habe ich schon wieder zu viel verraten.« Er seufzte. »Du gehst jetzt besser nach Hause und lernst anständig«, sagte er, bevor er die Treppe hinaufging und mich stehen ließ.

Zögerlich schellte ich an der Haustür. Und wartete. Und wartete. Es wurde Zeit, dass mir Jean einen Schlüssel für sein Haus gab.

Endlich öffnete er mir. Er schaute merkwürdig auf mich herab. Merkwürdiger als sonst immer. Ich konnte seinen Ausdruck nicht deuten, aber es war schon einmal kein Hass.

Ich versuchte mich an einem Lächeln, doch dann fiel mir wieder ein, dass er wahrscheinlich ein Mörder war, und meine Mundwinkel weigerten sich, sich zu heben. Ich trat ein und schloss die Tür hinter mir. Dann zog ich meine Sandalen aus. Jean stand immer noch neben mir und schaute seltsam drein.

»Ist was?«, fragte ich, bevor ich nachdachte. Und schalt mich gleichzeitig dafür, schon wieder ohne zu überlegen gesprochen zu haben.

»Nicht in so einem Ton, Nicita. Ich habe die Ergebnisse im Hinblick auf die Verwandtschaft mit Leonie.«

Ich schnappte nach Luft. Den Test hatte ich vollkommen vergessen!

»Und?«, rief ich aufgeregt, während meine Ängste für ein paar Augenblicke in den Hintergrund rückten.

»Komm mit ins Wohnzimmer. William und ich haben noch weitere Nachforschungen angestellt, über die ich dir Bescheid geben muss.«

Mit rasendem Herzen folgte ich ihm ins Wohnzimmer. War Leo meine Schwester? Ich konnte diese Ungewissheit nicht länger ertragen.

»Nun, das Ergebnis ist negativ ausgefallen«, sagte er, als er sich setzte. Ich starrte ihn ungläubig an. Meinte er damit, dass wir nicht verwandt waren? »Ihr seid gewiss keine Geschwister – noch nicht einmal Cousinen«, klärte er mich auf. Meine Aufregung verpuffte genauso schnell, wie sie gekommen war. Stattdessen überkam mich Enttäuschung.

»Wie sicher sind Sie sich?«, fragte ich, denn ich war mir bereits sicher gewesen, dass sie meine Schwester war. Alles andere wären viel zu große Zufälle gewesen – und ich glaubte nicht an Zufälle.

»Unsere Methoden zur Überprüfung lassen keinerlei Zweifel. Ihr seid hundertprozentig nicht miteinander verwandt.« Er wies auf ein Glas auf dem Tisch zwischen uns. Ich zog einen Schmollmund, weigerte mich, Mr. Sandlers wieder anzusehen, und nahm stattdessen ein Schluck von dem Orangensaft. Doofer Jean.

Ich hatte mich schon so auf eine Schwester gefreut.

»Mr. Waston und ich haben uns auf die Suche nach den mächtigsten Familien gemacht, die vor siebzehn Jahren gelebt haben. Kurz gesagt: euren möglichen Eltern.«

Sofort schoss mein Kopf wieder in die Höhe. »Und?«, fragte ich ungeduldig. Was machte er auch immer alles so spannend?

»Wir haben uns die drei mit Abstand mächtigsten Familien herausgesucht. Von Marie und Anton Laverte habe ich leider nicht viel zu erzählen. Sie sind beide vor siebzehn Jahren umgekommen und haben keine Nachfahren hinterlassen. Zumindest nicht, dass wir von ihnen wissen. Er war einer der allermächtigsten Magier zu der Zeit, er war Wächter der A-Garde und starb, als er den König in die Menschenwelt bringen sollte. Seine Frau war Bibliothekarin und ebenfalls mächtig. Verschwendetes Talent meiner Meinung nach.« Doch seine Meinung interessierte mich nicht.

»Die mächtigste Frau vor siebzehn Jahren war Elaine van Dess. Ihr Ehemann lebt noch. Doch sie wurde vor siebzehn Jahren von den Alcedos entführt. Sie war schwanger zu dem Zeitpunkt.«

»Also kann sie meine oder Leos Mutter sein«, schlussfolgerte ich.

»Möglich … aber unwahrscheinlich. Weil du oder Leo dann in Alcedia geboren sein müsstet. Ich nehme an, Elaine und ihr Kind – falls sie es je zur Welt gebracht hat – haben schnell den Tod gefunden. Und es gibt noch eine weitere Familie, die wir in Betracht gezogen haben. Familie Nadoon, heute noch immer eine der angesehensten Familien, immer noch am Leben. Der Vater ist Williams Berater, die Mutter arbeitet bei der MAGUN – der Behörde für magische Unfälle. Sie haben bereits einen Sohn und bestreiten, ein weiteres Kind zu haben. Doch Mr. Waston und ich haben Grund zur Annahme, dass sie etwas im Verborgenen halten. Man kann ihnen nicht trauen.«

»Wie alt ist denn der Sohn, den sie schon haben?«, fragte ich nach und nippte wieder an dem Saft.

»Genauso alt wie ihr. Da Zwillinge hier keine Seltenheit sind, könnte er Leonies oder dein Bruder sein. Du kennst ihn. Jerome, er geht in deine Klasse.«

Sofort verschluckte ich mich. Ich stellte das Glas wieder auf den Tisch und rang nach Luft. »Jerome?«, quiekte ich, als ich wieder atmen konnte und der Saft meine Luftröhre in Ruhe ließ. »Nein. Nein! Die Familie ist es nicht«, bestritt ich. Jerome mein oder Leos Bruder? Ich hätte mich übergeben können.

»Na ja, wie du meinst. Ich habe jetzt noch einige Sachen zu erledigen, und du musst dringend an deinen Zauberkünsten arbeiten!« Nun schaute er wieder böse. »Das Mittagessen findet hier übrigens immer um halb zwei statt. Ich rate dir, anwesend zu sein.« Er erhob sich von seinem Sessel und schritt aus dem Zimmer.

»Moment!«, rief ich ihm hinterher. Er blieb stehen, drehte sich jedoch nicht um. »Können Sie mir nicht einen Schlüssel für die Haustür geben? Falls Sie mal nicht da sind?«

»Es gibt keine Schlüssel in Phoenicia. Die Tür öffnet sich, für wen ich will, dass sie sich öffnet. Ich werde dafür sorgen, dass sie dich hereinlässt, wenn ich nicht daheim bin.«

18

Klauen der Finsternis

Vorsichtig fuhr ich mit meinem Finger die Buchrücken entlang. Kaum war Jean gegangen, hatte mich das riesige Bücherregal magisch angezogen. Ich wollte mir eines der Bücher aussuchen, um zu sehen, ob es vielleicht Tricks und Tipps gab, wie es einfacher war zu zaubern. Immer weiter ging ich die Bücherwand entlang, ohne zu merken, dass ich bereits am Ende angelangt war. Hart stieß ich mit der Seite gegen die Wand neben mir – und verlor den Halt. Die Wand hielt mich nicht auf, sondern schwang zur Seite und ließ mich umfallen. Überrascht schaute ich auf und sah gerade noch, wie sich die Wand vor meinen Augen wieder schloss. Ungläubig rieb ich mir die Augen. Hatte ich soeben einen geheimen Durchgang gefunden?

Ich sprang auf und sah mich in dem kleinen Raum um, in dem ich gelandet war. Er war winzig, kaum vier Quadratmeter groß. Alle Wände waren mit Büchern gefüllt. Rücken an Rücken standen sie und ließen keinen Zentimeter der Wand frei.

Erstaunt drehte ich mich ein paarmal um mich selbst, dann fiel mir auf, dass so gut wie alle Bücher schwarz waren. Ich ging näher heran und betrachtete die Gravuren auf den Buchrücken.

Kunst über die Magie der Nacht, stand auf einem. Auf dem daneben: *Magie der Finsternis für Fortgeschrittene.*

Entsetzt stolperte ich zurück, als mir klar wurde, was dies bedeutete. Ein Schrei bahnte sich in meinem Hinterkopf an.

Nein. Das konnte nicht sein. Magie der Nacht war verboten! Allein das Wissen darum wurde mit der Hinrichtung bestraft. Das hatte mir Mr. Sandlers selbst gesagt!

Wieso um Himmels willen besaß er dann Bücher über diese verbotene Kunst? Wieso standen hier Tausende von Büchern, die die schrecklichste und bösartigste aller Zauberkünste lehrten?

Plötzlich erfüllte ein lautes Geräusch die Stille, und ich schrie auf. Dann erkannte ich die Melodie und zog mit rasendem Herzen mein Handy aus der Hosentasche.

»Hallo?«, rief ich atemlos, mein Verstand immer noch überfordert von meiner jüngsten Entdeckung.

»Hi Nici«, meldete sich eine Stimme, die ich nicht sofort erkannte.

»Miss Spring hat mir gerade erzählt, dass wir keine Geschwister sind«, sprach sie weiter, und mir wurde bewusst, dass es Leo war.

»Äh … ja, Mr. Sandlers mir auch«, stammelte ich und starrte wie gebannt auf die Titel der verbotenen Bücher. Von allen Seiten umringten sie mich, wisperten und riefen nach mir. Ich musste hier raus. So schnell wie möglich.

Und da fiel mir auf, dass es keine Tür gab.

»Das ist echt schade! Ich hatte so gehofft, dass wir Schwestern wären!«

Panik packte mich. Ich lief alle Wände entlang. Von wo war ich hereingefallen? Die Geheimtür *musste* doch auch in die andere Richtung funktionieren.

»Nici, bist du noch dran? Was ist mit dir?«

»Ich … äh … bin grade beschäftigt.« Ich legte auf, trat mit meinem Fuß gegen das Regal vor mir – und es öffnete sich.

Mit großen Augen starrte ich auf die Wand, die sich langsam zur Seite schob. Doch zu meinem Entsetzen fand ich dahinter nicht das Wohnzimmer, sondern hatte freie Sicht auf ein großes

Doppelbett unter grauer Bettwäsche. Es war Mr. Sandlers' Schlafgemach.

»Verdammt!«, entfuhr es mir, und ich setzte alles daran, dass sich die Wand wieder zum Schließen bewegte. Doch sie tat es nicht. »Na los!«, flehte ich sie an und trat ungeduldig von einem Bein aufs andere. »Schließe dich, schließe dich!«

»Verdammte Scheiße, nun geh endlich zu!«, schrie ich und schlug gegen das benachbarte Bücherregal. Sofort setzte sich die Wand wieder in Bewegung. Ich atmete erleichtert aus.

Okay, dachte ich mir. Wenn diese Wand zu Jeans Zimmer führte, musste die Wand gegenüber wieder zum Wohnzimmer führen.

Behutsam stemmte ich mich dagegen, ein Mechanismus knackte, und die Wand glitt zur Seite. Ich lief hinaus, blickte mich um, um zu sehen, ob nicht vielleicht Jean hier bereits auf mich wartete, während die Wand wieder von selbst Wand wurde.

Erschöpft sank ich auf dem Boden zusammen. Meine Brust hob und senkte sich, mein Atem rasselte, als sei ich mehrere Kilometer gelaufen.

Die Geheimnisse in Phoenicia bekamen mir langsam nicht mehr.

Ich holte gerade mein Buch für praktische Zauberkünste aus meiner Tasche, als ein kleiner Zettel auf den Boden fiel. Es war Charlottes Brief.

Kaum streckte ich meine Hand danach aus, klingelte wieder mein Handy. Genervt holte ich es heraus und ging dran, ohne vorher zu schauen, wer mich da anrief. Ein großer Fehler.

»Hallo?«

»Nici«, flüsterte eine Stimme zurück, die mein Herz zum Stillstand brachte.

»Max …«, flüsterte ich genauso leise. Ich schloss meine Augen. Wieso rief er an? Wieso tat er das?

»Es tut mir leid, dass ich dich anrufe. Anscheinend willst du nicht mehr mit mir reden«, fing er an, und mein Herz zog sich bei seinen Worten zusammen. Ich bekam keine Luft mehr.

»Ich … du hast bei unserem letzten Treffen deutlich gesagt, was du von mir hältst, aber … aber ich musste einfach wissen, ob es dir gut geht.«

Ich sagte nichts. Ich war nicht in der Lage dazu.

»Nici, es tut mir leid.«

»Bitte«, krächzte ich. »Bitte ruf mich nie wieder an.«

»Warte! Bitte, beantworte mir nur eine einzige Frage.«

Ich hörte, wie wichtig es ihm war. Ich hörte den Schmerz in seiner Stimme. Ich hörte seine Liebe zu mir. Ich hielt es nicht aus. »Was?«, fragte ich, doch es hörte sich eher wie ein Schluchzen an.

»Bist du glücklich … mit ihm?«, fragte er.

Ich brauchte ein wenig, um zu realisieren, was er meinte. Ich schwieg. Meine Lippen formten bereits ein »Ja«, doch das Wort verließ sie nicht. Ich brachte es nicht über mich, ihn anzulügen. Er war mein bester Freund. Ich legte auf. Ohne ein weiteres Wort.

Dann brach ich zusammen.

Ich fiel auf den Boden und umschlang meine Brust mit meinen Armen, so fest ich konnte. Ich hatte das Gefühl, dass es mich innerlich zerriss. So lange hatte ich den Schmerz aus meinem Herzen fernhalten können, so lange hatte ich Max aus meinem Kopf verbannt. Und nun schlug alles zurück. Es kam alles zurück, nur wegen eines einzigen kleinen Anrufs.

Wieso hatte er es getan?

Wieso hatte er sich wieder in mein Leben gedrängt?

Verstand er denn nicht, wie sehr er mir damit wehtat? Wie schwer er es mir machte?

Ich öffnete meine Augen einen Schlitz breit und schaute auf das Briefchen direkt vor meiner Nase.

Immer noch wimmernd setzte ich mich auf, nahm den Zettel und faltete ihn auseinander. Ich durfte nicht dem unsinnigen Leid nachgeben. Es brachte doch sowieso nichts, denn ich würde ihm nie die Wahrheit sagen können. Fest entschlossen, nicht mehr zurückzuschauen, begann ich zu lesen:

Sehr geehrter Mr. Sandlers,

hiermit entschuldige ich mich für mein kindisches Verhalten und dass ich Nicita vom Lernen abhalten wollte. Es ist eine lächerliche Tradition, die Neuen einem kleinen Turnier zu unterziehen. Ich dachte, Nicita könnte sich dadurch beweisen und viele Freunde gewinnen. Ich wollte ihr nur den Einstieg leichter machen.

Ich hatte keine Ahnung, dass sie so viele Zusatzstunden bei Ihnen hat.

Ich entschuldige mich für die Unannehmlichkeiten und hoffe, wir können die Sache vergessen. Ich werde weder Sie noch Nicita weiter belästigen.

Mit freundlichen Grüßen und der Hoffnung auf Nicitas Fortschritte,

Charlotte van Secril ♥

Ich musste die Zeilen mehrmals lesen, bis ich sie begriff.

Max' Anruf hatte mich so aufgewühlt, dass ich für kurze Zeit den Intrigen und Geheimnissen von Phoenicia entkommen war.

Nun starrte ich mit offenem Mund auf das Herzchen hinter Charlottes Namen. Sie hatte ihren Entschuldigungsbrief noch nicht einmal an mich adressiert! Und was war das mit »Ich wollte ihr nur den Einstieg erleichtern«? Die dumme Kuh war einfach nur feige – sie sollte mal aufpassen, dass sie nicht in ihrer Schleimspur ausrutschte.

Na ja, zumindest war sie auf meinen Plan hereingefallen, und nun waren nicht Leo und ich diejenigen, über die man sich lustig machte.

Ich warf den Brief in den Papierkorb unter meinem Tisch und befasste mich nun mit den Lehren der Zauberkunst. Ich musste mich dringend zu meinem eigenen Wohl ablenken, und es konnte ja nicht sein, dass ich so schlecht war, während Leo mit genauso wenigen Vorkenntnissen wie ich so viel besser war. Anscheinend stammte sie von einer mächtigeren Familie ab als ich.

Leider schaffte ich es nicht einmal, mich fünf Minuten am Stück zu konzentrieren. Was natürlich auch kein Wunder war. Nun Max und vorher Mr. Sandlers mit seinen kleinen, bösen Spielchen. Wie konnte Mr. Sandlers von mir erwarten, dass ich praktische Zauberkünste lernte, während er sich hinter dem Rücken aller mit Magie der Nacht beschäftigte?

Also riss ich einen Zettel aus meinem Collegeblock heraus und begann, alles zusammenzutragen, was ich herausgefunden hatte.

Nach einer Stunde schnappte ich entsetzt nach Luft, als mir die Antwort dämmerte. Ich weigerte mich, dies zu glauben, redete mir ein, dass es nur irre Vermutungen waren. Doch in meinem Kopf nistete sich eine Lösung ein, die vieles erklären würde.

Was wäre, wenn Jean Sandlers in Wahrheit aus Alcedia kam? Was wäre, wenn er königlichen Ursprungs war und somit beide Kräfte beherrschte, die des Eises und die des Feuers? Was wäre, wenn er der verbotenen und bösartigen Magie der Nacht mächtig war?

Dann wäre das Schicksal von ganz Phoenicia besiegelt. Und es würde ganz gewiss kein Happy End nehmen.

So schnell ich konnte lief ich durch die Straßen des kleinen, friedlichen Königreichs. Ich war auf der Suche nach der Pizzeria, denn ich war mir sicher, dass ich dort ein weiteres, wichtiges Puzzlestück finden würde.

Phoenicia war glücklicherweise nicht so groß, dass ich hätte lange suchen müssen. Nach knapp einer Viertelstunde erreichte ich den Waldrand nahe dem Spielplatz, der von den Alcedos überfallen worden war, und fand in der Nähe die Pizzeria. *Pizza del Sun,* stand dort in großen Leuchtbuchstaben, die jedoch am helllichten Tag aus waren.

Skeptisch trat ich an die Glastür heran und linste hinein. Das Licht war auch drinnen nicht eingeschaltet, und keine Menschenseele befand sich dort.

Enttäuscht wollte ich mich schon wieder auf den Rückweg machen, als mich plötzlich jemand an der Schulter fasste.

Erschrocken fuhr ich herum und blickte in das Gesicht einer hübschen Frau.

»Hallo, wir machen erst in einer Stunde auf«, begrüßte sie mich mit einem freundlichen Lächeln.

»Ähm, hallo. Ich bin Nicita«, stellte ich mich vor, weil ich nicht wusste, was ich sagen sollte. Auf was wollte ich eigentlich hinaus? In meinem Kopf hatte mein Plan gerade noch Sinn gemacht, doch jetzt, wo ich hier war, fand ich keinen Plan mehr.

»Nici? Aus Kalifornien?«, fragte sie und musterte mich erstaunt.

Ich war nicht weniger überrascht. »Ja. Kenne ich Sie?«

»Ich bin Mai. Mai Belmont. Und nein, wir sind uns nie begegnet.«

Mai. Das war die Frau, von der Tony gesprochen hatte und deren Namen ich bei Jean im Zimmer gefunden hatte.

»Sie kennen Jean und Tony.« Es war eine Feststellung, keine Frage.

Sie schaute zu Boden. »Und du bist der Schützling von Jean. Wie viel weißt du über ihn?«

»Sollte ich etwas wissen?« Ich reckte mein Kinn stolz in die Höhe. Die Frau wusste etwas, und ich würde nicht aufgeben, ehe sie es mir verriet.

»Nein«, war jedoch ihre schlichte Antwort. Sie schaute mir immer noch nicht in die Augen. »Ich habe keine Zeit. Entschuldige mich.« Sie schloss die Tür zur Pizzeria auf.

Ich folgte ihr.

»Wir öffnen erst in einer Stunde. Früher darf ich keinen hereinlassen«, meinte sie und gab mir zu verstehen, jetzt zu verschwinden.

»Na gut. Aber ich werde wiederkommen«, sagte ich und wandte mich zum Gehen. Ich musste mir ohnehin noch ein paar gezielte Fragen überlegen.

»Nicht alle Alcedos sind böse«, sagte sie auf einmal. Ich blieb stehen. Wartete nervös darauf, dass sie weitersprach.

»Die Königin liebte einen Alcedo.«

Das Blut gefror mir in den Adern. Was sagte sie da? Die Königin war doch mit einem reinblütigen Phoenix verheiratet gewesen! »Wieso sagen Sie mir das?«, fragte ich sie. Ich stand immer noch mit dem Rücken zu ihr.

»Weil ich finde, dass du es wissen solltest. Für den Fall, dass wir uns nicht mehr wiedersehen.«

Ich drehte meinen Kopf zu ihr um. Wer war sie? »Wieso sollte ich Ihnen ein Wort glauben?«

»Weil ich die Kammerzofe der Königin war. Und ihre beste Freundin. Und nun geh.«

Ein paar Sekunden lang stand ich noch verdattert da, dann gehorchte ich. Die ganze Angelegenheit war mir zu verstrickt geworden. Ich wollte nicht in das Liebesleben der toten Königin hineingezogen werden. Ich wollte in gar nichts hineingezogen werden.

Doch dafür war es schon längst zu spät.

Die Vergangenheit strickte bereits ein Netz um meine Zukunft. Ließ mich darin zappeln wie eine Fliege. Gefangen für den Hunger der Spinne.

Ich starrte auf den Stift vor mir und flüsterte ihm eindringlich die Formel zu, die eigentlich bewirken sollte, dass er sich in die Luft erhob.

Ich hatte mir gedacht, vielleicht war ein Buch ja zu schwer. Ein Stift würde sich bestimmt leichter durch die Lüfte tragen lassen. Doch auch er rührte sich nicht.

Das alles endete schließlich damit, dass ich den Stift in die Hand nahm und gegen die Decke warf mit den Worten: »Nun flieg doch endlich!«

»So wird er es ganz bestimmt nicht tun«, erklang eine tiefe Männerstimme hinter mir. Erschrocken fuhr ich herum, und der Stift fiel mir auf den Kopf. Ein Grinsen blitzte für eine Sekunde in Jeans markantem Gesicht auf.

Doch sein Anblick ließ es mir nur kalt den Rücken herunterlaufen. Ich schaffte es nicht, in seine Augen zu blicken, ohne dass ich das tiefe Blau darin sah.

»Ich kann nicht zaubern«, sagte ich und knallte den Stift auf den Tisch. »Vielleicht solltet ihr mich wieder nach Kalifornien schicken. Ich habe es bis jetzt nur hinbekommen, etwas in Brand zu stecken!«

»Und mich aus allen Gedächtnissen zu löschen und unsichtbar zu machen«, ergänzte er trocken.

Ich sagte nichts darauf. Ich wollte nicht mit ihm reden. Ich wollte, dass er wegging. Er konnte mich jeden Moment umbringen. Ich war mir sicher, dass er so geistesgestört war. Oder böse. Ich wusste nicht, was schlimmer wäre.

»Nicita … es funktioniert nur, wenn du konzentriert bist. Es dürfen keine anderen Gedanken deinen Geist einnehmen. Was immer es ist, was dich bedrückt, du solltest es in den Hintergrund drängen.«

Das war zu viel. Mein Kopf schnellte in die Höhe, und ich funkelte ihn wütend an. Es war schließlich alles nur seine Schuld! Nur seinetwegen konnte ich nicht zaubern! »Wie soll ich das alles in den Hintergrund verdrängen?«, schrie ich und fuchtelte mit den Armen. »Sie nehmen mich auf, wollen mir etwas beibringen, aber das Einzige, was Sie geschafft haben, ist, mir Angst zu machen und alles durcheinanderzubringen! Wenn Sie mir tatsächlich helfen wollen, dann hören Sie gefälligst auf, nachts Menschen umzubringen oder verbotene Bücher zu verstecken! Ich halte es nämlich nicht aus!«

Stille folgte.

Ich war entsetzt über meine eigenen Worte. Ich hätte dies niemals sagen dürfen. Schon gar nicht ihm. Sein Gesicht war bleich wie der Mond. Und dann traf mich sein Blick, sodass ich auf der Stelle lieber tot sein wollte. Ich hätte es nicht sagen sollen. Hätte ihm nicht verraten sollen, wie viel ich über ihn wusste.

Ich hatte mein Todesurteil unterschrieben.

Keiner sollte je seinem Geheimnis auf die Spur kommen. Nun musste er dafür sorgen, dass ich es keinem erzählen konnte.

Was hatte ich bloß getan?

19

Jenseits des Lichts

Nicita, wie viel weißt du?«, fragte er nach einer entsetzlichen Ewigkeit der Stille.

Ich schluckte, warf einen nervösen Blick zur Tür und überlegte, ob ich nicht einfach wegrennen sollte. Wie damals, als ich ihn unsichtbar gemacht hatte. Einfach fortlaufen und die Probleme hinter mir lassen.

»Alles«, sagte ich stattdessen mit seelenruhiger Stimme.

»Sag mir die Wahrheit! Ich schwöre, dass ich nicht davor zurückschrecken werde, unangenehme Methoden anzuwenden.«

Ich fragte mich, wie er angesichts der Tatsache, dass ich seine üblen Lügen durchschaut hatte, so ruhig bleiben konnte. Anscheinend war ihm einfach nur bewusst, dass er mir in allem überlegen war.

»Ich weiß, dass Sie aus Alcedia kommen, jemanden umgebracht haben und Magie der Nacht praktizieren.«

Er musterte mich kritisch. »Ich praktiziere keine Magie der Nacht.«

Ich musterte ihn ebenso skeptisch und versuchte, mein Zittern vor ihm zu verbergen. »Aber Sie verfügen über Wissen darüber. Ich habe die Bücher gefunden. Darauf steht die Todesstrafe!«

Meine Worte hallten von den friedlichen pinken Wänden zurück und klangen lächerlich in dieser Zuflucht eines Märchens.

Das Wort *Tod* prallte von einer rosa Wand zur nächsten und fand keinen Halt.

Mr. Sandlers starrte mich ausdruckslos an. Wahrscheinlich dachte er an die unzähligen Möglichkeiten, mich umzubringen und meine Leiche zu verstecken. Vermutlich hatte er bereits ein spezielles Versteck, an dem er schon Hunderte von Leichen angesammelt hatte. Bei der Vorstellung daran verzog ich angeekelt meinen Mund.

Dann stand Jean so plötzlich auf, dass ich zusammenzuckte.

»Du wirst absolut niemandem davon erzählen. Nicht ein Wort über mich. Hast du mich verstanden? Falls doch – und ich garantiere dir, dass ich darüber Bescheid wissen werde – wird dir und allen, die du lieb hast, das Schlimmste bevorstehen, was du dir vorstellen kannst.« Und mit diesen schrecklichen Worten, die mir beinahe die Tränen in die Augen trieben, verließ er das Zimmer und ließ mich allein. Die Tür krachte ins Schloss, sodass ich dachte, es würde sie aus den Angeln reißen. Dann hörte ich eine weitere Tür knallen.

Ich war allein.

Allein mit meiner Angst und meinen Zweifeln.

Es war bereits sieben Uhr abends, und ich hatte mich noch immer nicht aus dem Zimmer getraut. Das Mittagessen hatte ich sowieso schon verpasst, es war bereits halb zwei gewesen, als ich zur Pizzeria geeilt war. Wieso war ich stattdessen nicht einfach beim Essen erschienen? Jean hatte ja gesagt, ich sollte zum Essen kommen. Dann gäbe es jetzt definitiv ein paar Geheimnisse weniger in meinem Kopf, mit denen ich mich herumschlagen musste. Zum Abendessen zu erscheinen, traute ich mich nun auch nicht mehr. Anscheinend musste ich heute hungern.

Mit leerem Magen warf ich mich aufs Bett und starrte an die Decke. Zu gern hätte ich meine Gedanken und Sorgen mit jemandem geteilt, doch ich wusste, dass Jean es mit seiner Drohung ernst meinte. Um ehrlich zu sein, war ich mehr als froh darüber, überhaupt noch am Leben zu sein. Ob mich Mr. Sandlers jetzt ausspionieren würde? Ob er meine Gedanken lesen konnte?

Mein Herz setzte für einen Moment aus. Oh Gott, wie war das noch mit der Magie der Nacht? Vielleicht erlaubte sie es einem ja, die Gedanken der anderen gegen deren Willen zu lesen. Ich war mir plötzlich ziemlich sicher, dass Mr. Sandlers dies konnte.

Eines stand fest, ich musste irgendwie herausfinden, über welche Macht er wirklich verfügte und was er mir und ganz Phoenicia antun konnte, bevor ich paranoid werden würde.

Mit diesem Gedanken schlief ich schließlich ein.

Ich erwachte früh und war merkwürdig ausgeschlafen. Ich hatte noch massenhaft Zeit, um mich fertig zu machen. So machte ich mich heute besonders hübsch. Ich hätte die Zeit zwar auch nutzen können, um länger zu frühstücken, doch ich traute mich immer noch nicht aus meinem Zimmer, deswegen stand ich eine geschlagene Stunde vor dem Spiegel.

Das Ergebnis war nicht schlecht – vielleicht sollte ich öfter so früh schlafen gehen?

Vorsichtig öffnete ich meine Zimmertür, schielte nach rechts und links und huschte schnell in die Küche, nachdem ich sichergegangen war, dass Jean nirgendwo mit einem Dolch auf mich wartete.

Ich frühstückte innerhalb von fünf Minuten, schlüpfte in meine schwarzen Flipflops, schnappte mir meine Schultasche und flitzte aus dem Haus.

Kaum ließ ich diesen Ort des Grauens hinter mir, spürte ich, wie die Sorgen und Ängste von mir abfielen. Ich fühlte mich gleich viel besser und konnte erleichtert ausatmen. Und dann lief auch noch genau in diesem Moment Leo die Straße entlang. Ein Lächeln breitete sich auf meinem Gesicht aus.

»Hi«, rief sie und fiel mir um den Hals.

»Hey, na, wie geht's?«, fragte ich sie. Sie strahlte übers ganze Gesicht.

»Super! Ich muss dir gleich noch etwas Wichtiges erzählen!« Ich zog fragend eine Augenbraue in die Höhe, doch sie lief mit ihrem geheimnisvollen Grinsen weiter. »Findest du es schade, dass wir keine Geschwister sind?«, fragte sie stattdessen.

Ich überlegte einen Moment, doch dann schüttelte ich den Kopf. »Nicht wirklich. Im ersten Moment war ich enttäuscht, es wäre schön gewesen. Wir verstehen uns gut und alles, und am schönsten wäre es, weil wir dann wenigstens Familie hätten, verstehst du? So gehören wir irgendwie zu keinem. Wir wissen nicht, wer unsere Eltern sind und ob wir überhaupt noch Familie haben …«

»Aber im Prinzip hätte sich ja nichts zwischen uns geändert«, führte sie meine Überlegung fort und schaute mich von der Seite aus an. Ihr Pony verdeckte halb ihre Augen, doch die restlichen langen Haare waren zu einem Pferdeschwanz zusammengebunden. »Beste Freundinnen zu sein reicht doch, nicht?«

Ich nickte und wollte gerade etwas sagen, als plötzlich ein Junge aus der Seitenstraße kam und uns in den Weg trat. Es war Vincent.

Leo und ich blieben auf der Stelle stehen und schnappten nach Luft. Doch er grinste nur belustigt.

Wir musterten uns ein paar Sekunden lang gegenseitig, dann drehte sich Vincent um und lief weiter in Richtung der Akademie.

»Hey, ohne die Schlampe und Jerome an seiner Seite sieht er gar nicht mal so schrecklich aus«, flüsterte mir Leo zu.

Ich musste lachen. An genau dasselbe hatte ich auch gerade gedacht. Ja, man konnte sogar sagen, dass er nett aussah mit seinem Lächeln. Auch wenn es nicht so herzlich wirkte wie bei Max, war es doch … anziehend.

Mein Blick schweifte von seinem hellbraunen Lockenkopf seinen Rücken hinunter bis zu seinem Hintern in der Röhrenjeans.

»Sag mal, starrst du gerade auch auf seinen Hintern?«, fragte mich Leo plötzlich und riss mich aus meinen Gedanken. Sie lachte und starrte ihm dann wieder hinterher.

»Vincent!«, rief sie auf einmal so laut, dass ich zusammenzuckte. Entgeistert starrte ich sie an. Dann schaute ich zu, wie er sich umdrehte und zu uns zurückblickte. Mein Herz machte einen Satz. Im nächsten Moment rannte Leo auf ihn zu. Am liebsten hätte ich sie angeschrien oder geschlagen, doch ich lief ihr hinterher, bis wir bei Vincent angelangt waren. Was um Himmels willen wollte sie von ihm?

»Na hallo«, sagte er und zog überrascht eine Augenbraue in die Höhe.

Ich versteckte mich halb hinter Leo und war froh, dass ich so klein war. Mir war immer noch nicht klar, wieso Leo auf einmal etwas mit Vincent zu tun haben wollte. Sie machte sich doch nur lächerlich.

»Hi du, kannst du uns sagen, was wir in der ersten Stunde haben? Ich habe meinen Stundenplan verloren und kenne ihn noch nicht auswendig«, säuselte Leo. Ich traute meinen Ohren nicht, sie flirtete tatsächlich mit ihm.

»Wir haben jetzt eine Doppelstunde Heilkunst, dann Theorie«, antwortete er. »Habt ihr euch also entschlossen, mir Gesellschaft zu leisten, oder wie?«

Leo nickte begeistert, und ich konnte nicht anders, als meine Augen zu verdrehen. Vincent musterte mich belustigt. »Und du möchtest nichts mit mir zu tun haben?«

»Wow, was für ein Menschenkenner, vielleicht kannst du auch erraten wieso«, giftete ich ihn an.

Er hob die Schultern. »Vielleicht weil du auf mich stehst, es dein Ego aber nicht erlaubt, weil du nicht nur spießig und hochnäsig bist, sondern auch eitel. Du glaubst, du bist zu gut für mich?«

Ich kniff meine Augen zu schmalen Schlitzen zusammen. »Fast, Vincent. Fast.« Ich schnaubte und stolzierte an ihm und Leo vorbei.

»Nici, warte!«, schrie sie mir hinterher. Doch ich blickte nicht zurück. Ich wollte mich weder mit Charlotte noch mit Jerome noch mit Vincent abgeben, egal ob der nun gut aussah oder nicht. Er war genau so ein Arschloch wie die anderen beiden, und ich wunderte mich, dass Leo das so einfach übersah.

»Och Nicita, sei doch nicht so.« Eine Hand legte sich auf meine Schulter, doch ich schüttelte sie ab. Es war Vincents, das wusste ich, ohne hinzuschauen.

»Hey, lass mich einfach in Ruhe, und am besten richtest du das auch deinen Freunden aus«, rief ich und betrat die Akademie schließlich allein.

Im Klassenzimmer saß Jerome auf meinem Tisch und unterhielt sich mit einem Mädchen am Nachbartisch. Genervt blieb ich neben ihm stehen.

Bevor er oder ich etwas sagen konnten, tauchten Vincent und Leo im Raum auf. »Mann, bist du heute mit dem falschen Fuß aufgestanden oder was?«, fuhr sie mich an. Ich antwortete nicht. Stattdessen meinte Jerome, der noch immer auf meinem Tisch saß, bestens gelaunt: »Na ihr Süßen, will sich eine von euch auf meinen Schoß setzen, oder worüber streitet ihr euch?« Das reichte mir. Ich öffnete meinen Mund, um ihn zusammenzubrüllen, als Leo bereits die Initiative ergriff.

»Sag mal, träumst du noch oder siehst du plötzlich Gespenster und hältst uns für Charlotte?«

»Genau, Jerome«, mischte sich Vincent ein, »die hier gehört schon zu mir, also lass deine Pfoten von ihr.«

Perplex starrte ich von einem zum anderen. Jerome lachte auf und beäugte skeptisch, wie Vincent seinen Arm um meine beste Freundin legte.

Gott sei Dank hatte Leo nicht ganz ihren Verstand verloren, denn sie fuhr herum, und ehe ich blinzeln konnte, klatschte ihre Handfläche in sein Gesicht.

Entsetzt betastete Vincent seine Wange, und Jerome hielt sich neben mir vor lauter Lachen die Seiten. Ein kleiner Stups von mir und er würde vom Tisch kullern.

»Ich gehöre ganz bestimmt nicht dir«, meinte Leo lächelnd, tippte ihm an die Stirn, und plötzlich erschien dort ein dickes schwarzes »A«. Mit offenem Mund starrte ich auf die Druckbuchstaben, die sich wie von Geisterhand auf seiner Stirn abzeichneten, bis sie schließlich das Wort »Arschloch« bildeten.

Ich schaffte es nur eine Sekunde, Leo einen bewundernden Blick zu schenken, dann brach auch ich in Gelächter aus.

»Sag mal, was veranstaltet ihr denn hier für ein Theater?«, unterbrach uns plötzlich eine schrille Stimme. Ich verstummte sofort, als Charlotte vor mir stand. Auch Jerome und Leo hörten auf zu lachen. Charlotte schaute mich hasserfüllt an, und ich fragte mich, was ich ihr jetzt schon wieder getan hatte. Dann fiel ihr Blick auf Jerome neben mir, und ich sah, wie ihr Gesicht rot vor Wut wurde. Erst als sie Vincent erblickte, schaute sie etwas fröhlicher drein. Ich sah, wie selbst sie sich ein Grinsen verkneifen musste. Sie war eben auch nur ein Mädchen, und so etwas war extrem lustig.

»Wen hast du denn heute fertiggemacht?«, fragte sie ihn und zog eine Augenbraue in die Höhe.

»Er dachte, man könnte sich Mädchen mit netten Worten kaufen«, erwiderte Leo und stemmte die Hände in die Hüften. Charlotte musterte sie von Kopf bis Fuß, drehte sich auf dem Absatz um und ließ sich auf ihrem Platz neben Jerome nieder. Vincent schritt ohne ein weiteres Wort aus dem Klassenzimmer.

»Wohin geht er?«, fragte ich.

»Bestimmt aufs Klo, sich das Zeug aus dem Gesicht wischen«, meinte Jerome.

Ich schaute ihn wütend an. »Ist das hier dein Platz, oder was?«, zischte ich.

»Wir können ihn uns teilen, wenn du magst?«

Ich seufzte und ging stattdessen mit Leo hinüber zu ihrem Platz. »Das Zeug kriegt er nicht so leicht weg. Miss Spring meinte, das hält ganze vierundzwanzig Stunden«, erzählte Leo munter.

»Hat sie dir das beigebracht?«, fragte ich und lehnte mich an ihren Tisch, während sie sich hinsetzte und ihre Sachen auspackte.

»Sie hat es in ihrer Schulzeit auch oft verwendet, es ist gar nicht so schwer. Ich kann es dir beibringen, wenn du magst.«

Ich schüttelte den Kopf, als auch schon Miss Spring den Klassenraum betrat. Seufzend stieß ich mich vom Tisch ab und ging hinüber zu meinem Platz, im selben Moment stand auch Jerome auf, ging dicht an mir vorbei und flüsterte mir »Rache ist sexy« ins Ohr. Verwirrt starrte ich ihn an, doch er grinste nur.

Ohne mir weitere Gedanken darüber zu machen, nahm ich neben Charlotte Platz und begrüßte im Chor mit den anderen Miss Spring.

»Dass du es gewagt hast«, zischte mir Charlotte zu, kaum dass ich mich hingesetzt hatte.

Ich starrte sie entgeistert an. »Wie bitte?« Ich hatte nicht die geringste Ahnung, was sie jetzt schon wieder hatte.

»Oh Gott, hör doch auf mit deiner unschuldigen Tour. Ich weiß es, Nici. Ich weiß es. Du hast uns hintergangen, wolltest uns austricksen, ja?«

Ich schluckte und bekam allmählich wirklich Angst vor ihr.

»Game over, jetzt sind wir am Zug.« Ihr Blick war tödlich, doch im nächsten Moment hatte sie sich wieder umgewandt – und würdigte mich für den Rest der Stunde keines Blickes. Ich konnte annehmen, dass sie herausgefunden hatte, dass wir zu feige gewesen waren, um an ihrem Duell teilzunehmen.

In der zweiten Stunde Heilkunst fing ihre Rache an. Erst harmlos, doch ich wusste, dass sich das noch steigern würde.

Sechs Gläser standen vor uns auf dem Tisch, alle mit einem schwarzen Tuch verhängt, damit wir ihren Inhalt nicht sehen konnten. In einem der Gläser war ein Heilmittel, es besänftigte Schmerz und heilte Fieber, in einem anderen befand sich ein Schlaftrank, in einem weiteren ein leichtes Gift. In den drei übrigen Gläsern war nur Wasser. Unsere Aufgabe bestand darin, zu zweit herauszufinden, in welchem Glas sich das Heilmittel befand, indem wir unsere Hand darüberhielten und die *Aura* ertasteten.

Ich hielt gerade meine Hand über eines der Gläser, als es passierte.

Das Tuch flog in die Höhe, und die Flüssigkeit spritzte mir ins Gesicht. Mit einem Aufschrei zog ich meine Hand weg. Wie ein begossener Pudel stand ich nun hinter unserem Tisch und spürte die Blicke der anderen auf mir.

Miss Spring kam sofort herbeigeeilt.

»Nicita! Ich habe doch extra gesagt, ihr sollt keine Energie freisetzen! Ihr solltet nur die Energie der Flüssigkeiten spüren, keine eigene ausstrahlen«, schimpfte sie.

Ich wusste nicht, was ich sagen sollte. Hatte ich tatsächlich unbeabsichtigt meine Energie freigesetzt?

»Was ist das für eine Flüssigkeit?«, fragte sie nun besorgt. Mir fiel ein, dass auch ein Gift unter den Tüchern versteckt war. Trotzdem leckte ich instinktiv einen Tropfen auf meiner Unterlippe ab.

»Wasser«, murmelte ich, noch im Schockzustand.

»Sieh zu, dass du alles aufwischst«, wies mich Miss Spring an und ging weiter durch die Reihen, um zu sehen, was ihre anderen Schüler so trieben.

Ich erhaschte einen kurzen Blick auf Charlotte, die sich die Hand vor den Mund hielt und kicherte.

»Du warst es«, stellte ich fest.

»Ach was«, höhnte sie nur, hielt ihre Hand über eines der Gläser und notierte sich etwas in ihrem Heft.

»Es hätte auch das Gift sein können!«, zischte ich.

Sie zog eine Augenbraue hoch und schaute mich mitleidig an. »Nici, ich bin nicht so unbegabt wie du. Das Heilmittel erkennt man sofort an seiner stark positiven Aura und das Gift an seiner negativen. Man kann keine zwei Sekunden seine Hand darüberhalten, und schon warnen dich deine Sinne davor. Auch das Schlafmittel müsstest du mithilfe deiner ausgeprägten Sinne sofort gerochen haben. Du hast mein tiefstes Beileid, Süße, dass du so untalentiert bist. Anscheinend wärst du als Putzkraft doch besser geeignet. Und nun nimm dir einen Lappen und wisch auf, was Miss Spring dir angeordnet hat.«

Ich starrte sie entgeistert an, dann wandte ich mich um und tat, wie mir geheißen. Wäre ich ein normaler Mensch gewesen, hätte ich wahrscheinlich meine Tränen der Bloßstellung und Wut nicht zurückhalten können. Ich freute mich, dass dem nicht so war und ich mein Gesicht wahren konnte.

Während ich versuchte, das Wasser wegzuwischen, nahm es plötzlich eine seltsame Färbung an. Es wurde rosa, dann rot, und im Endeffekt sah es aus wie Blut.

Ich schluckte schwer und schaute mich in alle Richtungen um. *Charlotte, dieses Biest.* Ich nahm den vollgesogenen Lappen und warf ihn ihr an den Kopf.

Leider hatte ich nicht damit gerechnet, dass Miss Spring hinter mir stand.

»Nicita, ich denke, es wird Zeit für ein Gespräch beim Direktor.«

William hatte mich nur überrascht gemustert, als mich Miss Spring zu ihm gebracht hatte. Er hatte mir weder eine Strafe auferlegt noch eine Standpauke gehalten. Er hatte sich meine Version von Charlottes Bosheit angehört und das war es dann.

Es klingelte als Zeichen dafür, dass seine Theoriestunde begann, und ich betrat mit ihm gemeinsam wieder den Klassenraum.

Nun war die Zeit gekommen, meine Fragen zu stellen, die mir niemand anderes beantworten konnte. Es war schließlich das Fach über das theoretische Wissen. Ich meldete mich also, obwohl mich ein mulmiges Bauchgefühl zurückhalten wollte.

»Warum ist die Magie der Nacht verboten?«, fragte ich, nachdem Mr. Waston mich aufgerufen hatte.

Er schaute mich an, als würde er nicht glauben, was ich da wissen wollte.

»Was genau kann man damit machen, Mr. Waston?«, fragte ich eindringlich weiter.

»Es ist nicht erlaubt, darüber zu reden, Nicita«, sagte er dann mit heiserer Stimme.

»Aber wir Schüler müssen es wissen! Wir müssen doch wissen, wie stark unser Feind ist und was er uns antun kann! Wir müssen wissen, womit wir es zu tun haben, damit wir uns wehren können!« Verstand er denn nicht? Dieses Wissen, das er uns vorenthielt, war für uns vielleicht der einzige Weg zu überleben!

»Nicita, ich hatte dir schon mehr verraten, als dir guttut, und das bereue ich zutiefst. Ich möchte dich nach der Stunde sprechen. Und schneidest du noch einmal dieses Thema an, sehe ich mich gezwungen, dich vom Unterricht auszuschließen.«

Ich war entrüstet. Mit offenem Mund starrte ich ihn an und konnte nicht glauben, wie ignorant man sein konnte. Von meinen neuen Mitschülern erntete ich nur Gelächter, und am liebsten wäre ich im Boden versunken. Vielleicht würde ich ja bald lernen, wie man sich selbst unsichtbar machte.

Es läutete zum Ende der Stunde, und ich wollte gerade meine Tasche öffnen, um mein Essen herauszuholen, als mich Vincent aufhielt.

»Nein, warte«, sagte er so plötzlich, dass ich zusammenzuckte. Ich schaute ihn fragend an.

Er nahm mir die Tasche aus der Hand und sah sich nach allen Seiten um. Ich tat es ihm gleich. Charlotte und Jerome waren am anderen Ende der Klasse damit beschäftigt, sich gegenseitig anzuflirten. Dann jedoch glitt Jeromes Blick plötzlich in meine Richtung.

Schnell schaute ich wieder zu Vincent.

»Was soll das?«, fragte ich ihn und beobachtete skeptisch, wie er seine Hand über meine Tasche hielt und etwas vor sich hin murmelte. Dann reichte er mir die Tasche wieder und lächelte schüchtern.

»Charlotte hat dort Wespen hineingezaubert«, erklärte er.

Ich sah ihn ungläubig an und war kurz davor, ihn auszulachen. »Wespen?«, fragte ich belustigt und schenkte ihm keinen Glauben. Er schien das zu bemerken, denn sein Lächeln erlosch.

»Du musst mir ja nicht glauben. Ich wollte dir nur helfen. Charlotte kann manchmal echt fies sein, besonders dann, wenn sie merkt, dass ihr Gegenüber sie für dumm verkauft.«

Ich biss mir auf die Unterlippe. Hatte er recht? Aber *Wespen?*

»Wie hat sie es herausgefunden?«, fragte ich stattdessen. Es war offensichtlich, dass sie sich für meinen Täuschungsversuch rächen wollte.

»Lina, die Wahrsagerin. Sie ist eine gute Freundin von Charlottes Familie.«

»Boa, ich kann es nicht fassen. Ich wusste sofort, dass diese Wahrsagerin böse ist«, beschwerte sich Leo auf dem Heimweg. »Und diese Charlotte, wie sie mich aufregt! Und als sie dann plötzlich in Geschichte dein Heft hat brennen lassen!«

Ich hörte mir ihre Klagen an, ohne darauf einzugehen. Der heutige Schultag war der schlimmste in meinem bisherigen Leben gewesen. Ich hatte glatt zweimal ein Gespräch mit dem Direktor gehabt und rund tausend Erniedrigungen von Charlottes Seite aus erlebt.

»Wieso unternimmst du nichts dagegen? Du musst dich gegen diese dumme Kuh wehren!«

»Was soll ich schon tun?« Ich seufzte. »Soll ich ebenfalls ihr Heft in Brand stecken? Ihr kleine, dumme Streiche spielen? Ich will mich nicht auf dieses Kindergartenniveau hinunterbegeben. Mal außer Acht gelassen, dass ich das gar nicht könnte, selbst wenn ich es wollte. Ich kann keinen dieser magischen Tricks!«

Leo blieb stehen und schaute mir ernst in die Augen. »Und was ist mit deinem Mentor? Er sollte dir bei solchen Angelegenheiten helfen. Und so viel Respekt, wie er bekommt, da wird das sicher kein Problem sein.«

Ich sah genervt zur Seite. »Mr. Sandlers«, schnaubte ich und wusste nicht, ob ich lachen oder weinen sollte. »Ich … ich habe *Angst* vor ihm, Leo.«

Mit einem Seufzen entledigte ich mich meiner Kleider, ließ sie an meinem Körper bis zum Boden gleiten und stieg in die Badewanne. Während ich mich langsam in das kochend heiße Wasser kniete, welches für meinen Körper jedoch nur lauwarm erschien, beobachtete ich mich in dem Spiegel über dem Waschbecken. Meine Augen waren weit aufgerissen, und ich konnte dahinter, hinter diesem einen Moment der Ruhe und des Wohlbefindens, die Angst sehen, die sich, seit ich hier war, unumgänglich in meine Seele eingenistet hatte. In meinem sonst feurigen Blick lag nun Schwäche.

Schnell wandte ich meinen Blick von meinem Spiegelbild ab und hoffte, dass ich mir das alles nur einbildete.

Mit geschlossenen Augen hing ich minutenlang leichten und friedvollen Gedanken nach. Ich dachte an mein altes Leben, an meine Geburtstagsfeier, die schon eine Ewigkeit zurückzuliegen schien. Dabei waren keine zwei Wochen vergangen. Mein Herz wurde schwer, als ich daran dachte, dass morgen unser Flug nach Hawaii gehen würde. Nur leider ohne mich und Leo. Ob die anderen überhaupt fliegen würden?

Ein Klopfen riss mich aus meinen trübseligen Gedanken. Ich schlug meine Augen auf und schaute mich im Bad um, dann hämmerte es schon wieder an der Tür.

»Nicita, komm sofort da raus!«

Angst packte mich so plötzlich, dass mir die Luft wegblieb.

»Mr. Sandlers?«, rief ich mit zittriger Stimme.

»Raus! Ich muss mit dir reden!« Sein Ton klang wütend, doch er schrie nicht. Er sprach bestimmt und mit zusammengebissenen Zähnen.

So schnell ich konnte, sprang ich aus der Badewanne und trocknete mich ab.

»Ich bade!«, rief ich ihm atemlos zu. Was wollte er bloß?

»Dann hör auf damit!«

»Oh verdammt«, murmelte ich und schlüpfte schnell in frische Unterwäsche. Ich brauchte eine Weile, bis ich es schaffte, meinen BH zuzumachen. Nachdem ich mir einen weißen Frotteebademantel übergeworfen und ihn so fest zugebunden hatte, dass ich kaum noch Luft bekam, drehte ich den Schlüssel im Schloss um.

Nichts.

Ich wartete mit rasendem Herzen einige Sekunden lang, bis ich bereit war, die Tür zu öffnen und Mr. Sandlers gegenüberzutreten.

Er wartete im Flur und schaute mit einer seltsamen Miene auf mich herab. Lange Zeit hörte ich nur das Aufschlagen der Tropfen von meinen nassen Haaren auf dem Fußboden. Ich fragte mich, ob ich mir dieses Geräusch nur einbildete oder es wegen meiner übersinnlichen Fähigkeiten tatsächlich hörte.

»Ich darf nichts riskieren. Ich dachte, du hättest verstanden, was ich dir gestern gesagt habe«, brach es aus ihm heraus. Er war aufgewühlter, als ich dachte.

»Ich weiß nicht, wovon Sie reden«, stammelte ich, doch dies war eine Lüge. Er konnte von gar nichts anderem reden.

»Nicita, hör auf, Spielchen mit mir zu spielen! Ich lasse es nicht zu, dass du unser aller Leben zerstörst. Ich dachte, ich hätte mich gestern klar und deutlich ausgedrückt.«

»Ich habe keinem etwas verraten«, erwiderte ich und schaute ihm fest in die Augen. Ich hatte nichts Unrechtes getan.

»Du hast heute im Unterricht auffällig viele Fragen über Magie der Nacht gestellt und mit Leo über mich gesprochen«, meinte er kühl und beobachtete meine Reaktion.

»Ich habe nichts Unrechtes getan.« Ich verschränkte meine Arme vor der Brust, da ich mich in dem Bademantel plötzlich nicht sicher genug fühlte.

Doch im Bruchteil der nächsten Sekunde schnappte sich Jean mein Handgelenk und zerrte mich mit sich. Widerstrebend ließ ich mich von ihm ins Wohnzimmer ziehen. »Aua! Lass mich los«, rief ich, doch er achtete nicht darauf. »Verdammt, du tust mir weh!«

Endlich ließ er mich los. Seine Hand hatte einen roten Abdruck auf meinem Handgelenk hinterlassen, der nun brannte.

Denn seine Haut … war eiskalt gewesen.

»Ich kann es nicht riskieren, dass ich auffliege, dass –«

»Dass alle wissen, was für ein Arschloch du bist!« Tränen brannten in meinen Augen.

Er starrte mich entsetzt an. »Weißt du eigentlich, wer ich bin?«, fragte er voller Unglauben.

»Ja.« Ich schluckte. »Du bist der Prinz von Alcedia.«

Er starrte mich stumm an. Vielleicht störte es ihn auch nur, dass ich ihn nicht mehr siezte. Aber in diesem Moment hatte ich jeglichen Respekt vor ihm verloren. Er war ein Verräter. Ein Spitzel. Und unser aller Tod.

»Du wirst uns alle verraten. Wahrscheinlich wirst du schon bald eine ganze Armee hierher beordern, um uns endgültig zu töten. Okay, ich bin noch nicht lange hier in Phoenicia, und ja, ich mag es nicht, ein Phönix zu sein. Mir wäre nichts lieber, als wieder zurück nach Kalifornien zu gehen. Doch eines kann ich dir sagen: William und die anderen vertrauen dir. Ich werde es nicht zulassen, dass du denen etwas antust. Dass du Unschuldige opferst!«

Genau, ich werde es ihnen sagen, Jean! Du kannst mich nicht zwingen, dein dreckiges Geheimnis für mich zu behalten! Ich werde dich auffliegen lassen und ganz Phoenicia vor dir retten! Egal was er jetzt noch tat. Mein Entschluss stand fest. Ich schaute ihm fest in die Augen, wich seinem Blick nicht aus. *Ich werde noch heute Abend etwas dagegen unternehmen!*

Unvermittelt schnellte seine Hand vor und drückte mich gegen die Wand. Mein Rücken prallte dagegen wie Stein auf Marmor. Mit beiden Händen hielt er die meinen an die Wand gepresst. Er stand mir so nah … so nah wie noch nie.

Ich spürte seinen festen Körper an meinem immer noch feuchten. Der dicke Bademantel zwischen uns bedeutete plötzlich nichts mehr.

»Das hättest du nicht laut denken dürfen, Nicita. Glaub nicht, dass ich nicht fähig bin, dich davon abzuhalten. Ich will dir nicht wehtun, aber es darf keiner erfahren –«

»Was für ein kranker Bösewicht du bist!« Ich funkelte ihn zornig an. Sein Gesicht war nur wenige Zentimeter über meinem. Sein Atem streichelte mein nasses Haar. Unter dem schwachen Duft eines Parfums roch er nach Winter. Ich fragte mich, wieso ich es nie bemerkt hatte.

»Ich bin nicht böse«, knurrte er und sah mich dabei so böse an, dass ich beinahe aufgelacht hätte. »Was wäre, wenn ich dir sagen würde, dass ich das alles nur tue, um alle Phönixe – eingeschlossen dich – zu retten? Was wäre, wenn ich dir sagen würde, dass ich der Held bin?«

Nun lachte ich tatsächlich. Es klang hohl und zugleich schrill in dieser Dunkelheit. In dem großen Raum, an dessen Wand sich sein Körper an meinen presste. Seiner war kalt.

»Ich würde dir nicht glauben«, erwiderte ich schlicht.

20
Jean Luan de Estrela

Lange Zeit befand sich zwischen uns nur mein hektisches Atmen. Es bildete kleine Wölkchen zwischen unseren Gesichtern, da er eine Kälte ausstrahlte, die ich früher nie wahrgenommen hatte. Ich fror in seiner Gegenwart, und doch schienen seine Hände zu brennen, die mich berührten. Mich umklammert hielten. Und nicht wegließen.

»Ich glaube, es wird Zeit, dir meine Geschichte zu erzählen«, raunte er, und bei seiner Stimme bekam ich eine Gänsehaut. Ich wollte, dass er mich losließ. Ich wollte nicht, dass seine Lippen nur Zentimeter von meinen entfernt waren. Ich wollte eine ganze Welt zwischen meinen und seinen Körper bringen.

»Mein Name ist Jean Luan de Estrela, und ich wurde in einer sternenlosen Nacht geboren, während ein Schneesturm in Alcedia wütete …«

Alcedia, März 1983

Die Schreie eines Neugeborenen hallten durch das riesige Schloss, ließen zu dieser Stunde der Nacht keinem Einzigen den Schlaf.

Ohnehin war nicht an Schlaf zu denken. Ohne Unterlass marschierte der König seit geraumer Zeit den Korridor entlang. Immer hin und zurück. Schritt am Gemach seiner Frau vorbei und bekam jedes Mal eine Gänsehaut, wenn ihre Schreie zu ihm herüberdrangen.

Seit mehreren Stunden ging das schon so.

Und nun, endlich, waren die schrillen Schreie eines Neugeborenen die Erlösung. Noch bevor sich die Tür öffnete und die Zofe seiner Frau ihm die freudige Nachricht überbringen konnte, wusste er schon, dass es Zwillinge waren. Zwei gesunde Babys, endlich, nach so langer Zeit. Mit all seiner Kraft hoffte er auf einen Thronerben. Vor zwei Jahren bereits hatte seine Frau ein Kind erwartet, doch dieses hatte nie das Licht der Welt erblickt.

Er war mehr als froh, dass es diesmal keine Totgeburt war, doch als man ihm in dieser Nacht mitteilte, dass es zwei Söhne waren, hielt er sich für den glücklichsten Mann der Welt.

Er stürmte ins Zimmer zu seiner geschwächten Frau, die mit geschlossenen Augen im Bett lag.

»Geht es ihr gut?«, erkundigte er sich rasch und trat an ihre Seite. Nahm vorsichtig ihre glühende Hand zwischen seine eiskalten Finger.

Das junge Mädchen, das neben der Königin stand und ihr bei der Geburt geholfen hatte, nickte. Eine andere Dienerin brachte ihm seinen Sohn. Das Herz schlug ihm bis zum Hals, als er das kleine Bündel entgegennahm und in das Gesicht des Prinzen blickte. Augen wie Eiskristalle funkelten ihm entgegen.

»Ist er … er der Thronerbe?«, fragte er mit zittriger Stimme. Bei jeder Geburt des Königsgeschlechts war einer der Zwillinge auserwählt, später zu herrschen. Dieser trug seit der Geburt drei kleine Muttermale, angeordnet in einem Dreieck, auf der linken Handfläche.

Vorsichtig öffnete der König die winzige Faust seines Sohnes und betrachtete das Mal des Herrschers voller Stolz und Ehrfurcht.

Den anderen Zwilling, der weinend am Bettende lag, beachtete in dieser Nacht niemand mehr.

Ich hörte ihm mit angehaltenem Atem zu. Wir standen immer noch wie vorhin, dicht an die Wand gepresst. Ich traute mich nicht, meine Körperhaltung zu verändern, und auch Jean tat es nicht. Doch nun bewegte ich zögerlich meine rechte Hand. Er hörte auf zu erzählen und schaute überrascht zu unseren Händen hinunter. Auf der Stelle ließ er meine Hand los. Sie fühlte sich nun ungewöhnlich leicht an – als fehlte ihr etwas.

Ich nahm all meinen Mut zusammen und griff mit zitternden Fingern diesmal nach seiner Hand.

»Was –?«, flüsterte Jean und beäugte mich skeptisch. Ich wollte kontrollieren, was ich bereits erahnte. Vorsichtig hob ich seine linke Hand an, unterdrückte meine Angst vor diesem Mann und drehte sie mit der Innenfläche nach oben.

Keine drei Muttermale.

Seine Handfläche war rein, hell wie Schnee und mit feinen Linien überzogen. Langsam strich ich mit einem Finger seine Lebenslinie entlang, doch im nächsten Moment entriss er mir seine Hand.

Erschrocken über das, was ich gerade getan hatte, zuckte ich zurück und schaute ihn mit großen Augen an.

Zehn Tage später rief der König den mächtigsten Wahrsager zu sich aufs Schloss, den es in diesem Land zu finden gab.

Er wollte wissen, wie sich sein Thronerbe machen würde und ob er auf Krankheiten oder Unfälle gefasst sein musste. Nicht allzu selten wurde bei solchen Lesungen der Tod des Prinzen vorhergesagt, den es dann zu verhindern galt.

Es war bereits später Abend, als der Wahrsager, ein alter, gebrechlicher Mann, das Schloss erreichte. Das Königspaar erwartete ihn im Speisesaal, und die beiden Prinzen lagen im Arm der Königin. Doch ihr Gesicht war nicht von Liebe geziert wie das einer jeden jungen Mutter. Sie schaute noch nicht einmal auf ihre Söhne herab, ihre Gedanken galten nur der Zukunft und ihrer eigenen Macht. Sie dachte daran, wie sie dem Wahrsager etwas über ihre Zukunft entlocken könnte.

Als ihr Mann ihr ein ermutigendes Lächeln schenkte, weil er dachte, sie würde sich Sorgen um die Kinder machen, ignorierte sie ihn wie jedes Mal. Sie hatte ihn nie geliebt. Vielleicht lag es daran, dass ihr Herz aus Eis war.

»Muraldo, Euch zu Diensten«, sprach der Wahrsager und verbeugte sich tief, als er von einem Diener in den Saal geleitet wurde.

Niemand ahnte zu diesem Zeitpunkt, dass die Wahrsagung, die er gleich treffen würde, das gesamte Leben der Königsfamilie verändern würde und ihr Schicksal dem Untergang weihte.

Als er die Hand des Erstgeborenen, des Thronerben, ergriff, legte sich ein schwarzer Schleier um seine grünen Augen, und er begann, mit einer tiefen Stimme zu sprechen, die selbst dem König das Blut in den Adern gefrieren ließ.

»Er wird gesund und mächtig mit einundzwanzig Jahren den Thron besteigen und ein ehrenvoller Nachfolger sein. Er wird unser Land in den heißersehnten Kampf schicken … doch ein junges Mädchen wird seinen Plan zunichtemachen und sein Schicksal gefährden.«

Er ließ die Hand des Neugeborenen los und atmete ein paarmal tief ein und aus. Er war sichtbar erschöpft und plötzlich ganz bleich.

Der König stand auf, um den alten Mann zu stützen, da er befürchtete, dieser würde jeden Moment zusammenbrechen.

»Ist schon gut, Eure Majestät«, beschwichtigte ihn Muraldo. »Ich habe nur schon ein paar Tage lang nichts getrunken.«

»Wir könnten Ihnen etwas anbieten. Wir haben einige Mädchen hier, die wir speziell für solche Angelegenheiten hier halten«, meinte der König. »Sie schmecken köstlich.«

Der alte Mann schüttelte lachend den Kopf. »Sie müssen mir nicht köstlich schmecken, ich brauche nur mächtige Opfer, damit ich meinen Beruf ausüben kann. Aber nein danke. Meine Kraft wird noch reichen für heute.«

»Das hättest du mir nicht erzählen dürfen!« Ich schüttelte verzweifelt meinen Kopf und wünschte, dass ich das soeben Gehörte vergessen würde.

Jean beobachtete mich. Ich konnte nicht sehen, woran er dachte.

»Ich dachte, wenn ich es dir schon erzähle, kannst du auch die ganze Geschichte hören. Das wolltest du doch, oder nicht? Du weißt sowieso schon zu viel. Nur deswegen erzähle ich es dir ja – weil du bereits Verbotenes weißt!«

»Aber das hatte mit Magie der Nacht zu tun, habe ich recht? Jetzt wird man mich umbringen!« Er konnte mich doch nicht einfach in so etwas Verbotenes mit hineinziehen.

»Niemand wird dich umbringen, Nicita«, sagte er genervt und seufzte. »Ich werde schon auf dich aufpassen«, fügte er leise hinzu, und ich spürte, wie mir das Blut in den Kopf schoss.

»Ich möchte aber nichts weiter über diese Magie erfahren. Ich will nicht so böse werden wie du!«

Er schaute weg. »Wie du meinst.«

Als Muraldo die Hand des Zweitgeborenen ergriff, veränderte sich sofort sein Gesicht. Hass lag darin, und das Herz des Königs zog sich zusammen vor Angst.

»Oh nein, beim Blut unserer Vorfahren! Dieser Knabe wird Alcedia nichts Gutes bringen. Er wird unser aller Untergang sein! Er wird unser ganzes Reich in Gefahr bringen und uns an unseren schlimmsten Feind verraten!« Schnell zog der mächtige Zauberer seine Hand fort und schaute voller Entsetzen auf das Baby herab. Auch die Königin schnalzte empört mit der Zunge und wollte das Kind am liebsten nicht mehr in den Händen halten.

»Bringt ihn um. Ich rate euch, nehmt ihm das Leben, bevor er das unsere nimmt.«

Der Vater starrte seinen zweiten Sohn mitleidig an. Zweifel lag in seinem Blick – aber auch Angst.

Denn er wusste, dass sich das Leben seines kleinen Jean Luan ab heute ändern würde. Nehmen würde er es ihm nicht, aber er würde ständig Angst davor haben, sich nicht richtig entschieden zu haben. Was musste er tun, um diese Zukunft zu verhindern? Was sollte er lassen, damit aus diesem kleinen, unschuldigen Jean kein Verräter wurde?

»Können Sie uns nicht noch etwas über die gesamte Familie sagen? Wo Sie sich schon einmal auf diesen langen Weg begeben haben? Wir entlohnen Sie dafür natürlich«, sprach dann plötzlich seine Frau. Überrascht schaute er seine bildhübsche Gemahlin von der Seite an. Ihre blonden Haare umspielten ihr elfenbeinfarbenes Gesicht, das er am liebsten geküsst hätte. Er liebte seine Frau, liebte sein Land und jeden einzelnen Alcedo – ob Vampir oder nicht, ob Zauberer oder Bauer.

Sein einziger Hass galt den Phönixen, von denen sein eigener Bruder ununterbrochen gesprochen hatte und derentwegen er nun verschwunden war. Seit sie beide einundzwanzig geworden waren und er den Thron bestiegen hatte, war sein Bruder nicht mehr da. Einige glaubten, er sei bereits tot.

Doch der König hatte die Hoffnung noch nicht aufgegeben und bereute zutiefst die damaligen Streitereien und Demütigungen, die er seinem Bruder angetan hatte.

»Ja, bitte sagen Sie noch etwas. Irgendetwas über unsere Familie«, sprang der König seiner Frau also bei, in der Hoffnung, etwas über seinen Bruder zu erfahren.

»Nun, das Einzige, was ich Ihnen sagen kann, ist, dass Sie auf Ihre hübsche Frau achtgeben sollten, Majestät«, sagte er unerwartet.

»Ich verstehe nicht, Muraldo.«

»Ihre Frau ist sehr wertvoll für unser Reich. Sie besitzt vielleicht die Macht, Phoenicia ein für alle Mal zu zerstören.« Der alte Mann zwinkerte der Königin zu, deren Herz sofort auftaute. Das war es, was sie hören wollte. Das war es, wovon sie schon ihr ganzes Leben lang geträumt hatte. Und wovor sich der König sein ganzes Leben lang gefürchtet hatte …

»Sag mal, ist es Absicht, dass du die Namen des Königspaars und deines Bruders nicht erwähnst?«, fragte ich.

Jean schaute erst etwas verwirrt, da ich ihn so plötzlich unterbrochen hatte, dann breitete sich ein Grinsen auf seinem Gesicht aus.

»Ja. Um meine Familie zu schützen«, erwiderte er.

Ich schnaubte. Also hatte er immer noch ein gutes Verhältnis zu seinen Verwandten, oder wie? Seine Geschichte deutete doch in eine ganz andere Richtung.

»Woher weißt du das alles?«, fragte ich weiter.

Er runzelte die Stirn, als ob er nicht wüsste, was ich meinte.

»Du kannst dich ja bestimmt nicht an die Prophezeiung erinnern. Wer hat dir davon erzählt?«

»Ich weiß es aus den Briefen meines Vaters, die ich in den letzten Wochen bekommen habe.«

Von da an änderte sich das Leben im Schloss schlagartig, und der kleine Jean wuchs nicht auf wie ein Prinz. Er lebte, doch seine Eltern fürchteten sich vor ihm und vor falschen Entscheidungen.

Für alles, was er falsch machte, bestraften sie ihn hart, weil sie Angst hatten, seine Erziehung zu locker zu nehmen. Sie bestraften ihn für jede Kleinigkeit, weil sie ihn perfekt machen wollten. Doch Liebe und Zuneigung bekam er keine.

Er wuchs mit dem ständigen Blick auf seinen wundervollen Bruder auf, den alle liebten und vergötterten. Ständig wurde ihm sein Bruder als Beispiel genannt, doch in einsamen Nächten, in denen sein Bruder das Einzige war, was er hatte, demütigte ihn der Zwilling. Er machte sich lustig über ihn und seine Art und redete nur darüber, wie es sein würde, wenn er den Thron bestieg.

Dem Zweitgeborenen ging dies auf die Nerven, er begann nicht nur seinen Bruder zu hassen, sondern alles, was dieser tat oder mochte.

Als die Lehrzeit der beiden Prinzen begann, verbaten die Eltern es, Jean irgendetwas über Phoenicia beizubringen. Sie wollten ihn so lange wie möglich von dieser anderen Welt fernhalten, damit er sich ja nicht damit anfreunden konnte. Sie wollten, dass er diese Welt nie kennenlernte, damit er sie ja nicht an sie verraten konnte.

Und auch wussten sie nicht, ob sie ihn in die Künste der Finsternis einweihen sollten. Sie hatten Angst, dass er so an zu große Macht gelangen würde.

Und so verstrich seine Kindheit. Die meiste Zeit verbrachte er in dem Kerker des Schlosses, wo er oft von seinen Eltern eingesperrt wurde. Er lernte die Schattenseiten von Alcedia kennen, und die Eltern hatten keine Ahnung, dass sie gerade mit dieser Erziehung die Zukunft in Gang setzten, die ihnen angekündigt worden war.

»Hätte der Wahrsager die Zukunft nie vorhergesehen, wäre es nicht so gekommen, oder?«, fragte ich.

»Mit Gewissheit wird dir das niemand sagen können. Doch das Schicksal ist etwas, an das sowohl die Alcedos als auch die Phönixe glauben.«

Mir kam es absurd vor, daran zu glauben, dass Jeans Schicksal nicht hätte anders verlaufen können. Wenn niemand von der Prophezeiung gewusst hätte … Ich fragte mich, ob es sich bei meiner Zukunft genauso verhielt. Wenn ich einfach so tun würde, als wüsste ich nichts davon, vielleicht würde ich dann ja nie in einem Kerker landen?

Er war bereits siebzehn, als man sich endlich entschloss, ihn doch die Magie der Finsternis zu lehren. Es wäre eine Schande gewesen, wenn er sie nicht beherrscht hätte. Wenn er zu den Schwächsten in ganz Alcedia gehört hätte. Obwohl er nur der Zweitgeborene war, war er dennoch ein Prinz.

Doch als man ihm diese Kunst endlich beizubringen versuchte, hatte er bereits gelernt, diese Magie zu hassen. Denn sein Bruder liebte sie, er sprach von nichts anderem, als wie er damit an mehr Macht gelangen könnte. Jean hingegen strebte nie nach Macht. Er wollte nicht so werden wie sein Bruder oder seine Mutter, noch nicht einmal wie sein Vater.

Er dachte oft daran, einfach zu fliehen, doch er wusste nicht wohin. Eines Tages las er dann vom Reich der Phönixe. Und von diesem Moment an war sein Entschluss gefasst. Die nächsten Monate, ja sogar Jahre, verbrachte der junge Prinz damit, Informationen über das feindliche Phoenicia zu sammeln.

Und dann, es waren mehr Jahre als gedacht vergangen, ergab sich endlich eine Möglichkeit zur Flucht. Weniger eine Möglichkeit als ein Zwang.

Ein kleiner Junge brachte ihn dazu.

Es war eine Nacht wie im Bilderbuch. Der Schnee hüllte das Land in eine reine, unschuldige Farbe. Egal aus welchem Fenster man blickte, man sah nur Weiß. War geblendet und berauscht davon. Die Flocken fielen so dicht, dass man die Hand vor Augen nicht sehen konnte. Es war eine eiskalte Nacht. Die Lieblingsnacht eines jeden Alcedos. Die Nacht, in der sie sich am wohlsten fühlten.

Und niemand ahnte, dass sich ein ungebetener Gast in dem Märchenschloss befand, in dem es seit Jahren kein freudiges Lachen mehr gegeben hatte. In dem seit Jahren kein Kinderherz vor Freude getanzt hatte oder Augen vor Aufregung gefunkelt hatten.

Doch es war Gott sei Dank der junge Prinz, Jean Luan, der den kleinen Dieb erwischte.

»Was machst du denn hier?«, rief er überrascht aus, als er den Jungen fand, der durch den dunklen Korridor schlich, in dem sich sein Gemach befand.

Der Junge fuhr erschrocken herum, doch als er Jeans Gesicht erblickte, breitete sich ein Lächeln auf seinen Lippen aus.

»Mann, hast du mich erschreckt«, flüsterte der Junge, damals noch keine sechs Jahre alt. Er kannte Jean schon länger. Sei es auf dem Marktplatz oder beim Brunnen, Jean war derjenige, der ihm Geschenke machte und half. Er half ihm und seiner Mutter, die Grausamkeiten des Lebens zu überstehen.

»Sag mal, was hast du denn da?«, fragte Jean und zog einen Laib Brot und einen Apfel unter dem Hemd des Jungen hervor. Dieser senkte beschämt den Kopf. Doch Jean lächelte ihm nur aufmunternd zu, er wusste, dass er nichts gestohlen hätte, wenn es nicht lebensnotwendig gewesen wäre.

»Ich habe dir doch gesagt, du sollst einfach zu mir kommen, wenn ihr etwas braucht. Warte einen Moment, ich habe noch etwas für dich.« Und dann verschwand der junge Prinz in seinem Gemach, nur um Sekunden später mit einer goldenen Brosche zurückzukehren.

»Hier, nimm sie und verkaufe sie, mein Kleiner.«

Der Junge nahm sie dankend entgegen, sie würde ihm und seiner Mutter vielleicht einen ganzen Monat Sicherheit geben. Und Nahrung.

»Und nun lauf und lass dich ja nicht erwischen«, rief Jean dem Jungen nach – wie jedes Mal. Und bis zu jenem Tag hatte sich der kleine Junge auch noch nie erwischen lassen.

Bis zu jenem Tag war immer alles gut gelaufen.

Doch in dieser Nacht war es anders.

Jean zog sich gerade in seinem Gemach aus und legte sich zu dem Mädchen in seinem Bett, als die Tür aufflog und sein Vater mit einer Schar Soldaten dahinterstand.

Das Mädchen schrie auf, und Jean wollte nichts weiter, als sie zu beschützen. Doch der, den er beschützen musste, war in dieser Nacht jemand anderes.

Die Soldaten hatten den kleinen Dieb erwischt. Hatten die königliche Brosche bei ihm gefunden, die dem Erstgeborenen gehörte.

Der Knabe wurde gezwungen zu verraten, woher er sie hatte, und um sein Leben zu retten und das seiner Mutter, hatte er Jean verraten. Ein Wachmann forderte, dass seine Hand abgeschlagen werden sollte. Als der kleine Dieb sich dann jedoch ein Messer schnappte und sich zur Wehr setzen wollte, war sein Schicksal besiegelt.

Alle drei, der Junge, das Mädchen, welches Jean in dieser Nacht Gesellschaft geleistet hatte, und er selbst, wurden in dem Kerker eingesperrt.

Dem Jungen drohte die Todesstrafe.

Das konnte Jean nicht hinnehmen, ihm war es egal, wie lange sein Vater ihn in dem Kerker gefangen halten wollte, aber er wollte nicht, dass andere seinetwegen litten.

Also wandte er zum ersten Mal die Magie der Finsternis an, um sie drei dort herauszuholen. Ohne diese Magie wäre es ihm nie gelungen.

Und da er wusste, dass nun sowohl er als auch der Knabe gesucht werden würden, beschloss er, seinen langersehnten Fluchtplan nun endlich in die Tat umzusetzen.

Er floh mit dem Jungen nach Phoenicia, um ihrer beider Leben zu retten und hoffentlich ein neues beginnen zu können.

»Wow.« Ich war fassungslos. Die Geschichte hatte eine Gänsehaut auf meinen Armen hervorgebracht. »Der Junge … es war Tony, richtig?«, fragte ich mit zittriger Stimme.

Jean nickte, und erst jetzt wurde mir bewusst, wie hart seine Vergangenheit tatsächlich gewesen sein musste. Auch wenn sich für mich die ganze Geschichte nicht real anfühlte. Ich konnte mir kaum vorstellen, dass der Jean aus seiner Erzählung derselbe war wie der arrogante Mentor, den ich kennengelernt hatte. Ich konnte ihn mir kaum vorstellen als Sohn des Königspaares in Alcedia, einem Reich, in dem es nie aufhörte zu schneien.

»Und nie ist den anderen aufgefallen, dass du anders bist? Nie war jemand misstrauisch, weil du erst mit zwanzig nach Phoenicia kamst?« Es erschien mir unvorstellbar, dass alle in Phoenicia so blind waren.

Jean schüttelte lachend den Kopf. »*Natürlich* ist es aufgefallen. Natürlich gab es Zweifel! Ich konnte keinen einzigen Feuerspruch, die Hitze machte mir zu schaffen, und es gab Zeiten, in denen ich dachte, ich sei in der Hölle gelandet. Doch William hat mir geholfen. Er hat mir den Rücken gedeckt und mir Unterricht gegeben. Hat mir die Kontaktlinsen besorgt.«

Meine Kinnlade fiel herunter. »William weiß es?«

»Was hast du erwartet?«

Das musste ich erst einmal verdauen. Er wusste es schon die ganze Zeit und hatte mir trotzdem so komische Antworten gegeben … wahrscheinlich gerade deswegen?

»Er hatte Angst, dass du etwas über mich herausfinden könntest«, sagte Jean, als hätte er meine Gedanken gelesen. »Er hat auch Angst davor, dass ich mit meiner Magie Böses tue … Er hat Angst, dass ich dir meine Art der Magie beibringen würde.« Seine letzten Worte glichen einem Knurren.

»Moment«, warf ich ein. »Aber du *tus*t doch Böses! Du hast jemanden umgebracht! Du brauchst es gar nicht zu leugnen, ich –«

»Es war ein Alcedo, Nicita!«, rief Jean.

Darauf konnte ich nichts mehr sagen.

Jean stieß sich endlich von mir ab und trat ein paar Schritte zurück. Sofort breitete sich wieder eine Wärme um mein Herz, die die ganze Zeit gefehlt hatte.

»Sie sind hier? Die Alcedos?«, fragte ich vorsichtig.

»Ja, was denkst du denn, wie lange es gedauert hat, bis selbst die Letzten von ihnen den Durchgang entdeckten? Nachdem erst mein Onkel ihn gefunden hat, dann mein Vater, der eine ganze Armee durch das Portal geführt hat, und schließlich ich? Es sind Spione, die herausfinden sollen, wie mächtig wir hier sind. Ich nehme nämlich an, dass mein Vater nicht hundertprozentig weiß, ob das Königsgeschlecht hier ausgestorben ist. Ich töte diese Spione schon seit Jahren, bevor sie das, was sie herausfinden, überbringen können. Das Problem ist nur … Ich weiß nicht, von wem die Spione kommen …« Er schien in Gedanken versunken, als sei dies eine äußerst wichtige Frage.

»Von deinem Vater, dem König?«, riet ich und fragte mich, wieso Jean nicht darauf kam.

Er schenkte mir einen seiner abschätzigen und bösen Blicke, und ich senkte beschämt den Kopf. »Es könnte nicht nur der

König sein, es könnte auch mein Bruder sein … oder meine Mutter«, antwortete er.

»Macht das einen Unterschied?«

»Ja«, sagte er nur. Plötzlich hörte ich das Klingeln meines Handys aus meinem Zimmer. »Geh ran«, meinte Jean.

Ich schüttelte den Kopf. »Nein, du hast mir noch nicht alles erzählt.«

Er zog eine Augenbraue hoch. »Ach?«

»Welche Rolle zum Beispiel Mai in dem Ganzen hat!«

»Mai … Du kennst Mai?« Nun war er wirklich erstaunt. Das Klingeln meines Handys verstummte. »Nun, sie ist eine gute Freundin von mir.«

»Ist sie auch ein Alcedo?«, fragte ich aufgeregt.

»Nein. Sie war die Zofe von Evulet, der Königin«, erklärte er mir das, was ich bereits wusste.

»Hast du William erzählt, wo der Durchgang nach Alcedia ist?« Mir wurde bewusst, dass mir Jean die ganze Zeit etwas vorgespielt hatte, wann immer er so getan hatte, als wüsste kein Mensch, wo der Durchgang war.

Mr. Sandlers schüttelte den Kopf. »Das bleibt mein Geheimnis. Ansonsten hätten Tyr und seine Wächter schon längst etwas Dummes und Unüberlegtes getan.«

Ich wusste nicht recht, was ich davon halten sollte, überlegte aber weiter, was ich ihn noch fragen konnte. Bevor ich mir über all das den Kopf zerbrechen konnte, musste ich so viel wie möglich erfahren.

»Dein Bruder … ist er jetzt also König?«

Jean schüttelte abermals den Kopf, und ich wollte gerade nachhaken, als er die Hand hob. »Es reicht für heute, okay?«

Ich gab mich geschlagen. Schließlich hatte ich nun viel Stoff zum Nachdenken. Die Gedanken überschlugen sich immer wieder in meinem Kopf, und ständig blieben sie an seiner Vergangenheit hängen. Ich brauchte nun etwas Zeit, in der ich das alles verdauen konnte. In der ich für mich entscheiden konnte, ob Mr. Sandlers nun gut oder böse war.

»Ich danke Ihnen. Danke, dass Sie mir alles erzählt haben«, sagte ich schließlich.

»Du siezt mich wieder?«, fragte er verwundert.

Ich grinste. »Nun, schließlich sind Sie ein Prinz und mein Lehrer … und kein böses Arschloch mehr.«

Er verdrehte die Augen. Dann drehte er sich um und ging fort. Doch kurz bevor er aus dem Zimmer war, wandte er sich noch einmal zu mir um. »Nicita.«

»Ja?«

»Du darfst mich ruhig wieder duzen.«

Und damit war er verschwunden und ließ mich wieder einmal allein. Diesmal aber mit einem flatternden Herzen.

21

Rache ist sexy

Vollkommen neben mir betrat ich mein Zimmer. Ich konnte weder einen klaren Gedanken fassen noch mein rasendes Herz beruhigen. Noch nicht einmal erklären konnte ich mir, wieso es in einem so schnellen und ungewöhnlichen Rhythmus schlug.

Mit geschlossenen Augen legte ich mich aufs Bett und ging das gesamte Gespräch noch einmal in meinem Kopf durch. Ich hatte viel Neues erfahren, auch etwas, was nicht nur mit Jean zu tun hatte.

… die Königin war schwanger …

Linas Stimme hallte plötzlich in meinem Kopf wider, und ich schlug die Augen auf. Auch wenn sie recht hatte, hieß es nicht, dass die Königin das Kind tatsächlich lebend zur Welt gebracht hatte. Dennoch … Ich hob meine Hand auf Augenhöhe und starrte auf die Innenfläche. Natürlich wusste ich, dass ich kein solches Mal besaß, aber vielleicht … vielleicht hatte ein kleines Stück von mir gehofft, diese drei Muttermale jetzt dort vorzufinden. Es wäre unerklärlich gewesen, doch in letzter Zeit war so vieles unerklärlich. Es hätte mich nicht mehr verwundert.

Doch dass meine Handfläche so unbefleckt wie immer war, ließ Enttäuschung in mir aufflammen.

Plötzlich durchbrach mein Handy die Stille. Erst jetzt fiel mir ein, dass es bereits vorhin geklingelt hatte.

»Hallo Leo«, sagte ich, nachdem ich auf dem Display ihren Namen gelesen hatte.

»Wieso gehst du nicht an dein Handy? Ich habe schon mehrmals versucht, dich anzurufen!«, beschwerte sie sich, doch ehe ich antworten konnte, sprach sie weiter: »Ich habe dir doch heute Morgen gesagt, ich muss dir etwas Wichtiges erzählen! Aber dann kam erst Vincent und dann die ganze Charlotte-Geschichte, da habe ich das völlig vergessen! Willst du kurz rüberkommen?«

Das alles sprudelte in Höchstgeschwindigkeit aus ihrem Mund, und für ein paar Sekunden war ich überfordert.

»Ähm, ja, okay.« Ich warf einen Blick auf die Uhr. »Wir essen jetzt erst einmal, aber dann kann ich kommen.«

»Ach Quatsch. Miss Spring hat gerade ein wunderbares Mittagessen für uns alle gekocht! Komm doch rüber und iss hier«, schlug sie vor.

Ich wusste nicht so recht. Aber da ich mich jetzt etwas besser mit Jean verstand und ich glaubte, keine Angst mehr vor ihm zu haben, stimmte ich zu. Er würde mir schon nicht den Kopf abreißen, wenn ich ihn fragte, ob ich bei Miss Spring essen durfte.

Ich legte auf, kontrollierte noch einmal mein Spiegelbild und lief dann aus dem Zimmer. Doch Jean fand ich nirgends.

»Mr. Sandlers?«, rief ich und lief durch alle Zimmer. »Jean?«

Ich klopfte vorsichtig an seine geschlossene Tür, doch ich bekam keine Antwort. Nach kurzem Zögern öffnete ich sie einen Spaltbreit.

Er war nicht da.

Ich wollte die Tür bereits wieder schließen, als mir ein Foto auf dem Schreibtisch auffiel, das letztens noch nicht dort gestanden hatte.

Es war ein Bild einer jungen Frau, eingerahmt in einen silbernen Rahmen, der direkt neben der Leselampe stand. Ich trat ein paar Schritte näher, und ehe ich mich versah, stand ich bereits vor dem Schreibtisch und hielt das Foto in den Händen. Sie war wunderschön. In ihren schwarzen, langen Haaren steckte eine rote Rose, und ihre Augen … ich konnte meinen Blick nicht von ihnen wenden. Sie waren blau … und endlos traurig. Als wäre die ganze Welt in ihnen, einem Ozean aus Schönheit, untergegangen.

Mein Puls dröhnte mir in den Ohren, mit bebenden Händen stellte ich das Foto wieder zurück auf seinen Platz.

Wer war sie?

Wer war diese wunderschöne Frau aus Alcedia?

Und was bedeutete sie Jean?

Gedankenverloren schlenderte ich durch die engen Straßen, vorbei an den blühenden Gärten und bunten Häuschen.

Endlich kam ich bei Miss Springs kleinem, orangefarbenem Haus an. Die Tür war nur angelehnt, deshalb dachte ich, man erwarte mich bereits.

Auf Zehenspitzen schlich ich hinein, um Leo zu überraschen … oder sie zu erschrecken. Meine sadistische Seite kam bei so was immer zum Vorschein.

Da das Haus denselben Grundriss hatte wie auch das von Jean oder alle anderen Häuser hier, suchte ich sofort die Küche auf, aus der ich bereits Leos Stimme hörte. »Danke, ich nehm mir den Orangensaft schon«, hatte sie gerade gesagt, als ich um die Ecke sprang und schrie:

»Rate mal, wer hier ist!«

Leo, die schon dabei war, sich den Orangensaft einzugießen, zuckte zusammen und verschüttete die Hälfte auf dem Tisch.

»Wir brauchen nicht zu raten«, erklang plötzlich Mr. Sandlers' Stimme wie aus dem Nichts. »Wir haben doch Augen im Kopf. Und Verstand, im Gegensatz zu dir.«

Erschrocken schaute ich mich um und entdeckte tatsächlich auch Jean in der Küche, auf einem Barhocker in der Ecke.

»*Jean* … ich meine, Mr. Sandlers … was … was machen Sie denn hier?«, stotterte ich und spürte, wie mir die Hitze in die Wangen stieg.

Er zuckte nur mit den Schultern und nippte an seinem Glas, worin sich eine rote Flüssigkeit befand. Im ersten Moment dachte ich, es sei Blut, doch dann ermahnte ich meinen Verstand. Als ob Jean in der Gegenwart von uns allen Blut trinken würde – selbst wenn er das im Geheimen tat, was ich ja genau genommen gar nicht wusste.

»Nici, guck mal, was ich kann«, sagte Leo, die noch nicht einmal sauer war, dass ich sie erschreckt hatte. Sie zeigte auf die gelbe Saftpfütze, und im nächsten Moment war sie verschwunden. Ich blinzelte ein paarmal, doch der Tisch blieb sauber.

»Wow, hast du das gemacht?«, fragte ich sie und trat näher. Sie nickte stolz.

In dem Moment kam Miss Spring herein. »Hallo Nicita! Schön, dass du zum Essen gekommen bist!«, rief sie fröhlich, ging hinüber zum Ofen und holte einen Nudelauflauf heraus.

Das Essen war köstlich, und wir alle unterhielten uns sogar ganz normal. Ich stellte überrascht fest, dass man selbst mit Jean vernünftig reden konnte. Ab und zu konnte ich nicht anders, als ihn neugierig von der Seite aus zu beobachten. Es war, als hätte er sich nach unserem Gespräch verändert. Oder ich sah ihn nun mit anderen Augen. Dann stand er auf einmal auf.

»Ich danke dir, Jody, aber nun muss ich gehen.« Er war schon aus der Tür hinaus, da rief er mir noch zu: »Bis morgen Abend, Nicita.«

»Morgen Abend?«, echote ich und sprang vom Tisch auf, um ihn einzuholen, damit ich eine Antwort bekam. Wieso erst morgen Abend?

Jean hatte bereits die Haustür geöffnet, als ich ihm im Flur hinterherlief. »Ich gehe in die Menschenwelt und komme erst morgen wieder. Vielleicht auch nachmittags, je nachdem, wie es läuft.«

Ich wollte ihn gerade fragen, was er denn in der Menschenwelt alles mache, doch da hatte Jean bereits die Tür ohne ein Wort zugeschlagen. Direkt vor meiner Nase.

»*So schnell verschwindet dann auch wieder die nette Seite*«, knurrte ich leise vor mich hin und marschierte zurück in die Küche.

Nach dem Essen zog mich Leo auf ihr Zimmer, da sie mir ja immer noch etwas Wichtiges erzählen wollte. So langsam wurde ich nervös wegen ihrer ganzen Geheimnistuerei.

»Also«, flüsterte sie und setzte sich auf ihre rosa Bettdecke. Ihre Liebe zu dieser Farbe hatte sie vor Jahren erst durch mich entdeckt.

Ich setzte mich auf ihren Schreibtischstuhl und rollte mich zu ihr heran.

»Miss Spring hat gestern mit einer Freundin gesprochen, die damals im Schloss gearbeitet hat. Damals, als die Königin noch lebte«, begann sie in einem geheimnisvollen Ton.

Ich schnappte nach Luft, da ich ahnte, worauf das Gespräch hinauslief. »Mai? Mai Belmont?«, fragte ich, doch mein Mund war ganz trocken.

Leo runzelte die Stirn. »Wer ist Mai Belmont?«

»Die Freundin, die im Schloss gearbeitet hat? Sie war Evulets Zofe«, erklärte ich.

Leo schüttelte den Kopf. »Ich weiß nicht, wovon du sprichst. Maria war nur das Zimmermädchen. Sie hat in den Gemächern der Königin aufgeräumt, aber sie weiß etwas, das fast keiner weiß! Sie weiß, dass die Königin schwanger war.« Sie machte eine dramatische Pause, und ich wollte ihr gerade sagen, dass wir das doch schon von Lina gesagt bekommen hatten. »*Und* hat gesehen, wie sie das Kind zur Welt gebracht hat. Lebend«, beendete sie ihren Satz.

Darüber musste ich ein paar Sekunden nachdenken. Ich musste zugeben, dass es eine interessante Abwechslung von Jeans erschütternden Geheimnissen war.

»Waren es Zwillinge?«, war die erste Frage, die mir einfiel.

Leo zog wieder verwirrt ihre Augenbrauen zusammen. »Ich glaube nicht. Sie hat nur erzählt, dass sie an jenem Tag, als die Alcedos angriffen, der Königin auf dem Gang begegnet war. Und diese hatte ein Neugeborenes in den Armen und sah so aus, als wäre sie durch die Hölle gegangen. Außerdem hatte sie die Königin bereits ein paar Tage zuvor schwanger gesehen, auch wenn diese immer versucht hatte, ihre Schwangerschaft zu verbergen.«

Nun war ich es, die verwirrt die Stirn runzelte. Wenn Marie, oder wie auch immer sie hieß, nicht log – und davon ging ich aus – konnte es trotzdem sein, dass das Kind nicht von Evulet war. Denn Jean hatte mir erzählt, dass die Könige *immer* Zwillinge zur Welt brachten. Also entweder war das Baby in den Armen der Königin nicht ihres, oder sie hatte das andere zurückgelassen. Vielleicht war ein Kind bei der Geburt gestorben? Das schien schon einleuchtender. Doch weshalb hatte die Königin überhaupt versucht, ihre Schwangerschaft zu vertuschen?

»Das war aber nicht das, was ich dir sagen wollte«, meinte Leo dann plötzlich. Überrascht schaute ich sie an.

Sie kaute nervös auf ihrer Unterlippe herum. »Nun … Marie und Miss Spring glauben – sind sich sogar ziemlich sicher –, dass *ich* die Tochter der Königin bin.«

Ich weitete ungläubig meine Augen. Leo, die einzige überlebende Prinzessin? Aber wieso eigentlich nicht? Mein Gehirn versuchte in Höchstgeschwindigkeit, die Pro-und-Contra-Argumente abzuwägen. Leo war sehr mächtig und talentiert im Zaubern. Außerdem war dies alles, die Schwangerschaft und der Tod der Königin, vor siebzehn Jahren geschehen. Leo war siebzehn. Eine leise Stimme in mir meldete zwar, dass auch ich siebzehn war, doch diese Stimme ignorierte ich lieber.

»Es gibt keinerlei Beweise«, wandte ich nach einer Weile des Überlegens ein. Wie konnten wir überhaupt jemals sicher sein, dass die Königin ein Kind zur Welt gebracht hat?

In der Sekunde fiel mir etwas ein, und ich schnappte mit einem Keuchen nach Leos linker Hand. Hatte sie nicht ein Muttermal auf der Handinnenfläche?

Doch nein, ihre linke Hand war von keinem Muttermal verziert. Enttäuscht griff ich nach ihrer rechten. Ja, hier war das kleine Muttermal, das ich meinte. Doch es waren nicht drei. Kein angeordnetes Dreieck, nur zwei kleine braune Punkte am Anfang ihrer Lebenslinie.

»Äh … Nici – was wird das, wenn's fertig ist?«, fragte Leo.

Sollte ich es ihr verraten? Ich beschloss, es nicht zu tun, da ich nicht erklären wollte, wie Jean dazu kam, mir das zu erzählen. Ich wollte sowieso nicht gern mit ihr über Jean reden.

Am nächsten Morgen erwachte ich voller Elan und Tatendrang. Ich wollte, dass dieser Tag endlich mal ein guter Tag wurde. Jean war nicht da, um mich zu verwirren oder in weitere verbotene Geheimnisse hineinzuziehen, und ich hatte den gestrigen Abend damit verbracht, zaubern zu üben und Rachepläne zu schmieden.

Ich hatte für heute ein Ziel vor Augen und hatte mich dementsprechend vorbereitet. Sogar den Stundenplan hatte ich mir diesmal angeschaut und leider gemerkt, dass heute, am Donnerstag, der längste Schultag war. Erst zwei Stunden praktische Zauberkunst, dann eine Stunde Alchemie, eine Stunde Geschichte und eine Stunde Theorie. Nachmittags hatten wir noch eine Doppelstunde Sport. Ich glaubte es nicht, als ich dort *Sport* gelesen hatte. Wieso lernten wir hier, wie man *Sport* machte?

Da Mr. Sandlers heute nicht da war, unterrichtete uns Mrs. Spook in praktischem Zaubern. Sie war eine ältere, stämmige

Vertretungslehrerin mit einer Warze auf dem Kinn. Sie war mir vom ersten Moment an unsympathisch, und obwohl ich nie im Leben gedacht hatte, ich würde mir Jean herbeiwünschen, so hätte ich doch viel lieber Unterricht bei ihm gehabt. Und so erging es auch der restlichen Klasse.

Doch sobald sie meinte, wir sollten uns vom Pult jeweils fünf verschiedene Gewichte nehmen, war ich voll in meinem Element. Ich war endlich bereit zum Zaubern. Gestern hatte ich es nämlich geschafft, einen Stift gen Decke fliegen zu lassen. Nun würde sich herausstellen, ob ich das auch in der Schule konnte. Oder ob es mit Gewichten etwas anderes war.

Ich schnappte mir die leichtesten Gewichte von einem bis fünf Kilo und platzierte sie vor mir auf dem Tisch. Charlotte neben mir hatte sich für die Gewichte von fünf bis zehn Kilo entschieden, anscheinend um vor mir anzugeben und zu zeigen, dass sie etwas Besseres als ich war.

Bevor ich mich meinen Racheplänen hingeben wollte, konzentrierte ich mich auf meine Aufgabe und machte es genauso, wie Jean es in meiner allerersten Zauberkunststunde erklärt hatte. Und noch während ich die Zauberformel murmelte, löste sich der Ein-Kilo-Stein von der Tischplatte und stieg langsam höher. Ich grinste und schielte herüber zu Charlotte, deren Steine alle noch auf dem Tisch standen. Doch ich hatte ja noch leicht reden, meine waren ja nicht so schwer wie ihre.

Ich drehte mich wieder zu meinen Gewichten um, als der Stein, der gerade schon einen Meter in die Lüfte gestiegen war, mit einem lauten Krach auf meinen Tisch zurückfiel.

Sofort donnerte Mrs. Spooks Stimme durch den Klassenraum: »Nicita! Augenkontakt! Sie dürfen den Blick nicht abwenden!« Ich fragte mich, woher sie meinen Namen kannte. Charlotte kicherte hinter vorgehaltener Hand.

Ihr Kichern erstarb, als sie sah, wie ich all meine Gewichte gleichzeitig schweben ließ. Zu gern hätte ich ihr wütendes Gesicht gesehen, doch ich war zu beschäftigt damit, die fünf Steine gleichzeitig anzustarren und die Formel zu murmeln.

Nun klatschte Mrs. Spook. »Genau so, Mädchen! Und jetzt gehen Sie und holen Sie sich ein paar schwerere Gewichte!«

Auch die nächste Stunde verlief einwandfrei. Zum Schluss schaffte ich es, zwölf Kilo schweben zu lassen, und mit den leichteren Gewichten konnte ich Schleifen ziehen oder Loopings drehen. Nur Leo und Jerome hatten noch mehr Erfolg als ich. Beiden gelang es, in der zweiten Stunde zwanzig Kilo schweben zu lassen, es hatte sich ein Wettstreit zwischen ihnen entwickelt. Als Jerome unter Jubel die fünfzehn geschafft hatte, hatte Leo ihn herausgefordert, und abwechselnd gingen sie über zum nächstschwereren Gewicht. Die ganze Klasse hatte mitgefiebert, wobei die meisten jedoch für Jerome gewesen waren. Am Ende blieb es beim Gleichstand, da keiner von beiden es schaffte, die einundzwanzig Kilo zu bewegen.

In der Pause danach spielte ich Charlotte meinen ersten Streich. Ich wollte harmlos anfangen, genau wie sie. Und solange ich meine Rache bekam, machte es mir auch nichts mehr aus, dass ich mich auf ihr Niveau hinunterbegab.

Sie war gerade damit beschäftigt, Jerome Komplimente zu machen und ihn zu bewundern, als ich mich hinter sie schlich, ihr Top berührte und dann die Formel sagte, die ich im Internet gefunden hatte. Es war kein Internet wie in der Menschenwelt; als ich den PC betätigt hatte, der bei Jean im Wohnzimmer stand, eröffnete sich mir das World Wide Web der Zauberer, und ich fand ein ganzes Sprücheportal. Besonders hatte mich dort die Kategorie ›Streiche & Scherze‹ interessiert.

Nun hatte ich die perfekte Sicht auf Jeromes Gesicht, als sich Charlottes Oberteil in Luft auflöste. Diese war so damit beschäftigt, Jerome zu gefallen, dass es dauerte, bis sie bemerkte, dass ihr etwas fehlte. Vielleicht machte sie auch nur das verräterische

Lachen aller Mitschüler darauf aufmerksam. Als sie schließlich merkte, dass sie in nichts weiter als ihrem schwarzen BH vor Jerome stand, errötete sie. Ich hatte damit gerechnet, dass sie mit hochrotem Kopf sofort aus der Klasse stürmen würde, weil wahrscheinlich ich dies getan hätte. Doch sie tat es nicht. Sie verdeckte sich noch nicht einmal. Sie hob nur eine Augenbraue und meinte an Jerome gewandt, dessen Augen immer wieder über ihren zugegebenermaßen göttlichen Körper huschten: »Vielleicht sollte ich öfter so zur Schule kommen, nicht wahr?« Jerome nickte und befeuchtete seine Lippen mit der Zunge. Was ein armseliger Anblick. »Nun, ratet mal, wer heute anscheinend meine Stylistin spielen wollte.«

Mit einem Grinsen fuhr sie zu mir herum und mir schoss das Blut in die Wangen.

»Findest du mich so schöner, oder wie?«, fragte sie und fühlte sich offensichtlich pudelwohl unter dem Gelächter, das sie mit diesem Satz auslöste. Ich wusste nicht, was ich sagen sollte, da kam Leo mit einem Grinsen heran und musterte Charlotte von Kopf bis Fuß.

»Wow, hier findet man also billige Schlampen. Jungs, und ihr müsst noch nicht einmal bezahlen für so einen Anblick.« Dann flüsterte sie in Charlottes Ohr: »In der Menschenwelt hatten wir so ein paar Clubs, wo du gut reinpassen würdest. Wenn du möchtest, kann ich dir die Nummern von denen geben.«

Charlotte schubste meine Freundin heftig zur Seite. »Ich geh mir kurz was anziehen«, murmelte sie und bahnte sich einen Weg durch die gaffenden Schüler.

Leos und mein Triumphgrinsen reichte bis zu den Ohren, als in diesem Moment auch noch Miss Brooks in die Klasse kam und mit hochgezogenen Augenbrauen beobachtete, wie Charlotte nur halb bekleidet aus der Klasse spazierte.

Auch für die zweite Pause hatte mich am Vortag ein interessanter Gedanke beschlichen. Sie hatte es verdient, so gedemütigt zu werden, wie sie es mit uns vorgehabt hatte.

Charlotte, nun wieder mit einem T-Shirt bekleidet, aß gerade ihr Pausenbrot. Fragt mich nicht, woher sie das T-Shirt hatte, vielleicht hatte sie es ja irgendeinem Mädchen gestohlen, welches ihr auf dem Gang begegnet war. Auf jeden Fall war sie gerade nicht bei Jerome, und deswegen ging ich um meinen Tisch herum und schaute ihm tief in die Augen. Verwirrt starrte Jerome zurück. »Kann ich dir helfen?«, fragte er dann.

Ich nickte und fragte ihn, ob er mal kurz mit mir rausgehen könnte, wobei sich nach dem ersten verdutzten Blick ein vergnügtes Grinsen um seine Lippen kräuselte.

Er folgte mir aus der Klasse und lehnte sich gespannt gegen die Wand. Die Flure waren leer, und ich konnte ungestört mit ihm reden. Doch bevor ich ihn in meine Rachepläne hineinziehen konnte, meinte er: »Glaub nicht, dass ich dir irgendeinen Gefallen tue. *Jerome Nadoon* steht schließlich vor dir, Kleine.« Als ob mir sein Nachname alles sagen würde, was ich wissen musste. Er dachte wahrscheinlich an eine andere Art von Gefallen als ich.

»Ich möchte, dass du Charlotte sagst, dass du mich um einiges attraktiver und interessanter findest als sie und dass sie dich nur nervt mit ihrem Getue«, kam ich ohne Umschweife auf den Punkt.

Ich behielt recht; damit hatte Jerome nicht gerechnet.

»Wie bitte?«, fragte er, und sein verdutztes Gesicht fand ich beinahe süß.

Die Sekunden verstrichen, und ich schaute ihn abwartend und herausfordernd an. Jerome nahm sich die Zeit, sich die Sache durch den Kopf gehen zu lassen, dann lehnte er sich genüsslich zurück.

»Ich soll Charlotte eins auswischen, richtig?«, sinnierte er, und ich konnte sehen, wie seine Augen vor Aufregung funkelten.

Jerome Nadoon lehnte keine Herausforderung ab. »Ich wusste es ja«, meinte er dann und schüttelte seinen Kopf. Er sah richtig amüsiert aus.

»Was wusstest du?«, fragte ich.

Er schaute mich vielsagend an. »Dass Rache äußerst sexy ist.«

Ich verdrehte die Augen. Natürlich war ich auf alle möglichen Antworten von ihm gefasst gewesen. Ich hatte mir vorher gründlich überlegt, ob ich ihn wirklich in meine Pläne hineinziehen sollte, aber wenn er es richtig machen würde, wäre es das wert. Soweit ich es beobachten konnte, mochte Charlotte Jerome nämlich. Ja, ich würde sogar sagen, dass sie in ihn verliebt war. Und wenn *ich* sie runtermachen würde, würde es ihr nichts ausmachen, wenn aber jemand sie runtermachte, dem sie die ganze Zeit versuchte zu gefallen … Wenn *Jerome* ihr tatsächlich sagen würde, dass er mich ihr vorzog, das würde ihr gewiss etwas ausmachen. Und ich wollte sie dort treffen, wo es wehtat. In ihrem Herzen – mal angenommen, sie hatte eins.

»Aber dafür musst du mir auch einen Gefallen tun«, sagte er, und mir wurde heiß und kalt zugleich. Damit war zu rechnen gewesen.

»Was willst du?«, fragte ich ihn, bemüht um einen tapferen Ton. Wenn ich mir vorstellte, was Jerome alles von mir verlangen könnte …

»Ich möchte, dass du mit mir zum Ball gehst.«

Ich blinzelte ihn verständnislos an. »Ball?«

»Der jährliche Sommerball. Es ist ein Maskenball, zu dem ganz Phoenicia eingeladen ist. Ob jung oder alt. Aber natürlich ist es nur für die Jugend ein so spannendes Ereignis, besonders da danach die Ferien beginnen. Der Ball findet diesen Samstag statt. Sag bloß, du hast noch nichts davon gehört?«

Ich zog verwirrt meine Augenbrauen zusammen und versuchte, mir aus alldem einen Reim zu machen. Ein richtiger Maskenball? Diesen Samstag?

»Heute hängen sogar schon überall Plakate!«, rief Jerome, der nicht verstehen konnte, wie mir so etwas Wichtiges entgangen sein konnte.

»Na gut. Ich geh mit dir auf den Ball«, antwortete ich schnell. Ein Ball war mehr als akzeptabel.

»Ich werde meinen Teil zu deiner vollsten Zufriedenheit erledigen, glaub mir. Und ich erwarte von dir, dass du allen erzählst, du würdest dich freuen, mit mir zum Ball gehen zu dürfen, und nicht, dass ich dich gezwungen habe.«

»Natürlich.«

»Nun gut.« Er lächelte. »Ich werde dich Samstag um sechs Uhr abholen.« Dann ging er wieder Richtung Klassenzimmer. Doch kurz bevor er durch die Tür war, drehte er sich noch einmal um. »Ich hoffe, du weißt, was du tust. Charlottes Rache … wird nicht angenehm.«

Ich schluckte. »Wieso Rache? Es ist *meine* Rache, und da Charlotte nicht weiß, dass ich dich auf sie gehetzt habe …«

Jerome schüttelte amüsiert den Kopf. »Ach Schätzchen … verstehst du denn nicht? Charlotte wird dich hassen, weil sie denkt, dass du besser bist als sie. Und das lässt sie nicht auf sich sitzen. Sie wird alles dafür tun, um dich vom Thron zu stürzen, den du selbst erfunden hast.«

22

Der Anfang vom Ende

Zurück in der Klasse ging Jerome sofort hinüber zu Charlotte. Ich beobachtete unauffällig, wie er sie ansprach. Sofort breitete sich ein Lächeln auf Charlottes Gesicht aus. Nicht gekünstelt wie sonst immer oder gemein. Einfach nur nett und ehrlich.

»Hey … ich wollte dir etwas sagen«, fing Jerome an. Charlotte fiel ihm ins Wort. »Ich dir auch!« Sie strahlte, und mein Herz zog sich zusammen.

Nein, redete ich mir ein. *Charlotte ist eine gemeine Schlampe, die meine Rache verdient hat.*

»Kommst du mit raus?«, fragte sie und zog Jerome hinter sich her. Im Vorbeigehen zwinkerte er mir zu, und mir wurde schlecht. Was tat ich? Jerome schien Charlotte wirklich etwas zu bedeuten. Aber sie bedeutete Jerome anscheinend gar nichts.

Verwirrt über meine Gewissensbisse ging ich hinüber zu meinem Platz, setzte mich und wartete darauf, dass Jerome und Charlotte wieder hereinkamen.

Doch als es zum Pausenende klingelte, kam nur Jerome zurück. Wie selbstverständlich ließ er sich auf dem Platz neben mir nieder.

»Wo ist Charlotte?«, fauchte ich ihn an, merkwürdigerweise wütend darüber, dass er neben mir saß.

»Ich glaube, ihr hat nicht gefallen, was ich gesagt hab«, sagte er und grinste. Ich erstarrte.

»Was … was hast du denn genau gesagt?«, stammelte ich.

»Nun…« Der Mistkerl lehnte sich lässig mit dem Stuhl zurück, und ich wünschte, dass die Stuhlbeine abrutschen und er nach hinten fallen würde. »Eigentlich nur das, was du wolltest. Ich habe ihr gesagt, dass ich ihr ganzes Getue nicht mehr haben kann. Dass sie vollkommen uninteressant ist und nicht immer so tun soll, als wäre sie meine Freundin. Ich mag sie ja noch nicht einmal und sie soll sich ein Beispiel an dir nehmen, anstatt dich fertigzumachen. Außerdem hatte sie mich ja davor noch gefragt, ob ich mit ihr zum Ball gehen möchte.«

Das war es also, was Charlotte ihn fragen wollte …

»Und es war mir eine Freude abzusagen und ihr mitzuteilen, dass ich mit *dir* hingehe, da ich – Jerome – mich mit einer hübscheren Begleiterin dort blicken lassen müsste, als sie es ist.«

Ich schluckte. Das war hart. Aber genau das hatte ich ja gewollt. Nur … was war Jerome für ein Freund, dass er Charlotte *das* antat?

»Und wo ist sie jetzt?«, fragte ich mit belegter Stimme.

Er zuckte bloß mit den Schultern. Ich fragte mich, ob er überhaupt Gefühle hatte. »Sie ist weggerannt, als ich es ihr gesagt habe.«

In der letzten Schulstunde landete plötzlich ein zusammengefalteter Zettel auf meinem Tisch. Ich sah mich in der Klasse um, einerseits um zu sehen, von wem der Zettel kam, und andererseits, ob mich jemand beobachtete.

Charlotte war noch immer nicht zurückgekehrt, und so war der Platz neben mir frei. Leo grinste mich von der anderen Seite des Klassenzimmers aus an. Also war der Zettel von ihr. Gespannt faltete ich ihn auseinander und las:

Vincent hat mich gefragt, ob ich mit ihm zum Sommerball gehe. Ich weiß nicht, was ich ihm antworten soll … er ist schließlich ein Idiot?
Leo

Ich lächelte. Irgendwie hatte ich bereits geahnt, dass Vincent sie fragen würde. Vor zwei Stunden hätte ich ihr noch gesagt, sie solle auf keinen Fall mit ihm dorthin gehen, aber was konnte ich ihr jetzt – wo ich doch selbst mit Jerome hinging – noch vorschreiben?

Sag ja.
*Ich selbst gehe schließlich mit dem größten Idioten, dann darfst du auch mit dem zweitgrößten hingehen^^*
Nici

Ich warf ihr den Zettel unauffällig wieder zurück.

Dann versuchte ich, wieder dem Unterricht zu folgen, als ein paar Sekunden später ein erstickter Laut der Überraschung zu hören war. Ich und der Rest der Klasse drehten sich zu Leo um, die die Hand vor den Mund geschlagen hatte und erstaunt auf den Zettel vor sich blickte.

Das Blut schoss mir in den Kopf. Leo sollte gefälligst den Zettel schnell wegpacken, bevor Mr. Waston ihn einsammelte!

Leo schaute mir direkt in die Augen, und plötzlich fühlte ich etwas am Rande meines Bewusstseins. Ich konnte es nicht genau interpretieren, aber dieses Gefühl hatte ich schon einmal gehabt. Als Jean versucht hatte, mit mir in Gedanken zu reden!

Sofort öffnete ich meinen Geist, wie Jean es mir beigebracht hatte, und schon hörte ich Leos Stimme in meinem Kopf.

Du gehst mit Jerome zum Ball?

Sie klang entsetzt. Und ich war überrascht, dass sie Gedanken verschicken konnte. Ich versuchte es auch.

Leo, pack den Zettel weg!

Sie brach den Blickkontakt ab und gehorchte. Innerlich jubelte ich auf. Und Jean hatte gemeint, es sei schwer! *Ha!* Obwohl er wahrscheinlich recht hatte und dies nur mit viel Vertrauen funktionierte. Leo vertraute ich mein gesamtes Leben an.

Nach der Schule liefen wir gemeinsam nach Hause, und Leo war immer noch entsetzt.

»Wieso hast du es vorher nicht mit mir abgesprochen? Ich frage dich extra, nur weil Vincent mich gefragt hat, und du besprichst mit mir noch nicht einmal, ob du mit Jerome hingehst. Ich meine, hallo? Du hast dich letztens erst aufgeregt, weil ich mich mit Vincent unterhalten habe! Und hinter meinem Rücken schließt du geheime Abmachungen mit *Jerome!* Jerome, Nici! Er ist *böööööse!*«

»Er hat für mich einen Gefallen erledigt, Leo. Ich schulde ihm etwas. Und ich kann mich glücklich schätzen, dass er einfach nur mit mir zum Ball will«, erklärte ich ihr zum zehnten Mal.

Sie fand meine Idee zwar gut, Charlotte dort zu treffen, wo es ihr wehtat, doch wäre es ihr lieber gewesen, wenn ich sie vorher in meine Pläne eingeweiht hätte.

»Na gut, bis um drei dann«, verabschiedeten wir uns, als wir bei Mr. Sandlers' Haus angelangt waren.

Ich kritzelte Noten und Kreuzchen auf meine Tischunterlage, während ich überlegte, welche Antworten mir noch fehlten.

Ich hatte beschlossen, mir eine Liste mit allen ungelösten Geheimnissen zu machen, um den Überblick zu behalten. Und damit ich Jean beim nächsten Mal gründlicher befragen konnte.

Bis jetzt stand Folgendes auf meiner Frageliste:

- Wer sind meine und Leos Eltern?
- Ist Leo wirklich die Prinzessin?
- Hat die Königin ein Kind oder zwei bekommen?
- Ist es möglich, dass eine Königin keine Zwillinge zur Welt bringt?
- Haben auch Phönixe immer diese drei Muttermale, wenn sie königlich sind?

- Wie findet man königliche Phoenixe auf der Menschenwelt?
- Wer ist die Frau auf dem Bild in Jeans Zimmer?
- Wieso ist Jeans Bruder immer noch nicht König, wie in der Prophezeiung vorhergesagt wurde?
- Wer ist der Onkel von Jean, der als erster den Weg nach Phoenicia gefunden hatte?
- Wo ist der Durchgang nach Alcedia?

Ich überlegte einen Moment lang. Es war bereits kurz vor drei, und ich musste gleich los, da schrieb ich noch als letztes hinzu: *Was genau ist die Magie der Finsternis?*

Ich war mir noch nicht sicher, ob ich tatsächlich eine Antwort darauf haben wollte, ob sie es wert war, dass ich riskierte, zum Tode verurteilt zu werden, aber es war doch interessant zu wissen, mit welchen Mitteln die Gegner kämpften … und was Jean alles konnte.

Die Sportstunde stellte sich tatsächlich als normale Sportstunde heraus. Ich hatte eigentlich nichts gegen Sport, nur in Ausdauer war ich nicht besonders gut, doch ich hatte mir mehr erwartet. Vielleicht, dass wir lernten, auf Besen zu fliegen oder so etwas in der Richtung.

Mr. Frank, unser junger Sportlehrer, meinte nur, dass es äußerst wichtig sei, Sport zu treiben. Egal ob als Phönix oder als Mensch. Sport sei das Gesündeste, was jeder Körper brauchte. Auf Mathematik und Englisch könnten wir zwar verzichten, nachdem wir mit unserer Zauberausbildung begonnen hatten, doch der Sportunterricht würde bleiben. Das nannte man also einen Lehrer, der von seinem Fach überzeugt war.

Was mich jedoch in diesem Moment mehr beschäftigte, war die Tatsache, dass ich bis gerade eben nicht einmal gewusst hatte, dass Kinder in Phoenicia – bevor sie mit ihrer Zauberausbildung begannen – normalen Unterricht hatten. Es gab hier in Phoenicia so etwas wie eine Grundschule.

»Wieso erfahre ich erst jetzt davon?«, fragte ich Leo, während alle anderen mit dem Aufbauen beschäftigt waren.

»Keine Ahnung. Weil du nie fragst?«

Ich wollte gerade etwas erwidern, als ich hörte, mit wem wir eine Mannschaft bilden sollten. Eine Hälfte der Klasse würde die erste Stunde draußen Fußball spielen und die andere Hälfte drinnen Basketball, dann würde gewechselt werden, und Mr. Frank teilte die Sechser-Gruppen selbst ein. Mich steckte er ausgerechnet in eine Basketballmannschaft mit Charlotte und Jerome. Charlotte war nämlich zum Sportunterricht erschienen, nachdem sie den halben Schultag verpasst hatte. Doch nun tat sie, als sei nichts gewesen. Sie würdigte mich keines Blickes und war wie immer giftig zu allem und jedem – doch mir fiel auf, dass sie nun auch Jerome gezielt ignorierte …

Leo schenkte mir einen aufmunternden Blick, doch sie konnte ja leicht reden, sie war mit Vincent und Michi in einer Gruppe. Dann stellte sich auch noch heraus, dass wir beide als erstes gegeneinander spielen würden. In unserer alten Schule, wo wir selbst Mannschaften hatten bilden dürfen, hatten Leo und ich immer zusammen gespielt. Ich wollte nicht gegen sie spielen, zumal sie um einiges besser spielen konnte als ich.

»Bist du gut?«, fragte mich Daniel, ein braunhaariger Typ, mit dem ich vorher noch nie ein Wort gewechselt hatte.

Ich schaffte es nur, mit den Schulten zu zucken, dann ertönte bereits der Startpfiff, der Ball wurde in die Luft geworfen, und eine Schar von Schülern kämpfte darum. Ich hielt mich im Hintergrund und wartete darauf, bis ich den Ball zugepasst bekommen würde. Leider geschah dies viel früher als erwartet. Jerome, der sich direkt zu Anfang den Ball geschnappt hatte, passte ihn mir so plötzlich zu, dass er mir beinahe an den Kopf geknallt wäre. Beinahe. Ich schaffte es, ihn zu fangen, und rannte los in Richtung Korb.

Am Ende der Stunde hatten wir ein Unentschieden. Zwei von vier Spielen gewonnen. Ich war äußerst zufrieden mit diesem Ergebnis, doch mir graulte es bereits vor Fußball.

»Wenn wir nur wüssten, wo die Duschen sind!« Leo riss eine weitere Tür auf – es war eine Abstellkammer. Nach dem Sportunterricht hatten wir noch ein Gespräch mit Mr. Frank gehabt, weil wir die Neuen waren, und so waren alle anderen bereits duschen gewesen. Und nun gab es keinen, dem wir folgen konnten. Wir waren zwar auf dem Weg Michi begegnet, die uns in diese Richtung geschickt hatte, aber es kam uns so vor, als würden wir erst am nächsten Tag die Duschen finden.

»Na ja … fast.« Ich kicherte.

Plötzlich hörten wir Stimmen hinter uns. Wir drehten uns um und sahen Jerome und Charlotte auf uns zukommen. Mit einem fiesen Grinsen auf ihren Gesichtern, wie ich es weder bei ihr noch bei ihm je zuvor gesehen hatte, blieben sie vor uns stehen.

»Sagt mal, wo sind hier die Duschen?«, fragte Leo.

Charlotte warf ihre langen braunen Haare zurück und kicherte wie eine aufgeblasene Kuh. Ihr steht direkt davor.«

Sie warf Jerome einen vielsagenden Blick zu und übergab ihm ein Seil. Leo und ich beobachteten misstrauisch, wie Jerome mit dem Seil eine Tür weiter verschwand.

Charlotte zeigte auf die Tür, hinter der wir gerade eben schon geschaut hatten.

»Nach euch«, sagte sie. Leo und ich blickten uns fragend an. War Charlotte jetzt völlig übergeschnappt?

»Da ist nur eine Abstellkammer«, klärte Leo sie auf, und ich öffnete zum Beweis die Tür. Ohne Vorwarnung schubste uns Charlotte hinein.

»Hey, was soll das?«, schrie ich empört.

»Einen Moment noch«, sagte sie zu uns, dann rief sie zur Tür hinaus: »Hier, ein Stück Seife!« Jeromes Arm erschien im Türrahmen und nahm die Seife entgegen, die Charlotte soeben im Abstellraum gefunden hatte.

»Was soll das werden, du Miststück?« Leo baute sich vor ihr auf.

Charlotte hob beschwichtigend die Hände. »Keine Panik. Gleich dürft ihr euren dreckigen Schweiß abwaschen. Wir bereiten nur noch etwas Nettes für euch vor.«

»Geh zur Seite, wenn du keine gebrochene Nase haben willst!«, rief Leo. Ich bekam langsam Angst. Was sollte das hier werden?

Plötzlich hörten wir einen erstickten Schrei, der uns das Blut in den Adern gefrieren ließ.

»Verdammt!«, rief Charlotte und stürmte hinaus. Wir folgten ihr. Gerade noch rechtzeitig, denn sie öffnete die Tür nebenan und rannte hinein. Aus dem Raum drang ein klägliches Röcheln.

Ohne zu zögern liefen wir ihr hinterher. Der Raum entpuppte sich als die langgesuchte Gemeinschaftsdusche.

»Du dummer Idiot!«, kreischte Charlotte von irgendwoher. Wir folgten ihrer Stimme und fanden sie kniend hinter einer Absperrung vor. Als wir über sie hinwegblickten, stockte mir der Atem. Leo schrie auf.

Auf den weißen Kacheln lag Jerome mit einem Strick um den Hals, der ihm die Luft abschnitt. Sein Gesicht war lila angelaufen und seine Augen weit aufgerissen vor Entsetzen. Mir wurde schlecht, doch ich stellte in diesem Moment trotzdem fest, dass seine Augen tiefschwarz waren. Kein Braun war mehr um seine Pupille zu finden.

Charlotte zerrte wie verrückt an dem engen Seil, das seine Kehle zuschnürte.

Als ich erkannte, dass sie es nicht schaffen würde, rannte ich hinaus. Hinüber zur Abstellkammer, in der ich vorhin eine Schere gesehen hatte.

Mit der Schere in der Hand kam ich schlitternd neben Charlotte zum Stehen. Kniete mich vor Jerome hin und durchschnitt das Seil.

Mir wäre nie im Leben eingefallen, die Situation mithilfe von Magie zu lösen, und deshalb hatte ich mich auch nicht gewundert, warum weder Charlotte noch Jerome selbst das Seil durch Magie loswurden.

Kaum fiel das Seil an Jeromes Hals herab, setzte er sich auf. Und er schaute wie der Teufel persönlich zu uns herauf. Ich erkannte ihn gar nicht mehr wieder. In seinen schwarzen, leblosen Augen waren noch nicht einmal sein Schalk oder seine Belustigung zu sehen. Nur Hass.

Ich verstand das alles nicht.

»Jetzt wird Fangen gespielt«, zischte er, sodass ich eine Gänsehaut bekam. Und dann sprang er so plötzlich auf, dass mein Herz einen schmerzhaften Satz machte.

Mit einem schrillen Schrei sprangen nun auch Leo und ich auf und liefen blindlings los. Charlotte und Jerome waren uns auf den Fersen.

Ich rannte um mein Leben, während mein Herzschlag in meinen Ohren dröhnte. Ohne zu überlegen hastete ich zur Abstellkammer, stürmte hinein und schloss die Tür hinter mir ab.

Das Blut rauschte mir in den Ohren. Ich konnte keinen klaren Gedanken fassen. Ich lehnte mich an die Tür und betete zu Gott, dass Charlotte und Jerome keine Möglichkeit hatten, sie zu öffnen.

Im selben Moment, als es plötzlich an die Tür hämmerte und ich vor Angst zusammenzuckte, fiel mir Leo ein.

Schlagartig wurde mir kalt.

Erschrocken riss ich die Tür auf, hatte keinen Gedanken daran verschwendet, dass dies vielleicht nicht Leo war – und erstarrte, als ich sah, wer dort tatsächlich stand.

»Was wollt ihr?«, rief ich panisch und wich zurück.

»Dich tot sehen. Wir hatten eigentlich vor, es wie Selbstmord aussehen zu lassen, doch dieser Trottel von Idiot hat den Plan kaputt gemacht und ist dabei auch noch selbst fast draufgegangen!«

Ich schaute Charlotte an, als hätte ich sie noch nie zuvor gesehen. Was wurde hier gespielt? Mir war klar, dass sie mich nicht mochte … und Jerome vielleicht auch nicht wirklich, aber das hier?

Ich war wie vor den Kopf gestoßen.

»Gib mir deine Hand, Schätzchen, und wir können die ewig langen Zauberkämpfe überspringen.«

Ich wich noch einen Schritt zurück … und noch einen, bis ich gegen etwas stieß und es mit lautem Scheppern zu Boden fiel.

Genau in dieser Sekunde stürzte sich Charlotte auf mich wie eine wildgewordene Bestie. Ich hatte nur noch Zeit, meine Arme schützend vors Gesicht zu reißen. Das war das Ende. Mein Ende.

Doch ich hatte mich geirrt.

Mit zusammengekniffenen Augen und erhobenen Händen wartete ich auf … Na ja, vielleicht auf Schmerz? Ich wusste nicht auf was. Doch es kam nichts.

Es war sogar plötzlich sehr still im Raum.

Als ich meine Arme sinken ließ und die Augen wieder öffnete, hätte ich diese Stille mit einem Überraschungsschrei beinahe zunichtegemacht.

Denn plötzlich befand sich Jean im Zimmer. Ich hatte keine Ahnung, wie er hier hereingekommen war, doch nun umkreisten sich er und die wildgewordene Charlotte wie zwei Hyänen.

»Es ist also wahr«, zischte Charlotte. Ich hatte schon längst aufgegeben zu verstehen, was hier vor sich ging, also überlegte ich noch nicht einmal, was meine Mitschülerin damit meinen könnte.

»Nichts ist wahr«, rief Jean, und im nächsten Moment zuckte ein Blitz in Charlottes Richtung und Jean sprang sie an.

Ich konnte nur verdattert danebenstehen und zusehen, wie sich Jean auf Charlotte stürzte – und in ihren Hals biss.

Diesmal konnte ich meinen Schrei nicht aufhalten. Meine Hände schlugen sich über meinem Mund zusammen – doch sie konnten den Laut nicht einmal dämpfen.

Ich schrie wie am Spieß, während ich beobachtete, wie Jean Sandlers meine Sitznachbarin im Arm hielt und ihr Blut trank. Ein dünnes Rinnsal lief aus der Wunde an ihrem Hals die gebräunte Haut hinunter.

Ich sah nichts weiter als dieses Blut, es spritzte überallhin, ich war wie gelähmt. Schwarze Punkte fingen an, vor meinen Augen zu tanzen.

Dann, mit einem letzten Stöhnen, sank Charlotte leblos in Jeans Armen zusammen. Ohne näher hinzuschauen wusste ich, dass sie tot war.

23

Der Schützling des Prinzen

Die Zeit schien stillzustehen. Ich wagte nicht zu atmen. Erst jetzt merkte ich, dass ich aufgehört hatte zu schreien.

Irgendwann ließ Jean die tote Charlotte fallen. Ihr Körper schlug dumpf auf dem Steinboden auf. Doch mein Mentor drehte sich nicht zu mir um. Gut, denn ich hätte ihm nicht ins Gesicht schauen wollen. Hätte mich wahrscheinlich übergeben, wenn ich das Blut an seinem Mund gesehen hätte.

Schon das Blut, was sich nun um die Leiche ansammelte, brachte mich um den Verstand. Ich war hin- und hergerissen zwischen Entsetzen und Verzweiflung. Ich wollte auf Jean einschlagen und ihn beschimpfen. Wollte ihm wehtun und eine Erklärung verlangen. Doch ich tat nichts. Starrte auf den Leichnam nur wenige Schritte vor mir und wollte es nicht realisieren.

Bestimmt war es nur ein Traum, und ich würde gleich aufwachen. *Ganz bestimmt!* Es konnte nicht anders sein. Jean würde Charlotte im echten Leben nicht umbringen. Nein.

Plötzlich, als hätte jemand einen Schalter umgelegt, brachen alle Gefühle und Gedanken aus mir heraus. Ich fiel auf die Knie und schluchzte los. »Jean!«, schrie ich. Es war das einzige Wort, was ich rausbrachte.

»Jean. Jean. Jean!« Immer wieder rief ich seinen Namen, während ich die Augen fest zusammenkniff und mein Körper auf dem Boden der Abstellkammer zitterte.

Irgendwann spürte ich seine Hand auf meiner Schulter. Ich schüttelte mit immer noch geschlossenen Augen den Kopf. »Sag mir, dass dies nicht wahr ist. Sag mir, dass dies nicht passiert ist«, flehte ich.

»Nici – Nici, sieh mich an«, flüsterte er und hielt meinen Kopf zwischen seinen großen, kühlen Händen. Ich spürte seinen Atem auf meinem Gesicht. Verzweifelt sog ich seinen einzigartigen Geruch nach Winter ein, der mir plötzlich gefiel. Früher hatte ich den Winter und alles, was mich daran erinnerte, gehasst.

Ich öffnete meine Augen.

Zum Glück war er nicht blutbeschmiert, und für eine Sekunde hoffte ich, dass es reine Einbildung gewesen war, wie er Charlotte in den Hals gebissen hatte.

Doch ich entdeckte einen einzigen Blutfleck in der Größe eines Kleeblatts auf seinem weißen Hemd, und als ich in seine Augen blickte … da waren sie blau. Ich wusste nicht wieso, aber diese eiskalte Farbe war für mich der Beweis, dass dies alles tatsächlich geschehen war.

»Wieso?«, fragte ich, und in meiner Stimme klang all meine Verwirrung und Empörung mit.

Er deutete auf Charlotte hinter sich. »Sie wollte dich umbringen, ist dir das aufgefallen?«

»Aber deswegen kannst du *sie* doch nicht umbringen! Nicht … nicht mit Magie der Nacht!« Ich war von mir selbst überrascht. Woher wusste ich schon, was Magie der Nacht war? Doch plötzlich begriff ich. Es ergab alles Sinn. Die Erzählungen von William, weshalb die Alcedos damals von den Phönixen verbannt wurden, und die Geschichte von Jean neulich, wie der König dem Wahrsager ein Mädchen angeboten hatte, um zu Kräften zu kommen.

Und die Tatsache, dass man Leute, die Magie der Nacht praktizierten, auch Vampire nannte …

Man nahm durch das Blut die Kräfte des Opfers in sich auf und konnte so sein magisches Potenzial stärken. Was vollkommen verboten war. Den Gegenüber zu schwächen, um selbst an mehr Macht zu gelangen.

Doch im Zusammenhang mit Charlotte und Jean ergab es keinen Sinn!

»Du brauchtest ihre Kraft doch gar nicht! Wieso … wieso hast du ihr Blut getrunken?« Meine Stimme bebte vor Entrüstung. Ich sprang auf und wich einen Schritt von Jean zurück. »Du darfst niemanden mit Magie der Nacht umbringen!« Ich warf eine Klobürste, die direkt neben mir auf dem Regal lag, nach Jean. Meine Hände suchten nach weiteren Gegenständen, die ich ihm an den Kopf werfen konnte. Es ging mir gar nicht mehr um Charlotte. Einfach nur darum, dass Jean nicht das Recht hatte, diese verbotene Magie für einen brutalen Mord zu benutzen! Damit jemandem das Leben zu nehmen! Und dabei hatte er mir letztens erst gesagt, er praktiziere gar keine Magie der Finsternis!

»Du verdammter Lügner!«, schrie ich, und ein Eimer traf ihn an der Schulter. »Du bist ein Mörder! Du kommst ins Gefängnis!«, schrie ich weiter, doch Jean bewegte sich nicht von der Stelle. Er versuchte noch nicht einmal, meinem Wutausbruch auszuweichen. Er stand einfach nur da.

»Sag was!«, brüllte ich, da ich seine Gelassenheit nicht mehr aushielt. Ich wollte, dass er sich verteidigte! Wollte eine Erklärung oder Entschuldigung! Wollte Gefühle in seinem Gesicht der Gleichgültigkeit sehen!

»Sie war ein Alcedo«, sagte er seelenruhig.

Der Lappen, den ich soeben nach ihm werfen wollte, fiel auf den Boden. Geschockt starrte ich ihn an und überlegte, ob ich nun lachen oder schreien sollte. »Bitte was?«, bekam ich heraus. Es war das Lächerlichste, was ich je gehört hatte. Oder?

Ich schüttelte irritiert meinen Kopf. »Das meinst du doch nicht ernst! Charlotte?« Ich zog eine Augenbraue hoch. Nein. Nein, das ging einfach nicht. Ich fing an, an meiner Unterlippe zu kauen.

Jean seufzte. »Nici, das war nicht Charlotte. Als ob Charlotte sich *so* benommen hätte und dich umbringen wollen würde!«

Ich musterte ihn misstrauisch, dann Charlottes leblosen Körper. »Sie hat sich ziemlich genau wie Charlotte benommen. Und sie sieht auch so aus«, warf ich ein, falls ihm das noch nicht aufgefallen war.

Jean öffnete den Mund, schloss ihn jedoch wieder. Er sah so aus, als würde er sich wieder einmal fragen, wie man nur so dumm wie ich sein konnte. Mittlerweile kannte ich diesen Blick nur zu gut.

»Alcedos sind zwar miserable Gestaltenwandler, doch mit viel Kraftaufwand schaffen selbst sie es, sich für kurze Zeit in andere Menschen zu verwandeln. Eine Art der Verwandlung, die bei den Phönixen aus offensichtlichen Gründen verboten ist«, erbarmte sich mein Mentor endlich, mich aufzuklären.

Ich zeigte auf Charlotte. »Also war das hundertprozentig nicht Charlotte?«

Jean nickte. Dann lebte die echte Charlotte also noch.

Seit wann war denn Charlotte nicht mehr Charlotte? Vielleicht war sie ja schon, seit ich sie kennengelernt hatte, ein Alcedo? Das würde zumindest ihre komische, unfreundliche Art erklären.

»Und … was wollte sie?« Ich war immer noch ratlos nach dieser ganzen Aktion.

Jean schaute sich langsam im Zimmer um, sah dann auf die Leiche, dann auf die Gegenstände, die ich auf ihn geworfen hatte. Ich erkannte, dass er mir nicht mehr ins Gesicht schauen wollte. Er wich meinem Blick weiterhin aus und machte keinerlei Anstalten, mir zu antworten.

»Was wollen die Alcedos von mir? Ich habe ihnen nichts getan!« Langsam wurde ich wieder panisch. Eingesperrt in einer

Abstellkammer mit Jean und einer Leiche – das war nicht das, was man als erholsamen Nachmittag bezeichnen konnte.

Jean zuckte mit den Schultern, da wusste ich, dass er etwas vor mir verheimlichte. Plötzlich fragte er: »War sie allein? Das ist unwahrscheinlich …«

Mein Herz blieb stehen.

Leo!

»Oh mein Gott!«, schrie ich und stürmte zur Tür.

Jean folgte mir, während ich den Flur hinunterrannte und nach Leo rief. Also war Jerome auch ein Alcedo gewesen. Und sie hatten es auf uns abgesehen. Jetzt ergab alles einen Sinn. Und ich hatte schon gedacht, Jerome und Charlotte waren verrückt geworden.

»Jerome war der andere Alcedo«, erklärte ich Jean, während wir durch die Akademie eilten und nach irgendeiner Spur suchten. Doch die Schule war verlassen wie nie zuvor. Das Einzige, was wir hörten, war das Hallen unserer schnellen Schritte durch die leeren Korridore und mein hektisches Atmen.

»Und er blieb mit Leo allein?«, fragte Jean.

»Ich weiß nicht. Ich bin so schnell ich konnte in die Abstellkammer gerannt. Ich nehme mal an, dass Jerome Leo verfolgt hat. Wenn ich nur wüsste, was sie von uns wollen!«.

»Informationen«, sagte er.

»Aber wieso von Leo und mir? Und wieso wollen sie uns dafür umbringen? Wäre es nicht schlauer, wenn sie sich doch in Phönixe verwandeln können, sich in unsere Freunde zu verwandeln und uns ein paar Fragen zu stellen?«

»Sie wollen nicht speziell Leo«, meinte Jean knapp. Bedeutete das dann, dass sie *mich* wollten?

»Und sie bekommen die Informationen, indem sie Blut trinken. Aus dem Blut entnehmen sie nicht nur Macht, sondern auch Gedanken und Erinnerungen.«

Wirklich?

Plötzlich vibrierte mein Handy in meiner Hosentasche. Als ich es herausholte und auf das Display blickte, blieb ich erleichtert stehen.

»Leo!«, rief ich atemlos, als ich abnahm, und hielt mir die Seite, die vom Rennen schmerzte.

»Nici, geht es dir gut?«, schrie sie ebenso panisch, wie ich mich fühlte.

»Ja. Mr. Sandlers hat mich gerettet! Und du? Wo bist du?«

»Ich habe dich gesucht, nachdem ich Jerome abgehängt hatte. Bin gerade rausgerannt, weil ich dich drinnen nicht gefunden habe.«

Mir fiel ein Stein vom Herzen, und ich hätte weinen können vor Erleichterung. »Es tut mir so leid, dass ich dich alleingelassen habe«, versuchte ich zu erklären und meine Schuldgefühle loszuwerden.

»Ist schon gut. Ich habe keine Ahnung, was das sollte. Was ist bloß in die beiden gefahren? Ich musste tatsächlich mit Jerome kämpfen! Da ich jedoch keine Angriffszauber konnte, die er komischerweise alle perfekt beherrschte, habe ich ihm immer mit Gegenständen den Weg versperrt und dann … dann habe ich den Kronleuchter auf ihn fallen lassen. Nur so konnte ich entkommen.« Nun hörte ich ihre Schuldgefühle.

»Leo, du bist wundervoll! Mach dir keine Sorgen um ihn, Jean klärt das. Am besten du gehst jetzt zu Miss Spring, ich komme nachher noch vorbei, okay?«, fragte ich sie und ging weiter in Richtung Eingangshalle, um nach dem Kronleuchter und Jerome zu sehen.

»Okay, ist gut, bis dann.«

Ich legte auf und erzählte Jean, was mir Leo berichtet hatte.

Doch als wir in der Eingangshalle ankamen, in der sich der einzige Kronleuchter im Gebäude befand, konnten wir uns nur verwirrt anschauen.

Der Kronleuchter hing an der Decke, als sei nichts geschehen.

Während ich noch nach Erklärungen dafür suchte, gab mir mein Mentor bereits die Antwort: »Wahrscheinlich hat er alle Spuren beseitigt. Die Alcedos wollen nicht auffallen.«

»Das heißt, er läuft noch immer frei herum – in Jeromes Gestalt?«, schlussfolgerte ich.

»Genau, und deshalb werde ich ihn jetzt suchen und töten.«

Er sagte es so einfach dahin, dass ich nicht anders konnte, als ihn geschockt und mit offenem Mund anzustarren.

Er grinste.

»Ich will mitkommen!«

Sofort verschwand sein Grinsen. »Nein.«

Ich fing an zu schmollen. »Bitte.«

Er verdrehte seine eisblauen Augen. Irgendwie war ich fasziniert von dieser Farbe. Anscheinend hatte er sich so beeilt, mich zu retten, dass er keine Zeit mehr gehabt hatte, sich die Kontaktlinsen einzusetzen. Ein Lächeln formte sich aus meinem soeben noch schmollenden Mund.

Jean schien verwirrt von meiner plötzlichen Stimmungsschwankung, doch er schüttelte trotzdem den Kopf. »Nein, Nicita. Du gehst jetzt brav nach Hause und wartest dort auf mich, hast du verstanden?«

»Aber wenn es die Alcedos doch auf mich abgesehen haben?«, fing ich erneut an, um ihm mehr Informationen zu entlocken.

»Sie wollen *mich,* Nici. Sie wissen, dass ihr Schicksal nur von mir abhängt. Nur mit meiner Hilfe haben die Phönixe eine Chance gegen die Alcedos. Doch da sie an mich nicht herankommen … Nun, anscheinend haben sie herausgefunden, dass du mein Schützling bist. Ihnen ist wohl aufgegangen, dass der Schützling des Prinzen vielleicht der Schlüssel zu ihrem Ziel ist.«

Also wollten sie durch mich nur an Jean herankommen – und eventuell durch mein Blut noch Macht und Informationen über Phoenicia sammeln. Na dann war ja alles in Butter. Kein Grund zur Sorge oder so.

»Na gut«, sagte ich und ging zum Ausgang, brav auf dem Weg nach Hause. Ich war ihm schließlich dankbar dafür, dass er es mir gesagt hatte. Und mein Leben gerettet hatte. Zuhause würde ich ihm dann meine restlichen Fragen stellen. Doch das konnte alles warten.

»Mr. Sandlers?«, rief ich, als ich bereits die Türschwelle des riesigen Eingangsportals überquert hatte. Ich schaute über die Schulter zu ihm hinüber.

»Nicita?«

»Passen Sie auf, dass Sie nicht den echten Jerome umbringen.«

24

Die letzten Teile des Puzzles

Allein zu Hause wusste ich erst einmal nicht, was ich tun sollte. Ich überlegte, bei Leo vorbeizuschauen, doch ich riskierte es nicht. Schließlich war ich nun überfüllt mit geheimen Informationen, die ich nicht einmal ihr anvertrauen durfte. Wenn ich zu ihr ginge, würde sie mich fragen, was ich über all das dachte. Wir würden zusammen wirre Theorien aufstellen, doch nun, da ich die Wahrheit kannte, konnte ich ihr nicht einfach ins Gesicht schauen und sie anlügen. Ich war bloß froh und erleichtert darüber, dass sie sich den falschen Jerome vom Hals geschafft hatte. Dennoch musste ich ihr eine Erklärung geben, sonst würde sie Miss Spring bestimmt davon erzählen oder Jerome morgen in der Schule darauf ansprechen … Ich entschied mich, ihr eine SMS zu schreiben: *Jean sagt, Jerome und Charlotte waren von einem Zauber belegt. Ich versuche, mehr darüber herauszukriegen. Bis später :**

Ich schob mein Handy wieder in die Hosentasche, und meine Gedanken schweiften zum echten Jerome. Hatte ich tatsächlich geglaubt, er würde mich umbringen wollen? Theoretisch hätte ich dieses Spektakel doch sofort durchschauen müssen.

Nachdem ich die Dusche nachgeholt hatte, wanderte ich durch Jeans Wohnzimmer, wie ich es öfter tat, wenn ich zu unruhig war, um still sitzen zu bleiben.

Plötzlich kam mir ein völlig anderer Gedanke. Ich brauchte noch ein Kleid für den Ball am Samstag! Ich konnte mir nicht vorstellen, dass ich übermorgen meinen allerersten Ball miterleben würde … hier in Phoenicia in einem wunderschönen Kleid tanzen – mit Jerome. Ich durfte nur nicht vergessen, Jean an das Kleid zu erinnern, wenn er wiederkam. Ob er überhaupt wiederkommen würde? Ich schüttelte – entsetzt über mich selbst – den Kopf. Solche Gedanken durfte ich mir nicht erlauben, genauso wenig, wie ich mir vorstellen durfte, dass Jean gerade in Jeromes Körper biss.

Verzweifelt setzte ich mich auf die Couch und strich mir durch das noch feuchte Haar. Sollte ich mal wieder meine Mutter anrufen? Ich hatte erst gestern Abend kurz vor dem Schlafengehen mit ihr telefoniert und ihr versichert, dass alles in Ordnung war. Sollte ich mit Max telefonieren? Er schrieb mir immer noch zwischendurch mal eine SMS, doch da ich nie antwortete, wurden auch die immer seltener.

Zum ersten Mal seit Tagen fühlte ich mich wieder einsam. Die ganzen Geheimnisse und Ängste hatten mich abgelenkt, doch nun kehrte das Heimweh zurück. Wann würde ich meine Familie wiedersehen können? Wann Max?

Ein Klingeln riss mich aus meinen Gedanken, und ich sprang vom Sofa auf. War es Jean?

Vorsichtig und mit rasendem Herzen ging ich zur Tür, verfluchte sie, weil sie kein Guckloch hatte, und rief: »Wer ist da?«

»Der Weihnachtsmann, Nicita!«, kam die genervte Antwort. Das Blut schoss mir in die Wangen, und ich öffnete die Tür. Vor Überraschung fielen mir fast die Augen heraus, denn Jean alias der Weihnachtsmann hatte tatsächlich einen riesigen Sack neben sich stehen.

»Ähm …?« Mir fehlten die passenden Worte für eine gescheite Frage. Hatte er mir jetzt tatsächlich Geschenke mitgebracht?

Jean ignorierte meine Ratlosigkeit, zog den Sack hinter sich her in den Flur und murmelte: »Wer soll schon zu mir nach Hause kommen, während alle denken, dass ich noch nicht nach Phoenicia zurückgekommen bin …?«

Ich schloss die Tür und rannte ihm hinterher. »Hast du verlernt, dich zu teleportieren, oder deinen Schlüssel verloren?«, fragte ich zurück.

»Ich habe dir doch schon gesagt, dass es keine Schlüssel gibt. Und man kann sich auch nicht hier hineinteleportieren, ich habe einen magischen Schutzschild errichtet. Man kann sich nur herausteleportieren. Außerdem wollte ich dich vorwarnen.«

»Warnen? Wovor …?« Genau in diesem Moment öffnete er den Sack, den er hinter sich hergezogen hatte, und ich blickte in die leblosen schwarzen Augen von Jerome, die starr zur Decke gerichtet waren. Strähnen von braunem Haar lagen auf seiner Wange, die nur von Charlotte stammen konnten…

Ich stieß einen Schrei aus und wich so hastig zurück, dass ich gegen das Bücherregal stieß.

»Jean!«, vermochte ich nur zu keuchen. Ich schlug mir die Hände über den Mund, aus Angst, mich gleich übergeben zu müssen.

»Keine Sorge, in wenigen Minuten wird sich der Zauber verflüchtigen, und die beiden werden nicht mehr wie Jerome und Charlotte aussehen.«

Sollte mich das in irgendeiner Weise beruhigen?

Er zog den Sack wieder zu, richtete sich auf und wandte endlich seine Magie an, um ihn fortschweben zu lassen. Direkt auf das Bücherregal zu.

Ich stolperte rückwärts und rannte dann los, ich wollte am liebsten Meilen zwischen diesen Sack – in dem ich für einen Moment tatsächlich gedacht hatte, Geschenke zu finden – und mich bringen, doch ich schaffte es nur bis ans andere Ende des Zimmers, wo ich auf das Sofa sprang.

Währenddessen glitt das Bücherregal zur Seite, und der Sack verschwand in dem geheimen Zimmer. Sobald sich das Regal wieder an seinen Platz bewegt hatte, wandte sich Jean mit ernster Miene zu mir um.

»Dort bunkerst du also deine Leichen?« Meine Stimme überschlug sich, Jean setzte sich erschöpft auf den Sessel.

»Es gibt in dem Raum eine versteckte Treppe, die in einen Keller führt. Dort verbrenne ich die Leichen«, erklärte er leise und stützte seinen Kopf in die Hände.

Am liebsten hätte ich mich noch länger aufgeregt, doch seine traurige, nachdenkliche Miene stimmte mich versöhnlich. Ich stieg vom Sofa und zog den Schreibtischstuhl heran, um mich vor Jean hinzusetzen.

Ein paar Sekunden lang schwiegen wir. Ich musste die Leichensache immer noch etwas sacken lassen. Dann wurde es Zeit für meine Fragen.

»Woher wusstest du eigentlich, dass ich in Gefahr war?«, fing ich an. Irgendwo mussten wir ja anfangen.

»Ich habe meinen Geist nach dir ausgesandt, als ich dich hier nicht vorgefunden habe«, erklärte er.

»Du beschattest mich also immer noch? Dachtest du etwa, ich würde dein Geheimnis ausplaudern, oder was fällt dir ein, mir nachzuspionieren? Ich bin mir sicher, dass es nicht legal ist«, rief ich empört aus.

Jean hob desinteressiert eine Augenbraue.

»Du weißt, was ich meine. Dieses ›mit den Gedanken Leute aufspüren‹ ist … ist …«

»Gehört zur Magie der Nacht, ja«, erbarmte er sich, meinen Satz zu Ende zu führen. »Weil ich dadurch ohne deine Erlaubnis in deinen Geist eindringe.«

Ich schürzte meine Lippen. Es würde ja ohnehin nichts bringen, versuchen zu wollen, diesen Mann zu belehren. Seine Moralvorstellungen wurden anscheinend in Alcedia von Anfang an zunichtegemacht. Nicht, dass es mich störte, dass er mir damit das Leben gerettet hatte, aber es ging ja ums Prinzip.

»Vampire sind also Leute, die Magie der Nacht ausführen, stimmt's?«, wechselte ich das Thema. Ich durfte meine Aufgabe, mir Klarheit zu verschaffen, schließlich nicht vernachlässigen.

Jean nickte nur.

»Und das sind eigentlich nur die Alcedos, weil nur sie zu so etwas Schrecklichem in der Lage sind. Phönixe würden nie im Leben das Blut eines Menschen aussaugen«, sprach ich munter weiter. Es fühlte sich an, als würde ich ein Selbstgespräch führen, doch es machte mir nichts aus. Es war gut, meine Gedanken wieder zu ordnen.

»Man wird nach einiger Zeit süchtig«, warf Jean ein.

»Nach Blut?«, fragte ich.

Er nickte wieder.

»Was ist mit den ganzen Mythen über das Sonnenlicht und die eiskalte Haut und dass man selbst zum Vampir wird, wenn man gebissen wird?«

Sein bekannter Blick traf mich, sodass ich sofort wusste, dass dies eine dumme Frage gewesen war. »Die Vampire sind *Alcedos*. Sie halten die Hitze und das Sonnenlicht nicht aus, weil sie das Gegenstück zu den Phönixen sind.«

»Wow.« Die Erkenntnis traf mich wie ein Schlag. Das alles ergab Sinn. »Das ist die beste Erklärung, die ich je für das Vampirdasein gehört habe«, gab ich zu.

Jean musste tatsächlich lächeln. »Nichts ist überzeugender als die Wahrheit.«

»Und was ist dann mit der Geschichte, dass man zum Vampir wird, wenn man gebissen wird? Das ist doch Quatsch, man ist doch dann ein Vampir, wenn man Magie der Nacht benutzt.«

»Nun ja, das ist wohl wahr. Aber in den meisten dieser Mythen heißt es doch, dass der Vampir einem auch von seinem Blut zu trinken geben muss. Und dann passt es doch überein, oder findest du nicht? Außerdem ist man anfälliger dafür, wenn man gebissen wurde und somit geschwächt ist. Dann brauchst du das Blut des anderen, um seine Kraft zu bekommen und so zu überleben. Und sobald du die Energie des anderen durch das Blut aufnimmst, bist du ein *Vampir.*«

Ich dachte über seine Worte nach, während ich den Schreibtischstuhl zum Drehen brachte. Das Wohnzimmer und Jeans Gesicht huschten immer wieder vor meinen Augen vorbei, alles schien zu verschwimmen.

Ich stoppte den Stuhl mit meinen Füßen.

»Wenn es so einfach ist, nach Phoenicia zu gelangen, und die sich auch noch in uns verwandeln können, dann ... dann könnten sie schon überall sein! Sie könnten mich und dich jederzeit töten. Und die Informationen, die sie haben wollen, haben sie vielleicht schon. Wer weiß, vielleicht war ja bereits ein Alcedo hier, den du nicht entdeckt hast, und der hat bereits jemandes Blut getrunken und ist nun wieder abgehauen«, rief ich.

»Nein, das wüssten wir. Mai hätte mir Bescheid gegeben«, antwortete Jean.

Ich war verwirrt. Mai?

»Mai bewacht den Durchgang nach Alcedia«, erklärte er.

»Also ist das Portal bei der Pizzeria?«, fragte ich ungläubig.

Jean ging nicht näher darauf ein. Ich seufzte und legte meinen Kopf in die Hände. Das war das Ende. Wir waren den Alcedos völlig ausgeliefert. Sie waren so viel stärker als wir Phönixe, wir hatten gar keine Chance. Der Vorfall heute zeigte mir erst wirklich, wie schlimm und präsent die Gefahr war.

»Das ist das Ende!« Ich schluchzte auf.

»Quatsch. Das war erst der Anfang, warte erst einmal bis zum Maskenball ab.«

Erschrocken schoss mein Kopf wieder in die Höhe, und ich schaute Jean entsetzt an. »Was willst du damit sagen?«, hauchte ich, meine Stimme gedämpft von der Vorahnung, die ich hatte.

»Die Alcedos werden den Trubel sicherlich nutzen, um sich unbemerkt hineinzuschleichen. Dann können sie sogar Kräfte sparen, da sie sich nicht verwandeln müssen. Und ich bin mir sicher, dass es am Samstag mehr als zwei sein werden. Es ist unvermeidlich, dass sie an diesem Abend erfahren, dass wir keine königlichen Phoenixe mehr haben und ihnen und ihrer Macht ausgeliefert sind.« Jean gab ein merkwürdiges Geräusch von sich, das einem Knurren ähnelte.

»Und was geschieht, wenn diese Information tatsächlich in Alcedia ankommt?« Mir graute es vor der Antwort.

»Nun, dann wird es für die Alcedos keinen Grund mehr geben, sich länger vor einem Krieg zu drücken. Sie wissen, wo der Durchgang ist, und allein fünf von ihren Männern wären stärker als alle Phönixe gemeinsam.«

»Du willst mir doch nicht sagen, dass ganz Alcedia die Magie der Nacht beherrscht und Blut trinkt! Dann wären die Alcedos ja allesamt Vampire! Dann hätten sie uns schon vor Jahren angreifen können. Ein königlicher Phoenix mehr oder weniger würde ihnen bestimmt auch nichts ausmachen!«

»Du hast ja recht«, beschwichtigte mich Jean. »Magie der Finsternis lernen dort nur die königlichen Alcedos und ein paar weitere, die sehr viel Einfluss und Ansehen haben. Der König hat viel zu viel Angst, dass jemand mehr Macht als er haben könnte. Er verbietet dem einfachen Volk, diese dunkle Kunst zu erlernen.«

»Na, das ist doch mal eine gute Nachricht!«

Jean strafte mich dafür mit einem seiner bösen Blicke. Anscheinend fand er diese Aussicht nicht gut genug.

»Aber wie ich dir bereits gesagt habe, Nici, ist es sehr wichtig zu wissen, wer die Spione schickt. Leider kann ich dies aus den Erinnerungen meiner Opfer nicht lesen! Es ist fast so, als hätte die Person, die über alldem steht, dafür gesorgt, dass keine Erinnerungen an sie bestehen. Als wüsste sie, dass ich die Spione mithilfe der Magie der Finsternis umbringen würde. Sie hat es bis ins kleinste Detail geplant …«

Ein Schauer lief mir über den Rücken. Dann war die Person also ganz schön schlau. Es war bestimmt nicht einfach, diesen Auftrag zu geben, ohne dass die Spione wussten, für wen sie nun spionierten. Mir schwirrte schon langsam der Kopf von diesen ganzen Verschwörungstheorien.

»Es war entweder dein Vater, deine Mutter oder dein Bruder, richtig?«, fragte ich.

Jean nickte. »Vermutlich. Und jeder würde andere Ziele mit dieser Spionage verfolgen. Ich denke, am schlimmsten wäre es, wenn es meine Mutter wäre«, gab Jean zu.

Das verstand ich nicht, doch ich hatte bereits eine ganz andere Frage im Sinn, die mir wieder eingefallen war.

»Sag mal, Jean … Du hast mir immer noch nicht gesagt, wieso dein Bruder noch nicht auf dem Thron sitzt – so wie Muraldo es gesagt hatte.«

Jean sah mich erstaunt an. »Nun … ich weiß es nicht. Ich war nicht mehr da, als seine Krönung anstand.«

Ich war nicht zufrieden mit dieser Antwort, doch ich hätte es dabei belassen, wenn Jean nicht im letzten Augenblick zur Seite geschaut hätte. Wenn er nicht diese Dunkelheit einer Lüge in seinen eisblauen Augen gehabt hätte.

»Jean, du verheimlichst mir immer noch etwas«, rief ich empört aus. Ich dachte, er würde mir seit dem heutigen Angriff auf mich alles erzählen. Er hatte keinen Grund mehr, mich wegen der Magie der Nacht zu belügen oder mich zu schützen. Ich wusste sowieso schon so viel, dass es für die Todesstrafe reichen würde.

Er zuckte mit den Schultern. »Und wenn schon«, murmelte er. Mein Herz schlug schneller. Es hörte sich so an, als wäre es etwas äußerst Wichtiges!

»Bitte sag es mir«, flüsterte ich mit angehaltenem Atem. Meine Zunge befeuchtete meine trockenen Lippen, während ich mich zu ihm hinüberbeugte.

Er schaute mir wieder in die Augen, und für einen Moment wurde meine Frage unwichtig. Er war gerade mal eine Handbreit von meinem Gesicht entfernt.

»Sag es mir«, brachte ich erneut über die Lippen.

»Du wirst noch mein Tod sein«, sprach Jean ebenso leise wie ich. Ich schluckte, auch wenn weder er noch ich damals die Bedeutung seiner Worte ernst nahmen. Wie recht er hatte, würde mir erst viel später bewusst werden …

»Sag mir, was du mir verheimlichst. Bitte!«. Ich hielt es nicht mehr aus. Ob es dieses ungelöste Geheimnis war, das ich nicht ertragen konnte, oder einfach nur seine Nähe, konnte ich in diesem Moment beim besten Willen nicht sagen.

»Serena«, antwortete er dann. Der Name huschte wie ein melodisches Lied über seine Lippen. »Ich verheimliche dir ein Mädchen namens Serena. Mehr nicht.«

Ich lehnte mich wieder zurück, doch mein Herzschlag beruhigte sich nicht. Meine Anspannung blieb.

»Ist sie das Mädchen auf dem Foto in deinem Zimmer?«, fragte ich ohne zu zögern.

Jeans Blick daraufhin würde ich nie vergessen.

25

Ein weiterer Angriff

»Woher weißt du davon?«, fuhr er mich an. Seine Augen waren hart und kalt. Ich schluckte schwer. »Ich … ich habe zufällig das Bild dort stehen sehen …«

»In meinem Zimmer? Wieso warst du in meinem Zimmer, Nicita?«

Ich zog ängstlich den Kopf ein. Wieso war Jean so wütend auf mich?

»Es tut mir leid«, sagte ich, da ich nicht wusste, was ich sonst hätte sagen sollen. Wieso dachte ich auch nie nach, bevor ich etwas hinausposaunte?

Jean schwieg, und ich traute mich nicht, ihn wieder anzuschauen. Ich wollte doch nur wissen, wer die schöne Frau auf dem Foto war und was eine gewisse Serena mit der ganzen Sache zu tun hatte …

Ein Klingeln unterbrach das unangenehme Schweigen. Als ich erstaunt zu Jean blickte, sah ich, dass er mindestens ebenso überrascht war wie ich.

Er hatte gesagt, noch niemand würde wissen, dass er wieder zurück aus der Menschenwelt war …

Als Jean aufstand und zur Tür ging, folgte ich ihm wie ein Schoßhündchen.

»Hallo«, flötete eine hohe, süße Stimme, sobald er die Tür geöffnet hatte. Ich stellte mich hinter ihm auf die Zehenspitzen, um sehen zu können, wer uns besuchen kam. Doch Jean war zu groß, und ich konnte nur das Spiel der angespannten Muskeln seines Rückens betrachten, was mir im Moment gar nicht passte. Ich versuchte es mit Springen, um wenigstens einen einzigen klitzekleinen Blick zu erhaschen.

Ein Mädchen mit roten Locken, nicht älter als sieben, stand vor seiner Tür und schaute uns mit großen, dunklen Augen an.

»Du musst Nicita sein«, zwitscherte sie und klimperte mit ihren langen Wimpern in meine Richtung.

Sprachlos starrte ich mit verrenktem Kopf zwischen Türrahmen und Jeans Oberkörper das süße Mädchen an. Woher kannte sie meinen Namen?

»Wer bist du?«, knurrte Jean. Ich warf ihm einen vorwurfsvollen Blick zu, den er jedoch nicht sehen konnte, da er immer noch mit dem Rücken zu mir stand. War ja klar, dass er sofort unfreundlich wurde, sobald er ein süßes, kleines Geschöpf erblickte. Unmöglich, dieser Mann.

»Ich wollte euch beide nur mal eben besuchen.« Das Mädchen streckte uns ihre winzige Hand entgegen. Jean machte keine Anstalten, sie zu ergreifen, und so schubste ich ihn zur Seite und wollte mit Freuden die Hand des Kindes schütteln, als ich von Jean grob zurückgezogen wurde.

»Fass sie nicht an«, zischte er so zornerfüllt, dass mein Herz aus seinem Rhythmus stolperte. Verwirrt schaute ich von ihm zu ihr. Ihre Augen formten sich zu schmalen Schlitzen.

»Ich glaube, ich geh jetzt wieder«, sagte sie und drehte sich auf dem Absatz um. Doch da hatte sie die Rechnung ohne meinen Mentor gemacht. Er packte sie am Kragen und zog sie zurück. Ich konnte nur mit offenem Mund zuschauen, wie er das Mädchen ins Haus zog und die Tür zuschlug.

Vollkommen entgeistert stand ich dort, während er das Mädchen gegen die Wand schleuderte und sie hilflos zu Boden sackte.

»Jean!«, schrie ich endlich und rannte auf den kleinen, schlaffen Körper zu – doch Jean schlang die Arme um meine Taille und hielt mich an seinem steinernen Körper fest, während ich mit Armen und Beinen um mich schlug.

»Hast du den Verstand verloren?«, kreischte ich und gab auf, mich gegen ihn zu wehren. Ich sackte in seinen starken Armen zusammen.

Ein markgefrierendes Lachen schrillte auf einmal durch den Flur. Die Gestalt auf dem Boden erhob sich, doch es war nicht mehr die zierliche Gestalt des kleinen Mädchens. Mit angehaltenem Atem beobachtete ich, wie sich der dünne Körper in die Länge zog, die Umrisse schienen zu verschwimmen und sich neu zu bilden. Die Kleidung riss und fiel in Fetzen zu Boden, die Locken färbten sich schwarz und zogen sich in die Kopfhaut zurück.

Innerhalb von zwei Sekunden verwandelte sich der Körper in den eines nackten, blassen Mannes mit dunklen, kurzen Haaren und eisblauen Augen. Er schaute mich an. »Eigentlich wollte ich nur dich besuchen«, sagte er zu mir.

Ich fing an zu schreien. Jean stieß mich grob hinter sich. »Verschwinde, Nici!«, rief er, doch ich konnte mich nicht rühren.

»Nici, lauf!«, schrie er, als der fremde Mann auf uns zustürmte. Ein Dolch blitzte auf, ich wusste nicht, woher er gekommen war. Doch auch Jean zog in diesem Moment einen Dolch hervor und duckte sich, ehe der Angreifer ihm ein Auge ausstechen konnte.

Stattdessen traf er mich, die ich immer noch wie versteinert hinter Jean gestanden hatte. Die silberne Klinge durchzog meinen rechten Oberarm von oben nach unten. Schlitzte ihn auf.

Der Schmerz ließ mich auf die Knie fallen, und mein Schrei schrillte mir in den Ohren.

Ich wusste nicht, wie ich es schaffte, bei Bewusstsein zu bleiben. Der brennende Schmerz betäubte all meine Sinne, und das Blut strömte meinen nackten Arm hinunter.

Am Rande nahm ich war, wie Jean mit dem Alcedo kämpfte. Mehrmals versuchte ich hinzuschauen, doch ich konnte mich darauf nicht konzentrieren. Immer wieder wurde das Geschehen von schwarzen, tanzenden Punkten überlagert.

Doch mir wurde klar, dass der Angreifer nur noch Augen für mich hatte – rote Augen, in denen ein Feuer zu glühen schien. Immer wieder versuchte er, an mich heranzukommen, doch Jean schaffte es, ihn von mir fernzuhalten.

Ihre Flüche und ihr Keuchen wurden immer leiser.

Bis irgendwann Stille herrschte.

»Sieh mich an, verdammt!«

Die Stimme hallte von weit, weit weg zu mir herüber. Ein plötzlicher Schmerz in meiner Wange ließ schließlich meine Augen aufflattern. Verwirrt fasste ich an meine glühende Wange. »Du hast mich geschlagen«, brachte ich heraus, dann erst fiel mir auf, wie Jean aussah.

Sein Gesicht direkt vor meinen Augen war aschfahl und seine Adern traten deutlich hervor. In das Blau seiner Augen mischte sich ein dunkles Rot, und unter seiner Oberlippe traten spitze Eckzähne hervor.

Erschrocken wich ich zurück, da fiel mir mein verletzter Arm wieder ein. Ich riskierte einen Blick an mir hinab, doch das viele Blut ließ mich schnell wieder aufschauen.

»Wieso hast du Vampirzähne?«, fragte ich und zeigte mit dem Finger darauf.

Sein Mund verzog sich zu einem Grinsen. »Wir wurden beide beinahe abgeschlachtet, du warst ohnmächtig, ich stehe vor dir als grässliches, furchteinflößendes Monster, und du willst wissen, wieso ich spitze Zähne habe?«

»Die hattest du früher noch nicht«, gab ich zu bedenken, doch das Sprechen fiel mir schwer. Ich kniff die Augen vor Schmerz zusammen, der immer stärker wurde.

»Können wir diese Unterhaltung fortsetzen, wenn du versorgt bist?«, fragte er.

»Nur zu. Sprich irgendeine Formel und mach mich wieder heile.«

»Nun, das geht leider nicht.« Er hob mich hoch und trug mich ins Wohnzimmer. »Diese Dolche sind verzaubert, sodass man die Wunden nicht heilen kann. Außerdem verliert man durch so einen magischen Schnitt viel mehr Blut als normal, und es kann Wochen dauern, bis die Wunde einigermaßen verheilt.«

Da er das alles in einem ruhigen Ton erzählte, als sei die Sache gar nicht weiter schlimm, starrte ich ihn ungläubig an. »Das war ein Scherz, oder?«

»Nein, aber eine gute Sache hat dieser verzauberte Dolch für das Opfer dennoch.«

Ich zog fragend eine Augenbraue hoch, während er mich auf das Sofa legte.

»Das Opfer verliert keine Kraft und spürt auch nur wenig Schmerzen. Damit der Angreifer, wenn er das Opfer aussaugt, an die größtmögliche Energiemenge gelangt«, erklärte er und hielt auf einmal Verbandszeug in den Händen.

Ich schloss die Augen, weil es immer schwerer wurde, sie offenzuhalten. Wenn das Opfer keine Kraft verlieren sollte, warum fühlte ich mich dann so schwach? Kalt spürte ich seine Hände, die meine Haut streiften, während er die Wunde säuberte und danach verband. Ich wollte wieder das Gespräch auf seine Eckzähne zurückführen, doch der Schlaf entführte mich, ehe ich auch nur den Mund aufmachen konnte.

Ich erwachte allein im Wohnzimmer und brauchte ein paar Sekunden, um meine Gedanken zu sortieren. Schließlich setzte ich mich schläfrig auf und schaute mich im Zimmer um. Die Sonne schien hinein, also konnte ich nicht länger als ein oder zwei Stunden geschlafen haben.

Nachdem ich mich vergewissert hatte, dass mein Arm noch dran und ordentlich verbunden war, griff ich in meine Hosentasche und zog mein Handy heraus. Doch darauf konnte ich keine Uhrzeit mehr ablesen, denn der Akku war leer. Seufzend stand ich auf und machte mich auf die Suche nach Jean.

Lange dauerte sie nicht an, denn der Geruch nach leckerem Essen führte mich augenblicklich in die Küche. Ich traute meinen Augen nicht. Ein Jean, der am Herd stand und Pfannkuchen backte.

»Guten Tag, Dornröschen«, rief er über die Schulter – im selben Augenblick, in dem er einen Pfannkuchen in die Luft schleuderte und geschickt mit der Pfanne auffing.

»Äh … hallo.« Ich trat vorsichtig näher und setzte mich an den Tisch. Kurz schoss mir der Gedanke durch den Kopf, ob Jean nicht vielleicht irgendetwas genommen hatte oder jemand anderes Besitz von seinem Körper ergriffen hatte. Seit wann nannte er mich Dornröschen – es wunderte mich allein, dass er das Märchen kannte –, und seit wann konnte Jean backen?

»Wo ist deine Köchin?«, fragte ich skeptisch.

Jean ignorierte meine Frage und sprach stattdessen munter weiter: »Ich hatte schon Angst, dass du gar nicht mehr aufwachen würdest. Wie sollte ich William einen toten Schützling erklären?«

»Hä?«, fragte ich verwirrt und noch halb verschlafen. »Habe ich nicht nur ein oder zwei Stunden geschlafen?«

»Ähm – nein, nicht ganz, Nici. Du hast, sagen wir mal, fünfundzwanzig Stunden geschlafen.«

Meine Kinnlade fiel herunter. »Das heißt, es ist schon Freitagnachmittag, und ich habe den letzten Schultag verpasst?«, rief ich ungläubig.

»Mann, was bist du schlau«, meinte Jean und verdrehte die Augen. Er brachte den Teller mit dem Haufen Pfannkuchen an den Tisch, auf dem schon Marmelade und heißer Kakao bereitstanden, und setzte sich mir gegenüber.

»Und Mann, hast du heute deinen guten Tag!«, gab ich zurück, während ich ihn hätte abknutschen können für das leckere Mittagessen.

Ich langte sofort zu und ersparte meinem Mentor dadurch erst einmal eine Flut von Fragen, die sich angesammelt hatten. Dafür würde später noch Zeit sein – hoffte ich zumindest.

»Also wieso war ich so müde, obwohl du doch gesagt hast, der Dolch sei so verzaubert, dass er keine Energie raubt?«, fragte ich ihn, nachdem wir gegessen hatten und ich ihm beim Aufräumen geholfen hatte. Langsam spielten wir uns ein, und ohne diese ganzen Angriffe und Leichen und all das wäre ich mir vorgekommen wie in einer kleinen, gemütlichen WG.

»Nun, es gibt unter den Kampfdolchen diejenigen, die für die Magie der Nacht benutzt werden und die die Wirkung haben, die ich dir gestern erklärt habe. Doch es gibt auch *königliche* Dolche, die zusätzlich noch meist mit einem Fluch belegt sind. Ich hatte nicht damit gerechnet, dass dies ein königlicher Dolch war, der mit einem speziellen Gift versehen war.«

»Gift?« Meine Stimme schnellte eine Oktave höher.

»Keine Sorge, ich habe gut aufgepasst in Alchemie, du bist wieder vollkommen entgiftet. Dein Körper musste sich nur von dem schweren Schlafmittel erholen. Du solltest dir lieber um etwas anderes Gedanken machen.«

»Um deine Eckzähne?«, fragte ich und grinste. Früher hatte ich unbeschreibliche Angst davor gehabt, Jean mit dummen

Fragen zu belästigen, langsam allerdings fand ich Gefallen daran, meinen Mentor zu necken.

»Die sind nicht weiter spektakulär, es sei denn, du stöberst noch einmal in meinen privaten Sachen herum und sie landen das nächste Mal in deinem Körper!«

Ich hob beschwichtigend die Hände, konnte das Kribbeln, das bei dieser Vorstellung durch meinen Körper fuhr, jedoch nicht verhindern.

»Gehört alles zur Kunst der Verwandlung, die man in der Ausbildung bei den Phönixen erlernen kann«, erklärte er. »Im Gegensatz zu Alcedos könnt ihr euch innerhalb weniger Augenblicke in das verwandeln, was ihr wollt. Da ist eine Verlängerung von Zähnen ein Kinderspiel für diejenigen, die die Feuermagie beherrschen. Doch solch kleine Verwandlungen kriegen auch noch die Alcedos auf die Reihe, da sie auch äußerst hilfreich im Kampf der nächtlichen Künste sind.«

»Und um was sollte ich mir dann Gedanken machen? Um den Ball? Genau! Ich brauche noch ein Kleid!«, rief ich, erfreut, dass mir das noch rechtzeitig eingefallen war.

»Sehe ich so aus, als würde ich für dich shoppen gehen?«, fragte er mit angewiderter Miene. »Nein!«, verriet er mir sofort, bevor ich zu einer sarkastischen Antwort greifen konnte. »Aber falls es dir aufgefallen ist, wurdest du an einem einzelnen Tag von drei Alcedos angegriffen!«

»Jap.« Und jetzt? Davon konnte ich mir auch kein Kleid kaufen.

»Ich werde dich nun in den Kampfkünsten unterrichten«, klärte er mich überraschenderweise auf.

Damit hatte ich nicht gerechnet. »Aber das darfst du nicht!«, wandte ich sofort ein. »Man lernt erst im dritten Ausbildungsjahr ein paar Angriffsformeln. Aber auch dann nur das Grundlegendste. Wir dürfen nur lernen, uns zu verteidigen«, klärte ich meinen Mentor über die Regeln in Phoenicia auf.

»Im Normalfall, Nicita. Kennst du auch nur einen anderen Schüler, der so oft die nette Bekanntschaft mit unseren Feinden gemacht hat? Denk doch mal nach!«

Ich öffnete empört den Mund. Ich dachte *immer* nach! Doch Jean hatte recht. Fünf Sekunden später fand ich seine Idee einfach nur fantastisch. Es war bestimmt super aufregend, mit Zauberformeln kämpfen zu lernen, Feuerbälle aus den Handflächen zu schießen und all so etwas. »Okay, gut. Brings mir bei!«, erwiderte ich grinsend und verwirrte damit wieder einmal meinen Mentor.

Er runzelte die Stirn. »Aber du darfst es auf keinen Fall herumerzählen. Denk daran, ich mache das nur, weil es keine andere Möglichkeit für uns gibt. Denn es gibt wohl ein paar mehr Alcedos, die dunkle Magie beherrschen, als ich dachte … Und sehr viel mehr, als es in der letzten Schlacht vor siebzehn Jahren gab.«

»Und das bedeutet für uns?«

»Dass ich keine Ahnung habe, was dort in Alcedia vor sich geht, aber eines steht fest: Jemand erschafft dort gerade eine regelrechte *Armee* von Vampiren!«

»Oh fuck«, rutschte es mir heraus.

»Das kannst du laut sagen. Wir stehen so kurz vor einem Krieg, wie ihn die Magierwelt noch nie zuvor gesehen hat.«

26

Feuer, Wasser und nicht zu bändigende Gefühle

»Einfach konzentrieren und dann – loslassen!« Zeitgleich mit der Bewegung seiner Hände, die er angewinkelt hatte und nun mit den Handflächen nach oben hinuntersausen ließ, schossen meterhohe Flammen aus dem Parkett und bildeten einen Kreis um ihn. Beeindruckt trat ich ein paar Schritte zurück, auch wenn mir das hochzüngelnde Feuer nichts anhaben konnte.

»Wenn du in irgendeiner Weise zauberst – ohne Feuer –, musst du dich auf einen Gegenstand konzentrieren und auf das, was du mit ihm machen willst. Das Wichtigste war dabei immer, dich auf deinen Willen zu konzentrieren. Wenn du kämpfst und Feuer in allen möglichen Variationen dafür benötigst, ist das Einzige, worauf du achten musst, deine Kraft. Du fühlst sie tief in dir schlummern, und wenn du sie dann greifst und freisetzt, wird sie zu Feuer. Theoretisch die einfachste Übung für dich, wenn man bedenkt, was du schon alles in Brand gesteckt hast.« Er grinste ein schiefes Lächeln, und die Flammen um ihn herum verschwanden wieder dorthin, wo sie hergekommen waren.

»Okay, jetzt möchte ich es versuchen!«, rief ich ungeduldig und stellte mich in Position.

»Gut. Dann lass mal sehen, was du von der letzten Stunde behalten hast«, antwortete Jean und ging ein paar Schritte zurück.

Wahrscheinlich hatte er Angst, dass meine Zauberkräfte wieder einmal ihn treffen könnten.

Ich schloss die Augen, atmete ein paarmal tief ein und aus und versuchte, seine Anweisungen in meinem Kopf zu reproduzieren. Tagelang hatte ich mich mit meiner Kraft vertraut gemacht und gelernt, wie ich sie kontrollieren konnte. Sie freizulassen würde dann wohl das geringste Problem darstellen. Da Jean meinte, es wäre einfacher, mit Gesten zu arbeiten, um die Wirkung zu verstärken, winkelte ich meine Arme ebenfalls an, konzentrierte mich auf meine Energie und schmetterte meine Hände wieder hinunter. Augenblicklich spürte ich wohlige Hitze an meiner Haut züngeln. Ich öffnete die Augen, meine Finger immer noch gespreizt, und bemühte mich, die Flammen aufrechtzuerhalten. Doch mir fiel auf, dass sie zu hoch waren und nicht nur einen Kreis um mich herum bildeten, sondern den ganzen Raum einnahmen.

Erschrocken, dass ich wahrlich im Feuer stand, entspannte ich meine Hände und ließ die Konzentration auf die Flammen sinken. Doch sie verschwanden nicht.

»Jean!«, schrie ich und schaute mich nach ihm um. Überall brannte es, und Rauch erfüllte den Raum. Das Atmen fiel mir schwer, und ich brach in Schweiß aus – nicht wegen des Feuers, das für mich nur eine angenehme Temperatur hatte, sondern da ich wieder alles vermasselte und gerade dabei war, Jeans Wohnzimmer in Schutt und Asche zu legen.

Ich hustete und versuchte, in die Richtung voranzutasten, wo zuvor Jean gestanden hatte.

Ich spürte das Feuer an meiner Haut lecken, doch dann blickte ich an mir herunter, und mir fiel auf, dass *ich* zwar feuerresistent war – meine Kleidung jedoch nicht.

Im selben Moment änderte sich alles von einem Augenblick auf den anderen. Ich fühlte es, ehe ich es sah oder gar verstand. Die Kälte – sie kam und durchzog mich so plötzlich, dass mir die Luft wegblieb und mein Herz aussetzte. Dann fing sie an, wie Feuer auf meiner Haut zu prickeln, und in der nächsten Sekunde waren die Flammen verschwunden. Das Wohnzimmer schien für einen Augenblick unter Wasser zu stehen, und meine vom Feuer etwas mitgenommenen Klamotten klebten feucht an meinem Körper. Wie ein begossener Pudel beobachtete ich mit weit aufgerissenen Augen, wie der Wasserspiegel sank und alles kühl und nass zurückblieb.

Nun, da Feuer und Rauch verschwunden waren, tauchte auch Jean wieder vor meinen Augen auf. Er sah aus, als wäre er stundenlang im strömenden Regen draußen gewesen, und schüttelte gerade den Kopf, sodass seine nassen Haare durch die Luft peitschten.

Er bemerkte meinen Blick und schaute mich an. Dann fing er an zu lachen.

Während ich pfeifend mit meiner schmerzenden Lunge atmete und eine Gänsehaut meine gesamte Haut bedeckte, schien er sich prächtig zu amüsieren. Ich hatte damit gerechnet, dass er wütend auf mich wäre, weil ich sein Zimmer ruiniert hatte und wieder Probleme machte, doch stattdessen erlebte ich Jean von einer Seite, die ich noch nicht an ihm kannte. Und so konnte ich nicht anders, als in sein ansteckendes Lachen einzustimmen. Nur am Rande war mir bewusst, wie ich aussehen musste und dass man durch mein weißes – nasses – T-Shirt nun mehr sehen konnte, als es Jean zustand, doch es machte mir nichts aus.

Jean schlenderte auf mich zu, grinsend und mit einem ebenfalls durchsichtigen Hemd. Als er bei mir angekommen war, fing mein Herz an, schneller zu schlagen, und ich dachte, es würde mir aus der Brust springen. Und ich würde sterben.

Ein dummer Gedanke, und ich konnte mir eigentlich keine Dummheiten mehr erlauben. Doch Jean hob den Arm und wuschelte mir mit seiner großen Hand durch meine nassen Haare.

»Du bist echt anstrengend, weißt du das?« Er lachte, seine Hand fuhr meine Wange entlang und wischte die kühlen Tropfen fort. Hinterließ eine brennende Spur auf meiner Haut, schmerzlicher als Kälte, gefährlicher als alles, was ich bis jetzt kannte.

»Mach das nie wieder«, tadelte ich ihn und meinte damit nicht nur, dass er die Magie des Eises angewandt hatte.

»Ich habe schon so lange nicht mehr mit meinem Element gezaubert. Es ist befreiend. Es fühlt sich an, als wäre ich wieder zu Hause.« Ich bemerkte, dass seine Hand länger als nötig auf meiner Wange verblieb. Er schaute mich an, als sei ihm zum ersten Mal aufgefallen, dass ich etwas Besonderes war …

Zwei Stunden später saßen wir zusammen am Küchentisch und tranken wärmenden Kaffee. Jean hatte mir erklärt, dass ich viel zu viel Energie freigelassen hatte, weil ich mich auf meine gesamte Kraft konzentriert hatte. Ich musste also immer vorher abwägen, wie viel ich von ihr freisetzen wollte.

Nachdem wir uns umgezogen und alles wieder in Ordnung gebracht hatten – zum Glück war nichts so stark von meinem Brand beschädigt worden, dass man es mit ein bisschen Magie nicht wieder hinbekommen hätte –, durfte ich es noch ein paarmal versuchen. So lange, bis auch ich es schaffte, die Flammen in einem Kreis anzuordnen.

»Gleich bring ich dir bei, Feuerbälle auf konkrete Ziele abzufeuern. Darauf hast du bestimmt schon die ganze Zeit gewartet, oder?«, fragte er mich mit einem schelmischen Glanz in den Augen. Es war eine wundervolle, neue und doch leichtsinnige Erfahrung, Jean so locker und unbeschwert zu erleben. Mir fiel auf, wie seine Gegenwart auf mich wirkte, und das beunruhigte mich sehr.

»Okay.« Ich setzte meine Tasse ab. »Legen wir los.«

Am Ende des Tages war ich vollkommen erschöpft. Ich hätte es nicht einmal mehr geschafft, eine Feder zum Schweben zu bringen, so ausgelaugt waren meine Kräfte. Doch ich hatte einiges hinbekommen, worauf ich stolz sein konnte.

Das Feuer beherrschte ich meiner Meinung nach schon perfekt – auch wenn für Jean nichts *perfekt* zu sein schien –, und auch an andere Zauberarten hatte er mich herangeführt. Außerdem hatten wir besonders geübt, meinen Schild aufrechtzuerhalten, während er mich mit allen möglichen Zaubern angriff, die ich abprallen lassen sollte.

Nun wollte ich nichts weiter als ins Bett, als es plötzlich an der Tür schellte.

»Ich geh schon«, rief ich Jean zu, da ich sowieso gerade im Flur stand. Doch Jean kam eiligen Schrittes heran und wollte offensichtlich nicht, dass ich allein die Tür öffnete und vielleicht noch einen Alcedo hereinbat.

Doch das Einzige, was wir vor der Tür fanden, war ein Paket, adressiert an mich. Stirnrunzelnd hob ich es vom Boden auf und suchte alle Seiten nach einem Absender ab.

»Öffne es lieber nicht«, mahnte mich Jean, doch ich war schon eifrig damit beschäftigt, das Klebeband mithilfe meiner Fingernägel abzureißen.

»Leg es wieder hin, Nicita«, befahl mir Jean, aber ich hatte es bereits geschafft, das Paket von dem Klebeband zu befreien, und ließ mich von ihm nun nicht mehr einschüchtern. Was sollte dort schon Gefährliches drin sein? Eine giftige Schlange?

Als ich den Karton öffnete, fiel mir als Erstes ein Zettel auf, der ganz oben lag.

»Was ist das?«, wollte mein Mentor wissen, doch ich ignorierte ihn, nahm den Karton mit ins Haus und schloss die Tür.

»Nicita!« Jean folgte mir zurück ins Wohnzimmer und klang langsam ungeduldig. Er mochte es anscheinend nicht besonders, ignoriert zu werden.

»Keine Panik«, murmelte ich und faltete den Zettel auseinander. Es war ein kleiner Brief in einer ordentlichen, verschnörkelten Handschrift.

Liebe Nicita,

du warst heute nicht in der Schule. Dürfte ich den Grund dafür erfahren, als Lehrerin und Beschützerin deiner besten Freundin?

Wir machen uns nämlich Sorgen um dich. Leo hatte mir erzählt, dass du Probleme mit deinem Mentor hast und dich unwohl fühlst. Falls du Hilfe brauchst, möchte ich, dass du weißt, dass du damit jederzeit zu mir kommen kannst.

Da ich annahm, dass dir Jean Sandlers kein Kleid für den Ball besorgen würde, habe ich dir eins mitgebracht, als Leo und ich heute in der Menschenwelt einkaufen war.

Sie hofft, dass es dir gefällt und dass ihr euch morgen Abend sehen werdet.

Schöne Grüße soll ich dir von ihr ausrichten.

Pass auf dich auf,

Jody Spring.

Wow. Das war nett und unerwartet. Neugierig blickte ich in den Karton, aus dem mir ein Traum von schwarzem Tüll entgegenstach.

Mit vor Aufregung bebenden Händen griff ich nach dem Kleid und befreite es aus dem Paket. Der Anblick ließ mich nach Luft schnappen und Jean, der hinter mir stand, anerkennend pfeifen.

Jean schnappte sich den Brief, den ich auf dem Tisch abgelegt hatte, und überflog ihn.

»Anscheinend bin ich davon erlöst worden, mit dir shoppen zu gehen«, bemerkte er vergnügt und ließ die geschriebenen Zeilen über sich unkommentiert.

Ich wollte gerade vorschlagen, das Kleid sofort anzuprobieren, als mir noch etwas Weiteres im Karton auffiel: Eine schwarze

Federmaske, in deren Mitte drei kleine, rote Diamanten eingesetzt waren. Von diesen roten Diamanten fand ich weitere in Form von passenden Ohrringen und einer Kette.

»Willst du das nicht morgen erst anziehen? Es ist schon spät«, meinte Jean, doch da kannte er uns Frauen schlecht. Welches weibliche Wesen könnte einer solchen Schönheit auch nur eine Sekunde lang widerstehen?

Also schnappte ich mir alles und rannte in mein Zimmer, um mich in Ruhe anzuziehen. Aus den Augenwinkeln sah ich noch, wie Jean die Augen verdrehte.

»Frauen«, seufzte er und ließ sich auf das Sofa fallen.

Breit grinsend betrachtete ich mich im Spiegel.

Das Kleid war trägerlos und offenbarte von meinem Dekolleté gerade so viel, dass es meiner Figur schmeichelte. Die rote Korsage mit dem schwarzen Steg in der Mitte umschloss eng meine Taille, und von meiner Hüfte aus floss schwarzer Stoff bis hinunter zum Boden. Ich drehte mich einmal um meine eigene Achse, und während sich der Stoff um mich herum aufbauschte, schimmerte im Licht auch der Tüllrock in demselben rötlichen Farbton wie die Korsage.

Meine Kette, die mir Max geschenkt hatte und die mich täglich an unsere Freundschaft erinnerte, hatte ich gegen die roten Diamanten ausgetauscht, die nun kühl auf meinem Dekolleté lagen und zu denen passten, die schwer an meinen Ohren hangen. Morgen würde ich mir noch die Haare hochstecken und den Verband, der immer noch um meinen Arm gewickelt war, abnehmen. Perfekter konnte ich dann nicht aussehen.

Stolz lief ich zurück ins Wohnzimmer, um mich Jean zu präsentieren.

Ich hätte alles gegeben, um diesen Ausdruck auf seinem Gesicht für immer festzuhalten. Sein Blick glitt anerkennend meinen Körper entlang, und es gefiel mir. Es gefiel mir, ihm zu zeigen, dass ich kein kleines Kind war. Es gefiel mir, zu sehen, dass er mich so anschaute wie heute Mittag.

Es gefiel mir, wie er mir das Gefühl geben konnte, etwas Besonderes zu sein …

So langsam gefiel *er* mir.

Ich erwachte mitten in der Nacht. Der Mond schien in mein Zimmer und beleuchtete mein neues Kleid, das ich über den Stuhl gehängt hatte.

Es musste schon weit nach Mitternacht sein, und ich hoffte, Jean würde schon tief und fest schlafen. Ich hatte den Entschluss in dem Moment gefasst, als ich verletzt worden war und Jean mich hatte beschützen müssen. Ich musste mich selbst beschützen können!

Klar, Jean brachte mir bei, wie ich mit Feuer umgehen konnte, wie ich einen Schutzschild errichten konnte und all so etwas, doch das würde nicht annähernd reichen, wenn ich morgen wieder auf einen Alcedo treffen würde.

Es gab nur einen Weg, wie ich mich tatsächlich vorbereiten konnte, und den würde ich jetzt einschlagen.

Entschlossen schwang ich mich aus dem Bett und schlich auf Zehenspitzen aus meinem Zimmer. Der Flur lag dunkel und verlassen da, die Tür zu Jeans Zimmer war geschlossen.

Nachdem ich noch einmal tief Luft geholt hatte, machte ich mich auf den Weg ins Wohnzimmer. Zum versteckten Durchgang in Jeans geheimen Raum.

Ich lehnte mich mit meinem ganzen Gewicht gegen die Wand. Wie erwartet klickte der Mechanismus, und das Bücherregal glitt zur Seite – alles andere als geräuschlos. Ängstlich blickte ich mich um und horchte, ob mir Jean vielleicht auf den Fersen war. Doch die Nacht war ebenso still wie zuvor.

Schnell schlüpfte ich in den kleinen Raum, ehe sich die Wand wieder zurückschob.

»Gut«, sprach ich zu mir selbst und blickte an den Bücherregalen entlang. Ich brauchte schnell ein Buch, aus dem ich am meisten lernen konnte.

Dazu musste ich noch nicht einmal lange suchen. Es stach mir direkt ins Auge, so dick und blau, wie es war. »*Magie der Finsternis – Grundlagen*« stand dort in silbernen Lettern. Rasch zog ich es heraus, blätterte darin herum und entschied, dass es perfekt für meine Zwecke war.

Wieder in meinem Zimmer angekommen, schaltete ich meine Leselampe an und begann mit dem Lesen, in vollem Bewusstsein, dass es verboten war.

Wie leicht Menschen doch seit Anbeginn ihrer Zeit bereits vom Verbotenen angezogen wurden, angefangen bei Eva und der Schlange. Diese Neugierde und Aufregung auf etwas, das wir nicht besitzen oder sein sollten. Auf etwas, das uns zu Fall bringen könnte.

Ich hatte mich definitiv für das richtige Buch entschieden, denn hier stand nicht nur haarklein beschrieben, worauf man bei dieser Art von Magie achten sollte, sondern auch Jean selbst hatte einige Randnotizen hinterlassen, die mir durchaus nützlich werden konnten …

27

Blutige Diamanten

Endlich war es so weit. Es war viertel vor sechs, und ich war vollkommen fertig – sowohl mit meinem Outfit als auch mit den Nerven.

»Kommst du mit?«, fragte ich Jean und lief in meinem Ballkleid vor ihm auf und ab.

»Beruhige dich, Nici, alles wird gut. Ich bin Wächter in der zweiten Schicht, das heißt, ich werde nicht vor zehn Uhr da sein.«

»Und was ist, wenn wir angegriffen werden? Wieso haben wir eigentlich William nicht gewarnt? Oder überhaupt irgendjemanden?« Ich spürte, wie die Panik wieder Besitz von mir ergriff.

Jean packte mich an den Schultern und drehte mich zu sich herum. »Jetzt hör mir mal zu«, sprach er eindringlich und schaute mir tief in die Augen. Ein Stich von Sehnsucht durchfuhr mich, als ich sah, dass seine schönen eisblauen Augen von den braunen Kontaktlinsen verdeckt waren. »Mach dich nicht verrückt, die Alcedos werden ganz bestimmt nicht den Maskenball stürmen und alle abschlachten. Und ich habe sehr wohl versucht, mit William zu reden, aber er will nichts davon hören. Er will nicht wahrhaben, dass sein Reich bereits dem Untergang geweiht ist. Und Tyr erreiche ich zurzeit auch nicht. Aber weißt du was? Es kann uns egal sein, ob die anderen uns glauben oder nicht, solange wir alles unter Kontrolle haben! Und das haben wir, okay?«

Ich nickte tapfer und fühlte, wie ich unter seinem eindringlichen Blick errötete.

»Keiner der Phoenicier wird während oder nach dem Ball irgendetwas davon erfahren, hast du mich verstanden?«

Ich nickte wieder. Er hielt mich immer noch fest. Die Zeit schien zwischen uns einzufrieren. Ich konnte nicht anders, als mit meinem Blick seine Gesichtszüge nachzufahren, seine fest aufeinandergepressten Lippen …

Die aufkeimende Vorstellung, er könne den Abstand zwischen uns überwinden und seine Lippen auf meine legen, erschütterte die Welt so sehr, dass sie sich zu drehen begann.

Das Klingeln an der Tür ließ uns auseinanderfahren.

»Und nun geh.« Nach einer kleinen Pause fügte er leise hinzu: »Du bist wunderschön, Nicita.«

Seine unerwarteten Worte flossen durch mich hindurch wie siedendes Feuer. Mit flatterndem Herzen stolperte ich zur Tür, um aufzumachen.

»Du bist früh dran«, begrüßte ich Jerome mit heiserer Stimme. Er stand mit einem Grinsen und sogar einem Rosenstrauß an der Tür.

»Ich konnte es nicht erwarten, dich so bezaubernd zu sehen«, erwiderte er, musterte mich von oben bis unten und zog beeindruckt eine Augenbraue hoch. Wie vor den Kopf gestoßen, nahm ich ihm wortlos die Blumen aus den Händen. Wieso flirtete Jerome mit mir?

Irritiert drückte ich Jean die Blumen in die Hand. Ich warf ihm einen verstohlenen Blick zu, schnappte mir meine Handtasche, in der ich das Buch über die Magie der Nacht versteckt hatte, und verabschiedete mich von meinem Mentor. *Er findet mich wunderschön.*

»Okay, hör zu«, blaffte ich Jerome an, sobald ich die Tür hinter mir geschlossen hatte. »Wir tun das nur wegen der Abmachung. Ich weiß, dass du mich nicht magst, und du weißt, dass ich dich nicht mag. Also belassen wir das dabei, okay?«

»Nein«, meinte Jerome sofort und machte sich auf den Weg, ohne mich noch einmal anzuschauen. Empört sah ich ihm nach, doch dann raffte ich mein Kleid und rannte ihm hinterher.

»Ich habe keine Ahnung, was du eigentlich willst«, beschwerte ich mich, als ich ihn eingeholt hatte, doch er lächelte mich nur an. Ich war erleichtert, dass er in gewisser Weise so war wie immer und es mir deswegen leichtfiel, ihn so wie immer zu behandeln. Um ehrlich zu sein, hatte ich Angst davor gehabt, dass mir ab jetzt stets der falsche Jerome – der Alcedo – bei seinem Anblick vor Augen stehen würde.

»Dafür habe ich eine Ahnung, was *du* willst.«

Jerome war ein Idiot, auch ohne ein Alcedo zu sein, wie er freundlicherweise immer wieder unter Beweis stellte. Das würde heute bestimmt ein reizender Abend mit ihm werden.

Innerhalb von zwei Wochen betrat ich nun zum zweiten Mal die Halle der Goldenen Strahlen, doch diesmal erkannte ich sie kaum wieder. Ich wurde von schimmernder Helligkeit begrüßt, als würde die Sonne gerade hier und jetzt aufgehen und nie wieder unter.

Die Bänke, die bei unserer Mentorenwahl die halbe Halle eingenommen hatten, waren nicht mehr da, und so nahm der Raum optisch noch an Größe zu. An den Wänden waren Kerzenhalter befestigt, und auch das Licht von den vielen Kronleuchtern wurde von der verspiegelten Decke und dem Boden reflektiert.

Die größte Fläche war zwar zum Tanzen vorgesehen, doch an einer Seite war ein Buffet aufgebaut, in dessen Nähe vereinzelt runde Tische standen, an denen sich bereits die ersten Phönixe versammelt hatten.

Die leisen Klänge von Violinen und einem Klavier erfüllten die Luft, gemischt mit Lachen, aufgeregtem Geflüster und dem Klirren von Gläsern.

Jerome, bei dem ich mich untergehakt hatte, führte mich hinein, und ich hob die schwarze Maske an mein Gesicht. Der Saum meines Kleides rauschte auf dem spiegelglatten Boden, und ich hoffte, ich würde mich heute auf meinen hohen Schuhen hier nicht hinlegen.

Doch je weiter mich Jerome in die strahlende Halle hineinführte, desto stärker wurde ich verzaubert von den Kleidern, Edelsteinen und Masken der anderen Gäste.

Mein Kopf konnte nicht entscheiden, in welche Richtung er sich drehen sollte, um so viel wie möglich auf einmal aufzunehmen. Letztendlich blieb mein Blick an einer bestimmten Person hängen, die nur wenige Meter von uns entfernt an der Wand lehnte und Champagner schlürfte. Rote Seide liebkoste ihren perfekten Körper, und als sie uns erblickte, stellte sie das Glas auf dem benachbarten Tisch ab und führte ihren schwarzen Fächer vors Gesicht.

Ein Seitenblick auf Jerome zeigte mir, dass auch er Charlotte beobachtete.

»Möchtest du etwas zu trinken?«, fragte er, als er meinen Blick spürte. Ich nickte.

Kaum war er von meiner Seite gewichen, stand plötzlich Leo vor mir. In einem wunderschönen, bodenlangen, tiefblauen Kleid.

»Wow«, sagte ich und lächelte sie an.

»Ebenfalls wow«, meinte sie, doch dann schlich sich augenblicklich eine Sorgenfalte auf ihre Stirn. »Nici, wir müssen dringend reden. Seit der merkwürdigen Sache mit Jerome haben wir nicht gesprochen.«

Ich biss mir schuldbewusst auf die Unterlippe.

»Und du hast auf keine meiner SMS geantwortet!«, fuhr sie mich an.

»Äh … mein Akku war leer«, sagte ich und spielte mit einer losen Haarsträhne. Ich hatte tatsächlich gestern Abend noch ihre SMS gelesen, als ich mein Handy endlich wieder aufgeladen hatte. Doch ich hatte keine Ahnung gehabt, was ich ihr hätte antworten können.

»Wo ist dein Begleiter?«, fragte ich.

»Vincent?« Sie schaute mich verblüfft an, dann drehte sie sich um und zeigte zum Buffet, an dem auch Jerome gerade stand. »Er unterhält sich mit deinem Begleiter.«

Ich verdrehte die Augen. »Ich kann es nicht fassen, dass wir beide mit den größten Idioten der Schule zum Ball gegangen sind.«

Leos Augen funkelten. »Lenk nicht vom Thema ab. Ich mache mir Sorgen um dich …«

»Das würde ich auch an deiner Stelle«, raunte Jerome, der wie aus dem Nichts plötzlich neben mir stand und es nicht lassen konnte, sich überall einzumischen. Leo warf ihm einen genervten Blick zu, schaute mir noch einmal warnend in die Augen und ging.

Die Minuten gingen dahin wie Sekunden. Und die Stunden wie Minuten. Sobald ich beschlossen hatte, mich nicht den Schuldgefühlen gegenüber Leo zu überlassen und mich doch auf Jeromes Charme einzulassen, wurde der Ball plötzlich ganz angenehm.

Ich war echt schockiert, als sich herausstellte, dass man sich mit Jerome auch vernünftig unterhalten konnte – auch wenn er es nicht lassen konnte, sich mir in irgendeiner Weise ständig zu nähern. Doch ich ließ es zu, dass er den Arm um mich legte, meine Hand hielt oder beim Tanzen seine Hand weiter südlich wandern ließ.

Als wir uns in dieser Position zum Klang der Musik wiegten und sein Körper sich an meinen drückte, stieg kurz eine Welle der altbekannten Panik in mir hoch, die ich normalerweise immer bekam, wenn ein Junge mir zu nahe kam. Mir fiel auf, dass ich dieses Gefühl jedoch schon lange nicht mehr gehabt hatte, obwohl ich doch in letzter Zeit ständig in Jeans Nähe gewesen war.

Sobald ich an Jean dachte, verflogen meine Atemnot und der Schrei in meinem Hinterkopf. Ich schaute Jerome in die Augen, doch in Wahrheit sah ich Jeans Augen. Hatte er mir gezeigt, dass nicht alle Männer nur auf das Eine aus waren? Hatte mir mein Mentor außer den Zauberkünsten auch beigebracht, dass die Nähe eines Mannes gar nicht schlimm sein musste? Dass sich das Ganze auch schön anfühlen konnte …?

»Ist was? Du grinst so komisch«, bemerkte Jerome.

Ich blinzelte und sah wieder Jerome vor mir. Bei ihm konnte ich mir jedoch sicher sein, dass er nur auf das Eine aus war.

»Ich … ich glaube, ich möchte mich hinsetzen.« Mir war schwindelig von meinen ganzen Gedanken an Jean, und ich fühlte mich nicht wohl. Also wand ich mich aus Jeromes Armen und steuerte auf den Tisch in der Ecke zu, an dem Jeromes Jackett und meine Handtasche lagen. Wieso um Himmels willen hatten sie nirgendwo Stühle aufgestellt?

Mein Begleiter hatte offensichtlich verstanden, dass ich seine Nähe im Moment nicht brauchte, und ließ mich allein meinen Weg gehen. Wahrscheinlich suchte er sich gerade eine andere Tanzpartnerin, die nicht mit Atemnot rang, sobald er sie berührte.

Seufzend stützte ich mich an dem Tisch ab und war erleichtert, ein paar Sekunden für mich zu haben. Eine eisige Kälte durchfuhr mich plötzlich und veranlasste mich, auf die Uhr zu schauen. Es war halb zehn, und noch kein Alcedo war mir zu Gesicht gekommen. Hatte sich Jean getäuscht und es würde ein ruhiger Abend werden?

Ich griff nach meiner Handtasche und wollte das Buch über die Magie der Nacht hervorziehen. Vielleicht konnte ich für ein paar Minuten an die frische Luft gehen und mir mithilfe des Buches einen Plan zurechtlegen, falls die Alcedos doch noch –

Plötzlich legte sich eine Hand auf meine Schulter und wirbelte mich herum.

»Du!«, fuhr Charlotte mich an und bohrte ihren Zeigefinger unter mein rechtes Schlüsselbein.

Nach dem ersten Schock schlug ich ihre Hand fort und funkelte sie wütend an. »Verzieh dich wieder in deine Ecke!«, zischte ich. Dabei wollte ich eigentlich gar keinen Streit mit ihr anfangen, schließlich hatte ich am Donnerstag erst gesehen, dass auch sie ein Herz hatte …

»Du bist eine miese Schlampe! Er verdient dich nicht, du hinterhältiges kleines –«, fing sie mit einer Schimpftirade an. Ich begriff, wovon sie sprach, und gab ihr nicht die Chance, zu Ende zu sprechen. Meine Ohrfeige traf sie unvorbereitet und ließ sie mit offenem Mund stehen.

»Jetzt hörst du mir mal zu, Prinzesschen«, fuhr ich sie an und ergötzte mich an dem geschockten Ausdruck auf ihrem Puppengesicht. Das war im Moment ein sehr schlechter Zeitpunkt, um sich mit mir in Ruhe zu unterhalten, und da sie mich nicht mit Samthandschuhen anpackte, tat ich es ebenfalls nicht. »Jerome ist hier das hinterhältige Arschloch, und selbst du hast etwas Besseres verdient als ihn. Schau dir doch an, wie er mit dir umgeht! Ich will ihn gar nicht. Ich nehm ihn dir nicht weg, also brauchst du hier auch nicht auf eifersüchtig zu machen!«

Charlotte sah aus, als würde sie gleich in Tränen ausbrechen. Die Wange, die meine Hand erwischt hatte, war furchtbar gerötet, und für einen Moment tat es mir leid, dass ich so fest zugeschlagen hatte, dass ich sie so aus der Fassung gebracht hatte.

»Du … du …«, schluchzte sie aufgebracht und versuchte anscheinend immer noch, mir die Schuld in die Schuhe zu schieben. »Er will dich nur ins Bett kriegen!«, rief sie dann laut. Zu laut. Sofort wandten sich uns einige Gesichter zu, und einige Mädchen in unserer Nähe fingen an zu kichern. Eine Lehrerin, die den Maskenball beaufsichtigte und gerade an uns vorbeigegangen war, warf uns einen strengen Blick zu. Fast erwartete ich, dass sie den Direktor holen würde, weil es hier ja strengstens verboten war, an Sex auch nur zu denken, bevor man verheiratet war.

»Er hat nur Interesse an dir, weil du neu bist, was Aufregendes, etwas, was er noch nicht kennt. Und er wollte nur mit dir zum Ball gehen, um danach mit dir zu schlafen!«, fuhr Charlotte nun um einiges leiser fort.

Sie eröffnete mir nichts Neues. Ich hatte Jerome nie für den Heiligen Petrus gehalten.

»Ach, deswegen hat er also auch sein Interesse an dir verloren – weil er dich schon genommen hat?«, erwiderte ich in einem unschuldigen Ton und beobachtete, wie Charlottes Gesicht sich rot färbte. Dann drehte sie sich urplötzlich um und rannte davon.

Ich blieb nur einen winzigen Moment überrascht stehen, dann eilte ich ihr schuldbewusst hinterher. »Charlotte!«, rief ich, doch sie war bereits blindlings aus der Halle gestürmt. Mist.

Ich war bereits am Tor, als sich mir jemand in den Weg stellte. Jerome. Ich stöhnte genervt.

»Wohin des Weges?«, fragte er mich und kam einen Schritt näher, sein Arm legte sich um meine Taille.

»Ich muss zu Charlotte!«, erklärte ich und versuchte, ihn von mir zu stoßen.

»Charlotte?« Ich konnte Erstaunen in seinen Augen lesen … und noch mehr. »Was ist mit ihr?«, fragte er.

»Sie leidet, weil sie einem so großen Arschloch wie dir begegnet ist«, fuhr ich ihn an. Meine Geduld war bereits aus jeglichen Quellen ausgeschöpft.

Jerome knirschte mit den Zähnen und blieb für eine Weile stumm. »Sind wir wieder da, wo wir angefangen hatten, oder was?«, fragte er dann.

»Nein, wir sind bereits am Ende. Du hast deine Zeit mit mir vergeudet.« Und dann nahm ich ein Glas von dem Tablett, welches ein Kellner gerade an uns vorbeibalancierte, und kippte Jerome den Sekt über den Kopf.

»Adios Amigo«, sagte ich zum Abschied und setzte meinen Weg fort, rannte durch die Akademie – ohne zu wissen, in welche Richtung ich überhaupt musste.

Ich hatte Glück. Als ich um die nächste Ecke bog, fand ich Charlotte – doch leider nicht allein.

Drei Männer in Anzügen und mit allesamt schwarzen Haaren umkreisten sie. Bevor sie mich erblicken konnten, versteckte ich mich wieder hinter der Ecke.

Verdammt. Das hatte mir gerade noch gefehlt, dass Charlotte direkt unseren Erzfeinden in die Arme lief und ich sie retten musste!

Vorsichtig linste ich hinter der Mauer hervor und musste zugeben, dass es für Charlotte nicht gut aussah. Sie lag bereits winselnd in den Armen eines der Typen, der sich tief über ihren Hals gebeugt hatte.

Viel Zeit zum Zögern blieb mir also nicht mehr.

»Weg von ihr, oder ihr seid tot, ehe ihr auch nur meinen Namen aussprechen könnt!«, schrie ich und sprang hinter der Mauer hervor.

Das Überraschungsmoment lag definitiv auf meiner Seite. Der Vampir, der von Charlotte getrunken hatte, verschluckte sich vor Schreck – oder vor Lachen – und ließ von ihr ab. Schaute mich stattdessen mit großen, roten Augen an.

»Ich … ich meine es ernst. Lass sie los!«, rief ich, doch mein Selbstvertrauen schwand, je mehr Zeit verstrich, in der ich von drei starken und hungrigen Alcedos beobachtet wurde.

»Sieh an, sieh an … Vielleicht bleibt doch noch für alle etwas, Jungs«, säuselte der Vampir, der Charlotte im Arm hielt, und leckte sich genüsslich über die Lippen. Seine Reißzähne waren ausgefahren und funkelten mich weiß an.

Für einen Moment schien ich verloren, doch unter dem Adrenalinstoß fiel mir wieder ein, was ich gestern gelernt hatte, und ließ sofort Flammen in meinen Handflächen tanzen, um die Alcedos einzuschüchtern.

»Ein kleines Feuermädchen«, spottete ein anderer und kam langsam auf mich zu. Ich spürte, wie von ihm eine eisige Kälte ausging, und ehe ich blinzeln konnte, umrahmte uns eine hohe Mauer aus Eis.

Erschrocken wirbelte ich herum, doch es gab keinen Ausweg mehr für mich. Er hatte mich mit ihnen eingesperrt.

»Ha«, lachte ich jedoch und grinste einen nach dem anderen an. So leicht konnte man mich nicht einschüchtern. Entschlossen schloss ich meine Augen und tat das, was ich gestern getan hatte. Sie konnten zwar eine Mauer aus Eis aufbauen, doch ich konnte den gesamten Kreis mit Feuer ausfüllen.

Rücksichtslos griff ich nach all meiner Energie und ließ sie heraus, sobald ich mit meinem Fuß aufstampfte. Sofort spürte ich, wie sich die Hitze ausbreitete, und ich öffnete meine Augen, um die schmelzende Mauer und den Untergang meiner Feinde zu beobachten. Doch ich hatte mich zu früh gefreut.

Die Vampire fluchten zwar, und Charlotte wurde fallen gelassen, doch in der nächsten Sekunde hatten die drei Alcedos die Temperatur wieder unter Kontrolle – sie ließen sie von Sekunde zu Sekunde weiter sinken.

»Du kleines Miststück«, zischte der Alcedo, der mir am nächsten war, und holte aus, ehe ich es begreifen konnte. Mein Kopf schnellte zur Seite, und durch die Wucht des plötzlichen Schlags wurde ich zu Boden geschmettert.

Der Schmerz breitete sich augenblicklich in meinem Gesicht aus, und ich spürte, wie etwas Warmes meine Lippen benetzte. Blut.

Ich schaute zu meinem Peiniger hinauf, der nicht aussah, als würde er von mir ablassen. Ein Tritt traf mich in meine Seite, und ich krümmte mich vor Schmerzen zusammen.

Ich wollte schreien, um Hilfe rufen, doch aus meinem Mund kam nur ein Röcheln, getränkt von meinem eigenen Blut.

Ein weiterer Tritt folgte. Und inmitten dieser Flut aus Schmerzen, eisiger Kälte, die sich um meinen Körper legte, und brennender Wut, stand mir plötzlich eine Zeile vor Augen, die ich vergangene Nacht gelesen hatte. Es war eine handschriftliche Notiz von Jean gewesen, seine wunderschöne, geschwungene Handschrift, die kaum zu entziffern gewesen war.

Mit letzter Kraft öffnete ich den Mund, um die drei todbringenden, verbotenen Wörter auszusprechen: »*Glaciens confractum pectus.*«

Dann wurde alles schwarz.

Ich schwor mir, nie mehr jemanden retten zu wollen.

»Nici, bitte wach schnell auf.« Eine leise, von Sehnsucht erfüllte Stimme flutete durch die Schwärze. Hinterließ bunte Farben und brachte mein Herz in einen bereits vertrauten Rhythmus.

»Jean«, entfuhr es mir, und ich war schlagartig hellwach. Ich hatte recht. Sein wunderschönes Gesicht befand sich nur eine Handbreit von meinem. »Respekt. Du hast mich zum ersten Mal nicht geschlagen, nachdem ich das Bewusstsein verloren habe«, bemerkte ich.

»Jetzt ist keine Zeit für Scherze. Wir müssen hier weg«, drängte er.

Ich setzte mich auf, und Schmerz zuckte durch mich hindurch. Vorsichtig betastete ich mein Gesicht. Als ich auf meine Fingerspitzen hinabsah, waren sie voll Blut. Langsam schaute ich mich um. Grässlich sah es aus, wir saßen in einer Pfütze aus Wasser vermischt mit Blut und Schmutz.

Als mein Blick an Charlottes Körper hängen blieb – ich konnte nicht sagen, ob sie noch lebte oder nicht –, kam die ganze Angst und Panik mit einem Schlag zurück.

»Wo sind sie hin?«, schrie ich Jean an und kam so schnell auf die Füße, dass sich die Welt um mich drehte. Jean stützte mich, ehe ich wieder zu Boden gehen konnte.

»Zwei sind geflüchtet, der andere liegt hier irgendwo tot herum«, antwortete er.

»Also hat mein Zauber gewirkt?«, fragte ich hoffnungsvoll. Hatte ich es tatsächlich geschafft, den Alcedo umzubringen?

Doch mein Mentor funkelte mich wütend an. »Nein. Es war ein Zauberspruch für *Alcedos,* Nici, den du versucht hast zu verwenden. *Du* kannst keine Magie des Eises benutzen!«

Ich wusste nicht, was ich daraufhin sagen sollte, da ich aufgrund mangelnder Lateinkenntnisse ja nicht einmal wusste, was genau das für ein Zauberspruch gewesen war. Jean jedoch war noch lange nicht fertig mit mir. »Du hast mein Buch gestohlen! Du hast ein Buch über Magie der Nacht studiert, Nicita! Was fällt dir eigentlich ein? Und dich dann auch noch mit drei ausgewachsenen Alcedos angelegt! Ist dir klar, dass du jetzt hättest tot sein können?«, schrie er.

Mit jedem seiner Worte hatte ich das Gefühl, kleiner und kleiner zu werden, bis ich am Ende am liebsten im Boden versunken wäre.

»Gib mir deine Hand, wir müssen hier schleunigst abhauen!«, fauchte er und griff alles andere als sanft danach.

Doch ich entriss mich seinem Griff und rannte auf Charlotte zu. »Wir können sie nicht einfach hier liegen lassen!«

Jeans Augen blickten so finster, wie schon lange nicht mehr. »Du verstehst nicht. Wir *müssen* hier weg, ehe sie uns einsperren. Sie suchen uns bereits.«

Das verstand ich nun wirklich nicht. »Was … was redest du da?«

»Du dummes –« Jean gab ein merkwürdiges Geräusch von sich und schaute zur Seite. Anscheinend fehlten ihm die Worte, um auszudrücken, was ich in seinen Augen war. »Du hast das Buch hierhin mitgenommen«, presste er hervor. »Und jemand hat es gefunden und den Wachen gezeigt.«

»Nein«, entfuhr es mir, und ich schlug mir die Hand vor den Mund.

»Sie haben einen Suchtrupp auf dich und mich ausgeschickt«, erklärte er weiter.

»Ich ... Das wollte ich nicht ...« Entsetzen breitete sich langsam in meinem Körper aus, genauso langsam wie das Begreifen, was das tatsächlich bedeutete.

»Ich kann nicht fassen, dass du es tatsächlich getan hast. Du hast mich hintergangen! Mein Vertrauen missbraucht und mich bestohlen.«

Seine Worte trafen mich mehr als die Tatsache, dass wir gleich verhaftet werden würden. Zu sehen, wie sehr ich ihn enttäuscht hatte, tat genauso weh wie zu wissen, dass mir gleich die Todesstrafe verkündet werden würde.

»Jean ... ich ...«, versuchten meine Lippen zu erklären, zu entschuldigen, doch mein Verstand wusste, dass es keine Entschuldigung mehr gab.

Schritte hallten den Flur entlang, und Jean versuchte noch nicht einmal mehr, uns hier wegzuteleportieren. Es war zu spät.

»Hier sind sie!«, rief ein Mann, der um die Ecke gerannt kam. Andere Wachen folgten.

28

Todesurteil

Ich konnte es immer noch nicht fassen. Hier saß ich allein in einer kleinen, stickigen Zelle, die seit Jahrzehnten nicht mehr benutzt wurde, und wartete auf den Aufgang der Sonne.

Zum ersten Mal in meinem Leben als Phönix wurde mir bewusst, dass es ein Fluch war, keine Tränen vergießen zu können. Mir war noch nie zuvor so sehr nach Weinen zumute gewesen. Vielleicht hätte es das alles besser gemacht. Vielleicht hätten die Tränen meinen Schmerz fortspülen können. Nicht selten hatte ich mich früher, nachdem ich mich ausgeweint hatte, besser gefühlt, erleichtert. Manchmal brauchte Schmerz einfach ein Ventil, und nie, so schien es mir, war mein Schmerz größer gewesen als jetzt.

Die Wachen hatten Jean und mich in das Verlies des unbewohnten Königsschlosses gebracht, in dem wir bis zu der Gerichtsverhandlung am nächsten Morgen gefangen waren.

Wie konnte mein Leben so plötzlich seine Richtung geändert haben? Bis vor ein paar Stunden noch war es vollkommen okay gewesen, mal abgesehen von den Alcedo-Angriffen, die sich in letzter Zeit gehäuft hatten.

Schon einmal hatte sich mein Leben dramatisch geändert, als ich mein Zimmer in Brand gesteckt hatte, doch damals hatte dieser Richtungswechsel wenigstens nicht zu meinem Tod geführt.

Am meisten machte mir jedoch etwas ganz anderes zu schaffen.

Es war geradezu lächerlich, dass nahezu all meine Gedanken in dieser Situation meinem Mentor galten: Ich hatte sein Geheimnis auffliegen lassen und ihn mit in den Tod gerissen.

Ein Tränenschleier legte sich über meine Augen, als ich an seine Umarmung zurückdachte. Dabei war sie noch nicht einmal freundlich gemeint gewesen, sondern hatte nur stattgefunden, um mir zuflüstern zu können, dass ich während des Prozesses meinen Mund halten sollte.

Bevor uns die Wachen in einzelne Zellen gesteckt hatten, hatte Jean seinen Einfluss geltend gemacht, um sich von mir zu verabschieden. Schließlich war jedem bewusst, was uns bevorstand. Die Regeln in Phoenicia waren von Anfang an klar und unmissverständlich ausgedrückt gewesen.

Die Wachen hatten sich widerwillig ein paar Schritte entfernt und uns eine Minute Zeit gegeben. Jean hatte sofort die Arme um mich gelegt, und ich hatte vor Überraschung aufgekeucht. Einen Moment lang hatte ich gedacht, er hätte mir vergeben und mich trösten wollen. Und das hatte sein Körper merkwürdigerweise auch getan. Er war wohl der einzige Mann auf Erden, in dessen Armen ich mich sicher fühlen konnte. Doch dann hatte er mir mit eiskalter Stimme ins Ohr geraunt: »Bei der Verhandlung tust du genau das, was ich dir sage. Du wirst kein Wort dagegen erheben, hast du mich verstanden? Du wirst das bestätigen, was ich aussagen werde.«

»Was hast du vor?«

»Versprich mir, dass du auf mich hörst. Ich werde uns aus dieser Lage herausholen. Ich werde dafür sorgen, dass dein Leben noch nicht vorbei ist.«

Obwohl seine Worte lieb gemeint klangen, jagten sie mir einen eisigen Schauer über den Rücken. »Und deines«, fügte ich heiser hinzu. »Dass unsere beiden Leben nicht vorbei sind, richtig?«, fragte ich.

Jean löste sich von mir und nickte. Sein Gesicht war eine kalte Maske. Keinen Trost, keine Wärme konnte es mir mehr spenden. Ich sah die Zurückweisung darauf und konnte nichts weiter tun, als mich aus tiefstem Herzen für das, was ich getan hatte, zu hassen.

»Richtig. Enttäusch mich nicht noch einmal«, sagte er dann, und ich hätte in Tränen ausbrechen können. Nein, ich würde ihn nie wieder enttäuschen.

Nie wieder würde ich ihm einen Grund geben, wütend auf mich zu sein.

Ein metallisches Rascheln und ein Klicken ließen mich aus dem Schlaf fahren. Ich hatte mich während der Nacht auf dem Boden zusammengerollt. Meine Nase fühlte sich an, als wäre sie gebrochen, und mein Gesicht musste mit getrocknetem Blut bedeckt sein.

»Nicita, steh auf«, erklang die müde Stimme eines alten Mannes.

»William!«, rief ich erleichtert und rappelte mich auf. In der Düsternis des Verlieses konnte ich seine Gesichtszüge nicht ausmachen, doch ich hoffte, er würde Verständnis zeigen. Er war es, der auch toleriert hatte, dass Jean Magie der Nacht benutzte, um sein Land zu beschützen. Dann musste William auch verstehen, dass ich diese Magie lernen musste, um *mich* zu beschützen.

Er *musste* uns einfach helfen können.

»Nicita, Nicita. Was hast du bloß getan? Ich hätte dich nie in die Hände von Jean Sandlers übergeben dürfen.« Er schüttelte den Kopf und kam auf mich zu.

Ich fühlte mich wie vor den Kopf gestoßen. »Aber …«

»Ich habe stets gehofft, dass er seine dunklen Triebe unterdrücken kann.« In seiner Stimme lag so viel Bedauern und Bitterkeit.

»Und nie im Leben hätte ich damit gerechnet, dass er stattdessen auch noch ein unschuldiges Mädchen mit hineinziehen würde.«

Dunkle Triebe? Wovon sprach er? »Nein, Jean hat mich da nicht mit hineingezogen«, startete ich den Versuch, Jean zu verteidigen. »Und das sind keine dunklen Triebe! Er beschützt uns Phönixe doch! Wie Sie es mir selbst gesagt haben: Unsere Hoffnung liegt in seinen Händen!«

»Damit meinte ich nie seine dunklen Künste! Er ist königlich. Das meinte ich damit. Er war so etwas wie unser König, mächtig und stark. Die Tatsache, dass er diese verbotene Magie benutzte, war, nun ja … nie sehr erfreulich. Doch ich habe ihm vertraut. Ich habe sein Geheimnis gehütet, weil er mir als Freund das Versprechen gab, nichts Unrechtes zu tun. Er hätte dich nie darin einweihen dürfen! Es hätte nie herauskommen dürfen. Denn jetzt habe ich keine Wahl mehr. Du hast sein Geheimnis auffliegen lassen, und unser ganzes Volk fordert nun seinen Tod. Ich weiß nicht, wie viel du damit zu tun hast, und ich hoffe stark für dich, dass es nicht viel ist.« Er schüttelte wieder den Kopf, und ich stand vollkommen sprachlos da, als wäre ich aus Stein gemeißelt. Seine Worte gaben keinen Platz für Hoffnung. Ich blieb die Schuldige. Und Jean der Böse.

»Du warst so ein lebendiges, fröhliches Mädchen. Unglaublich stur und so eigensinnig, dass ich dachte, du würdest ihm nicht nachgeben.«

Es war, als würde plötzlich eine Bombe in meinem Kopf explodieren. Ich hielt die Anschuldigungen gegen meinen Mentor und mich nicht mehr aus. War William so versessen auf seine Regeln? Auf die Vorstellung eines friedlichen Lebens? Phoenicia war schon lange keine kleine heile Welt mehr, und man musste Traditionen opfern, um Fortschritt zu erlangen. Man musste über Schatten springen können, um selbst nicht unterzugehen!

»Das, was Jean tut, ist richtig!«, fuhr ich ihn an und baute mich vor ihm auf. »Er tötet für euer Königreich, und du beklagst dich noch! Ohne ihn wärt ihr schon längst alle tot! Und es ist nicht falsch, sich ebenfalls mit dieser dunklen Kunst der Feinde vertraut zu machen, wenn nichts anderes mehr hilft. Es ist oft nützlich, mit denselben Waffen zurückzuschlagen.«

Das Licht, das durch den Korridor flutete und meine Zelle spärlich beleuchtete, zeichnete die Falten in Williams Gesicht nach, und plötzlich wirkte er einfach nur alt und gebrechlich. Er war kein Krieger mehr, doch er versuchte, seinem Land mit Weisheit zu helfen. Er stand für das ein, an was er glaubte. Er stand für das Richtige und Gute im Menschen ein, und das hätte mir gefallen, wenn es nicht mein Todesurteil beinhaltet hätte.

»Ich kann nicht zulassen, dass wir uns wie die Alcedos in ein Volk von Monstern verwandeln. Man fängt an, indem man die Feinde aussaugt, doch was ist dann, wenn sich die Sucht des Blutes in dir einnistet und dir deine Ruhe nimmt? Wenn keine Feinde mehr da sind? Die Magie der Finsternis macht uns zu finsteren Geschöpfen, die vor lauter Abhängigkeit ihre Kontrolle verlieren. Man wird machtgierig, und Menschenleben werden wertlos. Ja Nicita, man fängt vielleicht klein an, so wie du. Man balanciert noch auf dem Seil über der richtigen Seite, doch ein kleiner Windhauch genügt, und du fällst vielleicht auf die falsche Seite.«

Er schaute mich eindringlich an, versuchte mir zu vermitteln, was richtig und was falsch war, wie einem kleinen Kind. »Und du bist im Unrecht, wenn du glaubst, dass das unsere einzige Chance ist, gegen das Böse zu kämpfen. Um es zu besiegen, muss man nicht gleich selbst böse werden. Nimm dir das Gute zur Hilfe. Die Natur hat gewollt, dass wir uns verteidigen können, aber nicht mit den Dingen, die in diesem Buch stehen, das du gelesen hast.«

Meine Wangen wurden heiß bei der Erwähnung des gestohlenen Buches.

»Was hat denn die gute Seite an mächtigen Mitteln?«, fragte ich und merkte selbst, wie hoffnungslos ich klang. Wieso mussten es immer die Bösen sein, die so unverschämt mächtige Dinge tun konnten?

»Die Liebe«, sagte William mit einem Leuchten in den Augen. »Die Liebe ist mächtiger als alles Böse und Schreckliche auf dieser Welt!«, erklärte er vollkommen überzeugt, doch mir war eher nach Lachen oder Weinen zumute.

»Mit Liebe kann man keine Schlachten führen und keinen Krieg gewinnen!« *Und meistens macht sie die Menschen nur kaputt …*

»Aber Nicita – mit Liebe *muss* man keine Schlachten führen. Man muss einfach nur vertrauen und auf sein Herz hören.« Er nahm meine Hand und legte sie mir auf die Brust, klopfte sachte darauf und ging mit einem traurigen Lächeln davon. An der Zellentür blieb er stehen und drehte sich zu mir um. »Verstehe mich nicht falsch, Nicita. Ich verurteile nicht dich. Denn wo wären wir, wenn wir jungen Menschen nicht mehr erlauben, Fehler zu machen?«

»Aber Jean ist auch –«, wollte ich einwenden, doch William schüttelte den Kopf.

»Auch habe ich nicht das Recht, *ihn* zu verurteilen. Ich verurteile die Mittel, mit denen er kämpft … und ich bin enttäuscht von ihm, dass es zu dem hier kommen musste.« Sein Blick schweifte durch die Zelle. Als er wieder bei mir ankam, schlich sich ein mitleidiges Lächeln auf seine Lippen. »Ich werde alles in meiner Macht Stehende tun, um dich vor der Strafe zu bewahren. Aber es gibt Leute in unserem Land, die sehen es noch enger als ich …«

Meine Hand lag immer noch auf meinem Herzen, und ich spürte, wie es sich vor Schmerzen wand. »Noch enger?«, echote ich kaum hörbar. Auf wen spielte er an?

Zehn Minuten später wusste ich es.

Der Mann ließ die Schlüssel der Zellentür an seinem Zeigefinger kreisen und lehnte sich an die steinerne Wand. Hinter ihm standen drei weitere Männer in Schwarz, offensichtlich ebenfalls Wächter. Bedrohlich sahen sie aus, und ich fragte mich, wieso die phoenicischen Wächter nur Schwarz trugen.

Einer der drei Wächter im Hintergrund begegnete meinem Blick. Er war jung, keine zwanzig Jahre alt. Er hatte die Ärmel seines Kapuzenpullovers hochgekrempelt und stand breitbeinig da, als würde er jeden Moment damit rechnen, dass ich eine Flucht versuchen würde und er mich aufhalten müsste.

Ein kleines Grinsen huschte über mein Gesicht, und der Junge schaute mich irritiert an.

»Du bist also das Mädchen, welches für diesen Aufruhr hier verantwortlich ist«, sprach Tyr endlich. Ich hatte den Hauptmann der Wächter noch nie zuvor gesehen, doch gehört hatte ich von ihm genug.

Zu meinem Erstaunen ertönte gleichzeitig noch eine andere Stimme in meinem Bewusstsein, nur ganz schwach, und wegen meiner Überraschung brauchte ich ein wenig, bis ich begriff, dass jemand versuchte, in Gedanken mit mir zu kommunizieren. Mit klopfendem Herzen öffnete ich meinen Geist und erlaubte der Stimme den Einlass. Zur selben Zeit beobachtete ich den Hauptmann der Wächter, der jedoch keine Antwort auf seine Feststellung erwartete.

Warum hast du gegrinst?

Meine Augen weiteten sich vor Überraschung, als ich begriff, wer da mit mir sprach. Irgendwie hatte ich angenommen, dass es Jeans Stimme wäre, die ich hörte …

Wieso sprichst du mit mir?, fragte ich zurück. Meine Augen lagen jedoch immer noch auf dem hochgewachsenen Mann. Tyrs Haare waren so kurz geschoren, dass man es schon als Glatze bezeichnen könnte, dafür war sein Unterkiefer von den dunklen Stoppeln eines Dreitagebarts bedeckt. Seine dünnen Lippen waren abschätzend aufeinandergepresst. Von der Unterhaltung zwischen mir und seinem Wächter bekam er nichts mit.

Weil ich wissen will, wie ein junges Mädchen dazu kommt, die dunklen Künste erlernen zu wollen. In seiner Stimme schwang Skepsis mit und ein wenig Verachtung.

Ich schnaubte in meinen Gedanken. *Ich grinste wegen eurer dunklen Klamotten. Rote oder gelbe hätten es doch auch getan. Und hey, Grün steht für Hoffnung.* Ich hoffte, Gedanken konnten auch die geballte Portion an Sarkasmus übertragen.

»Die Schülerin des allseits berühmten Jean Sandlers«, sprach Tyr weiter. »Alle vertrauten ihm … ja, selbst ich.« Er schnaubte. »Eine kluge Taktik, uns alle so ins Vertrauen zu ziehen und in Wahrheit …« Er schüttelte bedauernd seinen Kopf, und Wut brodelte in mir auf.

Nur weil wir die Guten sind, heißt es nicht, dass wir kein Schwarz tragen dürfen, kam die Antwort von dem jungen Wächter. Ich warf ihm einen kurzen, zornigen Blick zu.

Was wollten die Wächter hier eigentlich?

Plötzlich trat Tyr näher an mich heran, und ich wich zurück, als aus einem Meter nur noch Zentimeter wurden.

Er baute sich bedrohlich über mir auf, und vor Schreck schlossen sich alle Barrieren um meinen Geist, sodass ich den jungen Wächter hinauswarf. Was mich im Moment nicht sonderlich störte.

»Ich bin dafür da, in diesem Land nach dem Rechten zu sehen. Ich sorge dafür, dass alle Gesetze beachtet werden. Ich sorge dafür, dass hier Frieden herrscht. Ich sorge mich auch um die Menschen da draußen, außerhalb von Phoenicia. Jeden beschütze ich vor den Alcedos und den dunklen Kräften.« Seine Stimme senkte sich zu einem bedrohlichen Flüstern. »Und ich lasse es nicht zu, dass ein Mann aus *meinen* Reihen ungestraft davonkommt, wenn er uns die ganze Zeit nur getäuscht hat. Wenn er in Wahrheit ein verdammter *Vampir* ist!« Er spuckte mir das Wort entgegen, und ich zuckte zusammen. »Und was ich ebenfalls nicht zulasse, sind kleine, unwissende Gören, die das zerstören, für was ich hier stehe. Haben wir uns verstanden?«

Ich sah ihn mit großen Augen an, unfähig ein Wort zu sprechen. Oh ja, ich hatte ihn verstanden. Denn der Wunsch, mich tot zu sehen, stand für jeden offenkundig in seinen Augen.

Die Wachen zerrten mich aus meiner Zelle.

Im steinernen Korridor begegnete ich Jean, der ebenfalls von einer Handvoll Wachen aus seinem Gefängnis befördert wurde. Ich versuchte, Augenkontakt mit ihm herzustellen, doch er schaffte es, konsequent meinem Blick auszuweichen.

Wir wurden eine Treppe hochgeführt und landeten von dem unterirdischen Verlies aus in einer prunkvollen Eingangshalle, die selbst die Halle der Goldenen Strahlen in den Schatten stellte. Doch mir blieb nicht viel Zeit zum Staunen. Erbarmungslos wurden wir aus dem Schloss geschleift, und Marmor und Gold, Bilder und Skulpturen blieben eine Brise von Glanz, die so schnell vorbeiflog, wie sie gekommen war.

Als wir auf den Straßen von Phoenicia waren, begriff ich, was das hier sein sollte. Es war eine Art Todeszug durch das Dorf, damit alle Einwohner die Todgeweihten sehen konnten.

Auf dem Weg zur Akademie begegneten wir vielen wütenden Gesichtern, Hass und Verachtung sprach aus deren Augen. Die Mienen der Kinder zeigten Verständnislosigkeit und Angst. Fehlte nur noch, dass Jean und ich mit Tomaten beworfen wurden.

»Hängt sie!«, schrie plötzlich eine ältere Frau, die hinter ihrem Gartenzaun stand und eine Gartenharke gefährlich über ihrem Kopf schwenkte.

Erschrocken wandte ich den Blick von ihr ab und heftete ihn auf meine Füße. Das Herz hämmerte verzweifelt in meiner

Brust. Meine Verachtung und mein Hass auf mich selbst waren groß genug, wie sollte ich den der anderen noch auf meiner Seele tragen können? Das wütende Gebrüll wurde lauter, doch es verwandelte sich für mich in ein Rauschen im Hintergrund meines pochenden Herzens.

Die Entscheidung über unser Urteil war anscheinend schon längst getroffen worden.

Wozu also noch die Gerichtsverhandlung? Zur Demütigung?

Schon wieder erblickte ich die Halle der Goldenen Strahlen in einem ganz anderen Licht als die beiden Male zuvor. Nun verströmte sie alles andere als Festtagslaune, und die gestrigen Klänge idyllischer Musik waren einem ernsten Schweigen gewichen.

Es schien mir, als sei über die Hälfte der Phoenicier hier eingetroffen, doch diesmal waren keine Bänke aufgestellt. Alle saßen in den Tribünen, die in den kreisförmigen Saal eingelassen waren, wie in einem großen, luxuriösen Theater.

In der Mitte der Halle befanden sich lediglich zwei Stühle und ein Pult, hinter dem Mr. Waston stand und auf das Tyr geradewegs zuging.

Grob und ohne ein Wort wurde ich auf einen der Stühle gedrückt, Jean auf den anderen. Ich schaute ihn an, und wieder tat es weh, sein abgewandtes Gesicht zu sehen. Wahrscheinlich war ich im Moment sowieso kein schöner Anblick.

Der Hauptmann der Wächter trat hinter das Pult und verschaffte sich mit einem Räuspern die Aufmerksamkeit aller. William, der neben ihm stand, warf mir einen aufmunternden Blick zu, so als wollte er mir mitteilen, dass alles gut werden würde. Doch ich glaubte ihm nicht.

»Ich wurde nach Phoenicia berufen, weil einer der schlimmsten Verstöße begangen wurde, die wir uns vorstellen können.

Einschließlich eines versuchten Mordes und eines jahrelangen Verrats.« Tyrs Blick haftete so hasserfüllt auf Jean, dass ich nicht hinsehen konnte. »Deshalb haben wir uns heute so kurzfristig hier versammeln müssen, um ein Urteil zu fällen. Ein Urteil, bei dem es Pflicht ist, die Zustimmung von drei Viertel der Anwesenden zu erlangen. Die Angeklagten sind die Schülerin Nicita, die erst vor Kurzem zu uns gestoßen ist, und ihr Mentor Jean Sandlers.«

Bei seinem Namen ging ein unruhiges Murmeln durch die Reihen, die meisten hatten zuvor großen Respekt vor Jean gehabt und zu ihm aufgesehen. Es war verständlich, dass es ein Schock für die braven Bürger von Phoenicia war, zu erfahren, dass ihr angebeteter Mr. Sandlers alles andere als anbetungswürdig war. Ich fragte mich, ob in den Tribünen auch Leo und Miss Spring saßen. Waren sie schockiert? Enttäuscht? Ich wollte mich nicht umdrehen und in der Halle nach ihnen suchen.

»Ruhe!«, donnerte Tyr durch den Raum, und das Getuschel verstummte. »Gestern Abend wurde den Wächtern ein Beweis gebracht, der Jean Sandlers beschuldigt, Magie der Nacht zu beherrschen oder zumindest Wissen darüber zu besitzen – ebenso wie sein Schützling, bei dem das dementsprechende Beweisstück gefunden wurde.«

Daraufhin nahm er von William ein Buch entgegen und hielt es in die Höhe. Ich erkannte es sofort.

Ein paar Entsetzensschreie wirbelten die Ruhe auf, die sich kurz danach aber wieder über den Raum senkte. Das Volk war geradezu versessen darauf, mehr von der Sünde zu erfahren, die ihnen verboten war. Nur allzu gern suhlten sie sich in den Fehlern anderer, um gleichzeitig die brennende Neugierde auf alles Verbotene stillen zu können.

»William, erzählen Sie uns, was gestern geschehen ist, da ich selbst nicht vor Ort war«, übergab Tyr das Wort.

»Ein treuer Bürger Phoenicias hat dieses Buch gestern Abend zur Zeit des Maskenballes gefunden«, erklärte dieser und deutete auf das Buch in Tyrs Händen, »und es sofort den Wachen übergeben. Ein Dank an Jerome Nadoon, der nicht nur die dunklen Machenschaften eines Mannes aufgedeckt hat, dem wir alle vertrauten, sondern auch einen Mord verhindert hat.«

Jerome? Fast wäre ich in meiner blinden Wut aufgesprungen, doch ich konnte mich gerade noch zurückhalten. Das alles war ganz allein Jeromes Schuld! Dieser Idiot, der meine Abweisung nicht ertragen hatte und sich nun so an mir rächte!

Dann jedoch sickerte auch der restliche Teil des Satzes in meinen Kopf. Von welchem Mord sprach William bloß? Auch Tyr hatte ihn vorhin schon erwähnt. Hatten die Vampire es gestern geschafft, jemanden umzubringen?

Ein paar Leute klatschten Beifall, und lobende Worte an den Bastard Jerome drangen an meine Ohren, doch William fuhr mit den Schilderungen des gestrigen Abends fort.

»Einige Wachen sind auf der Stelle zu Mr. Sandlers' Wohnsitz aufgebrochen, die anderen durchsuchten die Akademie. Was sie fanden, war grauenhaft. Beide Angeklagten waren am Ort des Verbrechens zusammen mit einem weiteren Mädchen, das Opfer der Kunst der Nacht geworden ist. Die Schülerin befindet sich auf der Intensivstation, es ist noch nicht klar, ob sie den Angriff überleben wird.«

Das plötzliche Entsetzen, das sich im Raum ausbreitete, traf mein Herz mit voller Wucht. Charlotte … Nein! William und Tyr konnten uns doch unmöglich den Angriff auf sie in die Schuhe schieben! Sie konnten das nicht. Nein.

»Weitere Beweise fanden wir im Wohnhaus von Mr. Sandlers, der über einen ganzen Raum voller Bücher über die dunklen Künste verfügt.« Stille breitete sich aus wie eine Decke über den Köpfen aller. Keiner wollte sprechen, das Entsetzen saß mittlerweile zu tief, um jedes Mal erschrocken aufkeuchen zu können. Außerdem warteten alle gespannt darauf, was William noch offenbaren würde.

William hatte jedoch nichts mehr hinzuzufügen. Das waren alle Beweise, die sie gefunden hatten. Mehr als genug natürlich. Mich wunderte es, dass sie Jeans geheimes Zimmer hinter dem Bücherregal entdeckt hatten, doch ich war erleichtert, dass sie zumindest nicht den Keller voller Leichen gefunden hatten.

»Jean Sandlers«, sprach Tyr kalt. »Gibst du zu, Wissen über die Magie der Nacht zu besitzen?«

»Ja.«

Mein Kopf fuhr zur Seite.

»Gibst du zu, Magie der Nacht mehrmals praktiziert zu haben?«

»Ja.«

Mein Atem stockte.

»Gibst du zu, dein verbotenes Wissen auch an deinen Schützling weitergegeben zu haben? In vollem Bewusstsein über die Konsequenzen?«

»Ja.«

»Nein!«, schrie ich. Alle Gesichter wandten sich mir augenblicklich zu – auch das von Jean. Sein Blick war wütend, drohend. Ich presste die Lippen aufeinander und schaute wieder zu Boden.

»Zu dir, Nicita, kommen wir gleich noch«, warf William schnell ein, und Tyr fuhr mit der Befragung von Jean fort.

»Da du allem zustimmst, ist dir auch klar, welche Strafe dir erteilt wird?«

Und wieder kam das »Ja« von Jean, welches meinem Herzen einen weiteren Riss zufügte.

»Also gut. Wenn keine weiteren Widersprüche oder Fragen vorliegen …?« Er ließ die Frage im Raum stehen, um jedem eine Chance zu geben, etwas dazu zu sagen.

»Darf ich, Hauptmann?«, fragte Jean.

»Sicher.« Er nickte ihm zustimmend zu, und für eine Sekunde spürte man, dass sich die beiden Männer einst sehr nahegestanden hatten.

»Ich leiste keinerlei Widerstand, wenn ihr mich zum Tode verurteilt, weil ich nichts anderes verdient habe. Aber ich muss euch bitten, Nicita von alldem freizusprechen. Sie ist vollkommen unschuldig in diese Welt gekommen, und sie kennt nichts anderes als das, was ich ihr beigebracht habe. Sie ist mein Schützling, und ich trage die Verantwortung für ihr Handeln. Ich habe sie davon überzeugt, dass das, was ich tue, richtig ist. Ich habe ihr das Buch über die dunklen Künste mitgegeben, damit sie es sich durchliest. Die Magie selbst hat sie nie benutzt. Sie ist zu gütig dafür …«

Ich kniff meine Augen zusammen, damit mir die Tränen nicht die Wangen hinunterlaufen konnten. Ich konnte diesen Lügen kaum zuhören. Wieso sagte Jean das? Er hatte mir doch versprochen, dass er uns beide hier rausholte! Er hatte doch versprochen, unser beider Leben zu retten!

»Danke, Jean. Zu Nicita kommen wir gleich noch, aber deine Worte treffen die Wahrheit«, flüsterte William, und in seinem Blick spiegelte sich nichts weiter als pure Enttäuschung über seinen Freund. In Tyrs Blick lag jedoch noch etwas ganz anderes. Jean sah es.

»Nicita trifft keinerlei Schuld, Tyr, das weißt du. Lass sie gehen«, flüsterte er, doch ich wusste, dass ihn alle Anwesenden durch ihr übernatürliches Gehör verstehen konnten.

Leere und Hoffnungslosigkeit füllten mich aus, dämpften meinen Schmerz.

»Also gut«, sprach William und tauschte einen Blick mit Tyr, der daraufhin nickte. »Liebe Phönixe, nach diesem Schuldgeständnis kommen wir nun zur Abstimmung. Wer stimmt für die gesetzliche Todesstrafe im Fall von Jean Sandlers, die auf das Wissen und das Praktizieren von Magie der Nacht steht?«

Ich wollte mich nicht umdrehen, um zu sehen, wie viele Hände in die Höhe geschossen waren. Doch ich brauchte es auch nicht. Tyrs zufriedene Miene sagte mehr als tausend Hände.

»So sei es. Heute Abend wird er gehängt.«

Galle stieg meine Kehle hinauf, und meine Augen brannten. *Gehängt.* Wer wurde heutzutage noch gehängt, verdammt noch mal?

»Und wer stimmt für die Freisprechung Nicitas, da sie nur ein ahnungsloses Werkzeug in den Händen dieses Mörders war?«

Meine Augen weiteten sich. Wieso stimmten sie bereits über mich ab? »Einspruch!«, rief ich und sprang von meinem Stuhl auf. Diesmal achtete ich nicht auf die warnenden Blicke, die mir Jean zuwarf. Es war mir egal, dass ich damit mein Versprechen gegenüber Jean brach. Was sollte er mir schon anhaben, wenn wir beide heute noch unser Leben lassen würden?

William sah mich mit gerunzelter Stirn an. »Wieso Einspruch?«

»Sie haben mich noch nicht befragt!« Meine Stimme war fest, stark und bestimmt, alles andere, als ich von meinem Herzen sagen konnte.

»Nicita, sieh doch.« Er machte eine ausschweifende Bewegung mit seiner Hand. »Dein Einspruch ist nicht nötig. Du wirst von aller Schuld freigesprochen.« Genauso wie er es mir in der Zelle versprochen hatte.

Ich schluckte und zwang mich, mich endlich umzuschauen. Fast alle hatten die Hände gehoben – mehr als drei Viertel.

Ich schüttelte den Kopf und sah wieder zu William. Das war es nicht, was ich wollte. »Ich bin aber mindestens genauso schuldig wie Mr. Sandlers«, fing ich an und ignorierte das aufkeimende Gemurmel. »Er hat mir das Buch über die Magie der Nacht nicht gegeben, ich habe es ihm gestohlen. Ich wollte aus freien Stücken diese Magie erlernen. Er soll nicht für das bestraft werden, was ich begangen habe. Ich verfüge also über verbotenes Wissen – und auch ich praktiziere Magie der Nacht.«

Und dann gab ich meinen Beweis der Sünde, der gleichzeitig ein verzweifelter Versuch war, aus dem Ganzen hier herauszukommen: Ich drang in Williams Bewusstsein ein und versuchte, es zu verändern. Er war der Richter, und was gab es Sinnvolleres, als seine Meinung zu kontrollieren? Natürlich eine Menge, doch das war mir zu dem Zeitpunkt schon längst egal.

Gedankenkontrolle nannte sich dieser verbotene Unterpunkt in der Magie der Finsternis.

»Ihr habt recht, Nicita und Jean …«, fing William an. »Es wird Zeit, alte Gesetze hinter sich zu lassen. Liebe Phönixe, vielleicht ist es wirklich der einzige Weg, die Alcedos endgültig zu besiegen. Was bringt es, wenn wir unseren stärksten Mann töten? Dann werden wir spätestens übermorgen ebenfalls alle tot sein –«

Ich hatte die Augen geschlossen und konzentrierte mich vollkommen auf Williams Geist, den ich gebrochen hatte und dem ich nun meine Gedanken zufahren ließ, als mich ein harter Stoß in meine Rippen wieder in die Wirklichkeit riss. Die Verbindung zu William brach ab, und ich schaute mich vollkommen erschöpft in der Halle um. Alle Gesichter starrten mich an – verzerrt vor Angst und Entsetzen. Tyrs Augen brannten sich in meine, voller Zorn und Fassungslosigkeit.

Jean stand so dicht neben mir, dass er es gewesen sein musste, der mich geschubst hatte. Wut kochte aus jeder Pore seines Körpers.

»Was … was war das?«, fragte William, der kraftlos über seinem Pult zusammengebrochen war. Er schaute sich im Raum um, bis sein Blick den meinen traf. Dann begriff er. Obwohl das Wissen über die Magie der Nacht verboten war, besaß er augenscheinlich genug, um zu begreifen, was ich getan hatte. Seine Augen weiteten sich vor Unglauben, und für einen Moment durchströmte mich Bedauern. Ich wollte ihm sagen, dass es nichts mit ihm persönlich zu tun hatte – er sollte nur verstehen. Verstehen, dass ich Jean nicht einfach sterben lassen konnte.

Doch er verstand nicht.

Tyrs Stimme durchbrach brüllend das Schweigen: »Hängt sie! Sie hat ihre Seele bereits dem Teufel verkauft! Schafft sie fort! Sofort!«

Mir war es vollkommen egal. Ich wurde von zwei kräftigen Armen gepackt und vom Stuhl gerissen. Doch ich konnte nicht anders, als zu grinsen. Mein Plan A war fehlgeschlagen, doch Plan B verlief reibungslos. Etwas, das keiner hier im Raum zu verstehen schien. Selbst ich konnte nicht genau sagen, welcher Funken Irrsinn in mich gefahren war, dass ich diesen Plan geschaffen hatte. Warum provozierte ich meinen Tod? Seit wann *wollte* ich sterben?

In dem Moment war es mir selbst nicht klar gewesen, wieso ich nicht zufrieden damit gewesen war, von allem freigesprochen zu werden. Es war mehr, als dass ich Jean nicht sterben lassen konnte. Denn was brachte es mir, wenn wir nun beide sterben würden?

Vielleicht hatte ich die Antwort damals bereits tief in meinem Herzen gekannt, doch eingestanden hatte ich sie mir erst, als es bereits zu spät war. Zu spät für alles.

29

»Beiß mich«

Eine Stimme in meinem Kopf ließ mich aus dem Schlaf fahren. *Nicita.*

»Wer ist da?«, fragte ich mit belegter Stimme und setzte mich auf. Ich schaute mich im trüben Licht in meiner Zelle um, doch ich konnte nur graue Schatten erkennen. Hatte ich mir die Stimme eingebildet?

»Hallo?« Mein eigenes Echo zitterte durch die Dunkelheit. Ich war schon immer der Überzeugung gewesen, dass man in Verliesen verrückt wurde.

Fluchend rappelte ich mich auf, und als ich mit meinem Fuß gegen etwas stieß, schrie ich auf.

Veranstalte doch nicht so einen Lärm!

Erschrocken fuhr ich herum, doch hinter mir stand niemand. In meiner Hand erschuf ich eine Flamme, die meine Zelle ausleuchtete, und ließ sie in der Luft schweben. Ich schaute in die Schüssel, gegen die ich gestoßen war, und mein Spiegelbild blickte mir aus dem trüben Wasser entgegen. Mir war die Schüssel bestimmt zum Waschen hingestellt worden, weil sie mich nicht blutverkrustet vor dem ganzen Volk hängen sehen wollten.

Jetzt hör mir zu und stell dich nicht so an, unsere Stunden sind gezählt.

Starke Kopfschmerzen zwangen mich wieder zu Boden. »Jean?«, fragte ich. War er ohne meine Erlaubnis in meinen Kopf eingedrungen? Ich hatte ihn nicht in meinen Geist gelassen, wie ich es zuvor bei dem jungen Wächter getan hatte.

Hör auf zu jammern.

»Du kannst jetzt all meine Gedanken lesen? Das … das ist gegen die Menschenrechte!«

Ich hörte sein eiskaltes Lachen. *Was meinst du, weshalb wir zum Tode verurteilt wurden?*

»Das ist nicht lustig«, brummte ich vor mich hin und starrte auf den zerrissenen Saum meines einst so schönen Kleides.

Nein, ist es nicht. Besonders das nicht, was du in der Gerichtsverhandlung getan hast. Es war nicht nur töricht, sondern hat auch meinen Plan zunichtegemacht.

Schweigen.

Wieso schaffte er es immer wieder, dass ich mich schlecht fühlte, wobei ich doch vollkommen überzeugt von meinem Handeln gewesen war?

Weil dein Handeln das eines dummen, sturen Kindes ist!

»Nur weil ich dich nicht sterben lassen wollte?«, schrie ich verzweifelt.

Falls es dir nicht aufgefallen ist, hat dein Handeln nichts an dieser Tatsache geändert. Ich bin immer noch zum Tode verurteilt.

Aber wenigstens nicht allein, fügte ich in meinen Gedanken hinzu – zu spät fiel mir ein, dass er sie ja lesen konnte.

Ich habe nicht vor zu sterben, antwortete er.

»Wundervoll! Nicht immer bekommen wir das, was wir wollen!« Langsam kam ich mir komisch vor, allein in einer Zelle zu sitzen und das Wasser in der Schüssel anzubrüllen.

Hältst du mich für dumm?

»Nein.«

Ich habe einen Plan. Ich habe dir doch versprochen, dass ich unser beider Leben retten werde. Und William weiß, dass ich entkommen könnte. Es war also nicht nötig, dein Spektakel zu veranstalten.

Ich öffnete vor Überraschung meinen Mund, konnte jedoch nichts sagen. Er hatte einen Plan? Und William hatte es gewusst? Das hätte man mir auch früher sagen können.

Uns beide hier herauszuholen, ist für mich aber um einiges schwieriger als mich allein. Ich muss nämlich jetzt nicht nur den Schutzzauber brechen, der um meine Zelle gelegt ist, sondern auch deinen. Ein normaler Phönix hat noch nicht einmal so viel Macht, um einen *der Schutzzauber zu überwinden. Ich hoffe, dass ich genug Energie für beide habe. Doch danach werde ich vollkommen ausgelaugt sein, und uns werden noch einige Hindernisse im Weg stehen … Ich werde deine Kraft brauchen.*

Es dauerte eine Weile, bis ich begriff, worauf er hinauswollte. Ein eisiger Schauer durchfuhr mich, und mein Herz schlug automatisch schneller. »Du … du willst mich beißen?« Meine Stimme war nicht mehr als ein raues Zittern in der Hoffnungslosigkeit des Schicksals.

Durch das Band, das er geschaffen hatte, spürte ich, dass es ihm schwerfiel, diesen Vorschlag zu machen. *Uns bleibt kaum eine Wahl.* Und dann war er auch schon aus meinem Kopf verschwunden.

Ich spürte seine Abwesenheit wie ein schwarzes Loch, das sich plötzlich gebildet hatte, und ich brauchte ein paar Sekunden, bis ich mich wieder daran gewöhnte, allein in mir zu sein.

Dann brauchte ich ein paar weitere Sekunden, um zu realisieren, dass Jean gleich mein Blut trinken würde. Es war das Mindeste, was ich ihm geben konnte, nachdem ich uns hier reingebracht hatte, und ich war mehr als bereit dazu. Doch irgendwie machte mich diese Vorstellung ganz kribbelig, und ich konnte vor gespannter Erwartung kaum ruhig sitzen bleiben. Würde es wehtun? Sollte ich Angst haben? Unwillkürlich malte ich mir aus, wie sich Jeans Mund an meine Halsbeuge legte, seine Hände mich fest an seinen Körper drückten und er seine spitzen Zähne in mein Fleisch grub, während meine Beine unter mir nachgaben …

Ich schluckte und atmete ein paarmal tief ein und aus. Da mir plötzlich sehr heiß geworden war, nahm ich eine Handvoll Wasser und klatschte sie mir ins Gesicht.

Ganz ruhig, Nicita, ermahnte ich mich, doch mehr Zeit blieb mir nicht, denn das Eisentor zu meiner Zelle schwang bereits zur Seite, und Jean stand in meinem Gefängnis.

Ehe ich seinen Namen stammeln konnte, brach er auf dem Boden zusammen.

»Jean!«, schrie ich und rannte auf ihn zu. Er atmete schwer und konnte seine Augen kaum offen halten. Er hatte zum Überwinden des Zaubers, der uns gefangen halten sollte, so viel Energie verbraucht, dass er wahrscheinlich jeden Augenblick ohnmächtig werden würde. Ich wusste, dass nun der alles entscheidende Moment gekommen war, doch ich zitterte so sehr am ganzen Körper, dass auch mein Mund kein klares Wort bilden konnte.

»Jean …«, flüsterte ich. Mein Herz schlug mir bis zum Hals, als ich seinen Kopf in meinen Schoß bettete. Seine Gesichtszüge wurden vom Schein meiner schwebenden Flamme erleuchtet. »Jean, beiß mich.«

Seine Augen flatterten auf. »Bist du … sicher?« Seine Stimme war so schwach, dass es mir erneut das Herz brach. Ich nickte. Es gab kein Zurück mehr.

Vorsichtig stützte sich Jean auf seine Ellbogen, sodass unsere Gesichter auf gleicher Höhe waren.

Mit zitternder Hand strich ich die Strähnen meines Haars, die sich aus der Hochsteckfrisur gelöst hatten, nach hinten und legte meinen Kopf zur Seite.

Ich schloss meine Augen, spürte, wie erst seine Finger meinen Hals entlangfuhren, dann sein Mund. Sein eisiger Atem, der auf meiner Haut wie Feuer brannte, brachte mich um den Verstand. Jede Faser meines Körpers war zum Bersten angespannt, während ich darauf wartete, dass sich seine Zähne durch meine Haut bohren würden …

Der Schmerz kam unerwartet und scharf. Wie ein Feuer breitete er sich innerhalb von Sekunden in meinem ganzen Körper aus. Ich konnte nichts weiter tun als schreien. Ich spürte, deutlicher als ich es mir vorgestellt hatte, wie das Blut aus mir gesaugt wurde. Was ich jedoch nicht spürte, waren seine weichen Lippen oder seine starken Hände …

Während ich alles vergaß, was um mich herum war, nicht mehr wusste, wo oben und unten war, verebbte auch mein Schrei in der Dunkelheit. Denn die Dunkelheit war das Feuer in mir, überall und verschlingend. Sie saugte mich in ein tiefes, schwarzes Loch, und ich konnte gar nicht mehr aufhören zu fallen … und zu fallen … und zu fallen …

Als ich die Augen aufschlug, lag ich in Jeans Armen. Sein Blick ruhte auf mir, dunkel und gefährlich. Auch in meiner Zelle war es dunkler als zuvor. Meine Flamme war erloschen. Wir saßen immer noch auf dem Boden, doch nun war ich es, die vollkommen ausgelaugt war. Ich hörte seinen kräftigen, schnellen Herzschlag an meinem Ohr. Zaghaft versuchte ich mich an einem Lächeln. Ich wollte nicht, dass er so aussah, als müssten wir zu einer Beerdigung – oder als sei er immer noch wütend auf mich.

Ohne Vorwarnung stand er plötzlich auf und zog mich mit sich auf die Füße. Ich lehnte mich erschrocken an seinen Oberkörper, um nicht mein Gleichgewicht zu verlieren, und schaute zu ihm auf.

»Geht es dir gut?«, fragte er, seine Stimme dunkel und geschmeidig, wie ich sie noch nie erlebt hatte. Meine Beine drohten tatsächlich unter mir nachzugeben, doch nicht wegen des Blutverlustes.

»Ja«, hauchte ich. Ich fühlte mich schwach, doch ich hätte mir keinen schöneren Moment vorstellen können. Hier zittrig in seinen Armen zu liegen, in einer dunklen, modrigen Zelle, war genau das, was ich wollte. »Bist du noch böse auf mich?«, fragte ich ihn und beobachtete dabei genau, wie seine dunklen Augen aufleuchteten. Ich wollte ein einfaches Nein hören und dann ewig in diesem Kerker so stehen bleiben. In seinen Armen liegen, bis dass der Tod uns schied – doch Jean hatte andere Pläne.

»Ja.« Er trat einen Schritt zurück und ließ mich allein auf meinen wackligen Beinen stehen. »Um ehrlich zu sein, fällt es mir sehr schwer, dem Drang zu widerstehen, dich zu erwürgen. Besonders wegen der Sache mit William. Du bist in seinen Geist eingedrungen und wolltest ihn kontrollieren. Das ist noch schlimmer, als wenn du einfach nur in seinen Kopf eindringst, um mit ihm zu kommunizieren. Du hast seinen Willen gesteuert. Wie konntest du nur?« Nun klang er wirklich wütend, und die schöne Stimmung war wie weggeblasen. Ich wünschte, ich hätte nicht damit angefangen.

»Ich dachte, es würde keiner bemerken …« Lüge.

Jean schüttelte missbilligend den Kopf. »Du hast keine Ahnung, dass man dir sofort angesehen hat, dass du Magie der Nacht verwendet hast, oder?«

Um ihm nicht ins Gesicht schauen zu müssen, beschäftigte ich mich lieber mit den zwei neuen Löchern in meinem Hals. Während er anfing, mich aufzuklären, strich ich mit meinen Fingern über die Wunden.

»Du warst sofort von einer dunklen Aura umgeben, deine Haare flogen im Wind, und deine Augen waren vollkommen schwarz! Wenn man eine so mächtige Magie ausübt, ist der Schutzschild, den du normalerweise um deine Energie ausgebreitet hast, nicht stark genug, um sie zu verbergen.«

Ich war erschrocken über mein Aussehen beim Benutzen nächtlicher Magie, das Jean gerade beschrieben hatte, doch ich versuchte, mir nichts anmerken zu lassen. Ich wusste doch sowieso schon, dass ich für immer schuldig war. Ich musste Jean nicht noch deutlicher zeigen, wie sehr ich mich damit quälte. Ich hatte uns das alles eingebrockt, und nun musste ich stark genug sein, um die Konsequenzen zu tragen.

»Du hast gesagt, wir haben nicht viel Zeit … Wie sieht dein Fluchtplan aus?«, wechselte ich also das Thema, damit er sich nicht noch weiter über mich beschweren konnte.

»Im Flur hier sind keine Wachen aufgestellt, das wird oben im Palast anders sein.«

»Wieso?«, fragte ich dazwischen, da mir nicht einleuchtete, wozu man in einem leerstehenden Palast überall Wachen postieren musste.

Jean warf mir einen genervten Blick zu. »Weil der Palast seit zehn Jahren zum ersten Mal wieder geöffnet ist und man ihn nicht unbeaufsichtigt lassen kann. Außerdem ist Tyr nicht dumm. Er weiß, dass er mich nicht unterschätzen darf, also hat er ein paar Wächter der damaligen A-Garde herbeibeordert.«

Ich nickte nachdenklich, und Jean fuhr mit seinem Plan fort: »Die Tür, durch die wir heute hoch ins Schloss geführt worden sind, ist wahrscheinlich mit einem noch mächtigeren Zauber versehen als unsere Zellentüren. Ich bezweifle, dass die Energie, die ich von dir bezogen habe, dafür reichen wird.«

»Dann kommen wir hier also gar nicht raus?«, fragte ich erschrocken.

Jean stöhnte. »Lass mich doch ausreden. Wir können die Tür nur nicht mit einem *Zauber* öffnen – aber mit einem Schlüssel.«

Er machte eine kleine Pause, doch diesmal unterdrückte ich eine weitere Frage.

»Ich weiß, dass hier unten im Verlies nicht nur weitere Gefängniszellen sind, sondern auch ein Raum für die Wachen. Früher waren die Kerker immer belebt, die Wachen sind auf den Gängen patrouilliert, und ein Oberaufseher saß in seinem Büro, in dem auch die ganzen Dokumente über die Häftlinge gesammelt wurden. Wenn ich mich in unserem Tyr nicht täusche, hat er eine oder zwei Wachen nach hier unten beordert, doch die haben keine Lust, Stunde für Stunde durch die Gänge zu laufen, also rate mal, wo sie sich befinden.«

»In dem Büro«, antwortete ich, obwohl es nur eine rhetorische Frage war.

»Exakt.« Jean eilte bereits hinaus.

»Aber«, rief ich verzweifelt, »dann müssen wir ja *kämpfen*. Sie werden uns ganz bestimmt nicht freiwillig den Schlüssel geben.«

Jean drehte sich grinsend um. »Darauf kannst du wetten.«

Wir schauten uns fragend an und dann wieder auf die geschlossene Tür zum Büro. Wenn ich mich konzentrierte, hörte ich das Atmen einer Person, das Rascheln einer Zeitung sowie das Schlürfen an einem Getränk. Da niemand sprach, nahmen wir an, dass der Mann allein war. Pech für den Kerl, Glück für uns.

Doch sollten wir die Tür einrennen, mit Magie öffnen oder einfach anklopfen?

Ehe Jean eine Entscheidung fällen konnte, die wahrscheinlich die klügste gewesen wäre, traf ich meine voreilige und klopfte. Es war am wenigsten kraftraubend.

Eine Sekunde herrschte vollkommene Stille. Ich konnte mir vorstellen, wie der Mann erstaunt auf die Tür starrte.

»Wer da?«, grunzte er dann, und ich verkniff mir ein Kichern.

Jean schüttelte den Kopf über mich und verdrehte die Augen. Ich klopfte noch einmal. Den Intellekt dieses Mannes hatte ich nicht überschätzt, denn ein paar Augenblicke später hörten wir seine schweren Schritte zur Tür kommen.

»Was für ein Hohlkopf.« Jean seufzte leise, und sobald die Wache die Tür geöffnet hatte, schnellte Jeans Hand vor, und er schlug den Kopf des armen Mannes mit voller Kraft gegen den Türrahmen.

Ohne einen Schrei ging er augenblicklich zu Boden.

»Wow ... Du hast es echt drauf, Leute zur Bewusstlosigkeit zu bringen«, sagte ich und bückte mich, um den Wachmann nach einem Schlüssel abzusuchen. An seinem Gürtelbund fand ich einen Ring mit mehreren Schlüsseln, konnte mich aber nicht für einen entscheiden. »Was meinst du, welcher ist es?«, fragte ich meinen Mentor.

»Nimm doch einfach alle mit.«

Da hatte er recht. Ich zog ein paarmal feste, bis sich der Ring löste, und stand dann auf. »Hab ihn.«

Im nächsten Moment schnappte Jean meinen Arm, und schon rannten wir den Flur entlang zu der massiven Eisentür, hinter der sich die Treppe zur Eingangshalle befand.

Doch Jean fluchte, als wir schlitternd davor zu stehen kamen. »Was ist?«, fragte ich.

Er deutete auf das elektronische Ziffernfeld neben der Tür. So ein Mist, ein Schlüssel reichte nicht aus.

»Was machen wir denn jetzt? Wir kennen den Code nicht!« Ich blickte mich hektisch um, doch als ich meinen Kopf so plötzlich bewegte, tanzten schwarze Punkte vor meinen Augen. Mit einem Stöhnen lehnte ich mich gegen die Tür.

»Nici, was ist mit dir?«, fragte mich Jean besorgt.

»Ich ... Das Laufen hat mich müde gemacht ...«

Jean kniff nachdenklich die Augen zusammen. »Das liegt am hohen Blutverlust. Du solltest dich nicht allzu sehr anstrengen und schnelle Bewegungen vermeiden. Aber was das andere angeht ...« Jean grinste plötzlich. »Ein Magier kennt immer alle Codes. Warte eine Sekunde.«

Er war verschwunden, ehe ich etwas unternehmen konnte. Das nannte ich mal einen schnellen Abgang.

Ich hatte mich wieder etwas gefasst und schaute mich im leeren Gang um. Wir hatten echt Glück, dass hier keine Wachen stationiert waren, aber sobald wir im Schloss waren, würde das anders aussehen. Aber erst mussten wir den Code knacken …

»Ich hab ihn«, ertönte Jeans Stimme, noch bevor sich sein Körper vor meinen Augen materialisierte. Perfektes Timing.

Bei jeder Taste, die er drückte, piepte es. Der Code bestand aus neun Ziffern, und ich hoffte schwer, dass wer auch immer diesen Code festgelegt hatte, so intelligent gewesen war und nicht einfach alle Zahlen von eins bis neun verlangte. Dann hätte sich Jean seine Kraft echt sparen können. Ein kurzes, lautes Tuten ließ mich zusammenzucken. »Was hast du getan?«, fuhr ich Jean an.

»Das ist das Zeichen, dass man jetzt den Schlüssel reinstecken soll«, erklärte er und riss mir den Ring mit den vielen Schlüsseln aus der Hand.

Ich beobachtete ihn, wie er einen nach dem anderen ins Schloss steckte.

»Wie viel Zeit haben wir noch, bis die uns holen kommen?«, fragte ich ihn, während uns die Minuten durch die Finger rannen und kein Schlüssel zu passen schien.

»Vielleicht eine Stunde … vielleicht auch eine Minute.«

»Wow, super. Wenn wir Pech haben, laufen wir ihnen genau in die Arme!«, rief ich und riss meine Hände in die Luft.

Jean schaute mich von der Seite aus an. »Verfällst du wieder in deine sarkastische Art, oder was?«

Ich öffnete bereits den Mund zu einer klugen Erwiderung, als es leise klickte und die Tür aufschwang.

Jean und ich hielten gespannt den Atem an und lauschten, ob Wachen in der Nähe zu hören waren. Als wir entschieden, dass die Luft rein war, ließ Jean die Schlüssel in seine Hosentasche gleiten und stieß die Tür vollständig auf.

Vor uns befand sich ein winziger, quadratischer Flur, der nur eine eiserne Wendeltreppe beinhaltete, die hoch ins Schloss führte. Von oben drang gedämpftes Sonnenlicht herein und verscheuchte zum ersten Mal die Schatten der Verliese.

»Komm, beeil dich!« Und schon stürmte Jean die geschwungene Treppe hinauf. Um nicht über mein langes Kleid zu stolpern, raffte ich es und rannte ihm hinterher. Doch wir hatten Pech. Wir stolperten gerade in die große Halle, als wir die Stimmen vor der Eingangstür hörten.

»Ich kann es immer noch nicht fassen, dass wir Jean Sandlers heute hängen werden«, sagte ein Mann, und kurz darauf hörten wir, wie ein Schlüssel im Schloss umgedreht und ein Riegel zur Seite geschoben wurde.

Ich schaute Jean erschrocken an.

Was jetzt?, sandte ich ihm verzweifelt in Gedanken.

Renn die Treppe hinauf in ein Zimmer mit Fenster. Aber pass auf, oben sind vielleicht auch Wachen postiert, genau wie die hier, die gerade um die Ecke kommen.

Bestürzt blickte ich mich um und sah, wie zwei Wachen auf uns zugeeilt kamen, die Spitzen ihrer Speere auf uns gerichtet.

Ich werde sie aufhalten, und dann komme ich zu dir hoch, damit wir fliehen können.

Wohin denn fliehen?, fragte ich.

Nun geh schon!

Das Tor öffnete sich knirschend, und die Männer, die uns abholen sollten, erblickten uns. »Sie sind ausgebrochen!«

»Ergreift sie!«, riefen auch die anderen Wachen, die im Schloss stationiert gewesen waren.

Zwei Männer stürmten nach vorn, doch ich sauste bereits Richtung Treppe davon, wie Jean es mir befohlen hatte. Zwar wollte ich ihn da unten nicht allein lassen, doch ich hatte mir und ihm versprochen, ihn nicht mehr zu enttäuschen. Noch mal würde ich mich seinen Worten nicht widersetzen.

»Wenn ihr sie haben wollt, müsst ihr erst an mir vorbei!«, hörte ich Jeans Stimme, doch ich zwang mich, nicht zurückzuschauen. Auch als ich die letzten Stufen erklommen hatte, blickte ich nicht nach unten, wo gerade etwas scheppernd zu Boden ging, sondern rannte den verlassenen Flur entlang, der mit einem roten Teppich ausgelegt war. In dem Gang befanden sich viele Türen aus dunkler Eiche, doch alle waren abgeschlossen, und ich hatte weder das Wissen, wie man Türen mit Magie öffnen konnte, noch die Energie dazu.

Als ich an eine Abbiegung gelangte, spähte ich vorsichtig um die Ecke – und zuckte zurück. Eine Wache schlenderte den Flur entlang, direkt in meine Richtung.

Erschöpft lehnte ich mich an die Wand und überlegte, was ich tun konnte. Ohne meine magische Energie konnte ich nicht viel anstellen. Mein Blick fiel auf eine antike griechische Vase, die auf einer hüfthohen Gipssäule stand.

Das Pfeifen des Mannes verriet mir, wie nah er war. Ohne nachzudenken rannte ich auf die kunstvoll gestaltete Vase zu, schnappte sie mir und versteckte mich wieder direkt vor der Abbiegung.

Als der Mann um die Ecke kam, zögerte ich nicht, sondern schmetterte ihm mit aller Kraft, die ich aufbringen konnte, die antike Vase auf den Kopf. Es gab ein grässliches dumpfes Geräusch, doch der Mann ging nicht zu Boden. Stattdessen schaute er mich furchtbar entsetzt und gleichzeitig wütend an.

»Hehe.« Ich versuchte mich an einem entschuldigenden Lächeln und wiegte die Vase in meiner Hand. Sie zeigte Darstellungen aus der Mythologie, doch durch den Kopf eines Engels ging nun ein langer Riss. »Sie war bestimmt teuer«, sagte ich und biss mir auf die Unterlippe.

Der Mann fing an zu knurren. »Wie hast du es bloß geschafft auszubrechen?«

Ich zuckte grinsend meine Schultern. »Mit ein bisschen Einfallsreichtum!« So fest ich konnte, stieß ich ihm die Vase mitten ins Gesicht. Ohne abzuwarten, was es gebracht hatte, stürzte ich auf die nächste Tür zu, die wie durch ein Wunder nicht abgeschlossen war. Ich zog die Tür hinter mir zu und drehte den

Schlüssel herum, doch ich bezweifelte, dass dies irgendjemanden aufhalten würde.

Rasch blickte ich mich im Zimmer nach Dingen um, die ich vor die Tür schieben konnte.

»Wow«, entfuhr es mir unwillkürlich, als ich das Zimmer sah. Die Wände waren mit weißem Holz verkleidet, purpurne, schwere Vorhänge hingen am Rande der zwei langen Fenster, hinter denen die Mittagssonne schien. Ein fliederfarbener, kuscheliger Teppich war auf dem dunklen Parkett ausgebreitet, und ein großes, hölzernes Himmelbett stand mitten im Raum.

Als ich die weiße Kommode bemerkte, die nicht weit von der Tür stand, rannte ich darauf zu und stemmte mich dagegen, in dem Versuch, sie vor die Tür zu schieben. Da fiel mir ein, dass dann auch Jean nicht hereinkommen würde.

Ich fluchte und schritt zum Fenster, um es zu öffnen. Wollte Jean durch das Fenster fliehen? Ein Blick nach unten verriet mir, dass wir nicht lebendig landen würden.

Wo blieb Jean bloß? Oder der Wächter? Er musste doch gesehen haben, in welches Zimmer ich gerannt war.

Seufzend setzte ich mich aufs Bett, da mir nichts anderes übrig blieb, als zu warten. Mit meinen Fingern strich ich über die weißen Laken und den fliederfarbenen Kissenbezug.

Ich runzelte die Stirn. Merkwürdig – an einer Stelle war das Kissen uneben und nicht mehr weich. Es knisterte leicht, wenn ich darüberstrich. Neugierig tastete ich das Kissen ab und kam zu dem Schluss, dass sich etwas darin befinden musste. Mit schnellen Bewegungen knöpfte ich den Bezug auf und ließ meine Hand hineingleiten. Tatsächlich erwischten meine Finger etwas außer dem weichen Kissen.

Plötzlich flog die Tür splitternd aus den Angeln, und ich wirbelte herum. Es war nur Jean, der sie eingerannt hatte.

»Du hättest auch klopfen können«, meinte ich schnippisch, da mein Herz bei so viel Schreck nicht mehr lange mitmachen würde. Bevor er bemerken konnte, dass ich im Kissen herumfummelte, zog ich meine Hand und das, was ich gefunden hatte, heraus. Es war ein kleiner, zusammengefalteter Zettel, doch viel Zeit zum Schauen blieb mir nicht, denn Jean marschierte schon festen Schrittes zum Fenster hinüber. »Komm her!«

Ich sprang vom Bett auf, stopfte den Zettel in den Ausschnitt meines Kleides und trat an Jeans Seite. »Und was machen wir jetzt? Runterspringen?«

»Fliegen«, antwortete er, nahm meine Hand, und ehe ich mich versah, stürzte er schon mit mir aus dem Fenster.

Mein Schrei blieb mir in der Kehle stecken, als wir uns mit rasender Geschwindigkeit dem Erdboden näherten und der Wind an meinen Kleidern und Haaren zerrte, mir die Luft zum Atmen nahm und meine Augen zum Tränen brachte. Aber Jean war im Gegensatz zu mir nicht lebensmüde, und so änderte unser Sturzflug gerade noch rechtzeitig die Richtung. Mit langsamerer Geschwindigkeit flogen wir über den Hof des Schlosses und über die Burgmauer hinweg, über Bäume und Häuser in Richtung Wald. Zum Spielplatz, an dem ich vor einer gefühlten Ewigkeit meine erste Begegnung mit den Alcedos hatte.

Ungläubig sah ich mich um und nahm den Anblick in mich auf. Jean hielt mich fest im Arm, und so kam es nicht dazu, dass ich Angst bekam im Angesicht der Höhe und der Tatsache, dass wir keinerlei Boden mehr unter den Füßen hatten. Es war ein Gefühl wie Achterbahnfahren, wenn der Magen Purzelbäume schlug und man zugleich schreien und lachen wollte.

Doch Phoenicia war klein, und wir waren innerhalb von wenigen Sekunden am Waldrand angelangt und kamen nur ein paar Meter neben der Pizzeria zum Stehen.

»Kann ich auch fliegen lernen?«, fragte ich meinen Mentor, während mein Herz noch vom Adrenalinstoß wild hüpfte und sich Jean unvorsichtigerweise von mir trennte. Ich strauchelte und wäre beinahe hingefallen, wenn Mai nicht plötzlich neben mir aufgetaucht wäre und mich festgehalten hätte. »Pass auf«, meinte sie und lächelte mir freundlich zu. Ich starrte sie nur mit offenem Mund an. Wo kam sie denn auf einmal her?

»Da seid ihr ja endlich«, sagte sie an Jean gewandt, als hätte sie auf uns gewartet. »Ich hoffe, es gab keine Komplikationen?«

Komplikationen? Nein, wir sollten eigentlich nur schon am Galgen hängen.

»Nein. Bist du bereit?«, fragte er sie. Ich kam langsam nicht mehr mit. Verständnislos sah ich von einem zum anderen.

»Ja«, antwortete sie und wandte sich dann überraschenderweise an mich. »Hier, Nici, trink von mir.« Sie strich ihre Haare zur Seite und präsentierte mir ihren weißen, nackten Hals. Ich wäre vor Schreck fast umgekippt.

»Ich soll Ihr Blut trinken? Haben Sie sie nicht mehr alle?«, kreischte ich. Ich konnte die Frau doch nicht einfach beißen! Was stellten sich die beiden bitteschön vor?

»Nici, jetzt pass auf!«, fauchte Jean und packte mich an den Schultern. »Du hast mir versprochen, das zu tun, was ich dir sage, und das hier ist notwendig! Wir gehen nach Alcedia, und du wirst deine Kräfte brauchen, wenn du nicht erfrieren willst!«

»Aber … aber bekomme ich nicht von selbst meine Kraft irgendwann wieder?«, stotterte ich.

»Ja, nach und nach. Jedoch wird sie erst, nachdem du geschlafen hast, wieder vollkommen verfügbar sein. Wir haben jetzt aber keine Zeit für ein Nickerchen! Wir müssen jetzt sofort gehen!«

Er zeigte mir, wie ich meine Zähne wachsen lassen konnte, und erklärte mir, worauf ich mich beim Trinken konzentrieren musste.

Mir schwirrte der Kopf vor so vielen Emotionen, die die Mauer durchbrechen wollten, die ich während der Zeit im Verlies allmählich errichtet hatte.

Nein, diese Wand durfte nicht einstürzen. Ich spürte, wie ich von Sekunde zu Sekunde schwächer wurde und unter dem

Gewicht nachgeben wollte, so sehr, dass ich nicht mehr fähig war, selbst Entscheidungen zu treffen. Ich traf sowieso immer die falschen Entscheidungen. Vielleicht sollte ich tatsächlich auf Jean hören. Wenigstens dieses eine Mal.

Ich schaute Mai ins Gesicht, doch auch sie wirkte vollkommen entschlossen.

»Beiß mich, Nici.«

Wieso hatte ich nur das Gefühl, dass das nicht gut gehen würde?

30
Kalt wie Eis

Wo lag die Grenze zwischen Gut und Böse? Ich glaubte in dem Moment, ich hätte sie längst überschritten. Mir war früher nie bewusst gewesen, wie schmal diese Grenze doch war und wie leicht man sie übersehen konnte. Vor zwei Wochen hätte ich mit Sicherheit sagen können, dass es falsch war, jemandes Blut zu trinken. Böse. Moralisch nicht richtig.

Nun sah es schon ganz anders aus. War ich böse geworden, oder gab es vielleicht gar nicht *das Böse?* Vielleicht konnte eine Entscheidung gar nicht böse oder gut sein, sondern nur der Gedanke, das Ziel, das dahintersteckte?

So gesehen konnte auch keine Entscheidung falsch oder richtig sein. Die Wahrheit würde ohnehin immer im Auge des Betrachters liegen. Jetzt war ich der Betrachter, und ich wählte meine Wahrheit.

Ihr Hals lag nackt vor mir, Narben zierten ihn in Form von kleinen Einstichen.

Ich biss zu, um zwei weitere solcher Narben zu hinterlassen.

Sogleich füllte der Geschmack von Blut meinen Mund. Ich zwang mich zu schlucken, war jedoch ein paar Sekunden vollkommen irritiert und abgelenkt von dem süßen, kupfrigen Geschmack. Dann kam mir Jean schnell zur Hilfe. *Konzentriere dich nicht darauf, wie das Blut schmeckt, sondern auf Mais Macht.*

Suche die Energiequelle in ihrem Körper und sauge sie aus. Das Blut ist nur der Transporter dafür.

Ich versuchte, seinen Anweisungen zu folgen und einen klaren Kopf zu behalten. Tatsächlich fand ich innerhalb von Augenblicken ihre Kraftquelle, die jedoch um einiges kleiner als meine eigene war. Doch sie war gefüllt und lebendig. Während ich mich voll und ganz auf sie konzentrierte, konnte ich spüren, wie das Leben auch in mich zurückkehrte.

Hinter meinen geschlossenen Augenlidern konnte ich warme Farben sehen, und ich spürte, wie ich in einen angenehmen Sog gezogen wurde. Ihre Energie, die ich aufnahm, roch nach Sommer und hörte sich an wie das Rauschen des Meeres. Ich roch den Duft verschiedener Blumen und hörte Vögel zwitschern. Ich versank immer tiefer in dieser lebensfrohen Energie, sodass ich kaum merkte, wie schnell und viel ich von Mais Blut trank. Wie ihr Körper in meinen Armen immer schwächer wurde …

Nici, es reicht. Schwach drang Jeans Stimme durch meine aufgewühlten Gedanken.

Ein Teil von mir wusste sofort, dass ich nun aufhören sollte, doch der andere Teil war zu sehr auf diesen Sog fixiert, als dass er sich davon befreien konnte. Dieser Teil *wollte* nicht aufhören. Zu süß schmeckte die Blüte der Macht.

Nici, komm wieder zu dir! Reiß dich zusammen! Diesmal war seine Stimme lauter und lenkte mich für einen Moment ab. Dieser Moment war genug für mich, um einen klaren Verstand zu bekommen. Entschlossen öffnete ich die Augen und löste mich von Mais Hals. Berauscht taumelte ich ein paar Schritte rückwärts, ehe ich gegen Jeans Oberkörper prallte. Ich hörte immer noch das Rauschen des Blutes, das vor ein paar Sekunden noch wie das Meer geklungen hatte. Ich spürte immer noch die Wärme, die mich durchrieselt hatte, doch es war nun Blut, das meine Lippen benetzte und von meinen langen Eckzähnen tropfte.

Jean riss mich zu sich herum und zwang mich, in seine Augen zu schauen. In seinen Pupillen sah ich mein eigenes Abbild: meine Iris in glühendem Rot.

Entsetzt kniff ich meine Augen zusammen. »Ihr habt aus mir ein Monster gemacht!«

»Nici, das ist nicht wahr. Sieh mich an. Ist alles okay mit dir?«

Ich schüttelte heftig den Kopf. Ich wusste, dass nicht viel gefehlt hätte und Mai wäre jetzt tot …

Erschrocken öffnete ich die Augen nun doch, um nach Mai zu sehen. Sie hatte sich an die Hauswand der Pizzeria gelehnt, doch sie lächelte mich aufmunternd an. »Mir geht es gut, Nici. Mach dir bitte keine Sorgen. Ihr müsst euch beeilen, die Wachen können vielleicht nicht fliegen, doch sie werden bereits auf dem Weg hierher sein.«

Ich schaute ängstlich zwischen ihr und meinem ehemaligen Mentor hin und her.

»Sie hat recht«, sagte Jean. »Wir müssen jetzt gehen. Vielen Dank, Mai.« Ihre Antwort darauf war ein Nicken.

Als ich Jean folgen wollte, der bereits in den Wald marschierte, sagte Mai zu mir: »Bis bald.« Vollkommen verwirrt blieb ich stehen und starrte sie an. Ich wollte sie nach dem Wieso fragen, doch Jean rief mich bereits. »Wo bleibst du denn?«

Ich setzte mich in Bewegung, doch bevor wir zwischen den Bäumen verschwanden, konnte ich einen Blick zurück nicht verhindern. Ich wusste nicht, wann ich Phoenicia je wiedersehen würde. Und die Personen, die ich hier zurückließ. Ob Charlotte überleben würde? Wo Leo momentan wohl war? Seit dem Ball hatte ich sie nicht mehr gesehen. Ich wünschte nur, ich könnte ihr das alles irgendwie erklären …

Der Wald, der hinter dem Spielplatz von Phoenicia lag, war düster und vollkommen untypisch für dieses sonnige Dörfchen.

Die Laubbäume waren riesig und standen so eng beisammen, dass sie nur wenige Sonnenstrahlen durch ihr Blätterdach hindurchließen.

Wir rannten über den unebenen Waldboden, als gäbe es kein Morgen mehr, sprangen über Wurzeln und Äste und schlängelten uns zwischen Büschen hindurch.

Ich schmeckte immer noch Mais Blut in meinem Mund, doch viel wichtiger war, dass ich es in meinem Körper pulsieren spürte. Ich hatte meine Energiereserven wieder aufgefüllt und fühlte mich fähig, Bäume auszureißen, also war das Sprinten für mich heute kein Problem.

Viel mehr Sorgen bereiteten mir Mais Worte und die Frage, was uns in Alcedia erwarten würde. Keinen Gedanken verschwendete ich daran, wie wir überhaupt nach Alcedia gelangen würden.

Da blieb Jean auf einmal stehen. »Da müssen wir rein«, sagte er, gerade als ich mich fragte, wie groß dieser Wald denn sein konnte. Als ich mich neben Jean stellte, offenbarte sich mir eine weitere Überraschung. Ich hatte vielleicht eine Höhle erwartet oder ein leuchtendes Portal, aber keinen See. Ja, vor uns befand sich nicht mehr und nicht weniger als eine ziemlich große Pfütze an Wasser.

»Und was wollen wir da drin?«, fragte ich. Ich bezweifelte, dass es dort unten eine Tür nach Alcedia gab.

»In der Mitte des Sees ist ein Portal«, antwortete Jean, und ich zog überrascht meine Augenbrauen hoch. Dann packte er mich bereits so schnell an der Hand, dass ich mich nicht einmal widersetzen konnte, und sprang hinein, durchbrach die Oberfläche des stillen Sees mit unseren Körpern und meinem Schrei.

Sobald das eiskalte Wasser meine Haut umschlang, kämpfte ich darum, mich von Jean loszureißen, doch es war vergeblich. Je mehr ich um mich trat, desto näher zog er mich an seinen Körper. Hätten mich die Kälte des Wassers oder die Atemnot nicht schon verrückt gemacht, dann würde es sicherlich seine Nähe tun.

Immer weiter schwamm er, immer tiefer tauchte er und immer schlimmer verlangten meine Lungen nach Luft. Ich hatte ja noch nicht einmal die Zeit gehabt, meinen Atem anzuhalten.

Jean, lass mich los!, schrie ich in Gedanken so laut ich konnte. Ich verzweifelte an der Panik und der Kälte, die mir eine Gänsehaut am ganzen Körper verursachte. *Ich krieg keine Luft mehr!*

Wir müssen den Grund des Sees erreichen, war lediglich seine Antwort.

Und wie tief ist er bitte?

Darauf sagte er nichts mehr, und ich versuchte, durch das trübe Wasser etwas zu erkennen und gab es gleichzeitig auf, mich zu wehren. Es wäre Jeans Schuld, wenn er meine Luftanhalt-Fähigkeit überschätzte und ich deshalb nicht mehr lebend in Alcedia ankommen würde.

Jetzt ist es aus, jetzt ist es aus, dachte ich immer wieder, während mich Jean weiter in die Tiefe zog und der Druck auf meinen Ohren unerträglich wurde. Stattdessen ließ der Schmerz in meiner Lunge nach, ich fühlte mich wie betäubt.

Endlich landeten wir am Grund des Sees, meine Beine versanken bis zu den Knien in dem weichen Schlamm. Jean hielt mich im Arm, so fest er konnte, doch ich spürte, dass auch er schwächer wurde.

Wieso passierte nichts? Wir waren da. Wir waren da. Meine Augenlider wurden schwer, und ich wusste, dass das Ende nah war.

Sollte ich Jean dafür hassen?

Ich konnte es nicht, nicht einmal so knapp an der Grenze zum Tod …

Eisige Luft flutete meine Lungen und setzte sie in Flammen. Ich röchelte, während das Wasser aus meinem Mund quoll. Ich spuckte und hustete, dann drehte ich mich erschöpft auf den Rücken. Endlich hatte ich wieder das Gefühl zu leben. Es war ein schreckliches Gefühl. Alles schmerzte, und mir war eisig kalt. Ich zitterte am ganzen Körper, und bei jedem Atemzug hatte ich das Gefühl, meine Lunge würde zerbersten.

Nachdem ich mich einigermaßen beruhigt hatte, schaute ich mich um.

Jean lag neben mir ebenfalls flach auf dem Rücken, seine Brust hob und senkte sich rasch.

Dann fiel mir auf, dass um uns herum nur Weiß war. Obwohl es hier tiefste Nacht war, strahlte der Schnee so grell, so rein, dass ich meinen Augen nicht traute. Vorsichtig strich ich mit meiner Hand über den Boden. Die feinen Eiskristalle prickelten auf meiner Haut, die sofort taub wurde von der Kälte.

»Jean«, hauchte ich, meine Stimme nichts weiter als ein leises Krächzen. »Jean.«

Er drehte den Kopf zu mir herum. »Ja?«

»Wir liegen im Schnee.« Ich hatte noch nie zuvor Schnee gesehen oder gar gefühlt und war auch dankbar dafür. Denn die Kälte drang durch meine Kleider und meine Haut bis hin zu meinen Knochen. Ich wollte aufstehen, um nicht mehr auf dem frostigen Boden zu liegen, doch ich konnte mich nicht bewegen.

Jean hingegen sprang auf und klopfte seine Kleider ab. »Wir haben nicht viel Zeit zu verlieren, uns darf keiner finden, und du musst bald wieder zurück.«

»Was meinst du mit *zurück?*« Jean gab mir keine Antwort, nein, er wartete noch nicht einmal auf mich, sondern schritt langsam auf einen Wald zu, der hier ganz anders aussah als in Phoenicia. Ich riss mich zusammen und zwang meine Glieder, sich endlich zu bewegen.

Kaum stand ich auf meinen Füßen, die reine Eisklumpen waren, wurde ich von der Umgebung geradezu erdrückt. Wir standen am Rande eines Waldes aus schneebedeckten Nadelbäumen, die vor uns in die Höhe schossen. Über uns der Vollmond am Nachthimmel. Der See, an dessen Ufer wir uns befanden, schien unendlich schwarz, und keine zehn Pferde würden mich je wieder dort hineinbringen.

Verunsichert stolperte ich mit nackten Füßen durch den Schnee auf Jean zu, wimmerte vor Schmerzen, die jede Zelle meines Körpers durchstachen.

»Jean, warte doch!«, flehte ich mit aufeinanderklappernden Zähnen. Ein eisiger Wind fuhr mir ins Gesicht, und ich wäre beinahe auf dem Waldboden zusammengebrochen. Endlich blieb Jean stehen und drehte sich zu mir um. Ein freudiges Glitzern lag in seinen blauen Augen, und ich fühlte mich plötzlich fehl am Platz. Das hier war *sein* Land, *seine* Heimat, *sein* Element. Wahrscheinlich liebte er den Schnee und die Kälte – und was war ich hier?

Die Antwort darauf gab er mir. »Ich werde dafür sorgen, dass du nach Phoenicia zurückkehrst, sobald sich die Lage dort beruhigt hat und ich erfahren habe, was es mit den Vampirangriffen auf sich hat. Ich brauche dich hier nicht.«

Seine letzten Worte trafen mich mehr, als ich gedacht hätte. »Ich … ich kann nicht zurück! Ich habe mich extra verurteilen lassen, um bei dir zu bleiben, hast du das vergessen?« *Wenn er, dann auch ich,* das war doch der Gedanke gewesen. Ich hatte mich absichtlich für ihn zum Tode verurteilen lassen, was sollte das jetzt?

»Habe ich dich je darum gebeten? Ich hatte doch gesagt, du sollst das Reden mir überlassen. Mein Plan war es, *allein* nach Alcedia zurückzukehren. Dein Platz ist in Phoenicia.«

Seine Worte schnürten mir die Luft ab. »Willst du damit sagen, du willst mich loswerden?«, fragte ich tonlos. Die Erkenntnis war so nah, doch bevor ich sie ergreifen würde, würde die Welt über mir zusammenbrechen. Mein Herz schlug so schnell in meiner Brust, dass all die Kälte plötzlich vergessen war. Die

Angst, von ihm abgewiesen zu werden, nachdem ich ihm alles geschenkt hatte, war zu groß.

»Nicita, versteh doch. Du gehörst weder nach Alcedia noch zu mir«, versuchte er nun freundlich zu erklären.

Mir blieb nichts anderes übrig, als meine Augen zu schließen. Ich konnte seinen Blick nicht länger ertragen. Seinen Blick, der die Wahrheit dieser Worte bestätigte.

»Hör zu, alles wird wieder gut. Du wirst zu Leo Kontakt aufnehmen, und wir werden dafür sorgen, dass du schnell wieder hier wegkommst. Aber nun müssen wir uns beeilen, ehe du erfrierst.«

Ich glaubte nicht, dass ich erfrieren würde. Ich konnte nicht erfrieren, solange die Flammen des Schmerzes in mir loderten. Meine Brust schien zerspringen zu wollen, doch mein Verstand wollte seinen Stolz nicht aufgeben.

»Okay«, sagte ich deshalb und versuchte, mir nichts anmerken zu lassen. Er hatte recht, ich konnte nicht ewig hierbleiben. Ich gehörte hier nicht hin, aber ich hatte gehofft, dass ich zumindest zu ihm gehören würde …

»Wo gehen wir hin?«, fragte ich nach einer Ewigkeit der Stille. Eigentlich hatte ich mir geschworen, nie wieder mit diesem Mann zu reden, doch ich fürchtete, ich würde keine Minute länger in diesem Schnee aushalten. Es war mühsam, auf ihm zu marschieren, und meine Beine versanken mehrmals bis zu den Kniekehlen in dem Meer aus kühlen Flocken.

Ich benutzte so viel Feuermagie wie ich konnte, um mich warm zu halten, doch ich wollte nicht meine ganze angetrunkene Kraft in der ersten Stunde ausschöpfen.

Außerdem musste ich zugeben, dass mich Jeans Plan interessierte. In Alcedia mussten ihn alle hassen – wenn wir hier gefunden werden würden, würde das unser beider Tod bedeuten. Wo wollte er also hin?

Als Jean lange nichts sagte und ich wie die letzte halbe Stunde nur seinen kalten Rücken zu Gesicht bekam, war es wieder wie ein Schlag in den Magen. Wie lange würde ich noch aufrecht stehen können nach so vielen Schlägen?

»Zu einer Freundin von mir.«

Diesmal ging der Schlag unter die Gürtellinie. Tränen schossen mir in die Augen. Wieso war Jean plötzlich so komisch? Das Schlimmste waren noch nicht einmal seine abweisenden Worte, sondern der erwartungsvolle Glanz in seinen Augen. Ihm schien es gut zu gehen, während ich an meiner Qual erstickte. Eine grauenvolle Vorahnung breitete sich in meinem Unterbewusstsein aus …

Plötzlich blieb Jean stehen. Mit klopfendem Herzen schaute ich mich um, doch für mich sah es hier genauso aus wie an jeder anderen Stelle im Wald.

»Wir sind da«, flüsterte Jean ehrfurchtsvoll und schob einen Tannenzweig zur Seite. Schnee rieselte herab, und dahinter bot sich uns ein unglaublicher Anblick. Ich hatte gedacht, wir würden uns mitten im Wald befinden, doch da hatte ich mich geirrt. Ein paar Meter weiter unten lag ein Tal von kleinen Häusern. In einigen von ihnen brannte Licht, Rauch stieg aus wenigen Schornsteinen auf, und noch etwas weiter – über alledem – ragte ein gewaltiges Schloss in die Höhe.

Das also war Alcedia.

»Du bleibst vorerst hier, hast du mich verstanden?«, meinte Jean zu mir, doch ich konnte sehen, dass er mit den Gedanken längst woanders war. Wahrscheinlich bereits unten im Dorf.

»Ich werde bald zurückkommen, du kannst solange schon einmal versuchen, mit Leo in Kontakt zu treten.«

»Aber wie soll ich das machen ohne Augenkontakt?«, fragte ich. Man merkte mir an, dass ich nicht richtig bei der Sache war, denn Jean strafte mich mit seinem bekanntesten Blick. »Stell dich nicht so an. Du verfügst doch jetzt über Magie der Nacht. Dring unerlaubt in ihr Bewusstsein ein, sie wird schon nichts dagegen haben.«

Ich nickte steif.

Jean setzte an, den kleinen Abhang hinunterzuspringen, doch dann drehte er sich noch einmal zu mir herum. Erwartungsvoll schaute ich ihn an. Doch er schnipste nur wortlos mit den Fingern und hielt im nächsten Moment einen Stapel Kleider und ein Paar Schuhe im Arm, die er mir entgegenstreckte. Und dann war er auch schon fort und lief ins Dorf von Alcedia.

Ich versuchte gleichzeitig, ihn im Auge zu behalten und die Kleidung zu studieren, die er für mich hergezaubert hatte. Sie entpuppte sich als eine Röhrenjeans, ein Paar Socken und ein schwarzer Pulli aus meinem Schrank.

Wie in Trance zog ich mich um, während ich meinen Blick nicht von dem Mann wenden konnte, der mich so verletzte. Langsam bewegte er sich durch die Dunkelheit und sah fast wie ein Einbrecher aus, als er vorsichtig um ein Haus schlich.

Als ich das Kleid ablegte, fiel der zusammengefaltete Zettel in den Schnee. Ich hob ihn schnell auf und verstaute ihn in meinem BH. Ich zog gerade den Pullover über den Kopf, als Jean an die Tür des Hauses klopfte. Sofort schärfte ich all meine Sinne und hockte mich mit angehaltenem Atem in den Schnee. Meine Füße waren immer noch nackt, und mein pinker Nagellack bildete einen hübschen Kontrast zwischen den weißen Flocken, die unter meiner magisch erhitzten Haut schmolzen. Doch ich hatte jetzt keine Zeit, mir die Schuhe anzuziehen.

Mindestens genauso gespannt wie Jean wartete ich darauf, dass jemand die Tür öffnete, doch im Gegensatz zu ihm wusste ich nicht, wer dies tun würde.

Als die Tür dann tatsächlich geöffnet wurde, schlug ich mir erschrocken die Hand vor den Mund, um meinen Aufschrei zu dämpfen.

Die Person, die an der Türschwelle stand und Jean mit großen Augen musterte, war wunderschön – und ich erkannte sie sofort wieder. Ihr schwarzes Haar wurde von einem Licht hinter ihr beleuchtet und glänzte beinahe bläulich, das Mondlicht erhellte ihr blasses Gesicht. Und dann diese endlos traurigen Augen in einem dunklen, tiefen Blau.

»Serena«, formten meine Lippen, doch Jean sprach einen anderen Namen.

»Arianna.«

Ich hatte keine Zeit, über diesen Namen nachzudenken. Jean beugte sich vor, schlang die Arme um die zierliche Frau – und dann legte er seine Lippen auf ihre. Einfach so. Als würden sie dorthin gehören.

Wie erstarrt hockte ich dutzende Meter von ihnen entfernt und erlebte alles wie in Zeitlupe mit. So quälend langsam, dass ich schreien wollte. Ich hatte mein Gehör so angespannt, dass ich jeden seiner Seufzer und jedes Stöhnen hören konnte, ihren Namen, der ihm zwischen jedem Kuss auf den Lippen lag. Ich wollte mich umdrehen und mir die Ohren zuhalten oder einfach wegrennen, doch ich konnte meinen Blick nicht abwenden.

Jedes winzige Detail prägte sich stattdessen unauslöschlich in mein Gedächtnis ein: die Röte auf ihren Wangen, ihre Hände, die sich an seinen Körper klammerten …

Erst als Jean die schönsten drei Worte aussprach, die es auf Erden gab und für mich die schlimmsten waren, war der Bann gebrochen.

»Ich liebe dich.«

Abrupt wandte ich den Kopf ab und starrte in den Wald, ohne ihn zu sehen. Endlose Sekunden hockte ich einfach nur im Schnee, während ich alles ausblendete. Langsam, ganz langsam begann ich, mich vor- und zurückzuwiegen, die Arme fest um meine angezogenen Beine geschlungen, wie ein kleines Kind.

Ich war so dumm gewesen, so dumm. Vertraut hatte ich ihm, ich hatte ihm mein Herz anvertraut, dabei hätte ich es die ganze Zeit wissen müssen. Nie hatte ich eine Chance gehabt. Schließlich war das hier kein Märchen, und ich war keine Prinzessin. Ich würde von keinem Prinzen gerettet werden.

Und nie würde ich das Mädchen sein, das er im Schnee küsste.

Ein Rascheln ganz in der Nähe riss mich aus meiner Trance. Ich sah mich um, doch hatte jegliches Gefühl bereits meinen Körper verlassen. Nur einsame Leere füllte mein Herz. Mein Herz, das Jean mir weggenommen hatte. Das die Frau mit den blauen Augen zertrampelt hatte. *Was tat ich eigentlich hier?*

Meine Gedanken wollten wieder in den schwarzen Strudel herabsinken, doch dann erinnerte ich mich an das Geräusch, das mich hatte aufhorchen lassen.

Widerwillig drehte ich mich zum Dorf um, doch Jean und Arianna waren nicht mehr zu sehen. In einem Fenster ihres Hauses brannte Licht, doch ich schaute nicht genauer hin. Ich wollte weder sie noch ihn sehen.

Stattdessen versuchte ich, mich auf meine Umgebung zu konzentrieren, all meine Sinne schrien mir zu, dass jemand in der Nähe war. Ich spürte es in jeder Faser meines fast erfrorenen Körpers.

Da hörte ich Hufgetrappel gar nicht weit entfernt. Erschrocken machte ich einen Satz hinter einen dichten Busch und lauschte. *Wieso habe ich nicht früher schon etwas gehört?*, schoss es mir panisch durch den Kopf. Ein Wiehern ließ mich zusammenzucken. Noch näher, als ich gedacht hatte. Ich fluchte innerlich und schob die Äste vorsichtig auseinander, sodass ein kleines Guckloch entstand.

»Spürst du das auch?«, fragte plötzlich eine leise Männerstimme, die mir eine Gänsehaut verursachte. Durch das Loch im Blätterwerk konnte ich die Beine eines schwarzen Pferdes ausmachen. Im nächsten Augenblick ertönte ein dumpfes Geräusch, und zwei menschliche Beine tauchten neben denen des Pferdes auf.

Ich hielt die Luft an.

»Ganz ruhig, Laszlo«, sagte der junge Mann zu seinem Pferd, doch im nächsten Moment näherten sich seine Schritte mir, als wüsste er genau, dass ich hinter diesem Busch hockte.

Es gab keine Arianna und keinen Jean mehr in meinem Kopf, nur noch die Frage, was der Alcedo mit mir machen würde, wenn er mich fände.

Ohne Vorwarnung verschwanden die schlanken Beine aus meinem Blickfeld, dafür stand mir nun sein Gesicht direkt vor Augen.

Ohne zurückzuzucken blickte ich ihn an, erkundete sein aschfahles Antlitz, seine jungenhaften Gesichtszüge und hohen Wangenknochen. Seine Augen waren unnatürlich hell, von einem silbernen Blau mit einem dunkleren Rand um die Iris. Offen und neugierig schaute er mich an, und mich durchzuckte ein Stich des Wiedererkennens. Doch genauso schnell, wie er gekommen war, verflog er auch wieder.

Ich wusste nicht, wie lange wir uns einfach nur ansahen, doch es kam mir vor, als würde er mir direkt in die Seele blicken.

»Wer …?«, fing er an, doch eine andere Stimme fuhr dazwischen. »Meister, wo seid Ihr, verdammt noch mal?« Augenblicklich erhob sich der junge Mann, und ich sah nur noch seine Beine in einer dunklen Jeans. Seine Schritte entfernten sich wieder. »Hier bin ich, Catya. Ich habe dir doch gesagt, du sollst mir nicht folgen!«

Die weibliche Stimme antwortete rasch: »Ich dachte, Sie würden wissen wollen, dass Ilias wieder da ist. Er will sofort mit Ihnen sprechen … Sagen Sie mal, wieso stehen Sie hier eigentlich mitten im Wald herum?«

»Das geht dich nichts an. Los, wir reiten zurück!«

Eine eiskalte Hand legte sich plötzlich um meinen Mund und drehte mich herum. Zum Glück erschrak ich so sehr, dass ich nicht einmal schreien konnte – doch es war nur mein einstiger Mentor, der vor mir hockte und seinen Blick ebenfalls auf die Szenerie hinter dem Busch gelegt hatte.

Schwer kämpfte ich mit dem Wunsch, in seine Hand zu beißen, die zuvor das fremde Mädchen berührt hatte. Er sollte mich nicht anfassen, nie wieder, doch ich musste warten, bis die zwei Alcedos davongeritten waren.

Kaum hörten wir die Pferde weggaloppieren, schlug ich seine Hand weg und sprang auf. Sein Gesicht zu sehen, tat so weh …

»Weißt du eigentlich, wie viel Glück du hattest, dass sie dich nicht gefunden haben?«, fragte er. Seine Stimme tat ebenso weh. Sie war so schön, doch sie war nicht für mich bestimmt. Plötzlich brannten Tränen in meinen Augen.

»Lass uns gehen, ich will dir jemanden vorstellen«, sagte er beschwichtigend. Eine Träne lief mir das Gesicht hinunter. Ich hasste mich dafür. Ich wollte nicht, dass Jean mich weinen sah, vor allem, weil er dann auch über meine Gefühle Bescheid wissen würde. Doch er sollte es nie erfahren. Nie wollte ich diese Schmach über mich ergehen lassen.

Im ersten Moment wirkte Jean verdutzt. »Nici …«, fing er an, doch er fand nicht die richtigen Worte. Ich bezweifelte, dass es überhaupt richtige Worte dafür gab. Ihn traf keine Schuld, und dennoch hatte er mir das Wichtigste in diesem Leben genommen. Er war die einzige Bezugsperson gewesen, die mir geblieben war. Mir war schon einmal alles genommen worden, doch da war er da gewesen … Wenn er jetzt wegginge, wäre ich allein.

Ich wollte nicht einsam sein.

»Ich werde meinen eigenen Weg gehen, du hast gesagt, du willst mich hier nicht haben«, erklärte ich ihm tapfer. Meine Stimme war sachlich und fest, doch die Tränen liefen mir immer noch über mein Gesicht. Einsam würde ich mich fühlen, wenn ich dieses Mädchen mit ihm sehen würde. Es gab nur einen Weg, das zu verhindern.

»Ich habe mit Leo gesprochen«, log ich drauflos. »Wir werden das hinkriegen. Du bist ab jetzt nicht mehr mein Mentor. Ich brauche weder deinen Schutz noch deine Hilfe.«

»Du wirst mich verlassen?«, fragte er und lächelte zögerlich. Wenn er es so nennen wollte … für mich fühlte es sich anders an.

Dein Lächeln tut mir im Herzen weh, weil ich weiß, dass es nie mir gelten wird. Und bald wird dieses Lächeln aus meinem Leben verschwinden, und ich werde darum weinen, als sei jemand gestorben. Denn wenn du weggehst, dann macht es keinen Unterschied, ob du tot oder einfach nicht mehr bei mir bist. Ich werde dich niemals wiedersehen. Und niemand wird je wissen, wie sehr ich darunter leide. Niemand wird je wissen, was mal gewesen war. Niemand wird die Wahrheit kennen, und das ist gut so. Denn es ist sowieso die Zeit gekommen, um Abschied zu nehmen.

Hörte er diese Worte, die mein Herz sprach? Die meine Augen an ihn sandten?

Ich war nicht darauf gefasst, dass er es tat. »Liebst du mich?«, fragte er.

Lange Zeit waren meine Tränen die einzige Antwort, doch dann schüttelte ich den Kopf. »Nein. Wieso sollte ich?«

Er schaute mich durchdringend an, nickte dann aber. »Gut.«

Mein Herz zog sich zusammen. Gut war es für ihn. Natürlich. Gut.

»Aber du kommst trotzdem mit. Ich werde dich nicht allein durch die Nacht streifen lassen.«

»Hier ist es immer Nacht, Jean!«, fauchte ich aufgebracht und langte nach meinen Socken.

»Jetzt werde nicht melodramatisch. Die Sonne wird auch hier wieder aufgehen.«

Ich funkelte ihn zornig an. Verstand er nicht, dass ich nicht mehr bei ihm sein wollte? Ich griff nach den Vans, die er mir hergezaubert hatte. »Du musst mich gehen lassen«, forderte ich, zog die Schuhe an und schaute diesem Mann ein letztes Mal ins Gesicht.

Ich fragte mich, wieso er die Lüge nicht sah. Wollte er sie einfach nicht sehen?

Nach einem kurzen Atemzug drehte ich ihm schließlich den Rücken zu und rannte los, ohne eine Antwort abzuwarten. Rannte, so schnell mich meine Beine trugen. Ließ ihn zurück neben meinem zerfetzten Ballkleid und den roten Diamanten. Liebe, was war das schon? Ich hatte nie wie andere Mädchen danach suchen wollen. Ich hatte nicht einmal an ihre Existenz geglaubt.

Hinter mir hörte ich, wie Jean immer wieder meinen Namen rief, doch ich wollte ihn nicht mehr hören. Für den Abschied hatte ich mich zusammengerissen, doch nun konnte ich nicht mehr.

Ich musste der schmerzhaften Tatsache ins Gesicht schauen, dass ich mein Herz an einen Mann verloren hatte, der mich nicht wollte.

Nach wenigen Augenblicken hörte ich seine Schritte hinter mir. Wieso folgte er mir bloß? Es war zu spät, um jetzt umzukehren.

Kreuz und quer rannte ich durch den Wald, damit Jean meine Spur verlor. Niemals mehr sollte er mich finden. Als ich mir sicher war, dass Jean nicht mehr hinter mir war, brach ich auf dem Boden zusammen. Ich zitterte am ganzen Körper, wie noch nie in meinem Leben.

Nun war ich allein in dieser fremden, kalten Welt. Ich hatte nicht die Hoffnung, dass ich nach Phoenicia zurückkehren konnte. Ich hatte gar keine Hoffnung mehr.

Epilog

Ich lag am Boden, als der Schrei an meine Ohren drang. Kurz darauf hörte ich Stimmen und die eine erkannte ich sofort. Ich hätte sie immer und überall wiedererkannt. Mein Herz machte einen Satz. War er also doch so nah?

Die andere Stimme ließ mir schlagartig das Blut in den Adern gefrieren. »Du«, zischte sie. »Ich weiß, wer du bist.«

»Ich ebenfalls, *Alec*. Also töte mich doch – ehe ich dich töten werde«, erwiderte Jean.

Ich sprang auf, ohne auch nur eine Sekunde nachzudenken, und meine Beine trugen mich wie von selbst in die Richtung der Stimmen.

Ich schoss an Hunderten von Bäumen vorbei, während ich hörte, wie verschiedene Zauber durch die Luft surrten und abprallten, wenn sie hart auf den Schild des anderen trafen. Zauberformeln wurden keine gesprochen, doch das machte mir mehr Angst als alles andere. Wie blind rannte ich durch den Wald, immer nur mit dem Gedanken, dass ich ihm helfen musste.

Ein Stöhnen brachte mich fast zu Fall, dann das Lachen des Angreifers. »Du bist es wohl nicht gewohnt, mit ebenbürtigen Gegnern zu kämpfen, wie, Jean Luan de Estrela?«, höhnte der Mann namens Alec.

Es war das erste Mal, dass ich hörte, wie Jean mit vollem Namen angeredet wurde, und es faszinierte mich ebenso sehr, wie ich erschüttert war. Wer war der Angreifer, und war er Jean wirklich ebenbürtig?

Immer schneller rannte ich, getrieben von Angst, doch ich hatte das Gefühl, immer im Kreis zu laufen. Sie dürften doch gar nicht so weit weg sein!

Plötzlich lichteten sich die Bäume um mich herum, und ehe ich mich versah, stand ich auf einer Lichtung. Auf der Lichtung, auf der Funken flogen und Blitze durch die Luft schossen, auf der Lichtung, auf der Jean stand. Den ich eigentlich nicht mehr sehen wollte. Bei dessen Anblick mir immer die andere Frau vor Augen stehen würde.

»Nici!«, rief er und drehte sich zu mir um. »Du musst von hier –« Doch er sprach den Satz nicht mehr zu Ende.

Seine Augen weiteten sich, und er sackte plötzlich auf seine Knie.

Ohne zu begreifen beobachtete ich, wie Jean vornüber in den Schnee kippte. Vor Überraschung blieb mein Herz stehen, während mein Verstand auf Hochtouren arbeitete.

Wie konnte Jeans Schild zusammengebrochen sein? Wieso lag er da und bewegte sich nicht? Wieso wurde mir plötzlich so schwindelig vor Augen?

Ein Schrei steckte mir in der Kehle, doch mein Verstand wusste nicht, wieso er ihn hinauslassen sollte. Ich schien in einer Schleife gefangen zu sein, denn immer wieder sah ich vor Augen, wie mich Jean warnen wollte. Wie er mich anschaute. Und wie er schließlich einfach so in den Schnee fiel.

Und da endlich schrie ich. Und schrie und schrie, wie noch nie in meinem Leben, entsetzt, verzweifelt. Alles andere war ausgeblendet, nur am Rande nahm ich war, wie mein Schrei eine Kraftwelle aussandte, so mächtig, dass Jeans Angreifer mehrere Meter fortgeschleudert wurde. Doch es war nicht wichtig. Nichts um mich herum.

Ich schrie Jeans Namen und rannte auf ihn zu. Wie leblos lag er am Boden. Er sollte sich doch bitte rühren, sollte aufstehen, mich anlächeln, und alles wäre vergessen und verziehen!

Verzweifelt kniete ich mich neben ihn in den Schnee und drehte ihn um, bettete seinen Kopf in meinen Schoß, wie ich es zuvor schon einmal getan hatte.

Als seine Augenlider flatterten, wäre ich vor Erleichterung beinahe wieder in Tränen ausgebrochen.

»Nici«, stöhnte er, sein Gesicht schmerzverzerrt. Ich wollte ihn am Sprechen hindern, doch Jean ließ sich nichts vorschreiben. »Es tut mir leid.«

Ich schüttelte heftig den Kopf. »Nein! Jean, hör auf! Hör auf!«

Seine Augen öffneten sich und schauten mich flehentlich an. »Du sollst … den Grund erfahren.«

»Es gibt keinen Grund. Alles wird gut, hörst du?«, schluchzte ich.

»Finde Serena.« Seine Augen schlossen sich.

»Nein!« Ich rüttelte ihn und konnte nicht aufhören, seinen Namen zu schreien. Im Geiste sah ich die letzten Minuten wieder und wieder vor mir. Ich, die vor Jean wegrannte, er, der mir folgte und deshalb gefunden wurde. *Und in seinem Kampf hatte ich ihn abgelenkt …*

Eine Träne der Schuld rollte mir heiß über mein eiskaltes Gesicht. »Es tut mir so leid …«

»Nici.«

Ich hielt den Atem an. Seine Stimme klang so schwach und so weit entfernt, dass selbst ich mich anstrengen musste, um ihn zu verstehen. »Du sollst erfahren, dass du …« Er brach ab, startete nach einem tiefen Atemzug jedoch einen weiteren Versuch. »Du bist mein- …«

Das letzte Wort kam ihm nicht mehr über die Lippen. Der letzte Hauch von Leben hatte seinen Körper verlassen.

Wie versteinert saß ich da und starrte meinen ehemaligen Mentor an. So viel hatte uns mittlerweile verbunden, so viel hatten wir erlebt. Durch Feuer und Eis war ich für ihn gegangen. Wortwörtlich. Und nun lag er da, seelenruhig, friedlich. Als würde er schlafen. Nur, dass ich seinen Herzschlag nicht mehr hörte und nie wieder hören würde.

Erschöpft, als wäre plötzlich auch aus mir alle Kraft gewichen, bettete ich meinen Kopf auf seine Brust. Sein Name benetzte meine Lippen wie ein endloses Gebet.

»Ich habe gelogen«, flüsterte ich, und eine weitere Träne rann mein Gesicht hinab und landete schließlich auf seinem Hemd. »Ich liebe dich doch.«

Ende Band 1